AF397958

HAUSBESUCH
VISITE A DOMICILE
VISITA EM CASA
BEI IECH DOHEEM
VISITA EN CASA
HUISBEZOEK
OSPITI A CASA

FROHMANN

Die Reihe HAUSBESUCH
wird vom Goethe-Institut herausgegeben.

BAND III

Hausbesuch
Visita en casa
Visite à domicile
Ospiti a casa
Huisbezoek
Visita em casa

Alina Bronsky
Marie Darrieussecq
Guy Helminger
Katja Lange-Müller
Michela Murgia
Jordi Puntí
Sasha M. Salzmann
Gonçalo M. Tavares
Annelies Verbeke
David Wagner

FROHMANN

Inhalt
Índice
Table des matières
Indice
Inhoud
Índice

Band 1

Band 2

Impressum | Aviso legal | Mentions légales
Colophon | Colofon | Aviso legal   511

Band 3

Impressum | Aviso legal | Mentions légales
Colophon | Colofon | Aviso legal   539

HUISBEZOEK

Alina Bronsky
Marie Darrieussecq
Guy Helminger
Katja Lange-Müller
Michela Murgia
Jordi Puntí
Sasha M. Salzmann
Gonçalo M. Tavares
Annelies Verbeke
David Wagner

Turijn
Frankfurt
am Main

Alina Bronsky

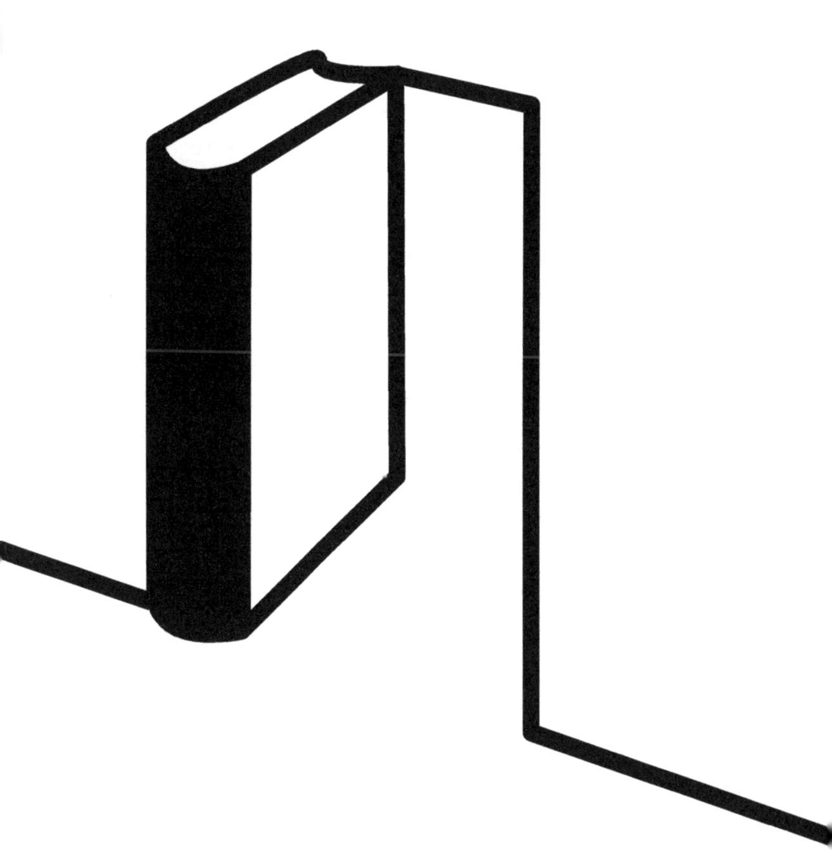

Mensen leren kennen

NAAST DE VELE LEZINGEN die ik in boekhandels, bibliotheken, scholen, kerken, schuren en cafés heb gegeven, waren er ook een paar die de naam 'huisbezoek' meekregen. Mensen stelden hun huis open voor de lezing, en de gastenlijst kwam op een ondoorgrondelijke manier tot stand. Het publiek moest aan de deur de schoenen uittrekken. Heel ervaren bezoekers hadden in een stoffen zakje hun pantoffels meegebracht, de anderen zaten er in hun sokken.

Ik mocht die avond mijn schoenen aanhouden en kreeg om voor te lezen de beste fauteuil. Ik zat vlak onder het licht van de staande lamp, uiteraard was er geen microfoon en naar ik vreesde had de helft van het publiek niet veel van mijn voordracht kunnen verstaan. En ook niet kunnen zien, omdat de woonkamer een hoek maakte. Toen na het voorlezen in de keuken het buffet werd geopend, maakte ik me uit de voeten.

Voor mij geldt dat voorlezen op neutraal terrein hoort te gebeuren, zo dacht ik daar in ieder geval op dat moment over.

'Huisbezoek', was mijn conclusie, is niet echt mijn format. En ik bleef een aantal jaar bij deze opvatting. Tot er een e-mail kwam van het Goethe-Institut, met in de onderwerpsregel het woord 'huisbezoek'. Ik krijg graag mails van Goethe-Instituten; vooral als het een uitnodiging van de afzender '39 rue de la Ravinelle' is, heeft het iets. Plotseling klonk een uitnodiging voor een huisbezoek goed, misschien omdat het dit keer niet in Noord-Hessen zou plaatsvinden. Ik mocht uit een lijst twee Europese steden kiezen en zelf het moment bepalen. Het concept begreep ik niet helemaal, maar ik zei meteen ja. In het Duits voorlezen in het buitenland zou mijn schuchterheid op de spits drijven – wat mij uiteindelijk wel weer beviel.

Ik heb er het raden naar hoe vaak de uitnodigende partij tijdens het verdere verloop heeft getandenknarst en wenste dat ze een minder veeleisende kandidate had gekozen: Ik wilde naar Turijn én naar Frankfurt – in Turijn was ik nog nooit geweest, een bezoek aan Frankfurt was goed in mijn agenda in te passen. Mijn eerste afspraak wilde ik vrijwel meteen laten doorgaan, de tweede in de zomervakantie. Ik nam principieel mijn kind mee op reis. Tijdens de talrijke telefoongesprekken die voorafgingen, deed ik mijn beklag dat ik een schrijfster ben die klassieke lezingen geeft en dat ik niet weet hoe ik alsjeblieft die huisbezoeken moet invullen. Dat creatieve ideeën voor optredens en performances helemaal niet mijn ding zijn. Er werd me gevraagd wie ik dan in Turijn graag zou ontmoeten? Mensen die iets met boeken hebben en een klein beetje Duits kunnen zou al mooi zijn, zei ik, en de andere kant van de lijn reageerde beleefd: 'Hm. Oké.'

Mochten mijn Turijnse gastheren ooit radeloos zijn geweest, dan hebben ze daar tegenover mij niets van laten merken. Geen idee wie van ons op het idee kwam, maar plotseling waren we over recepten bezig. We konden toch samen koken, Italiaans en Duits. Dat is geen performance en ook niet uitzonderlijk creatief – precies mijn ding.

Uit het palet van de door mij aan de telefoon opgesomde gerechten koos Frau Kraatz Magri, de directrice van het Institut, de worteltaart en de uientaart. Mijn bezwaar dat uientaart een najaarsgerecht is waar in Hessen, waar ik een tijdje gewoond had, *Federweißer* bij gedronken wordt, gegist druivensap, kwam waarschijnlijk te bekrompen over en vond daarom geen gehoor. De Russische keuken van mijn kinderjaren lieten we, om het niet nog ingewikkelder te maken, helemaal achterwege. 'Wilt u ons de recepten sturen, zodat we de ingrediënten kunnen aankopen,' vroeg Frau Kraatz Magri in één, twee en uiteindelijk drie e-mails.

Mijn probleem: ik had geen recepten, ik volg geen recept als ik kook. Uiteindelijk kopieerde ik iets van *Chefkoch.de*. Mijn voorstel om in mijn koffer magere kwark mee te brengen voor kaastaart, mijn derde keuze en eventuele alternatief, werd met een bedankje afgewezen.

Turijn in mei maakt op een verkleumde gast uit Berlijn een banaal paradijselijke indruk. De zon schijnt, alle terrasjes zitten vol. Op elke hoek een ijssalon dat tot het beste van Italië behoort. Mijn dochtertje jengelt om het eerste ijsje van haar leven. Ik vraag me af hoe mensen erin slagen zich in deze omgeving ook maar op iets als werk te concentreren.

Mijn eerste gastvrouw is iemand die Duitse les volgt. Een Goethe-stagiaire haalt me met de taxi op, we verlaten de oude stad. Ik zal vanavond met andere cursisten Duits (en andere Goethe-stagiairs) in gesprek treden. Ik moet hier nog niet koken, maar praten – over mijn werk, over boeken en talen.

We staan allemaal wat onwennig met een glaasje schuimwijn in het huis van onze gastvrouw. Iedereen heeft zijn schoenen nog aan. Dan komt er een telefoontje van Elena, die, als ik het goed begrepen heb, op zoek is naar een parkeerplaats. Ineens komt er leven in de zaak. Elena is altijd op zoek naar een parkeerplaats, zeggen de vrouwen, die elke week met haar de Duitse les bijwonen in het Goethe-Institut en die de tafel vanavond bovendien vol antipasti, hummus en gnocchi hebben gezet. Iedereen is nu vrolijk, en ze worden allemaal nog vrolijker als Elena aankomt – een blonde vrouw in een clownspak met haar hand om de nek van een rubberen kip. Het is helemaal in het teken van de roman waaruit ik ga voorlezen, zegt ze, terwijl ze binnenkomt met de kip omhoog gestoken en aantoont dat ze de tekst kent. Helemaal aan het begin van mijn laatste boek gaat er inderdaad een haan dood. Trots post ik op Instagram de foto van mij met Elena en haar kip.

De Duitse les heeft de eerste bladzijden van mijn roman al gezamenlijk gelezen, maar genadeloos draag ik ze nog een keer hardop voor, om te voldoen aan mijn rol als afgevaardigde van de Duitstalige literatuur. Dat de toehoorders mijn taal vloeiend spreken, terwijl ik van hun taal maar een paar flarden beheers, brengt me in verlegenheid. Het blijkt dat de meeste cursisten Duits in het beroepsleven leerkracht zijn, alleen Elena met haar kip werkt bij een bank. 'Maar daar draag ik andere kleren', fluistert ze in mijn oor.

Alle leraressen schudden het hoofd als ik vertel dat in Duitsland juist de zogenaamde ,'gemakkelijke' of 'eenvoudige' taal steeds meer aan belang wint, een afgeslankte versie van het Hoogduits, die geen gebruik maakt van bijzinnen en leenwoorden en die begrijpelijk is voor iedereen die anders het geschreven woord niet aankan. Ze keuren de institutionele vereenvoudiging van de taal af – hun leerlingen zijn nu al tot minder complexe redeneringen en formuleringen in staat dan tien jaar geleden, waar moet dat eindigen. 'Mijn leerlingen maken in hun moedertaal fouten die ik in het Duits maak', zegt een van de Italiaanse vrouwen in vlekkeloos Duits. Ik knik vol ontzag – ook al heb ik normaal gezien de neiging tegen cultuurpessimistische uitspraken in te gaan.

Wanneer een van de deelneemsters hardop zoekt naar het Duitse woord voor *imitazione* ('*Nachahmung!*' wordt van alle kanten gefluisterd), besluit ik thuis een cursus Italiaans te volgen. Op deze beslissing, die ik prompt het gezelschap meedeel, wordt met beleefd, met enigszins sceptisch enthousiasme gereageerd. De verdere avond spreken we over Russisch en Japans, talen die de aanwezige stagiairs van het Goethe-Institut leren. Ik kom nauwelijks aan eten toe.

Als ik drie uur later, maar nog voor het dessert, wil vertrekken, wordt mij een dubbele portie van een zoete lekkernij en een lepeltje in de hand gedrukt. In de taxi naar het hotel herhaal ik het Italiaanse woord voor rekening – *scontrino* – zoals de Goethe-stagiaire mij heeft ingeprent. De volgende middag sta ik, voorzien van schort en lepel, aan het professionele gasfornuis in Casa del quartiere in de Via Baltea, een gemeenschapscentrum van een tamelijk gemengde buurt, in de fijngehakte uitjes te roeren. De Italiaanse keuken wordt vertegenwoordigd door Grazia – 'een echte Italiaanse mamma', zoals stagiaire Marion trots vertelt. Ten huize Grazia wordt zowel de pasta als de limoncello principieel zelf gemaakt. Marion kan het weten, ze is tenslotte Grazia's schoondochter.

Grazia kijkt argwanend toe terwijl ik op het gevoel gist door de bloem meng. De om wat voor reden ook als delicaat geldende gistdeeg is een van de weinige dingen die bij mij altijd lukken. Ik op mijn beurt durf nauwelijks te kijken in de richting van de veel te grof geraspte wortels en gehakte hazelnoten die het Goethe-Institut voorverpakt heeft ingekocht. Aan een worteltaart met deze ingrediënten kan ik onmogelijk nog geloven.

Grazia laat een groepje kinderen uit de buurt zien hoe je van bladerdeeg pizzette vormt. Vervolgens demonstreert ze de bereiding van farinata, een soort gebak van kikkererwtenmeel dat sensationeel low carb moet zijn, wat Grazia in tegenstelling tot mij koud laat. De kroon op het werk is een frittata met courgette, waarvoor ik plaats moet maken aan het enorme fornuis. Ik mag als eerste proeven – en ik vraag me af hoe ik zo lang zonder dit gerecht heb kunnen leven.

Later zie ik op foto's dat mijn tweejarige dochter met andere kinderen heeft zitten schilderen en ravotten. Maar we zijn daar niet alleen om te eten, en zoals dat voorzien is in het programma lees ik ook enkele alinea's voor in het Duits, om vervolgens te luisteren naar de Italiaanse vertaling, die veel levendiger is en bejubeld wordt. Jammer genoeg ben ik zo enthousiast dat ik de namen noch de beroepen kan onthouden van de mensen die me de hand schudden – hoewel de dichtheid van germanisten en leerkrachten Duits hoog blijkt te zijn.

Op het einde redt Grazia mijn uientaart. Ongeduldig wil ik de taart uit de industriële oven halen, maar zij wenkt me streng naderbij en tilt op de bakplaat een hoekje omhoog –

nog niet uitgebakken. Een kwartier later is het zaakje knapperig en de uientaart verdwijnt, amper in rechthoekjes gesneden, spoorloos. Als dat geen succes is. Voor de worteltaart is er jammer genoeg geen tijd meer, zegt de directrice van het Goethe-Institut, want we moeten hier zo meteen weg, iemand heeft de keuken nodig. Niet erg, zeg ik.

Het is niet origineel om over het eten te praten als je in Italië bent. Maar wat kan ik anders doen? De volgende dag leidt Frau Kraatz Magri ons in het stadscentrum rond en we belanden op de markt. Ik weet niet meer of het nu de grootste van Italië, van Europa of van het zuidelijk halfrond was – een of ander superlatief is ook hier aan de orde. In Duitsland hebben we juist een ijzig koud voorjaar, hier hangt overal de geur van inheemse aardbeien. De directrice blijft mijmerend voor een kraam met wilde venkel staan. Ik weet deze ontdekking te appreciëren en vraag me af hoeveel venkel in mijn koffer gaat.

Het bezoek aan Turijn is exact wat je als schrijver van een geslaagde buitenlandse reis verwacht: iets als vakantie, maar dan interessanter. Stagiaire Marion, die in hoofdberoep kunstenares en wiskundige is, moet wel voortdurend foto's van mij nemen, onder andere met een sombere blik voor de aardbeienkraam. Maar het is nu eenmaal haar job en documenteren is alles. Als we de volgende dag de stad verlaten, heb ik een gevoel van verlies.

Wanneer ze op mijn tekst zou kunnen rekenen, vraagt mevrouw Weiser die voor het Goethe-Institut in Nancy het project coördineert. Ik wil Frankfurt nog afwachten, antwoord ik. Ik hoef niet over beide steden te schrijven, mailt mevrouw Weiser. Bovendien ben ik, zoals bepaald in het contract, volledig vrij in de keuze van de vorm. De testlezers hadden in elk geval bijzonder positief gereageerd hebben op passages 'waarin de belevenis van het huisbezoek vergeleken werd met waarnemingen en ervaringen uit het eigen land', schrijft mevrouw Weiser, en ze spoort me aan tot 'reflecties over de omgang van de mensen met elkaar, maar ook over de stemming ter plekke en over politieke opvattingen en thema's.' Helaas kan je er tegenwoordig niet meer van uitgaan dat 'alle Europeanen de positieve aspecten van Europa vanzelfsprekend vinden.'

Ik raak het gevoel niet kwijt dat nu iets over de grote Europese gedachte moet vallen. Maar ik weet ook dat ik daar niet in zal slagen. Over grote maatschappelijke thema's kan ik, als ik dat überhaupt al kan, frontaal noch direct schrijven. En helaas ook niet met de nodige ernst. Mijn laatste publieke gedachte over Europa was in een gastcolumn voor *ZEIT ONLINE*, waar ik schreef dat ik blij was dat mijn hond Euraziër is zoals ik. De symbolische kracht van dit inzicht vonden veel lezers bepaald niet grappig en ook dun van argumentatie, wat ze in expressieve commentaren onder mijn kleine stukje lieten blijken.

Natuurlijk wil ik, ook al hoef ik dat niet, iets over Frankfurt schrijven, de stad met de twee andere huisbezoeken. Ik hou van Frankfurt – omdat ik lang in Darmstadt heb gewoond, daar vlakbij, waren het centraal station en de luchthaven voor mij de toegang tot de wijde wereld. Hier woont mijn agent, hier vindt de Buchmesse plaats. Ik had ook al voor het *huisbezoek*-project vele huizen in Frankfurt bezocht, maar tot dan toe had ik de mensen die me uitnodigden altijd gekend.

De keukens van de beide huisbezoeken zien eruit als in *Schöner Wohnen,* alleen hipper, en de buffetten als uit *Essen & Trinken,* alleen hartelijker. En toch voel ik me minder op mijn gemak dan in Turijn – paradoxaal genoeg voel ik me in privéruimtes van onbekenden blijkbaar alleen goed als ik ook in de taal een vreemde ben. Nu kan ik niet beslissen – ben ik een gast, ben ik een curiositeit, wil hier iemand iets over boeken weten? Ik vraag de mensen bij wie ik kom wat ze doen voor werk, bewonder de omgebouwde vliegtuigstoelen rond de eettafel, fotografeer het douchegordijn dat uit kotszakjes bestaat, inhaleer vanaf het balkon de skyline en probeer een soort aardappelkoekjes die met schapenkaas zijn gevuld.

Ik raak het gevoel me in een onnatuurlijke situatie te bevinden toch niet helemaal kwijt, juist daarom vond ik lezingen in woonkamers altijd al vermoeiend. Dat mij al bij mijn eerste 'hallo' in de oude woongemeenschap in de wijk Frankfurt-Griesheim een radiojournalist een microfoon onder de neus houdt, maakt de zaak niet relaxter. Later vraagt hij me nog of ik meedoe aan dit format om 'nieuwe mensen te leren kennen'.

Wat mij wel bevalt: Twee medebewoners hebben zich tijdens het huisbezoek in hun kamer opgesloten. Ze komen juist terug van hun verlovingsreis in Istanbul, waar ze door de staatsgreep verschillende dagen niet uit de luchthaven zijn gemogen, zegt de gastvrouw om hen te verontschuldigen. Bovendien spreekt dat stel geen Duits.

Ik keer terug naar mijn hotel dat nogal somber oprijst aan de rand van de wijk Sachsenhausen, en kijk naar de begraafplaats voor mijn raam. Aan de receptie wordt voor bijna dertig euro een upgrade met skyline aangeboden.

Op de vrije ochtend bezoek ik met mijn dochter het Senckenberg-Museum. Frankfurt is Turijn niet, denk ik. Maar als er buiten Berlijn een Duitse stad zou zijn waar ik me thuis zou kunnen voelen, komt Frankfurt daar tamelijk dicht in de buurt. Thuis ben ik blij als Grazia me via Facebook een vriendschapsverzoek heeft gestuurd. Als ik ooit Italiaans ken, zal ik haar schrijven dat we bij ons nu ook een keer per week frittata eten.

Pasta

300 gr bloem
3 eieren
1 snuifje zout
Water

Zeef de bloem op een voldoende grote houten plank, maak
er een bergje van en vorm in het midden een kuiltje. Breek
de eieren en giet ze in het kuiltje, voeg er het snuifje zout
aan toe. Eerst voorzichtig roeren met een vork en vervolgens
steeds meer bloem vanaf de randen bijmengen. Let erop dat
het deeg niet kleeft, voeg indien nodig wat bloem toe. En als
het te korrelig of te droog is, wat water toevoegen. Kneed het
deeg minuten tot het stevig en glad is. Rol het tot een bal en
wikkel het in plasticfolie, laat het geheel een half uur rusten
op kamertemperatuur. Strooi wat bloem op een plank en rol
de bal er zo dun mogelijk op uit. 3 mm of minder is ideaal.
Bestrooi het deeg met bloem, vouw het drie of vier keer dub-
bel tot een lange rechthoek en snijd die met een mes in heel
smalle repen. Laat de pasta drie tot vier uur rusten voor u
hem kookt.

Bladerdeegpizzettes

1 rol bladerdeeg
400 gram tomaten gepureerd en met stukjes
Oregano
Zwarte olijven zonder pit
Koudgeperste olijfolie
Zout

Rol het bladerdeeg uit en steek er met een uitsteekvorm of met een glas ronde schijven uit. Bedek een bakplaat met bakpapier en leg er de deegschijven op. Zorg voor voldoende afstand tussen de schijven, zodat ze elkaar niet raken, want het deeg zet tijdens het bakken uit. Doe op elk schijfje een laagje gepureerde tomaten, een snuifje oregano en een zwarte olijf. Strooi er wat zout op en besprenkel met een paar druppels olijfolie. Zet de bakplaat met de pizzettes op 220°C in de oven. Ze zijn klaar zodra de randen goudbruin kleuren.

Farinata

900 ml water
300 gram kikkererwtenmeel (verkrijgbaar bij de Turkse
of Marokkaanse bakker)
Koudgeperste olijfolie: ½ glas voor het deeg
en ½ glas voor het invetten van de bakvorm
Zout

Doe het kikkererwtenmeel in een kom en giet er beetje bij beetje al roerend water bij. Zorg dat er geen klonters ontstaan. Meng een half glas olie onder het beslag en voeg zout toe om het deeg glad en homogeen te maken. Sluit de kom af en laat het mengsel minstens zes uur rusten. Roer de massa om en laat nog eens enkele minuten rusten. Bestrijk een gelaagde ronde bakvorm met een lage rand rijkelijk met olie. Giet een laag van ongeveer een halve centimeter in de bakvorm. Bak 15 à 20 minuten in een voorverwarmde oven op 200°C, tot de bovenkant goudbruin is. Snijd de farinata in stukken en serveer met wat gemalen peper.

Frittata met courgette

5 eieren
4 middelgrote courgettes
1 bos peterselie
100 g geraspte Parmezaanse kaas
Koudgeperste olijfolie
Zout

Was de courgettes en snijd ze in dunne schijfjes. Verhit de olijfolie in een antikleefpan en voeg de courgettes toe. Laat de schijfjes op een laag vuurtje sudderen. Klop intussen de eieren los in een kom. Voeg de fijngesneden peterselie en Parmezaanse kaas toe en roer met een klopper. Giet het omeletmengsel in de pan zodra de courgettes beetgaar zijn. Doe er een deksel op als de frittata aan de randen goudbruin is en laat nog even voortbakken. Met behulp van het deksel de omelet omdraaien, weer in de pan laten glijden en gaar laten worden. Warm of lauw opdienen.

ALINA BRONSKY

Uit het Duits vertaald door
JENNIFER ANSTÄDT, RUTH BROSENS, SARA CUYPERS,
PAULINE DE GROOTE, JULIE DE SCHRIJVER,
JONAS DENYS, JUSTIEN LEMEY, ELIEN LEYS,
LAURA ROUKAERTS, MARGOT SCHOTTE,
ELS SNICK, LARA VAN THUYNE, BIEKE VANNEREM,
ROMY VERMEEREN, KELLY-JOYCE VERMEESCH

Napels
Dresden

Marie Darrieussecq

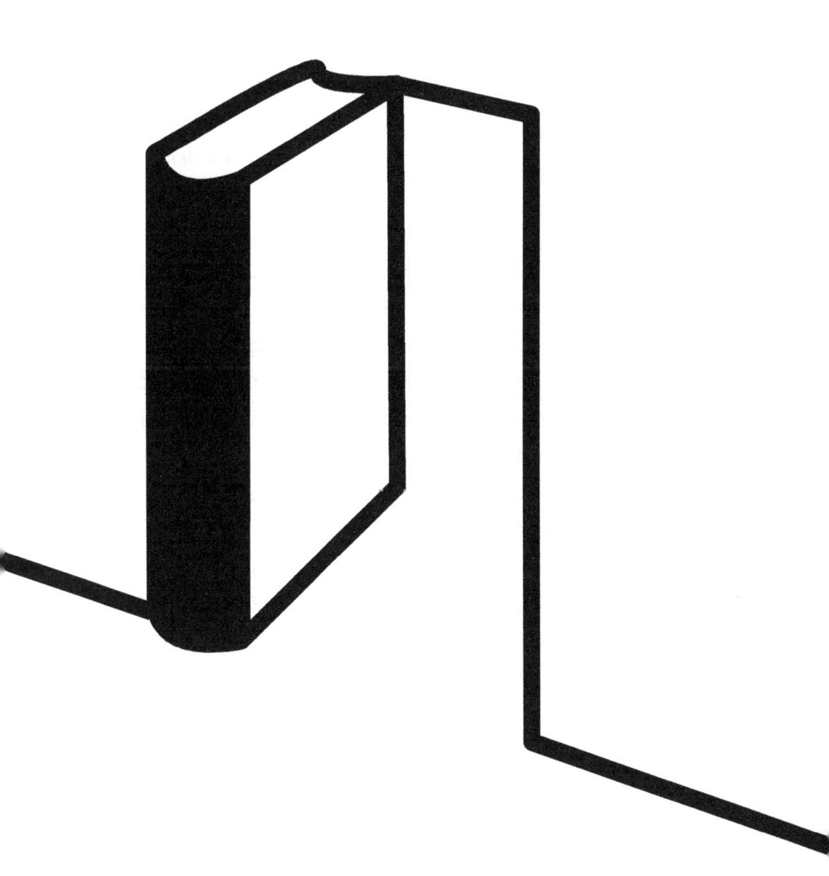

Napels – Dresden in Europa

'Napels is een Pompeji dat nooit begraven is.'
Curzio Malaparte
'Dresden is een modern Pompeji.'
Victor Klemperer

DOOR *DE HUID* VAN MALAPARTE kreeg ik voor het eerst een idee wat oorlog was. Het boek stond in de boekenkast van mijn ouders. Misschien pakte ik het vanwege de titel, hoe oud zal ik geweest zijn, veertien? Op de televisie was er oorlog in Libanon, maar dat begreep ik niet. Door Malaparte is oorlog voor mij voorgoed verbonden met honger, ziekte, prostitutie, en vreemd genoeg ook met zeedieren die in de grotten van het Middelandse Zeegebied huisden.

'Maar wat telt de ziel nog? Alleen de huid telt.'[1] Ik heb het meer dan dertig jaar later opnieuw gelezen, omdat ik in het kader van het project *Hausbesuch* uitgenodigd was in Napels.

Voor dat project worden schrijvers gevraagd twee verschillende Europese steden te bezoeken, een in Duitsland en een ergens anders. Afgaand op mijn gevoel koos ik voor Napels en Dresden. Door dit project kreeg ik de magische kans in mijn hoofd een viaduct tussen de twee steden te bouwen. Er een brug tussen te slaan en ze te behandelen als twee hoofdsteden van een tekst die ik ging schrijven. Dresden, Napels. Europese geografie.

Daartussen ligt Gernika. Ver weg Hiroshima.

De afgelopen zomer had ik de dagboeken gelezen van Klemperer. Victor Klemperer was een Duits-Joodse intellectueel uit Dresden.[2] Zijn dagboek loopt van 1933 tot aan zijn dood in 1960. In het Derde Rijk wordt Klemperer getroffen door de anti-Joodse wetten. In 1935 verliest hij zijn baan aan de universiteit, hij mag niet meer in de tram, mag niet autorijden, niet naar de bioscoop, niet naar de bibliotheek, hij mag niet langer in zijn huis wonen, en zelfs een kat hebben is verboden. Met zijn vrouw Eva, die niet Joods is, komt hij terecht in een soort schemergebied dat de nazi's hebben geschapen voor de status van *gemengde huwelijken*.

In diezelfde tijd denkt Malaparte op de oude wallen van Napels aan Europa. Hij ziet wat hij 'de pest' noemt: iedereen verkoopt alles en iedereen om te overleven, onder de as van een morele Vesuvius. Hij denkt aan Christus die een Napolitaan was, en die geen medemenselijkheid maar medelijden preekte. Hij verwijst naar Rimbaud en zijn *Le Bateau ivre*: 'werd door Europa's oude wallen weer bekoord!'[3]

Dresden en Napels zijn heel verschillend. Maar ik woon sinds jaar en dag in Frankrijk en ik ben gewend aan een land vol tegenstellingen: droog en vochtig, warm en koud, geel en groen, vlak en bergachtig, zeeën en rivieren. Maar toch relatief verenigd. Net als Europa. Europa is tegelijk het rozige blauw van de baai van Napels en het groene groen van de oevers van de Elbe. Zoet water en zout water. De heuvels en de vulkaan, berken en olijfbomen, heel andere wijnen.

Ik herlas Malaparte in het vliegtuig. Hij ziet Europa als 'een raadselachtig gebied, vol onschendbare geheimen', een Europa waarvan Napels de hoofdstad is, een land van Juno en Jupiter. Het woord *land* treft me. Dat schrijft hij herhaalde malen, tussen 1943 en 1948, dat Europa een land is, een land onder de bommen, op de puinhopen, de overwonnen vrouwen met gespreide dijen. Een land. Mijn land.

En vanuit het gezichtspunt van de Amerikanen in *De huid* is Europa ook een land, *a country*, maar het wordt ook beschouwd als een 'buitenwijk van Parijs'. En daar ben ik het volledig mee eens. Mijn hoofdstad is voor mijn gevoel niet Parijs, maar Gernika, en toch ben ik het ermee eens: Europa, dit land, is de buitenwijk van Parijs.

Lissabon of Barcelona, zelfs Berlijn: die steden zijn *bijna* even mooi, bruisend, kosmopolitisch en opwindend als Parijs.

Maar Parijs is de hoofdstad van Europa. Zo is het. Kom me niet aanzetten met Straatsburg of Brussel.

Het had Londen kunnen zijn, maar de Engelsen wilden eruit stappen. Het had Boedapest kunnen zijn, dat precies in het midden ligt, maar te veel Hongaren hebben een hekel aan Europa. Het had Constanza kunnen zijn, vanwege de ballingschap van Ovidius, vanwege het grensgebied tegenover de Russen, maar wie kent Constanza? Het had Stockholm kunnen zijn, maar de Zweedse vrede is te lauw. Het had Venetië of Praag kunnen zijn, maar die zijn *alleen maar* mooi. Het had Amsterdam kunnen zijn, van Descartes tot Anne Frank. Maar nee. Het is Parijs. Zo is het.

De hoofdstad van Europa zou ook Lampedusa kunnen zijn.

'Papieren, papieren!' In *De huid* doorzoekt een ziekenbroeder na het bombardement de zakken van de lijken om ze te identificeren; Malaparte denkt aan 'alle ellende die de doden over zich heen zouden krijgen als hun papieren niet in orde waren.' Vandaag de dag spoelen dode kinderen aan op de stranden van Europa. Er zal een monument voor ze opgericht worden in Lampedusa, als dat al niet gebeurd is. Daar zullen bloemen gelegd worden, de schaarse bloemen van Lampedusa, bloemen uit wat bijna woestijn is.

Als je een paspoort hebt kun je in 2016 van Napels naar Dresden vliegen met een overstap in München; het is 1500 kilometer rijden en bij Brennero de Oostenrijkse grens over. De route vormt een verticale streep dwars door Europa, een meridiaan.

Europa is niet groot. Het past in de Verenigde Staten, of in Antarctica of in Siberië, het zou zelfs in de twee Congo's passen als je er Angola bij doet, of zeg een stukje Gabon.

Op het moment dat ik dit schrijf proberen Gabon en Congo in opstand te komen tegen hun dictators. De Gabonezen noemen hun Constitutioneel Hof 'de toren van Pisa' omdat het altijd buigt in de richting van de macht. De Franse radio en kranten halen voortdurend Kabila uit Congo en Bongo uit Gabon door elkaar, de twee landen en de twee despoten, lettergrepen en rijmklanken; in hun Europese hoofden verwarren ze Kinshasa en Libréville.

En Aleppo. Terwijl ik dit schrijf wordt Aleppo gebombardeerd. Ik heb nog een restje Aleppo-zeep. Het ruikt naar laurier en olijfolie, en ook naar iets donkers als as. Dit is geen metafoor: die zeep, waarschijnlijk de beste en de oudste ter wereld, ruikt echt naar as. In december 2005 heb ik er in Aleppo een voorraadje van gekocht. Je kunt hem heel goed bewaren, wanneer je het blokje doormidden snijdt is de binnenkant lichtgroen, zacht en fris. Ik zie mijn laatste restje zeep wegsmelten. Is dit toch een metafoor? Was ik mijn handen in onschuld? Ik schrijf, over Malaparte en Klemperer en anderen, over Dresden, Gernika, over die gebombardeerde Pompeji's; en Aleppo staat in brand, er is geen drinkwater meer.

En Syriërs steken op gammele boten de zee over om een klein beetje vrede te vinden in Europa.

De Russen en Bachar gebruiken 'niet-conventionele' wapens (want sommige zijn het kennelijk wél) tegen Aleppo: fosforbommen en *vacuümbommen*. Die veroorzaken een schokgolf, een vuurbal en een grootschalige lage druk. Hoe kan een kinderlichaam bestand zijn tegen vacuümbommen?

Aleppo zal vast en zeker worden herbouwd op de doden. Gernika is wederopgebouwd. Dresden ook. Hiroshima ook, maar helemaal niet zoals het was. En Nagasaki is zo 'veranderd' dat er in de nieuwe stad geen enkele ruïne is, er duidt niets meer op de verdwijning van de stad – een schamele fontein, een lelijk Vredesmonument.

Onze ambassadeurs bij de VN zeggen terecht dat Aleppo niet 'het Gernika van de eenentwintigste eeuw' mag worden.[4] Maar dat beschrijft toch onze onmacht? We zijn niet in 1937, maar 2016 stinkt.

In 1937 is Gernika platgegooid bij wijze van experiment. De nazi's hebben de klus geklaard voor Franco en bij wijze van proef: eerst beschietingen vanuit de lucht, dan een 'tapijt' van explosieve bommen en daarna brandbommen. Het was het eerste burgerbombardement in de menselijke geschiedenis.

Op gebouwen in Gernika staat '1942', '1944', '1945': verwarrende data van wederopbouw op het moment dat Keulen, Le Havre en Dresden van de kaart van Europa werden geveegd.

Er zullen kunstenaars zijn die proberen de Picasso van Aleppo te worden, dat is nodig. Maar het is altijd een elegie en een aanklacht achteraf, op zijn best *tijdens*, opdat het *nooit meer* gebeuren zal.

Gernika is de stad en *Guernica* is het schilderij. Op twee letterjes na werd de stad opgeslokt door de kaken van de schilder. Maar dat weten waarschijnlijk alleen de Basken; de Basken die hun hoofdstad lang geleden Gernika hebben genoemd.

Hiroshima is ook een stad die een naam is geworden. Een stad als verwijzing. Een stad die synoniem is voor de verwoesting van de atoombom. Hiroshima. Je komt per trein de stad in en je rijdt een naam binnen. Jonge mensen dragen wit met rode t-shirts met '*I love Hiroshima*'. Ze hebben een sterke baseball-ploeg.

In Hiroshima is nog een verkoolde koepel, en een museum. In het museum staan een verkoolde driewieler, een lunchtrommel waarin het eten as is geworden, door de hitte gesmolten kommen, en foto's, sommige van de wolk vanuit de verte gezien. In de omringende heuvels maakten Japanners foto's – kijk 'ns wat een vreemd meteorologisch verschijnsel, wat een vreemd onweer, wat een vreemde bliksem! De gemiddelde Japanner had in het Japan van 1945 kennelijk een fototoestel.

Op het weerstation Hiroshima, op 3,7 kilometer vanaf het epicentrum, deed Isao Kita die ochtend zoals alle andere ochtenden zijn waarnemingen, want hij was weerkundige. '*White clouds spread over the blue sky. It was amazing. It was if blue morning-glories had suddenly bloomed up in the sky.(...) When I looked down on the town from the top of that hill, I could see that the city was completely lost. The city turned into a yellow sand. It turned yellow, the color of the yellow desert.*'[5]

Voor Isao Kita heeft de wolk de vorm van een blauwe akkerwinde. Voor de Amerikanen, die de effecten van het experiment bestuderen, heeft de wolk de vorm van een paddestoel. Er waren twee soorten bommen, twee systemen, de een bevatte een lading die implodeerde, de ander bestond uit twee ladingen die ontploften, er zijn twee bombardementen geweest, twee proeven *in vivo*, Hiroshima en Nagasaki, en in beide gevallen twee paddestoelen, hetzelfde plantaardige beeld. De Amerikanen hebben twee geslaagde experimenten uitgevoerd.

Tweeduizend jaar eerder had de wolk die uit de Vesuvius opsteeg voor Plinius de jongere de vorm van een parasolden. 'Een wolk [...] waarvan de gelijkenis en vorm zich het best laat vergelijken met een pijnboom. Hoog oprijzend als met een lange stam, verbreidde ze zich later met een soort van takken. Vermoedelijk omdat ze door een eerste aanblazing omhoog gestoten werd en bij het verzwakken daarvan inzakte of door haar eigen gewicht gedwongen in de breedte uitvloeide.' Dat schrijft hij in zijn beroemde brief aan Tacitus in het jaar 104.

Pompeji is de moeder van alle verwoestingen. Het is een stad die nooit herbouwd is, maar tegelijk intact is gebleven. Een eeuwigdurend sterven. Een vulkaan heeft geen ziel en geen wil, geen leger en geen luchtmacht. Maar hij heeft de stad verzwolgen en volledig verwoest, en sindsdien zijn alle verwoeste steden Pompeji. Alle verwoeste steden worden gele woestijnen.

'Dresden is een modern Pompeji... Ik kan de straten van vroeger onmogelijk terugvinden... Gisteravond luidden de klokken omdat het dertien jaar geleden was dat de stad werd verwoest – ik ben een soort schim.'[6]

In april 1943 is het een stralende lente in Dresden en in Napels. De lucht is blauw boven de Elbe en de Tyrrheense Zee. Overal zijn doden. Klemperer beschrijft het weelderige voorjaar op de oevers van de rivier, de bloemen, de vruchten, en zijn vriend Juliusburger, die op woensdag opgepakt werd en vrijdag stierf, en Meinhard, opgepakt en gestorven, en Conradi, opgepakt, 'een docent als ik, een oudstrijder net als ik, net als ik gemengd getrouwd... en ik zal sterven in een concentratiekamp, "op de vlucht doodgeschoten" of in Auschwitz zelf "aan een hartaanval".'

Op 28 april 1943 wordt Malaparte overvallen door het bombardement op Napels. Hij ontkomt aan de instorting van de grot aan de via Santa Lucia waar hij met honderden mensen een toevlucht had gezocht. 'De stad leek op een koeienvlaai waarin een voorbijganger had getrapt.'

Op 29 april 1943 wordt Klemperer gedwongen tewerkgesteld in een fabriek die surrogaat-thee produceert. Dezelfde dag vertelt een Joodse vriendin hem wat een voorbijganger heeft gezegd: 'Wat betekent dat eigenlijk, niet-arisch? En wat gaat dat mij aan?' Die onbekende, die tien jaar lang ongevoelig is gebleven voor nazi-propaganda, verwarmt heel even Klemperers hart.

Daarnaast wordt in april 1943 mijn vader Jean-Pierre Darrieussecq geboren aan de Golf van Biskaje in bezet Frankrijk. Wanneer hij een jaar oud is, is hij zo zwak door de Engelse ziekte dat mijn opa op zijn fiets door een kwart van de Pyreneeën trekt om een ei voor hem te bemachtigen.

Klemperer heeft de hele oorlog lang aardappels en kool gegeten, alleen aardappels en kool (en tot 1940 een beetje vis). Malaparte heeft alles, werkelijk alles gegeten: kat, kauwgum, *taralli* en lamantijn, die de gruwende Amerikaanse disgenoten aanzagen voor een gekookt klein meisje of misschien een zeemeermin.

Op 1 oktober 1943 trekt het vijfde Amerikaanse leger Napels binnen. Diezelfde dag gelast de Gestapo Klemperer te gaan wonen in een 'Jodenhuis' in de Zeughausstraße 1, in Dresden.

De laatste uitbarsting van de Vesuvius eindigt op 4 april 1944. Een aantal B-25 bommenwerpers van de Amerikaanse luchtmacht worden verwoest. De menigte roept *'è fornuta! è fornuta!'* ('het is voorbij!') en Malaparte weet niet of ze het eind van de vulkaanuitbarsting of het eind van de oorlog bedoelen.

Ik probeer me die vulkaan voor te stellen die doden maakt, nog meer doden, doden midden in de Wereldoorlog.

Op 13 februari 1945 zijn er nog maar zo'n honderd Joden in Dresden, allemaal *'gemengd'* getrouwd, en ineens wordt het bevel gegeven ze te deporteren. Op de avond van 13 februari wordt Dresden volledig verwoest door een bombardement van de Amerikaanse luchtmacht. Victor en Eva Klemperer overleven het. Het verslag van het bombardement in Victors dagboek zou eigenlijk op alle scholen in Dresden en elders gelezen moeten worden (maar dat is niet zo, niet in Dresden en ook niet elders, ik heb het gevraagd).

Voor het echtpaar Klemperer begint een lange tocht naar München, te voet of over de laatste stukken spoor, die doet denken aan *La tregua* van Primo Levi.[7]

De jonge Klemperer was lector aan de Universiteit van Napels toen hij daar overvallen werd door het uitbreken van de oorlog, de Eerste Wereldoorlog, in 1914. Hij heeft toen dienst genomen als soldaat bij de Duitse artillerie, kreeg een onderscheiding als oorlogsveteraan, maar dat heeft hem in de Tweede nergens van gered.

Europa is gebouwd op een berg doden, vernietigd in de schuilplaatsen van Napels, tot op het bot verkoold in Dresden, met miljoenen verdampt in de hemel boven Duitsland en Polen. Op die berg doden, op het slachthuis van de twintigste eeuw, is er herbouwd.

Kurt Vonnegut, een van de grootste Amerikaanse schrijvers, is oorlogsgevangene in Dresden op het moment van het bombardement. Hij vindt een schuilplaats in een koelkelder van het slachthuis waar hij tewerkgesteld is. Wanneer hij naar buiten komt ziet Dresden eruit 'als de maan'. Hij wordt ingezet voor het bergen van de lijken, maar het zijn er te veel, ze moeten ze kleiner maken met behulp van vlammenwerpers. *So it goes.*

Twintig jaar later schrijft hij *Slaughterhouse Five* (Slachthuis vijf, vert. Else Hoog, Meulenhoff, 1970), een boek dat op alle scholen ter wereld en op alle scholen van Dresden gelezen zou moeten worden (maar dat wordt het niet, ik heb het gevraagd). De verwilderde hoofdpersoon van *Slaughterhouse Five* heeft het merkwaardige vermogen om door tijd en ruimte te kunnen reizen: hij is tegelijkertijd op de ruïnes van Dresden en in zijn brillenzaak in een klein stadje van de Staat New York, en hij wordt ook nog tentoongesteld in een dierentuin op de planeet Trafaldamore. Ik kom uit Gernika. Zo gaat dat.

De Amerikanen hebben Europa nodig om zich Amerikaans te voelen, schrijft Malaparte. Maar Europa in 1945 is een berg lijken en ruïnes. Dat is een teleurstelling voor de Amerikanen. Ze dachten dat Europa iets beters was. *So it goes. So it goes.* 'Zo gaat dat' is het refrein van *Slaughterhouse Five.*

Van 27 tot 30 september 2016 ben ik naar Napels gereisd, van 6 tot 9 oktober naar Dresden, met steeds dat aanhoudende stemmetje in mijn hoofd dat die twee steden me iets zouden kunnen zeggen over Europa.

In Napels vroeg ik mijn gastgezin, bestaande uit vrouwen en een stokoude man: 'Wat zijn de belangrijkste problemen in de stad tegenwoordig?' Ze moesten lachen: 'Bedoelt u afgezien van de Camorra?' Voor die vrouwen was het probleem niet de werkloosheid, en ook niet, ik noem maar wat, de migranten of de belasting, maar het was de Camorra. De maffia.

Ze woonden in een 'volkswijk'. Dat wil zeggen dat ze niet veel geld hadden. Nilla Romano, de inspirerende onderwijzeres die ons met elkaar in contact had gebracht, vertelde me over hoeveel moeite het kostte om veel jongeren die overal vandaan kwamen, uit Nigeria, Senegal, Oekraïne, 'nog niet uit Syrië', Italiaans te leren. De vrouwen vroegen me of schoolboeken in Frankrijk *echt* gratis waren. Dat beaamde ik. Het Frankrijk *van vandaag* ziet er misschien vanuit het buitenland benijdenswaardig uit. Voor iedere Europeaan zou een reis door Europa verplicht moeten zijn, gefinancierd door een flinke Erasmusbeurs. En het zou nog beter zijn als er ook nog een reis naar een van de andere werelddelen van af zou kunnen.

De vrouwen uit Napels die me ontvingen waren moe. Corruptie is vermoeiend. Dat zie ik ook bij mijn Congolese en Gabonese vrienden. 'Als ik terugga naar Kinshasa ben ik voortdurend gestresst,' zegt Boniface Mongo-Mboussa, die al dertig jaar in Parijs woont. 'In Parijs ontspan ik me.' De vrouwen in Napels zeiden me: 'Napels is een stad waar je honderd procent moet investeren om vijftig procent voor elkaar te krijgen. Aan het eind van de dag hebben de eenvoudigste dingen je zo veel energie gekost dat je uitgeput bent.'

'Maar jullie hebben wel water en elektriciteit,' zei ik. Ze lachten verbaasd. Misschien heb ik te veel in Afrika gereisd. Ze legden me uit: de overheid, de politie, de weg, alles kan ineens geblokkeerd worden, en die blokkade wordt pas opgeheven als je flink betaalt, anders zit je behoorlijk in de problemen. Op de avond dat ik aankwam was de straat waar we doorheen moesten, in de buurt van de Piazza Bellini, ineens geblokkeerd. De taxichauffeur begon te schelden. Ik ken genoeg Frans, Spaans en Latijn voor een taalkundige capuccino – de straat werd geblokkeerd door gangstertjes die mensen afpersten die hun auto kwamen halen. Er was wel politie maar alles wat ze deden was waarschuwen dat je daar niet door kon – anders gezegd dat je die kruimeldieven de tijd moest gunnen om hun slag te slaan.

'Dat is een klassiek verhaal,' zeiden de Napolitaansen. 'De Camorra kan zomaar ineens vragen om de straat af te sluiten, niets bijzonders, voor een kwartiertje of zo, met het excuus dat ze je maanden of jaren geleden een dienst hebben verleend. Of ze vragen je geld om je te "beschermen". Beschermen tegen wie? De Camorra "beschermt" je tegen zichzelf.'

In Dresden bestaat geen Camorra. Geen corruptie op straat of in de kantoren. In Dresden zijn de mensen niet vermoeid, zoals in Napels. Dat zie je. En *natuurlijk* hebben ze stromend water en elektriciteit.

Het gewone comfort in Dresden is voor de rest van de planeet onvoorstelbaar. Je vraagt je af waar Dresden over klaagt, een stad die zo *cosy* is, zo gemoedelijk, beschut gelegen tussen de oevers van de Elbe met haar barokke of nieuwe huizen, met haar keurig herbouwde straten. Alles grotendeels gefinancierd door Europese fondsen, net als Napels. Maar Europa is niet goed voor haar eigen voorlichting, voor haar eigen promotie.

En je vraagt je af waar Dresden bang voor is – maar de stad is bang. Twee jaar geleden is hier de Pegida-beweging ontstaan, en de stad is verdeeld: degenen die vluchtelingen verwelkomen en degenen die zeggen rot op. De voorstanders en de tegenstanders van Europa. In die zin is Dresden typisch Europees.

In toeristenfolders en bij monde van haar inwoners beweert Dresden graag dat het 'een van de mooiste steden ter wereld' is. Dat heb ik in heel veel steden gehoord, in Hobart in Tasmanië bijvoorbeeld, waar je in de haven wordt verwelkomd met een bord met '*One of the most beautiful cities in the world*'.

Net als Bayonne, mijn geboortestad. Maar Napels beweert niets.[8] Napels is vanzelfsprekend. Dresden kan niet concurreren met Napels, met de Vesuvius, met de *palazzi*, met de zee en Capri, met de zon, met de rijkdom en de schoonheid. In Dresden is er een pizzeria Napoli, in Napels is er geen enkel restaurant met de naam Dresden.

Maar Dresden is mooi. Mooi, ondanks alles. Ondanks Pegida, ondanks de bijeenkomsten van neo-nazi's, ondanks de ineenstorting van het toerisme sinds die zwarte politieke golf. Hier begint en eindigt alles op 13 februari 1945. In de psyche van Dresden loopt een ondergrondse lijn tussen het bombardement van 1945 en de komst van de migranten in de jaren 2000. Dezelfde angst.

In Dresden plakt een ander deel van de bevolking, dat ja tegen de vluchtelingen zegt, overal affiches met de tekst *'refugees welcome – bring your families'* en er is zelfs een bescheiden monument geïnstalleerd, 'A lighthouse for Lampedusa'. Maar wanneer ik aankom, is de hele Saksische politie op zoek naar een jonge Syriër bewapend met explosieven die op 7 oktober in Chemnitz is ontsnapt en uiteindelijk dankzij andere Syrische vluchtelingen op de avond van 9 oktober in Leipzig wordt opgepakt. Ik zou graag willen dat alle vluchtelingen op de wereld heiligen waren. Maar sommigen zijn moordenaars. *So it goes.*

De wereld is in beweging. De migratie van het Zuiden naar het Noorden valt evenmin tegen te houden als het dalen en stijgen van de Elbe. Tenzij er op korte termijn grote versperringen worden opgeworpen. Maar zolang de wereld is zoals hij is, dat wil zeggen schandalig ongelijk, zal het Zuiden naar het Noorden trekken. Zo gaat het.

Maar dat onmiskenbare feit lijkt onhoorbaar in Dresden, en elders ook. In Dresden meer dan elders.

Dresden is een slachtoffer-stad. Maar waarom meer dan Keulen, dat net zo goed werd platgegooid? Meer dan Hamburg, waar er evenveel doden waren? Ik kreeg steeds hetzelfde antwoord: omdat het zo laat was.

Claudia Quiring, conservatrice architectuur van het Stadtmuseum in Dresden, wier moeder is omgekomen bij het bombardement op Hamburg, zegt me dat ze die redenering niet begrijpt. In Dresden ging de oorlog tot 13 februari 1945 voorbij in het comfort van ongeschonden huizen. 'De gaskachels suisden vrolijk in Dresden. De trams rinkelden. De telefoons gingen en werden opgenomen. Het licht ging aan of uit als je de schakelaar omdraaide. Er waren theaters en restaurants. Er was een dierentuin.' Zo beschrijft Kurt Vonnegut met verbijstering Dresden, nadat hij door een in de as gelegd Duitsland heeft gereisd.

Dat is het juist, zeggen de Dresdenaren. Het was een wraakbombardement. Een bombardement dat er alleen maar op gericht was zoveel mogelijk doden te maken.

De wond is veel rauwer dan in alle andere Duitse steden die ik ken. Meer zelfs dan in andere gebombardeerde steden die ik ken. In Hiroshima, waar de straling een extra verschrikking toevoegde, *schamen* de slachtoffers, die uitgestoten zijn, zich. In Nagasaki wordt alles verzwegen.

Maar Dresden is een stad die zich onschuldig voelt. Over de oorlog, over de schuld van de nazi's, wordt alleen gerept in de musea of in de Neustadt, de jonge, open wijk. Maar Dresden was de meest nazistische stad van Duitsland, qua partijleden en qua stemmers.[9] De idee van 'ontaarde kunst' werd geboren in Dresden. En het aantal slachtoffers van het bombardement is nog steeds zeer omstreden: van 25.000, een lage schatting, tot 250.000, een hoge schatting. 'Die nul is er na de oorlog aan toegevoegd', hoor ik meerdere keren. Die nul is gebleven.[10]

Dresden bestaat uit een opeenstapeling van laagjes tijd, van de barok tot het bombardement, van de DDR tot de hereniging. In de DDR bleven de Amerikanen de vijand. De stad werd gedeeltelijk en functioneel wederopgebouwd, overzichtelijk, en gemaakt voor een ideale middenklasse: rechthoekige ruimtes, gelijkvormige appartementen, grote ramen. De architecturale erfenis van de jaren zestig wordt in de stad overigens onderschat, behalve door een paar nostalgici en enkele liefhebbers. Het 'pinguïn-café' in de dierentuin wordt binnenkort onder algemene onverschilligheid afgebroken.

Grit Werner, een stadsgids, vertelt me dat de stad zich voortdurend beschermt tegen het oprakelen van het verleden. Zich schrap zet tegen het stof van het ophalen van de herinnering. Wederopbouw betekent graven in de puinhopen, een keuze maken om de resten opnieuw te begraven of naar boven te halen. Het is als een onderbewustzijn dat steeds bevraagd wordt, een geheugen dat niet met rust gelaten wordt. De Frauenkirche bijvoorbeeld: in de nieuwe gele koepel zijn zwarte stenen verwerkt die uit het puin zijn opgedolven, die zestig jaar lang op een berg hebben gelegen. Ze zijn op hun plaats terugbevestigd, in de lucht in zekere zin, tussen blokken nieuw zandsteen. Deze reusachtige koepel, die gereconstrueerd werd dankzij wereldwijde crowdfunding, heeft weer een groot hoofd op Dresdens schouders gezet, en dat hoofd is bespikkeld met donkere scherfjes, plotselinge herinneringen, schimmen.

Bij een glas lokale wijn zoeken Grit en ik naar het mogelijke verband tussen het bombardement op de stad en de angst voor migranten. In deze duur hervonden vrede, lijkt iedere verandering een bedreiging, iedere nieuwkomer een bron van onrust. Ik zeg dat iedere nieuwkomer in deze stad die zichzelf zo mooi vindt de verontrustende boodschap brengt dat het ergens anders ook mooi is. Ergens anders... een andere wereld ver van Saksen, een land zonder zee of bergen, in het hart van Europa, met als enige opening de brede open Elbe, die naar Hamburg stroomt.

Wat het meest kenmerkend voor Dresden is, zijn de braak-
liggende gebieden.[11] Of ze nu het gevolg zijn van het bombardement of tot de oevers van de Elbe behoren, ze vormen een
opening naar een andere wereld binnen de stad, een groen,
met struikgewas bedekt elders. De Elbe is hier de rivier die
het meest vrijgelaten wordt binnen een grote stad, wat Dresden vijf jaar lang het label van de UNESCO heeft opgeleverd
– tot er een conflict ontstond vanwege de bouw van een nieuwe brug; maar dit terzijde. Overal in Dresden liggen stukken
braakland, waar wilde planten opschieten, bij leegstaande
huizen of temidden van het puin. Ten noorden van de Königsbrücker Straße bijvoorbeeld, tegenover het militair-histo-
risch museum dat de architect Daniel Libeskind zo gedurfd
doorsneden heeft, zie je door het hekwerk een groot gebouw,
waarschijnlijk achttiende-eeuws, met een strakke gevel en
driehoekige daklijsten. Onder het okeren pleisterwerk zijn de
bakstenen zichtbaar, versierd met graffiti. Overal zijn planten:
op het dak, voor de ramen, tussen de stenen van de oprijlaan,
op het terrein eromheen. De kracht waarmee de planten groei-
en in het vochtige klimaat van Dresden heeft iets tropisch. In
Parijs of Napels zou zo'n huis gekraakt of opgeknapt worden,
gewild zijn en in ieder geval bewoond zijn.

Het slachthuis waar Kurt Vonnegut als oorlogsgevangene
tewerkgesteld werd, is wel volledig gerenoveerd: het wordt gebruikt als vergadercentrum niet ver van de oever van de Elbe,
aan de Messering. De ingang wordt nog versierd door een

beeld van een rund, en er zit nog een mozaïek op de gevel van twee mannen die een stier leiden. Erachter ligt een groot braakliggend terrein met de ruïnes van een gebouw dat bij nader inzien een kerk blijkt te zijn. Aan de voorkant een park dat aangelegd is uit een berg puin, zoals er naar men mij vertelt op nog twee andere plaatsen in Dresden te vinden zijn. Ik heb gewandeld over die onverwachte kleine heuvel. Uit de grond die was weggespoeld door de regen staken stukken baksteen, dakpannen, tegels en cement. Ik liep over de oude stad Dresden, de opgehoopte stad, de puinresten. Vanaf die heuvel had je een uitzicht over het hele landschap eromheen, het slachthuis, de Yenidze-sigarettenfabriek, die lijkt op een grote moskee, graansilo's aan een kanaal, fabrieken, spoorrails en de skyline van de koepels in het stadscentrum.

Grit Werner, die me op het spoor van het slachthuis had gezet, vertelt dat Kurt Vonnegut als oude man in 2005 opnieuw naar Dresden kwam nadat hij er in 1965 voor het eerst was teruggeweest. Hij herkende niets. En ze hadden hem het verkeerde slachthuis laten zien. *So it goes...*

Vlak bij het slachthuis, op een ander stuk braakliggend land, waardoor de stad zoveel lucht krijgt, was er op de dag dat ik er was een kermis. Toen ik er langs liep ging het licht aan van het grote rad dat EUROPA heette, en dat vatte ik op als een hommage aan mijn literaire voetreis. Het was tien uur 's ochtends, zondag 9 oktober, en er was geen kip op straat. EURO-

PA draaide, rood met goud in de mist, met zijn lege schuitjes. Het was een schrijversval, een bordkartonnen beeld.

Aan de andere kant van de stad, in de Loschwitzer Straße, tegenover een van die 'Jodenhuizen' waar Klemperer in een getto werd opgesloten, staat een art-nouveau standbeeld van Europa: een stijve naakte vrouw die wordt geschaakt door een stijve naakte stier.

Europa is noch een maagd die geschaakt wordt door een stier, noch een reuzenrad op de kermis. Europa heeft de ver-nietigingskampen meegemaakt, Dresden en Gernika, Pompeji en Alesia, Athene en de bossen van de Gothen. Europa is een amfoor, een drakenboot, een Thracische kelk, verschillende gevallen vorstenhuizen, loopgraven, prikkeldraad. Blijkbaar hebben de Mesopotamiërs het *Europa* genoemd, ginds in het huidige Irak: *ereb*, 'binnengaan', in het westen waar de zon ondergaat in de zee; te vergelijken met *asu*, Azië, 'opkomen', in het oosten waar de zon opgaat. In de Griekse mythologie is Europa ook een Fenicische prinses.[12]

Europa is een gemengd land, heel oud, heel pijnlijk en heel mooi, vol hoop en vol angst, dat metaforen, fascisten, terroristen, werkloosheid en corruptie zal overleven, dat zelfs zijn mythen zal overleven, al weet ik niet hoe. Misschien alleen als een tektonische sokkel.

'Ondanks de geringe afmetingen – met een oppervlakte van 10.171.000 vierkante kilometer vertegenwoordigt het nauwelijks 7 procent van de naar de oppervlakte gekomen aarde

– geeft Europa een goede samenvatting van de geschiedenis van de aarde. Ook al zijn het niet de oudste gebieden van de aardbol, toch zijn de oudste gebieden (...) niet minder dan drie miljard driehonderd miljoen jaar oud (3 300 Ma)'[13] zegt de *Encyclopædia Universalis*. 'Het Europese precambrium omvat gebieden die er tussen 3.300 Ma tot 550 Ma gevormd zijn, de datum van de Assyntische gebergtevorming (Van Loch Assynt, in Schotland) dat nog Cadomisch werd genoemd (naar Caen in Frankrijk) of Baikaleens (naar het Baikalmeer in Rusland).'[14] Van Schotland tot Normandië, tot aan Rusland, van Napels tot Dresden lopen we over Europese bodem, waar de moleculen van onze rivieren en de stenen van onze steden vandaan komen. De bevolking is gekomen vanuit het oosten en het zuiden, en zo staat het er nu voor.

---

[1] vert. Jan van der Haar, Arbeiderspers, 2007.

[2] Hij is vooral bekend geworden door zijn studie naar de taal van het Derde Rijk, LTI, De taal van het Derde Rijk, (vert. Wil Hansen, Atlas 2000) waardoor we nu in staat zijn de propagandataal door te prikken die kenmerkend is voor mensen als Trump of Le Pen.

[3] De dronken boot, vert. Paul Claes.

[4] Jean-Marc Ayrault in de Verenigde Naties, 25 september 2016.

[5] http://www.inicom.com/hibakusha/isao.html 'Witte wolken verspreidden zich aan de blauwe hemel. Het was verbazingwekkend. Alsof er plotseling

blauwe akkerwinde was gaan bloeien in de lucht. (...) Toen ik vanaf die heuveltop naar de stad beneden keek zag ik dat ze volledig verwoest was. De stad was veranderd in geel zand. Ze werd geel, de kleur van een gele woestijn.'

[6] Victor Klemperer, Tot het bittere einde, dagboeken 1933-1945, vert. Wil Hansen, Atlas 1997; Tussen de wal en het schip, dagboeken 1945-1959, vert. Jan Gielkens, Atlas 2002

[7] Het respijt, vert. Frida De Matteis-Vogels, Meulenhoff 1987.

[8] In folders, en ook op de eerste bladzijde van Vonneguts roman wordt Dresden vaak 'Florence aan de Elbe' genoemd. Florence beroemt zich er natuurlijk niet op 'Dresden aan de Arno' te zijn.

[9] Zoals te lezen valt in het Stadtmuseum of in het boek van Norbert Haase, Stefi Jersch-Wenzel en Hermann Simon, Fotografien und Dokumente zur nationalsozialistische Judenverfolgung in Dresden 1933-1945, Gustav Kiepenheuer Verlag, 1998.

[10] In Gernika, een veel kleinere stad, wordt de factor 30 gehanteerd door de erfgenamen van het franquisme en door Baskische activisten: 100 en 3000 doden. De Baskische overheid noemt een getal van 1654 doden en 800 gewonden.

[11] 'Dresden leek veel op Dayton, Ohio, met veel meer onbebouwde ruimte dan Dayton', schrijft Kurt Vonnegut in 1969.

[12] Ik lees dit allemaal op www.herodote.net.

[13] http://www.universalis.fr/encyclopedie/europe-geologie-1.

[14] Ibid.

Uit het Frans vertaald door
MIRJAM DE VETH

Porto
Freiburg

Guy Helminger

Op bezoek

'MENEER HELMINGER! Alles goed met u? Wilt u nog langer blijven?'

De man in het bed werd wakker, keek in het donker. Voor de deur hoorde hij een stofzuiger. Hij tastte naar zijn mobieltje, voelde de voet van het nachtkastlampje.

'Ja,' klonk het uit zijn mond. Toen viel hij weer in slaap.

Toen de man opnieuw zijn ogen opendeed, was het nog steeds donker. Hij ging overeind zitten, deed het nachtkastlampje aan. In zijn hoofd voelde hij ruimtes die hij zo nog niet kende, alsof delen van zijn hersenen waren verschoven. Hij was aangekleed. Zelfs zijn schoenen had hij nog aan. Zijn mobiel lag niet op het nachtkastje. Langzaam liep hij enigszins waggelend naar een van de jaloezieën en trok die omhoog. Buiten was het donker. Beneden in het park stonden wijnstokken.

'Okanagan Riesling,' zei de man tegen het ronde raam. Die twee woorden klonken merkwaardig vaag. In een van de nieuwe ruimtes dook nog een tekst op: 'De kruisingsouders zijn niet bekend. ... De soortnaam is misleidend. Het gaat om een hybride en niet om de soort Riesling.'

Boven het bed hingen twee kerktorens bij zonsondergang. Er ging hem een licht op: Freiburg. Hij was in Freiburg. Project *Huisbezoek*. Goethe-Institut. Hij was schrijver, keek naar zijn handen of er inkt aan zijn vingers zat, vlekken die zijn veronderstelling zouden bevestigen. Ook op de gele bank lag geen mobieltje. Hij ging op zoek naar zijn jas. Bij het lopen deinde hij op en neer. Hij liep alsof de vloer zou kunnen meegeven, probeerde zijn voet steviger neer te zetten. Het mislukte. Zijn jas lag naast de televisie. Zijn portemonnee was weg. Zijn hart bonsde. Hij opende zijn mond, haalde diep adem, ging naar de badkamer. Zijn gezicht zag eruit als altijd, alleen liep er nu een rode streep over zijn rechterwang tot aan zijn oog, alsof de rand van het kussen had geprobeerd daar naar binnen te dringen. In de spiegel dook iemand op die hem in bed legde. Toen was het beeld verdwenen. De man trok de hendel van de waterkraan omhoog. Het geluid van stromend water deed hem goed.

'Dit is meneer Sheikho,' stelde de directrice van het Goethe-Institut in Freiburg de man uit Syrië voor. Haar gedraaide krullen hingen tot op haar schouders alsof daar wijnflessen geopend moesten worden. Iets verderop waren mannen aan het volleyballen over een gespannen waslijn. De plek had iets troosteloos. Sheikho nodigde zijn gasten uit binnen te komen. In de keuken van het opvangcentrum vormde een aantal tafels een lange rij. Daarop stonden gerechten uit de landen van herkomst van de mannen, die gingen zitten.

'Ze zijn allemaal over zee gevlucht,' zei de tolk. 'Ze hebben voor u gekookt. Daar is geen vrouw aan te pas gekomen.' Hij herhaalde de zin in het Arabisch. De mannen lachten. De schrijver at veel. Het eten deed hem denken aan de gerechten in een Libanees restaurant in Keulen. De tolk bevestigde dat deze gerechten daar veel op leken, maar dat dit uit hun vaderland kwam.

Enkele mannen vertelden over hun beroep. Er was een tandarts bij, studenten, Sheikho was dramaturg en had in Damascus toneelkritieken geschreven. Toen vroeg een man in een wit onderhemd en met een gouden kettinkje om zijn nek het woord, hij leunde over de tafel, stak zijn hand op. Hoewel de schrijver hem niet verstond, voelde hij hoe de keuken veranderde, hoe de woorden van de muren terugstuitten, rauw tussen de gerechten bleven liggen. Hij wachtte op de vertaling. Die was warrig.

Sheikho praatte op de man in, vriendelijk, kalm.

'Zijn gezin is nog in Syrië,' zei de tolk.

'Die van de andere aanwezigen ook,' antwoordde de schrijver.

De man in onderhemd praatte door.

Woorden leken voor hem iets te zijn om mee te gooien. De tolk probeerde te vertalen.

De man in onderhemd praatte door.

De directrice van het Goethe-Institut zei in zijn richting:'Laat hem nou toch even vertalen.'

De man praatte door.

De tandarts bemoeide zich ermee. In de keuken verschenen scheuren, niet zichtbaar in de muren, maar ze waren er wel. Sheikho nam opnieuw het woord en liet het vrij. Rustig gleed het over de tafel. De man draaide aan het gouden kettinkje om zijn nek, en keek. Toen zweeg hij.

Onder het eten herhaalde het voorval zich meermaals, het rustige gesprek, het opbruisen, het rustige gesprek, alsof het om een oud ritueel ging, een cirkelen, een proces, om de dingen te laten zien, het ene in het andere en omgekeerd, alsof elke vriendelijke voorstelling doorbroken, het vooroordeel bevestigd diende te worden door het op te heffen. Omdat die dingen er tegelijk zijn. En veel andere dingen ook. En tegelijk alles schijnen te zijn en dus niet zijn wat ze lijken.

De tandarts zei dat Sheikho voor iedereen hier als een vader was. Het licht in de keuken viel gelijkmatig over de knikkende hoofden. Een student vertelde dat hij over een paar dagen een voordracht zou houden met de titel 'Syrië – meer dan een burgeroorlog'.

Toen meldde de man in onderhemd zich opnieuw, veegde met zijn hand door de lucht als om plaats te maken voor zijn woordenvloed. De tl-buis aan het plafond flikkerde even. De schrijver zag schaduwen op de muur omdat de mannen achteroverleunden. De keukendeur stond wijd open voor wat van buiten door de gang kwam. De tolk vertaalde.

'Ik begrijp het niet,' zei de schrijver.

'Ik ook niet,' antwoordde de tolk.

De man in onderhemd was opgestaan, praatte op de schrijver in, maakte een gebaar alsof hij dronk.

'Hij is wanhopig, en daarom drinkt hij,' vertaalde de tolk.

Naast het hotel staan wijnstokken met informatiebordjes, dacht de schrijver, die zal ik morgen eens bekijken.

Sheikho beëindigde de maaltijd en nodigde iedereen uit in het gebouw tegenover. Daar konden ze rustiger praten.

Toen ze de keuken verlieten, kwamen andere mannen binnen. De tafel was nog altijd rijkelijk gedekt.

Buiten veegde een diffuus lantaarnlicht de randen van de kleine grasveldjes. De deur van het gebouw ernaast was afgesloten. De man in onderhemd droeg een schaal met appelstukjes en rammelde aan de klink, tot het bewakingspersoneel in de gedaante van een rond mannetje in een blauwe trui met security-logo verscheen. Hij zei dat het al na achten was en dat ze dit gebouw niet meer binnen konden. Dat mocht op dit uur van de dag alleen het bewakingspersoneel. De directrice van het Goethe-Institut schudde de rode kurkentrekkers op haar hoofd.

'Na acht uur 's avonds alleen voor bewakingspersoneel!' herhaalde het ronde mannetje, hij trok de blauwe trui over zijn buik alsof hij het security-opschrift wilde vergroten. De man in onderhemd drong er bij hem op aan een appelstukje te nemen.

Het ronde mannetje weigerde.

Gaan de bezigheden eten en bewaken samen of spreken ze elkaar tegen? vroeg de schrijver zich af.

De man in onderhemd duwde de schaal tegen de buik van de bewaker, stond erop dat hij iets zou pakken.

De lucht werd tastbaar.

'Nee!' zei de bewaker. De spieren in zijn volle gezicht verhardden zich alsof hij daar dat woord verscheidene malen op elkaar stapelde. Iedereen kon het lezen.

De man in onderhemd hield de schaal opnieuw onder de neus van de bewaker.

Het schaarse licht gleed achter de hekken.

'Praat morgen maar met uw chef,' zei de schrijver, 'dan zult u zien wat er was afgesproken.' Toen hij zich omdraaide om naar de keuken terug te gaan, gaf het ronde mannetje toe.

'Eén uur dan,' zei hij.

De ruimte waarin ze zaten was even sober als de keuken. Maar het was een andere ruimte. Zo leek het tenminste. Sheikho vroeg of de schrijver in zijn verhalen over Syrië schreef? Over de oorlog? Het viel de schrijver op dat er ook in deze ruimte geen enkele plant stond.

'Nee,' zei hij, want daarvoor zou hij met mensen uit het oorlogsgebied moeten praten. Niet maar één avond, maar langere tijd.

De man in onderhemd sprong op, scheidde zich met de zijkant van zijn hand van de anderen af voordat zijn taal in de groep uiteenspatte. En nog voordat de tolk kon vertalen, vroeg de schrijver hardop aan de man waarom hij zo agressief was?

'Ja, ik ben agressief!' antwoordde de man in onderhemd.

De tandarts nam hem vriendelijk bij de arm en bracht hem naar buiten.

'Hij drinkt,' zei de jonge man die binnenkort een voordracht zou houden.

Het licht herademde, groeide als een bescheiden long, liet heldere partikeltjes in de gezichten vrij. Maar dat was maar een gevoel dat de schrijver had. Hij pakte het waterglas, waarin een schijfje citroen dreef.

Het rook eigenaardig fris in de badkamer. Hij voelde iets kouds in zijn handen. Fijne druppeltjes spetterden vanuit de wasbak tegen zijn vingers. De waterstraal wervelde tegen de wijzers van de klok in rond de afvoer en stortte zich vervolgens in de buis. Daar in het donker lagen dingen die de man zouden helpen. Hij voelde hoe zijn ogen meecirkelden. Eerst draaiden kleine lichtreflexen, toen de wasbak, ten slotte de badkamer. Hij sloeg op de waterkraan. Het geluid van stromend water hield op. De stilte rukte hem uit zijn duizeligheid. In de spiegel doken vlaggetjes op.

Hij liet zich heen- en weer duwen. SC-Freiburgsupporters met bekertjes bier. Een van hen had wijd opengesperde blauwe ogen, alsof hij voor de wedstrijd de uitslag al niet voor mogelijk hield. Omhooggehouden sjaals. Gezang. Nordkurve. Achter hem duwde een vrouw de rond haar middel geknoopte mouwen van haar jas in zijn rug.

'Meneer Helminger, mag ik u Stefan Kracks voorstellen,' zei de supportersbegeleider en hij week met zijn bovenlichaam naar achteren. Helminger greep de uitgestrekte hand en schudde die.

'Ik hoop dat je je kunt gedragen,' zei Stefan Kracks, hij grijnsde, liet de hand los en begon een lied te brullen.

Voorgesteld worden is ook zo'n ritueel, dacht de schrijver. Dezelfde zinnen, de handdruk. Meestal vergeet je de namen meteen weer. Maar telkens andere mensen, andere situaties, een déjà vu van het onbekende, alsof hetzelfde altijd het andere is, de ander je gelijke.

Tijdens de wedstrijd kreeg de schrijver last van stramme benen. Het lange staan was alleen vol te houden als je meedeed, meesprong, meezong. Maar niet alleen dat hij de teksten niet kende, hij was een supporter van FC Köln. Alles had zijn grenzen. Maar springen was goed. Als hij bleef staan terwijl de anderen sprongen, voelde hij het beton van de tribune op en neer bewegen. Dat drong door tot in zijn buik. De Freiburgsupporters zongen negentig minuten lang.

'Was dat goed,' zei Stefan Kracks later in het supportershome tegen de schrijver. Het was geen vraag, eerder een voorzetje voor de avond. Op zijn hoofd lag blond, glad achterovergekamd haar, dat aan de linkerkant al een inham vertoonde, maar rechts in een wervel uitliep. Hij had een baard en om zijn nek had hij de sjaal met griffioenskop gewikkeld alsof hij bang was verkouden te worden.

'Ja,' antwoordde de schrijver, 'FC Freiburg heeft goed gespeeld.'

'Wat!' riep Kracks. Op zijn voorhoofd begon een ader op te zwellen. Hij nam de kop in zijn hand en schudde ermee. Toen hij de schrijver weer aankeek, gloeide zijn gezicht. Hij kauwde op de woorden als op taai vel toen hij zei: 'Wat zei je. Bij wie ben je hier.' Ook dat was minder een vraag dan meer het moment voor een oorveeg. Nu pas begreep de schrijver dat hij de sportclub voetbalclub had genoemd. Hij bedacht een antwoord, wilde zeggen dat hij als Kölnsupporter clubs FC noemde, toen Kracks zei: 'Ik heb toch gevraagd of je je kunt gedragen, of niet!'

Vervolgens trakteerde hij de schrijver op een glas bier, hoewel hij zei dat je hier wijn zou moeten drinken. Wijn was de drank van deze streek. Bier kon ermee door, maar wijn was het eigenlijke. Zoals SC Freiburg – hij beklemtoonde de S alsof hij het sissen van een ratelslang nadeed – het eigenlijke was, hoewel je in het supportershome helaas alleen bier kreeg. Maar alles heeft twee kanten, waarbij de ene niet per se de slechte en de andere de goede hoeft te zijn, maar gewoon elkaars tegendeel. Zelf speelde hij in het dorp toneel. Daar was hij ook altijd het tegendeel van wat hij was. Hij zei dat hij ooit een druivenplukster met vlechten had gespeeld, en dat hij zich daarbij heel prettig had gevoeld. En dat zijn schoonvader enkele wijnbergen bezat. Maar die dronk ook graag bier.

Tegen middernacht stapten ze op. De supportersbegeleider wees naar het grote houten huis naast het stadion, waar boven de deur 'Zäpflehütte' stond, en zei dat ze daar nog wat konden drinken, maar dat hij naar huis moest. Morgen zat hij immers weer in de bank en moest met geld omgaan, moest een helder hoofd hebben.

'Wij gaan naar Kiez 57,' zei Kracks.

Aan weerkanten groeiden vrijstaande huizen het maanlicht tegemoet. In de tram vertelde Kracks over het 'Holbeinpaard'. Dat werd zo genoemd omdat de Holbein-Straße van het plein aftakte. Het interessante aan dit veulen was niet zozeer de kunstvaardigheid waarmee de beeldhouwer het in 1936 had gemaakt, maar veelmeer de bekoring die ervan uitging om het telkens opnieuw over te schilderen. 'Het gerucht gaat,' zei Kracks, 'dat de bruine kleur van het dier bij sommige mensen niet in de smaak viel en dat ze het daarom in allerlei kleuren schilderden. En sindsdien wordt het nu eens als tijger, als schaap of als paardje met wollen benen wakker.'

Omdat zijn trein pas rond de middag naar Keulen vertrok, vanwaar hij 's avonds naar Porto zou vliegen, besloot de schrijver de volgende ochtend het beeldhouwwerk te gaan bekijken.

Vanuit de spiegel keken zijn ogen alsof iemand ze gebroken of er een hoekje van omgebogen had. Hoewel zoiets niet mogelijk was. Hij zag zijn beeltenis, scherp, duidelijk omlijnd, geen enkele beverige contour. Maar wat naar hem terugkeek, was gespleten, verschoven. En ook dat was niet mogelijk. Hij deed het licht uit, opende de deur en keek naar een gang vol straatstenen. Toen hij erover liep, merkte hij dat het vaste vloerbedekking was. Voor de lift zag hij duidelijk de knop op de metalen plaat om de lift naar boven te roepen, maar zijn hand leek niet in staat de plek te vinden. Hij zette zijn vinger op de plaat, schoof hem naar boven, toen naar beneden, ten slotte naar rechts, tot hij de lichte verhevenheid voelde.

Beneden bij de receptie keek de vrouw hem vragend aan terwijl hij met een flauwe bocht de weg vanuit de lift aflegde.

'Ik geloof dat ik hulp nodig heb,' zei de schrijver. Daarop wendde hij zich af en ging in een stoel zitten.

In Kiez 57 werd punkrock gedraaid. De vrouw achter de bar keek even op, groette, keek toen weer op haar mobieltje. Haar lange blonde haren sloten als een gordijn rond het lichtvlak.

Kracks opende de glazen schuifdeur naar het vertrek ernaast, waar de biljarttafel stond. Langs de muren zaten de gasten op willekeurig bijeengeraapte stoelen en banken. Een van hen lag half over de keu, die hij op en neer bewoog. De lucht was vol rook. Kracks liet zich in een stoel vallen, gaf de man op de bank ernaast een hand.

'Guy,' zei hij, 'dit is Ole. Wat wil je drinken?'

Ole stak een sjekkie in zijn mond. Hij was niet bij de wedstrijd geweest omdat hij zo lang had moeten werken.

'Een speciaal soort rem,' zei hij.

De vrouw met het lange blonde haar verscheen. Kracks bestelde drie bier, noemde de vrouw Dilara. Ole glimlachte alsof haar aanwezigheid hem echt iets deed.

'Wat is er dan zo speciaal aan autoremmen dat je daarvoor een voetbalwedstrijd mist?' vroeg Guy.

'Fiets,' zei Ole. 'Het gaat om een fietsrem. Slopestyle zegt je iets.' Ook hij scheen geen vragen te stellen. Guy antwoordde desondanks: 'Nee.'

'Als ze met hun fietsen door de lucht vliegen en daarbij het stuur driemaal om de eigen as draaien. Dan heb je een rem nodig die dat kan.' Hij liet zijn blik op Guy rusten, keek toe hoe zijn zin op de piste landde. Toen beschreef hij het mechanisme, de kracht en welke beroemde mensen die rem al gebruikt hadden. Hij onderbrak zijn uiteenzetting alleen als hij een slok nam of als Dilara weer met bier kwam aanzetten. Ten slotte zei Kracks: 'Trap eens op de rem.'

Ze lachten en Kracks voegde eraan toe: 'Anders vertelt Guy ons nog in geuren en kleuren het verhaal van zijn laatste roman. En dat op z'n Luxemburgs.'

Met *Huisbezoek*, het project van het Goethe-Institut, wist Ole niets aan te vangen.

'Wat doe je dan bij die mensen,' zei hij, en het klonk als een verwijt.

'Dat is toch goed,' antwoordde Kracks, 'hij komt naar Freiburg, hij gaat naar Porto. Daar zou ik ook wel een gedicht voor willen schrijven.'

'Je leest hun niets voor.'

'Wel als ze willen,' zei Guy, 'in het stadion wilde niemand dat.'

'Wat kunt u zich nog herinneren?' vroeg de arts. De man probeerde in het gezicht van de medicus een antwoord op zijn toestand te vinden. Hij lag op een smal bed terwijl zijn bloeddruk werd gemeten.

'Alles, geloof ik,' antwoordde hij. 'Ik heb tenminste niet het gevoel dat ik meer vergeten ben dan zou moeten.' Zijn zinnen kwamen niet recht uit zijn mond. Hij voelde dat ook zij een flauwe bocht maakten, alsof ze dronken waren en zich enigszins waggelend door de behandelkamer bewogen.

'U hebt een beroerte gehad,' zei de arts, 'gelukkig geen zware.'

De man voelde aan zijn slapen alsof hij daar een afdruk van de beroerte kon voelen.

'Dokter Penzold komt eraan, ze zal een paar taaloefeningen met u doen,' vervolgde de arts. 'U kent dat wel: "De kat krabt de krullen van de trap" en dat soort grapjes. Dan lopen we wat rond, we testen uw evenwicht. En schrijven moet u ook.'

'Hoezo, je kunt je adres niet opschrijven? Wat is dat nou? Kunnen jullie in Keulen zo weinig hebben?' Deze keer meteen drie vragen tegelijk, dacht Guy. Kracks pakte het bierviltje en de pen. 'Zeg het maar.'

Guy probeerde zijn adres uit te spreken, maar elk woord was een volledige ontsporing.

'Die is er geweest,' hoorde hij Ole mompelen.

Voor het hotel trokken de twee mannen hem uit de taxi. De man aan de receptie fronste zijn voorhoofd, gaf hun de sleutel. Guy hing als een zak tussen Ole en Kracks in. Boven legden ze hem op het bed.

'Welke dag is het vandaag?' vroeg de man.

'Woensdag,' antwoordde de arts. 'Over een halfuur is het donderdag.'

'Ik heb mijn trein gemist,' zei de man. 'Die ging vanmiddag. Heb ik dan zo lang geslapen?'

De arts keek hem aan zonder te antwoorden.

'Kan ik een glas wijn krijgen?' vroeg de man. 'Ik heb daar heel veel zin in.'

In Porto lag het licht in talloze hangmatten boven de huizen. Op de balkons stonden zonneschermen, vastgeklemd tussen de krulversieringen van het ijzeren hekwerk. Daartussen hing was te drogen. Bijna windstil gaven de straatjes zich aan de hitte over terwijl de voorgevels, in een deken van gebladderd oker gewikkeld, siësta hielden. Hij duwde de deur van het Goethe-Institut open. De directrice verwachtte hem al. Toen ze hem een hand gaf, zag hij dat ze zijn gezicht vergeleek met de foto's op zijn website.

'Meneer Helminger?' vroeg ze.

'Ja,' zei Kracks, 'ik dacht dat ik vandaag maar eens een haarstukje zou dragen.' Hij lachte en de directrice van het instituut lachte ook. Hij volgde haar naar het bureau een verdieping hoger, waar hij een blaadje kreeg waarop stond wanneer, waar en bij wie de huisbezoeken zouden plaatsvinden. Hij las de namen van de gastvrouwen: Johanna Lauf en Clara Tscherz. Dat klonk niet erg Portugees.

'Uw telefoonnummer heb ik aan die twee journalisten gegeven,' zei de directrice. 'Ze zullen zeker iets van zich laten horen.' In haar lichte haar lag een donkerblauwe pluk; haar jurk was jeanskleurig en haar nagels waren grijsblauw gelakt.

Ze houdt van de zee, dacht Kracks. Op dat moment ging zijn telefoon. Van de display keek Cristina hem aan.

'Mijn vriendin,' zei hij verontschuldigend, en toen in zijn mobieltje: 'Ja.'

'Waar ben je?'

'Ik kan nu niet. Ik ben net...'

'Wat moet dat sms'je?'

De directrice verplaatste papieren, verdeelde het blauw dat aan haar kleefde over het vertrek.

'Ik ben even hiernaast,' zei Kracks.

In het trappenhuis hing een grote ronde plaat waarop enkele personen zich met zwarte stift hadden vereeuwigd.

'Waar ben je?' vroeg Cristina opnieuw.

'In Porto,' antwoordde hij.

'Je houdt me voor de gek!' zei Cristina in het Portugees. Kracks zag hoe haar ogen zich vernauwden. Haar linkerarm spitte bij elk woord de lucht om.

'Nee,' zei Kracks, 'dat doe ik niet.'

'Bewijs dat eerst maar eens!'

Kracks keek in het vensterloze trappenhuis om zich heen. 'Ik zal je een foto sturen,' zei hij. 'Over drie dagen ben ik weer thuis. Nu moet ik gaan. Goed.'

Hij hoorde Cristina ademhalen, verbrak de verbinding.

Op de ronde plaat schreef hij met grote letters PORTO, ging ervoor staan en maakte een selfie, die hij naar Cristina stuurde.

Toen hij de deur van het bureau opende, glimlachte de directrice naar hem. De zee sluimerde in alle vier de hoeken.

'Cristina komt uit Brazilië,' zei Kracks alsof dat iets verklaarde.

'Vandaar uw roman *Neubrasilien*,' knikte de directrice van het instituut.

'Ja,' zei Kracks.

Van *Neubrasilien* had hij nog nooit gehoord.

De terrasjes van de cafés aan de promenade zaten bomvol. Toch waren het er niet te veel. De blauwe, gele en rode huizen stonden heel dicht op elkaar. Kracks zag hoe ze elkaar omarmden. Alles leek in elkaar te grijpen. De contouren losten op. Hij zweette. Op de tafeltjes stond eten. Monden gingen open. Hij had nog nooit een orgie meegemaakt, maar zo stelde hij zich uitspattingen voor. Als iets terloops, een bijkomstigheid die volledig beslag op je legde. Al op jaren en toch met een charme die de vermoeidheid tot gloeien bracht. De lak was op veel plaatsen afgebladderd, maar het patina glansde des te stijlvoller. Kracks was blij. Studenten, die met hun witte overhemden, dassen en lange capes rechtstreeks uit een Harry Potterfilm leken te komen, verkochten hem een ansichtkaart. Midden op de Dom Luisbrug voelde hij de aandrang om in de rivier te springen.

's Avonds begroette Johanna hem in haar woongemeenschap met de woorden: 'Je ziet eruit als mijn vader.' Ze sprak Engels, droeg een korte broek en grote hartvormige oorbellen, waar ze haar pink doorheen kon steken. Haar bovenarmen waren getatoeëerd, net als haar benen. Ze stelde haar vriend Tiago aan Kracks voor. Een musicus met volle baard, die hem een hand gaf, vervolgens een glas rode wijn voordat hij in het Portugees zei: 'Ik heb je niet uitgenodigd.'

Kracks wilde meteen iets terugzeggen, maar de kleine vrouw, die Helena heette, vertaalde de zin naar het Duits.

Kracks wachtte en antwoordde toen: 'Ja, ik ben graag gekomen.'

Ze betraden het terras op het grote balkon, waar ongeveer twintig mensen vloeibare kaas stonden te eten. Enkele meters daaronder strekte het dak van een garage zich uit, begrensd door een rij bomen, die scherp tegen het donker afstaken.

'Ik hoop dat u tevreden was met mijn vertaling,' zei Helena.

Kracks vond de zin van de vrouw grappig. Niet alleen omdat hij Portugees verstond, maar omdat de vrouw op twee zinnen na nog niets getolkt had. De meeste mensen spraken sowieso Engels met hem.

'Bij *McGuy* kon ik de context niet echt weergeven,' zei Helena, 'maar ik vind het wel een mooi gedicht.'

Kracks merkte hoe het bloed naar zijn wangen schoot.

'De vertaling was fantastisch,' zei hij. 'Hebt u het origineel en de vertaling hier?'

Helena liep naar haar tas en kwam terug met een aantal blaadjes. Hij las Guys drie gedichten in het Duits, toen de vertaling. Twee van de teksten begreep hij wel ongeveer, het derde was een kruiswoordpuzzel voor hem.

'Prachtig,' zei hij.

'Kent u Portugees?' vroeg Helena van haar stuk gebracht.

'Nee,' zei Kracks, hij vouwde de teksten dicht voordat hij ze in zijn broekzak stak. Hij zette een stap in de richting van het buffet, doopte een stukje brood in de kaas, at olijven, luisterde naar de gesprekken. Omdat ze allemaal dachten dat hij de taal van het land niet begreep, praatten ze ongedwongen met elkaar, ook als hij vlakbij stond. Maar niemand had het over hem. Ze vermaakten zich, of hij er was of niet. Dat beviel Kracks wel. Zijn mobiel trilde. Cristina had op zijn Porto-foto met het woord 'idioot' geantwoord. Hij grijnsde.

'Amuseer je je?' vroeg Tiago naast hem.

'Natuurlijk,' antwoordde hij lachend en hij merkte dat Tiago in het Portugees gevraagd en hij geantwoord had. De man met de baard hield zijn hoofd schuin, keek hem aan alsof hij wilde zeggen dat hij hem doorhad. Zijn ogen waren zo ernstig dat ze glansden van ironie.

'Ik ben altijd een ander,' zei Tiago. 'Vooral als ik muziek maak.'

Tegen middernacht legde Johanna hem de tatoeage op haar linkerbovenarm uit, een opgelaten vlieger met rode en gebloemde driehoekjes en een touw dat kronkelde onder de vraag 'Kun je fluiten?'. Zijn gastvrouw vertelde dat haar vader

Duitser was. Als kind had ze een keer een toneelstuk met die titel gezien. Ze zei dat haar vader de beste van de wereld was. Helaas was hij twee maanden geleden uit het raam gevallen toen hij het vuilnis naar beneden wilde brengen en nu moest hij opnieuw leren lopen. 'Van de tweede verdieping,' preciseerde Johanna.

'Hoe kun je nou uit het raam vallen als je met vuilnis sjouwt,' zei Kracks.

'Toch was het zo,' antwoordde Johanna. Toen vroeg ze hem zijn gedichten voor te dragen.

Kracks slikte even, zette zijn wijnglas neer, deed een greep in zijn broekzak terwijl de gasten om hem heen kwamen staan. Hij keek naar de meest onbegrijpelijke tekst, stelde zich voor dat hij in Freiburg in de Nordkurve stond, las twee verzen en begon de volgende regel te zingen. Hij voelde zich meteen goed bij dit nummer, alsof hij nog nooit iets anders had gedaan dan teksten voordragen die hij niet begreep. Hij zag gezichten die hem verbaasd aanstaarden terwijl hij beide armen opstak en tweemaal huilde als een wolf. Toen las hij verder met een verdraaide, hese stem. Op het einde was er applaus. Het was het moment waarop Kracks ineens dacht voor altijd schrijver te willen blijven. Hij zou na afloop proberen zelf een gedicht te schrijven en dat aan Guy opdragen. Nee, aan Stefan. Hij zou het aan Stefan opdragen, Stefan Kracks.

De volgende ochtend werd hij gewekt door zijn mobiel. Eerst dacht hij dat Guy belde. Maar het telefoontje kwam van Nadja Band, de radiojournaliste uit Luxemburg die op het blaadje met het programma stond.

'Je klinkt eigenaardig,' zei ze, nadat Kracks haar had gezegd dat hij liever Duits sprak omdat Luxemburgs hem in deze stad vreemd was geworden. Ze spraken af in een portkelder aan de oever van de Douro.

Kracks herkende haar al van verre. Ze zag er precies zo uit als op de foto die Guys mobiel bij haar oproep had laten zien. Hij wist niet hoe goed die twee elkaar kenden, maar ja, wat er ook zou gebeuren, hij kon sowieso niet meer terug. Hij observeerde de vrouw even, toen liep hij op haar af, zei 'Ha, Nadja.' Hij zag hoe de journaliste in haar geheugen naar zijn gezicht zocht. De bril zonder randen leek haar groene ogen te vergroten, terwijl haar hand haar haren naar achteren kamde.

'Wil je het interview vóór de rondleiding houden of erna,' zei Kracks en hij merkte dat Guy gelijk had, hij stelde geen vragen, zelfs als hij dat wilde. Zijn stem ging op het einde niet omhoog.

Nadja pakte de rugzak die tussen haar voeten lag, deed hem om alsof ze tijd wilde winnen om na te denken. Kracks keek naar de doorlopende rij knoopjes op haar grijze T-shirt.

'Erna,' zei Nadja.

Tijdens de rondleiding praatten ze niet met elkaar, ze luisterden naar de uitleg, bekeken oude schrijfmachines, meubels en aantekeningen, leerden feiten over port, waarvan het water hun in de mond liep.

Na afloop zaten ze in de hal op met kussens beklede stenen banken aan een tafeltje dat zo te zien van een vat was gemaakt, en Nadja zei: 'Ik heb wel een paar vragen.'

'Antwoorden kan altijd,' reageerde Kracks.

Nadja haalde uit haar rugzak een microfoon en een opnameapparaat, dat ze op het tafeltje naast de gevulde portglazen zette.

'Ben je zover?' vroeg ze.

Kracks knikte en zag dat iemand aan het tafeltje naast hen hem tekende. De man keek telkens weer op terwijl zijn potlood over het papier dwaalde. Kracks sloeg hem gade, hoorde zichzelf intussen over Porto praten, over het schrijven en over het project *Huisbezoek*. Nadja noemde in haar vragen telkens weer terloops boektitels en Kracks begreep wat hij allemaal al had geschreven.

'Jammer dat je geen Luxemburgs wilt praten. Mijn baas zal niet blij zijn,' zei Nadja.

De man die hem had getekend, stond voor hen, overhandigde hem de karikatuur. Daarop was een kale man te zien, die lachte en een zwart overhemd droeg. Hij zag eruit als Guy.

Vroeg in de middag nam hij de lift naar de vierde verdieping, naar een restaurant dat de directrice van het Goethe-Institut hem had aangeraden. Het bestond uit meerdere vertrekken, die Kracks aan een jongerencentrum deden denken. Het eigenlijke restaurant was spartaans, maar wel harmonisch ingericht, terwijl de stoelen en tafels in de aangrenzende ruimtes willekeurig door elkaar stonden. De jonge kelner legde vriendelijk uit dat ze hier geen *francesinha* hadden. Kracks had zich de vorige avond door Tiago laten vertellen dat hij deze tosti, waarbij afwisselend een laag worst, steak, spek en nog van alles op elkaar gestapeld werd om dat vervolgens in een saus te drenken, in ieder geval moest proberen, anders was hij niet in Porto geweest. De kelner tekende met zijn vinger op de muur, legde de weg uit naar een ander restaurant in de buurt. Kracks bleef. Terwijl hij op zijn pizza wachtte, keek hij uit het raam op het Coliseu-theater neer. Op het platte dak stond daar een vrouw haar natte haren te kammen. Kracks zocht naar het publiek. Aan de ene kant door de theatertoren geflankeerd, aan de andere door de neonletters van de naam haalde ze de borstel door haar lange zwarte haren alsof ze voor een spiegel stond, en keek daarbij over de straat naar het restaurant. Kracks pakte zijn fototoestel en maakte een foto, die hij in de display dichterbij haalde. De vrouw stond ook op de foto. Ze leek op Cristina. Hij wilde zijn telefoon pakken, zijn vriendin bellen en haar over deze scène vertellen, maar realiseerde zich toen dat dat geen goed idee was. Hij zou de scène op papier zetten, later in het hotel.

'Probeert u het nog eens,' zei dokter Penzold. De man articuleerde de gelijk klinkende woorden, voelde zich daarbij onnozel. Op zijn arm had de bloeddrukmeter een afdruk achtergelaten. Hij zag zichzelf in Kiez 57 zitten. Ole rookte en Kracks zei: 'Waarom niet.'

'En wat doe ik zolang?' vroeg Guy.

'Wat je wilt.' Kracks lachte.

'Porto moet heel mooi zijn,' zei Guy.

'Dat is mijn vriendin ook,' antwoordde Kracks.

Ze lachten. Het bier kietelde door hun aderen alsof de Freiburger Bächle erdoorheen stroomden.

'Ik heb wel je pas, je mobiel, creditcard en zo nodig,' zei Kracks.

'En hoe krijg ik dat allemaal weer terug?' vroeg Guy.

'Ik stuur het je op.'

Guy knikte. Op hetzelfde moment kwam er een lichte scheur in hem alsof zijn lichaam zich opende om iemand anders binnen te laten. Hij voelde geen pijn. Van voelen kon geen sprake zijn. Hij was gewoon van de ene op de andere seconde veranderd, alsof iemand hem opnieuw vormgegeven en op dezelfde plek neergezet had.

Kracks drukte hem een bierviltje en een pen in de hand, zei: 'Schrijf je adres op.'

Guy hield balpen en viltje in de hand, mompelde het adres voor zich uit, maar kon het niet opschrijven. Hij kon zelfs geen kruisje zetten, hoewel hij dat wilde.

'Ik kan het niet,' zei hij.

'Schrijf,' zei Kracks alsof hij hem niet had verstaan.

Guy herhaalde langzaam zijn zin, probeerde precies te articuleren: 'Ik kan het niet.'

Hij zag Oles ogen, hoe die zijn gezicht aftastten, hoorde Kracks zeggen: 'Hoezo, je kunt je adres niet opschrijven? Wat is dat nou? Kunnen jullie in Keulen zo weinig hebben?'

'En nu nog een keertje,' zei dokter Penzold. 'De kat krabt de krullen van de trap.'

Het huisbezoek bij Clara Tscherz begon met een taxirit naar zee. Kracks zat samen met Nadja Band op de achterbank en merkte dat ze hem van opzij aankeek. Toen hij zijn hoofd naar haar toe draaide, zei ze: 'Ik probeer me u te herinneren.'

Kracks lachte, antwoordde: 'Een lastige onderneming.'

De taxichauffeur begon te fluiten. Kracks zag hem met vliegers over het strand rennen.

'Hoe goed ken je me dan?' vroeg hij aan Nadja en hij hoorde hoe zijn stem op het einde van de zin omhoogging. Hij kreeg er kippenvel van.

'Die lol doe ik je niet,' antwoordde Nadja.

'De vraag is toch,' zei Steve later op de avond, 'wat zo'n bezoek met u doet?'

Ze zaten in de werkvertrekken van Clara's adviesbureau, hadden stokvis uit de oven gegeten en gebak als nagerecht.

'Ik ben ermee opgehouden mezelf vragen te stellen,' antwoordde Kracks, en hij wist dat hij loog.

Aan de muren hingen blaadjes met teksten. Kracks vermoedde dat het gedichten waren, waar iemand met viltstift 'Geestschokkende huisregels' boven had geschreven. Toen hij dichterbij kwam, stelde hij vast dat het daarbij om de filosofie van het adviesbureau ging.

'Hebt u dit al gezien?' vroeg Clara en hield hem haar laptop voor. Kracks zag een Portugese tekst. Daarnaast was hij met uitgespreide armen op Johanna's balkon te zien.

'Een goed interview,' zei Clara, 'verrassende ideeën.'

Kracks wilde het meteen lezen. Hij had de journaliste geen interview gegeven. Ze had hem niets gevraagd, was op het balkonterras aan hem voorgesteld, maar had zich vervolgens na enkele zinnen teruggetrokken omdat haar mobieltje rinkelde. Later was ze niet meer opgedoken.

'Misschien kan het Goethe-Instituut het bij gelegenheid voor u vertalen,' zei Clara.

'Ja,' antwoordde Kracks en na een moment van stilte vervolgde hij: 'U bent Duits, uw man is Engelsman en uw adoptiefdochters zijn in Porto geboren.' Hij merkte dat hij weer geen vraag had gesteld en voegde eraantoe: 'Wilt u me vertellen hoe dat zo is gekomen? Ik heb immers stof nodig voor mijn tekst die ik voor *Huisbezoek* moet inleveren.'

Het patroon op haar blouse, dat Kracks herinnerde aan een rotstekening van de Aboriginals, bewoog sjamaanachtig toen Clara de laptop op de tafel zette.

'De liefde heeft me honkvast gemaakt,' zei ze.

Kracks wist niet of ze de liefde voor Porto bedoelde of dat ze verliefd was geworden op een Portugees. Maar voordat hij daar op terug kon komen, kwam Nadja naar hen toe en vroeg of hij gedichten wilde voordragen. Ze zou graag een opname maken. Daarbij had haar mond problemen om geen al te vrolijke indruk te maken.

'Ja,' zei Clara, 'absoluut.'

Toen ze allemaal weer aan de langgerekte tafel zaten, pakte Kracks twee van Guys gedichten en dat wat hij zelf geschreven had uit zijn zak. Bij *McGuy* had hij gemerkt dat de verzen zo waren ontworpen dat ze de vorm van een urn opleverden. Het was een begrafenisgedicht, de teraardebestelling van een zuiplap. Met een zware, hese basstem declameerde hij de verzen voor zich uit en oogstte goedkeurend gelach. Tot slot las hij zijn eigen gedicht. Het waren verwarde zinnen vol tegenstrijdigheden, die zijn emotionele situatie beschreven, het langzame zich oplossen, de overgang, de versmelting met een stad genaamd Porto.

Niemand kwam op het idee tussen de eerste twee en het laatste gedicht een verschil te maken. Alleen Nadja zei op de terugweg: 'Dat laatste gedicht neem ik in mijn reportage op.'

Terug in het hotel kon Kracks niet in slaap komen. Hij hoorde Clara's man Steve dat gedicht van T.S. Eliot declameren en begreep niet hoe hijzelf in staat was geweest de verzen mee uit te spreken. Hij had het gedicht eerder nooit gelezen, maar vanaf de regel waarin vrouwen in de kamer heen en weer lopen en over Michelangelo praten, was elk woord in zijn hoofd opgelicht en had hij het kunnen aflezen. In duet hadden ze de tekst tot het einde voorgedragen. Een moment lang dacht hij dat hij gek werd, toen onderbrak het trillen van zijn mobiel zijn gedachten. Cristina schreef dat ze wist dat hij iemand anders had, dat ze bij hem wegging. Hij schudde zijn hoofd, legde de telefoon op het nachtkastje en viel even later in slaap.

De volgende ochtend ging Kracks naar het postkantoor. Hij kocht een verpakking en vouwde het karton tot een pakje, waarin hij Guys paspoort, mobieltje, portemonnee en zijn gedicht over zichzelf en Porto legde. Vervolgens schreef hij er Guys adres op en gaf het af. Zonder het paspoort kon hij niet aan de retourvlucht beginnen. Aan Cristina sms'te hij: 'Moet langer blijven. Het spijt me.' Hij las het berichtje nog eens over en wiste de tweede zin, voordat hij het verzond. Toen schoot hem te binnen dat hij in Porto nog helemaal geen bier gedronken had.

GUY HELMINGER

Vertaald uit het Duits door
GOVERDIEN HAUTH-GRUBBEN

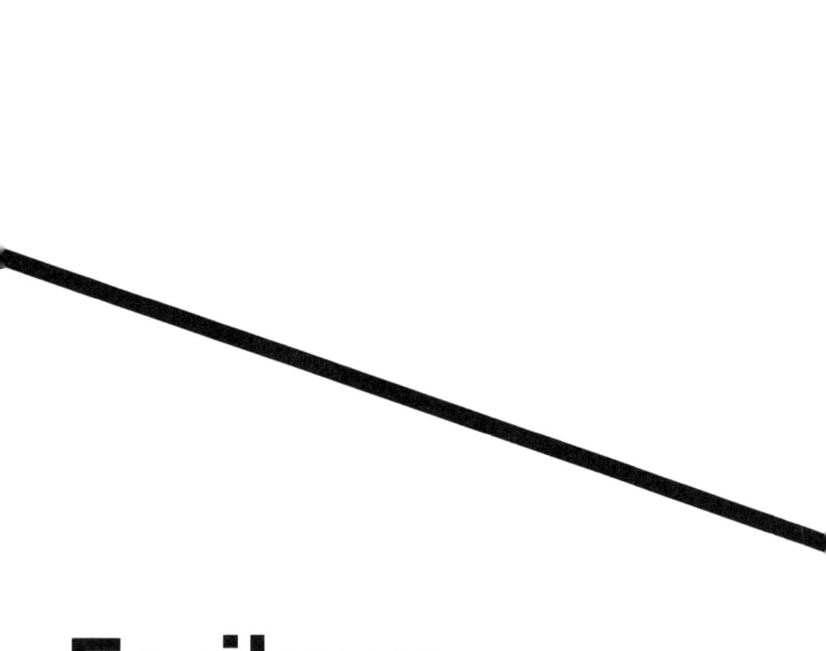

Freiburg
Brussel

Katja Lange-Müller

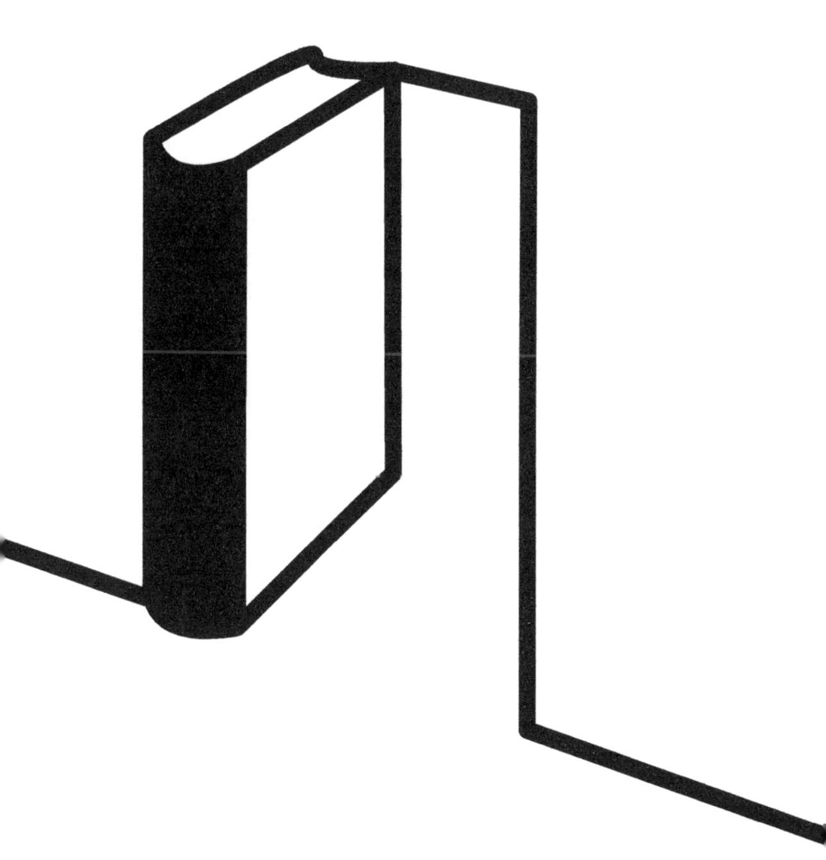

Huisbezoek

HUISBEZOEK – DIT WOORD GEBRUIKEN Duitstalige mensen meestal als een algemeen geneesheer bij een patient thuis aan het bed geroepen wordt; en deze associatie was, denk ik, ook bij het gelijknamige project van het Goethe-Institut bedoeld. Ik ben weliswaar geen heer, en tot arts heb ik het nooit geschopt, maar wel tot schrijfster, en waarom zou zo iemand niet eens hier en daar een huisbezoek afleggen?

Mijn eerste huisbezoek legde ik af in een stad die op het eerste gezicht volkomen gezond lijkt, het mooie, welvarende Freiburg im Breisgau. Freiburg grenst aan het ook al mooie Frankrijk en aan het zeker even mooie, welvarende en ook zo geweldig gezond lijkende Zwitserland.

Waarom Freiburg? Annette Pehnt, een schrijfster die ik erg waardeer, zelfs bewonder, met name voor *Insel 34*, een van mijn lievelingsboeken, en voor *Mobbing*, een roman die aangrijpend precies een familiedrama onder het dak van een idyllisch gelegen rijtjeshuis beschrijft, woont in het zuiden van de stad, in de zogenaamde *duurzame modelwoonwijk* Vauban, een alternatief stadsdeel dat wederom door architecten en eco-activisten uit de hele wereld wordt bewonderd. Haar, mijn collega Annette Pehnt, wilde ik graag eens ontmoeten op de plek waar, voor zover ik weet, al haar werken ontstaan zijn. Ze was, antwoordde Annette toen ik haar een keer vroeg waarom dat zo was, opgegroeid in een lelijke, troosteloze, uit betonnen platen opgebouwde buitenwijk van Keulen, vandaar dat ze meteen enthousiast was over het project Vauban en er zo'n twintig jaar geleden naartoe is verhuisd.

Het is midden juli en bloedheet op deze zondagmorgen. In het gezelschap van een journaliste die over dit huisbezoek aan Freiburg wil schrijven, neem ik de tram naar Vauban. We gaan naar een nog gesloten café-restaurant met een biergarten, waar naar ik vermoed over een paar uur vooral milkshakes of smoothies op de tafels zullen staan. Maar nu staat daar, naast een weelderig beplante bloembak, alleen Annette te wachten, want we zijn een beetje te laat; dat komt niet door mij maar omdat de journaliste te laat was. Het doet er niet toe, Annette, die niet bepaald opgetogen lijkt over het feit dat er een persoon meer bij is, omhelst me, zoals altijd wanneer we elkaar ontmoeten, en begint aan haar kleine rondleiding door de wijk Vauban. Ik bewonder de werkelijk ongewone, uit hout en minder makkelijk te definiëren natuurlijke materialen opgetrokken, vaak kleurig geschilderd en meestal vier verdiepingen hoge bouwsels, waarlangs de wijnstokken, blauweregen en rozen omhoogklimmen. Zowel links als rechts omzomen diverse bloeiende grassen onze weg; het is stil, je hoort niets behalve Annettes passend gedempte stem, geen geluid van auto's of mensen, zelfs niet van kinderen in de verte – tot we bij een border van salie komen; in de paarse schermen zoemen bijen, hommels en kevers, zo luidruchtig en in zo groten getale, dat ik geneigd ben mijn oren dicht te stoppen. Een paar stappen verderop bemerken we een eigenaardig, met gras begroeid bouwsel, een heuvel met een ijzeren deur, die me aan een illustratie bij het sprookje van Hans en Grietje doet denken. 'Dit,' legt Annette uit, 'is onze gezamenlijke oven, waarin we, als er iets te vieren valt, onze broden, pizza's en *flammkuchen* bakken.' Ook naar de kleuterschool leidt Annette onze passen. Daar is al wat meer leven, omdat kinderen nu eenmaal geen langslapers zijn. Er zijn kippen, konijnen, geiten en een paar paarden; ze worden door de kinderen verzorgd. Annettes dochter Jule zorgt bijvoorbeeld voor een tweeëndertig jaar oude pony, die heet zoals Don Quichotes schildknaap, Sancho dus. Maar de duidelijk meest voorkomende diersoort die je in Vauban naast bijen, hommels, kevers en sluipwespen aantreft, is de hond. Vertegenwoordigers van alle soorten en vuilsnisbakkenrassen kruisen onze weg, grote en kleine, met en zonder baasje of bazinnetje. Een brunette, die Annette uitbundig begroet, noemt haar hond, die mij besnuffelt, 'mijn teckelvormige bloedworst.' Nergens, ook niet bij me thuis in Wedding in Berlijn, ben ik ooit zoveel honden tegengekomen.

'Ja, hier is het,' zegt Annette bijna verlegen, zodra we de Harriet-Straub-Straße zijn ingeslagen, en houdt een wijnrode deur voor ons open. Binnen is het aangenaam koel, wat mij verrast, want ook dit huis, dat er van buiten klein uitziet maar verbazingwekkend groot blijkt te zijn, bestaat, zoals Annette bevestigt, uitsluitend uit hout.

De tafel in het voorste gedeelte van de begane grond, dat men vroeger de hal noemde, is overvloedig gedekt: vruchtenkwark, gemarineerde tomaten, verschillende soorten kaas, gerookte zalm en, ik kan mijn ogen bijna niet geloven, salami, bloedworst en ham. Een van Annettes vijf vriendinnen, die de een na de ander op hun gemak binnengekomen zijn, merkt dat ik verbaasd naar de borden met worst sta te kijken. 'Waarom niet?' zegt ze. 'De meeste mensen denken dat wij hier allemaal streng religieuze vegetariërs zijn. Maar ik bijvoorbeeld ben veel te dol op groenten om ze op te eten.' Dit schot voor de boeg van ook mijn vooroordelen zit raak; ik lach zo hard dat de sekt waarin ik me verslikt heb, in mijn neus kietelt. Natuurlijk is er niet alleen schuimwijn, maar ook koffie en biologisch vruchtensap. Annettes vriendinnen Elisabeth, Gesine, Barbara, Kerstin en Anne praten met mij, ongedwongen, alsof ik er niet voor het eerst bij ben. Alleen de beroepsvlijt van de journaliste is wat storend; aan de andere kant ben ik haar dankbaar, want ik was zeker niet zoveel over deze wijk te weten gekomen als zij niet zo nieuwsgierig was geweest. Ik vind het niet zo makkelijk, voortdurend vragen stellen en ieder antwoord opschrijven, maar gelukkig kan ik op mijn olifantengeheugen rekenen. Tja, zeggen Annettes vriendinnen, van al diegenen die gezamenlijk hebben gebouwd, wonen de meesten hier zelf allang niet meer, maar ze verhuren, voor razendsnel stijgende prijzen. Onroerende goederen en grond zouden inmiddels duurder zijn dan in München of Hamburg, en vaak hebben de nieuwe bewoners buiten hun vier muren helemaal geen belangstelling in samenwerking en ook nog gewoontes meegebracht die al eens problematisch kunnen worden als je zo dicht op elkaar woont. Maar daarvoor hebben ze een wijkmanagement, dat de meeste conflicten helemaal zonder politie of stomme, jarenlange rechtszaken weet op te lossen.

Als de journaliste vertrekt, is het al middag. Annette, Barbara en ik gaan naar de tuin achter het huis om te roken, samenzweerderig wel, omdat de kinderen, met name Annettes kinderen, het niet mogen zien en – vanwege de hitte die nu nauwelijks nog te harden is – met maar één sigaret per vrouw.

En dan volgt *de* verrassing; de vriendinnen hebben ze, zoals ik diep ontroerd vermoed, speciaal voor mij in elkaar gestoken. Snel verkleden ze zich alle zes, slaan stola's om, zetten pruiken op, pakken instrumenten uit, vier blokfluiten en twee violen, en beginnen klassieke muziek te spelen, wat zeg ik, onvervalste, ouderwetse huismuziek! Ze kunnen het, genieten ervan en maken er mij niet minder blij mee; ondanks de blakende zon, die inmiddels iets lager staat en ons door het raam van het terras beschijnt, is het een beetje als Kerstmis.

Een uurtje laten vertrekken de vriendinnen zoals ze gekomen zijn, de een na de ander, en ook Annettes dochters gaan weg, want vanavond debuteert Jule in een toneelstuk. De tafel afruimen en de afwasmachine vullen – dat doen Annette en ik alleen – en wel alsof we dat dagelijks zo deden. Ik ben de laatste die Annette gedag zegt, omdat we vandaag allebei nog plannen hebben.

Onderweg naar de tram kijk ik omhoog naar de huizen: serres met citroenbomen in aarden potten, speeltuigen en hangmatten, een drietal kooien met parkieten, maar nauwelijks ergens een ander menselijk wezen; nog steeds niet. Passieve huizen, denk ik, past eigenlijk wel. Maar is dit hier niet precies wat ook voor jou goed zou zijn, vraag ik mezelf af. Je houdt niet meer van de grote stad. Je rijdt geen auto omdat je vier keer voor het praktijkexamen gezakt bent uit angst voor de andere weggebruikers. Je bent graag alleen, maar niet graag eenzaam. Je bent een gluurster, die aandachtig luistert als de buren ruzie maken – of vrijen. Je weet veel van fauna en flora, hebt groene vingers en een zwak voor insecten. En heel graag was je wat vaker bij Annette en haar vriendinnen, zeker omdat je ook zelf een instrument kunt bespelen. Misschien hebben *Die Harriets*, zoals de zes dames zich noemen, wel een paar partituren waar ook accordeon bij past...

De volgende ochtend is het alweer even warm, en ik ga naar de *Freiburger Essenstreff*, want ik wil absoluut ook het omgekeerde leren kennen van het 'groene geweten der natie', zoals een afgevaardigde van de *Piratenpartij* de Vauban-wijk onlangs noemde. Deze ontmoetingsplek voor mensen die het moeilijk hebben in het leven, ligt een stuk buiten het centrum in de wijk Wiehre; een voorbijganger aan wie ik bij de tramhalte de weg vraag, noemt mijn bestemming met een onmiskenbaar spottende ondertoon 'restaurant Zum Dreikönigshaus.'

En inderdaad, als ik er binnenkom heb ik het ergerlijke gevoel dat ik me in een restaurant bevind, zeker niet het slechtste in deze ook aan culinaire etablissementen niet bepaald arme stad. De in warme beigetinten geschilderde ruimte is brandschoon, keurig en gezellig; aan het gepleisterde plafond hangen matglazen bolle lampen, naast het doorgeefluik staan echte, manshoge groene planten en aan de gelakte, met gele margrieten versierde houten tafel zitten, hoewel het nog geen middag is, al drie 'koningen', oftewel drie verzorgde heren van rond de zestig, dus jonger dan ik. De tafel ernaast wordt bezet door een keurig geklede dame wier gefriseerde, witblonde haardos gesierd wordt door een roze, zijden orchidee; ze lacht me vriendelijk toe over de rand van haar *Badische Zeitung*. Maar voor ik de gelegenheid te baat neem haar aan te spreken, meld ik mij eerst aan in het kantoor van de directeur, mevrouw F. Anna F. is klein, elegant, knap en energiek en ze werkt hier al vijf jaar. Nee, mijn hulp heeft ze niet nodig, zegt ze, en ze wijst naar twee ongeveer zestienjarige jongens die meteen na mij het kantoor zijn binnengekomen. 'Het eten wordt vandaag opgediend door deze twee scholieren.' Ze kijkt zo streng dat ik me afvraag of de twee jongens misschien vanwege een of ander misdrijf een alternatieve straf aan hun been hebben. 'En jij,' gebiedt ze mij, 'praat met onze gasten. Dat is minstens even belangrijk.' – Hoezo, denk ik, gasten? Zei ze nou *gasten* en *opdienen?* – Maar Anna, zo en niet anders moet ik haar noemen, gaat alweer verder met haar uitleg; het klinkt alsof ze de informatie uit haar hoofd heeft geleerd: 'Voor wie ingeschreven is en een laag inkomen kan bewijzen, kost een menuutje met soep, hoofdgerecht en dessert twee euro twintig. Maar omdat we bewust laagdrempelig zijn, mogen ook mensen die niet ingeschreven zijn hier eten, eigenlijk iedereen dus, maar zij betalen wel een euro meer. Er zijn elke dag vier verschillende verse hoofdgerechten, twee met vlees voor gewone eters en een caloriearm en een vegetarisch gerecht, maar soep, brood, thee en koffie zijn gratis. En we hebben daarnaast ook altijd verschillende zoete versnaperingen voor maar 25 cent per stuk, omdat bijna alle bakkers van Freiburg hier komen leveren, en sowieso steunt meneer Zahner ons. U weet wel, de beroemde Horst Zahner, de eigenaar van de firma *Feinkost-Zahner*.' Nee, wist ik niet, moest ik eerst googelen in mijn hotel, dat deze bijzondere man van vijfenzeventig, die fijnproevers in heel Europa van hoogwaardige deegwaren voorziet en saxofoon speelt in een naar hemzelf vernoemde band, de *Freiburger Essenstreff* in het leven geroepen heeft.

Anna's raad – of eerder bevel – volgend ga ik naar de tafel van de vrouw met de orchidee in het haar. Ze laat haar krant zakken en legt haar gebaksvorkje naast het vierkante aardbeientaartje waarin ze nogal lusteloos heeft zitten prikken, kijkt me aan en zegt, nog voor ik haar een vraag kan stellen: 'Je moet de chocoladetaart met peren nemen, die ik voor dit glibberige ding hier genomen heb. Die smaakt namelijk veel beter.' Dan vertelt ze dat ze elke dag in het *Dreikönigshaus* komt, niet eens zozeer vanwege de warme maaltijden, die meestal ook erg lekker zijn, 'maar ik ben nu eenmaal een echte zoetekauw. Of niet soms?' Ze lacht koket en laat haar blik weer in haar koffiekopje zakken.

Hoewel de zaal inmiddels goed gevuld is, kan ik niemand ontdekken die er echt armzalig uitziet. Maar wat weet jij daar vanaf, denk ik, ellende heeft vele gezichten, zelfs gewassen gezichten.

Aan de tafel naast de deur is er nog een plekje vrij. De opgewekte, hoogstens veertigjarige vrouw waar ik nu tegenover zit, komt uit Saksen. Ze heet Manuela, zegt ze, en vijf maanden geleden is ze in deze streek komen wonen omdat ze het niet graag koud heeft. 'En een *arg kleen huizeke* een beetje buiten het centrum heb ik ook,' bekent ze openhartig, 'alleen geen pannen en geen zin om te koken.' Bovendien heeft ze hier in de *Essenstreff* haar 'late geluk, Peter' leren kennen, op hem en zijn vriend Stefan zit ze juist te wachten, 'want als we goed gegeten hebben spelen we altijd nog een paar spelletjes kaart.'

Ik loop verder, van tafel tot tafel, en verneem dat ook Fransen en zelfs een paar Zwitsers deze plek weten te waarderen zonder al te veel ellende, denk ik – en meteen ook denk ik aan soortgelijke, of veeleer juist andersoortige voorzieningen in mijn thuisstad Berlijn, waar ik ooit heb geholpen bij de Benedictijnen. Daar zag het er werkelijk anders uit: de mensen, verwaarloosde mannen, afgetobde, trieste vrouwen met of zonder hoofddoek, sommige oud, maar vele toch jong, met kinderen of baby's bij zich, stonden op straat in de motregen en in een rij van vijfhonderd meter te wachten. Wie aan de beurt was pakte een van de plastic wegwerpborden die zolang er geen barsten in zaten toch meermaals gebruikt werden, en kreeg uit gigantische aluminiumbakken telkens een kwak platgekookte aardappelen en een soeplepel groentegoulash. Dat was alles. Thee en koffie werden niet gegeven. En nog terwijl ze stonden aan te schuiven duidde de monnik die toezicht hield op de 'spijs voor de armen' zes 'vrijwilligers' aan voor de afwas. Zeker, er stonden buiten banken en tafels om aan te gaan zitten, alleen was daaraan maar voor ongeveer veertig personen plaats, zodat het merendeel van de hongerigen al staande hun voedsel moesten oplepelen. – Daarmee vergeleken is deze *Essenstreff* werkelijk een koningshuis. 'De echte zwervers en de daklozen', bevestigt een man in een rolstoel, die mij 'mevrouw de generaal' noemt, terwijl hij met een papieren servet zijn grappig gekrulde snor afveegt, 'gaan naar de Franciscanen, daar is alles gratis.'

Voor ik weer vertrek, rook ik er nog eentje bij het houten bankje dat rond een oude eik getimmerd is, want binnen mag dat natuurlijk niet. De Saksische, die met mij mee gelopen is naar de deur, weigert als ik haar mijn pakje sigaretten voorhoud. '*Danke*,' zegt ze, 'ik blijf mijn *Club* trouw, uit gewoonte. *Club*, weet je wel, is een oud Oost-Duits merk, dat we godzijdank nog altijd produceren, bij ons in Dresden.' De man in de rolstoel heeft een sigaret van mij genomen en gevraagd ze aangestoken in zijn mond te stoppen. Zodra hij even niet op ons let, fluistert de Saksische me toe: 'Bij hem is het een seksuele noodsituatie. Die likt alles af tot het brandschoon is, zijn vorken, zijn messen, zijn borden, zijn *Kaiser-Wilhelm*snor – en *dich ooch*, als je niet als de wiedeweerga zorgt dat je bovenin de boom zit – of terug op de plek waar je vandaan komt.'

Huisbezoeken, huisbezoeken, denk ik. Nu wil ik toch wel op zoek naar diegenen die helemaal geen huis hebben, zelfs geen *driekoningenhuis* of enig ander dak boven hun hoofd. Je hebt ze overal, dus moeten ze toch ook in Freiburg te vinden zijn? Dus begeef ik me naar het station. Ik weet dat je op stations altijd daklozen vindt, in elke stad. Eerst schaf ik nog wat 'gespreksstof' aan, of beter met brandewijn gevulde zakflacons, en omdat niet iedere dakloze drinkt, haal ik uit mijn hotelkamer voor alle zekerheid nog een paar pakjes sigaretten.

De zwaarste hitte is voorbij, maar toch zitten de twee mannen, die mij opgevallen zijn omdat ze er zo vredelievend uitzien, aan de linkerkant van het station in de schaduw van een plataan. Eigenlijk zien ze er eerder slaperig uit dan vredelievend, denk ik terwijl ik dichterbij kom, maar misschien zijn ze ook al dronken. Ik hurk voor ze neer en vraag zacht: '*Na*, hoe gaat het nog? Zijn jullie van hier of zijn jullie onderweg? En zo ja, waar naartoe?' Een van beiden richt het hoofd op, kijkt me verwonderd aan, grijnst breed en antwoordt waarschijnlijk vanwege mijn manier van spreken, die onmiskenbaar Berlijns is, met een tegenvraag: 'Ach nee, en wat jij? Zit je bij het theater? Of wat?' Op dat moment wordt me duidelijk dat ik met zekerheid van een slaapwandelaar gewoon op iemand van mijn slag ben gestuit – en dan blijkt dat ook zijn vriend uit Berlijn komt. 'Andi, Oost-Berlijn, Gregor, West-Berlijn,' stellen ze zich voor, 'al drie jaar vieren wij samen de Duitse hereniging. En *det* doen we het liefst in Freiburg,' zegt Andi, de Oost-Berlijner. 'In Baden rinkelen de euro's namelijk veel losser in de portemonnees.' – 'En soms krijg je zelfs een of ander frankstuk toegeworpen,' vult Gregor, de West-Berlijner, aan. 'Ze zijn hier niet zo krenterig als bij ons, in de hoofdstad, aan het einde van de wereld.'

Ik laat mijn flesjes en sigaretten in mijn zak zitten en nodig de twee mannen uit voor een maal in de tuin van *Haus-*

brauerei Feierling. Als we twee uur later afscheid nemen, zegt Andi: 'We hadden eigenlijk liever in het panoramarestaurant van het *Mercure* hotel gegeten, omdat je daar zo'n mooi uitzicht hebt over het landschap. Maar daar hadden ze ons zeker niet binnengelaten, niet in jouw gezelschap!'

Dat mijn keuze voor het volgende huisbezoek op Brussel viel, had andere, beslist concretere redenen – en een voorgeschiedenis die een verhaal waard is en eens te meer bewijst hoe onbetrouwbaar en door wensdenken bepaald het menselijk geheugen is. Dit verhaal gaat als volgt:

Vele jaren geleden was ik ooit al op bezoek in het Goethe-Institut in Brussel, en deze levendige, uit zeer diverse wijken samengestelde stad beviel me. Ik ben toentertijd uitsluitend te voet onderweg geweest, de hele tijd zonder kaart zomaar door de stad gelopen, tot ik doodop was en dorst had. Toen het langzaamaan donker werd en ik dorst kreeg als een paard, bevond ik me juist in een niet echt interessante buurt; ik was net voorbij de muur van een kazerneachtig, bakstenen gebouw gelopen, een gevangenis misschien, of een oud krankzinnigengesticht, eventueel een forensische psychiatrische instelling, want het was een hoge muur en er zaten bovenaan allemaal glasscherven op. Ik rekte mijn hals uit naar een taxi die me terug kon brengen naar mijn hotel toen – als uit het niets of als een fata morgana – van de rechterkant van de straat plotseling een lantaarn met eigeel licht mijn aandacht trok. Vlak onder deze lantaarn hing een ovaal, smeedijzeren uithangbord met daarop een soort posthoorn, waaronder in Vlaamse tekst de naam van het café stond, dat ik alleen maar in de Duitse vertaling onthouden heb: *Das goldene Papierblümchen.* Of toch eerder *Das Blümchen aus Goldpapier?* Natuurlijk ging ik naar binnen en ik zette, ondanks of juist vanwege mijn vermoeidheid, meteen nog grotere ogen op. Dit, dacht ik, moet een droom zijn, een zo prachtige droom die alleen heel hevige dorst kan opwekken.

Dit café, nee, deze spelonk was de verleidelijkste die een mens met veel fantasie zich kan voorstellen! In mijn herinnering bestond ze uit twee ruimtes, een grote en een kleine. Aan het plafond bengelde een kroonluchter van hertengewei en aan de bruine muren van de twee door – wellicht eeuwenoude – tabakslucht gepatineerde ruimtes hing een grote hoeveelheid eveneens vergeelde foto's en tekeningen, schilderijen eerder, met allerlei surreële thema's. Maar was niet gewoon alles heel surreëel, of zelfs irreëel? Inderdaad, minstens even surreëel was de manier waarop ik de spreuken rondom mij in me opnam, die ik moeizaam ontcijferde omdat vele ervan in het Nederlands op het antieke behang waren gekrabbeld, andere, die ik niet kon lezen, in het Frans. Ik zat op deze vroege herfstavond zo'n twaalf jaar geleden moederziel alleen aan een van de glanzende antieke houten tafels en bestelde van de uitgebreide kaart het ene biertje na het andere, eerst een kriekbiertje, dan een frambozenbiertje, en dan weer een glas stevig, donker bier. Tussendoor stond ik af en toe op, liep rond, bestudeerde de schilderijen, prenten en graffiti en vertaalde zo goed mogelijk een aantal spreuken die kriskras door elkaar overal op de muren stonden, toen ik in de buurt van de wc-deur, beneden rechts, een regel, één enkele regel maar, in het Duits ontdekte. '*Wo das Gras wächst, stirbt die Kuh*' stond daar. Deze zin, ik schreef hem op een bierviltje, fascineerde me zo dat ik, terwijl ik toch al twee, drie liter gerstenat op had, bij het volgende biertje, weer een met frambozensmaak, een dubbele bessenjenever liet brengen. – 'Wo das Gras wächst, stirbt die Kuh.' Hoe langer ik erover nadacht, hoe meer deze zin me in de war bracht. Ik zocht, los van het feit dat ik me op de wellicht meest surreële plek ter wereld bevond, er toch een betekenis in. Had een dierenhater het gras vergiftigd om die arme, nietsvermoedende koe te vermoorden? Of was het misschien lente en was het gras te vers voor de koe, die allang geen sappige groene weide meer had gezien? Heeft ze in haar gulzigheid kolieken opgelopen en moet ze daarom sterven? – Misschien wel, misschien niet; details over de omstandigheid waarin deze koe aan haar einde komt, gaf de spreuk niet prijs. Ik piekerde me suf, nam verschillende scenario's door, dronk nog een biertje en nog een dubbele jenever en merkte niet dat de tijd verstreek. Toen ik weer op mijn horloge keek, zag ik dat de late vlucht die me terug naar Berlijn moest brengen daar al geland was, zonder mij...

Op een bepaald moment sloot *Das Blümchen aus Goldpapier*, ik betaalde de stevige rekening en wankelde bezield de straat op, waar ik meteen een taxi vond. Dat ik dit voor het Brusselse Goethe-Institut moest verzwijgen, zelf een derde overnachting in het hotel zou moeten betalen en een nieuwe vlucht boeken, deerde mij helemaal niet.

En nu ben ik weer in Brussel, weer op uitnodiging van het Goethe-Institut, maar deze keer voornamelijk vanwege mijn zo intense herinnering aan dit café, dat ik, wat ik wil benadrukken, niet gedroomd had. Nee, het bestaat echt, en is nog altijd zo fascinerend speciaal. Het heet alleen net een beetje anders dan dat ik in het Duits vertaald en onthouden had: in het Nederlands *Het Goudblommeke in Papier* en in het Frans *La Fleur en Papier Doré*.

Maar vooraleer ik weer een bezoek, nee, een *huisbezoek* kan brengen aan mijn betoverende, letterlijk fantastische papieren goudbloempje, heb ik eerst met Hilde afgesproken, de eveneens fantastische zus van mijn vertaalster Els Snick, die al drie van mijn boeken in het Nederlands heeft vertaald en dit hopelijk ook gaat doen met *Drehtür,* mijn laatste boek.

Hilde verwacht me in de Portugese wijk bij het standbeeld van Fernando Pessoa, dat ik allang een keer wilde zien, want ik hou erg van de grote Pessoa. Aan hem danken we de juist

in hun paradoxie wellicht waarste verzen over het wezen van
de dichter:

De dichter veinst zo goed,
dat hij het zelf geloven moet
en zelfs zijn eigen pijn
is veinzerij en schijn.

Hilde, die ik alweer enige tijd geleden heb leren kennen
toen ze nog in Brussel werkte, woont nu in Antwerpen; dus
welbeschouwd brengt Hilde een *huisbezoek* aan Katja en Katja
aan Hilde. Ik ontmoet haar omdat ze werkt in een branche
die veel te maken heeft met mijn laatste roman. *Drehtür* gaat
over een oude verpleegster voor wie helpen de zin en het probleem van haar leven is. Tweeëntwintig jaar lang reisde mijn
protagoniste Asta Arnold door de wereldgeschiedenis en verzorgde ze in diverse rampgebieden en ontwikkelingslanden
mensen van vele nationaliteiten.

Hilde, die behalve Nederlands en Duits ook Frans, Engels, Spaans en Portugees spreekt en nu ook nog Bulgaars
leert, werkt sinds drie jaar bij *Dokters van de Wereld*. Ooit is
ze met maatschappelijk werk begonnen als keukenkracht bij
een andere hulporganisatie; daarna kwalificeerde ze zich tot
assistent en gaf dertien jaar moedertaal aan analfabeten. Vervolgens ging ze in totaal vijf keer naar Afrika voor Artsen Zonder Grenzen. 'Het ging om aidspreventie en fondsenwerving

voor voorbehoedsmiddelen,' zegt Hilde, 'maar deze organisatie heeft een moeilijke structuur. Er is een te groot verloop van medewerkers; ze zijn nog niet helemaal ingewerkt of ze vertrekken alweer. Bij *Dokters van de Wereld* leek het aanvankelijk wat makkelijker te gaan. Het eerste jaar, toen ik nog vrijwilliger was, heb ik het graag en met veel enthousiasme gedaan, omdat we ons hier in België vooral bekommeren om illegalen zonder enige toegang tot medische zorg, maar inmiddels ook steeds meer om immigranten uit Oost-Europa die, aangezien het vaak EU-burgers zijn, wel degelijk recht zouden hebben op bepaalde zaken als ze Nederlands, Frans of ten minste Engels kunnen en op hun rechten zouden staan. Ons clientèle kent in zijn geheel eigenlijk niets anders dan trauma's; ze waren al getraumatiseerd in het land waar ze vandaan komen, en waar ze nu verzeild geraakt zijn, is het misschien anders, maar niet beter. Onze voorzieningen hebben zoveel gebreken, kleinigheden eigenlijk, waar je toch voortdurend in de weer mee bent: de ene keer werkt het licht niet, de andere keer is er geen water, en dan weer zijn de wc's verstopt. Dus schrijf je midden in de nacht boze, zinloze e-mails. En weer werven we fondsen; want slechts een derde van de middelen die we nodig hebben wordt door het bevoegde ministerie overgemaakt. De giften die we inzamelen zijn soms minder, soms meer, maar genoeg is het nooit, van geen kanten. Veel, veel te veel van de mensen die we proberen te helpen slagen er gewoonweg niet in op eigen benen te gaan staan. De vrouwen hebben vaak diabetes, hoge bloeddruk, problemen met hun tanden – en vaker nog met hun mannen, die dikwijls heroïneverslaafd zijn of tot niets te bewegen zijn – of allebei...' 'En jij?' onderbreek ik Hilde, uit wie de woorden opborrelen als uit een bron die lang toegedekt was en pas is blootgelegd. 'Nou ja,' zegt ze, 'ik speel trompet, dat ontspant me op een normale vermoeiende manier, en ik heb twee katten. Nee, ik ben niet overspannen en ook niet ongelukkig. Ik heb dit jaar een suïcidale Afrikaanse jongen over zijn crisis heen geholpen. Wat kun je meer willen!?'

Door de intensiteit van ons gesprek hebben we honger gekregen; daarom verlaten we de tafel voor het Portugese restaurant waar toch pas 's avonds weer warm eten geserveerd wordt en slenteren een paar straten verder naar de Afrikaanse wijk Matonge. We gaan binnen in het enige café dat al open is. De Roemeense uitbaatster, die stellig beweert de beste Congolese kok van heel Matonge in dienst te hebben, brengt ons twee flesjes licht, helder bier en een *moambe*-schotel: gerookte kip, rijst, *Saka-Saka* – een brei van gestampte maniok, palmolie en pindakaas –, en elk een flinke extra portie gefrituurde bakbananen erbij. 'Straks,' zegt Hilde tussen twee happen door, 'zien we Els.' 'En dan,' zeg ik met volle mond, 'laat ik jullie het mooiste café ter wereld zien.'

Het is zeven uur, eindelijk! Wij, Hilde, Els, ik, Susanne, de directeur van het Goethe-Institut in Brussel, heel wat van haar collega's en ook nog een aantal andere gasten, ontmoeten elkaar voor *Het Goudblommeke in Papier*. Ik zie dat de lantaarn en het uithangbord er nog zijn, maar – en mijn adem stokt – de voorgevel is pas geschilderd, in lichtgrijs, en veel chiquer dan in mijn herinnering. Het ovale uithangbord heeft er nu boven en tussen de ramen fijne smeedijzeren wijnranken bijgekregen. Ik hoor dat het café in 2006 op de rand van het faillissement stond en moest sluiten. Maar een aantal Brusselaars die duidelijk nog meer van dit 'hart van Brussel' hielden en houden dan ik, hebben de handen in elkaar geslagen, het café gered en het zo voorzichtig mogelijk gerenoveerd, gelukkig alleen aan de buitenkant. Binnen is alles werkelijk precies gebleven zoals het was; alleen is er nu voor groepen, die meer plaats nodig hebben, achteraan een nieuw zaaltje geopend waar een uitvergrote foto hangt van enkele surrealistische dichters die hier, sinds ongeveer 1944, praktisch kind aan huis waren omdat ze hier het grootste deel van hun tijd doorbrachten. Ze staan naast elkaar en achter elkaar alsof ze een polonaise gaan beginnen, steken hun volle glazen in de lucht en kijken recht in de camera: Geert van Bruaene, de dichter, acteur, kunsthandelaar en toenmalige mecenas van het *Goudblommeke*, de schilder en prentkunstenaar René Magritte, de criticus E.L.T. Mesens, de schrijver Louis Paul Boon, de schrijver Louis Scutenaire met zijn vrouw, de dichteres Irène

Hamoir, en een aantal andere bohemiens die toentertijd deel uitmaakten van de Belgische avant-garde. René Magritte was hier stamgast, verneem ik, en betaalde zijn drinkgelag met schilderijen, die hij zowel zelf gemaakt als gekocht had; er zat ook een werk van Jan Vermeer bij, maar algauw bleek het om een kopie, meer bepaald een vervalsing te gaan. Toen Magritte ter verantwoording werd geroepen, haalde hij even zijn schouders op en gaf de logische uitleg dat al zijn kinderen hem even lief waren. Hij erkende ze allemaal als zijn eigen vlees en bloed, zowel de echtelijke als de buitenechtelijke. De beroemde Vlaamse schrijver Hugo Claus heeft in het *Goudblommeke* zijn huwelijk met het model Elly Overzier gevierd, en chansonnier Jacques Brel heeft hier zijn vrouw leren kennen. Er is niet één belangrijke moderne Europese kunstenaar geweest die niet minstens één keer dit café heeft bezocht; Pierre Alechinsky, Lyonel Feininger, Paul Klee, Otto Dix en George Grosz zijn hier geweest. De carrière van de tekenaar van Kuifje, Hergé, begon aan een van deze oude glanzende tafels, waar hij op bierviltjes zijn wereldberoemde stripfiguren tekende...

Ach, het is allemaal goed, werkelijk goed – en precies zoals ik het me herinnerde, alleen de kwestie van het gras en de stervende koe was anders, helemaal anders: de surrealistische spreuk in het Duits naast de deur van de wc is er nooit geweest. Er staat hier nergens een Duitse zin, en er is in de buurt van de toiletten geen behang waar iets op gekrabbeld staat, niets in het Vlaams en niets in het Frans. De spreuken staan allemaal op andere muren, die ook niet behangen zijn en ooit misschien een andere kleur hebben gehad dan dit voorname nicotinebruin. Wel hangt er in de eerste ruimte voor de toog een rond, uit zwaar donker hout vervaardigd en met elegante ranken versierd dienblad – of is het een tondeksel? En onder de geschilderde ranken staat in oud, wit, Nederlands schrift: '*Waer het gras groeit / Sterft de koe.*' Maar de betekenis van deze zin wordt nog steeds niet duidelijk. Waarom zou het ook? In het feit dat het ontsnapt aan het snode verstand ligt juist de zin, of veeleer de onzin van het surrealisme, aangenomen dat het op een van beide aanspraak zou willen maken.

Maar wat maakt het uit?! Michel De Rouck, de gastheer, laat bier aanrukken en borden vol brood, kaas, heerlijke bloedworst en hoofdkaas, en daarna schotels vol *pottekeis*, een Brusselse specialiteit. De sfeer in het hele café en aan onze twee lange tafels is zalig, de stemming opperbest. Michel De Rouck, een goed gehumeurde vent die voor geen gat te vangen is, vertelt over de activiteiten van de *Freunde des Hauses* en beantwoordt mijn vragen over Raymond Queneau, mijn Franse lievelingsschrijver, die nauwe contacten onderhield met de Belgische surrealisten en daarom natuurlijk ook vaak hier opdook als hij in Brussel verbleef – en dat was vaak het geval. Ik ben lang niet meer zo gelukkig geweest, bestel een oude jenever bij het kriekbier en drink mijn glaasje in één teug leeg, opdat alle goden van alle tijden en religies waarin ik op dit ogenblik en alleen op dit moment geloof, dat dus Zeus en Hera, Dionysos en Hermes, Aphrodite en Hebe, Amor, Apollo en Demeter en natuurlijk ook Adonai, Jehova, Allah, Vishnu, Shiva, Krishna, en ook alle Boeddha's en iedereen die zich voorts nog aangesproken voelt, boven in de hemel of hier beneden op de aarde, *Het Goudblommeke in Papier, La Fleur en Papier Doré* zullen beschermen – tot in de eeuwigheid, zolang ze duurt!

Vertaald uit het Duits door
ELS SNICK EN ILSE LAZAROMS

KATJA LANGE-MÜLLER

III

Frankfurt
am Main
Marseille

Michela Murgia

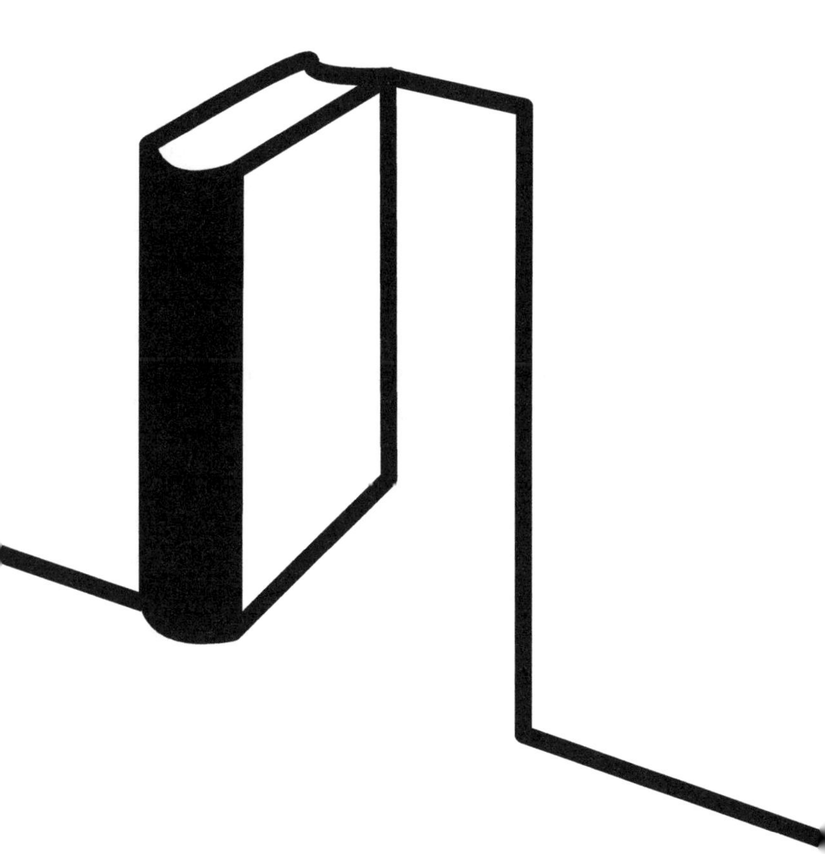

Frankfurt – Marseille
Enkele reis

HET WAS MINSTENS TWINTIG JAAR geleden dat ik bij onbekenden thuis naar een feestje was geweest, en ook nog eens zonder er zeker van te zijn dat ik me in een of andere taal verstaanbaar zou kunnen maken. Anders dan in mijn jonge jaren voelde ik me deze keer niet geïntimideerd en misplaatst door die omstandigheid, maar juist opgetogen alsof ik na maanden eenzaamheid een blind date had. Ik was ingegaan op de uitnodiging van het Goethe-Institut om deel te nemen aan het project *Huisbezoek* en naar het land van een ander te gaan, naar het huis van een ander, me op de tast te bewegen in een ongebruikelijke omgeving en me te verlaten op sociale zintuigen die gewoonlijk waren gereserveerd voor vertrouwde situaties: intuïtie, fiducie, strijdvaardigheid. Ik vond het een leuk idee om bij mensen thuis te komen, zeer intieme plaatsen waardoor ik zou worden onttrokken aan de kilheid van instellingsruimtes waar schrijvers gewoonlijk hun lezers ontmoeten. Na vele jaren van openbare lezingen raak ik snel verveeld door de voorbestemde rollen, omdat die al bij voorbaat een mystificatie inhouden: een microfoon in de hand verandert een gesprek in een bijeenkomst, de mensen die tegenover je zitten worden meteen een publiek en alleen al de bezigheid van de openbare lezing op zich brengt hen ertoe bij jou een autoriteit te veronderstellen die beslist bevorderlijk is voor het aandachtig luisteren, maar een wederzijdse uitwisseling belemmert. Ik verlangde ernaar die formele code te doorbreken en in contact te komen met mensen wier naam ik zou vernemen, met wie ik zou eten en bij wie ik op de bank zou zitten om woorden uit te wisselen die eventueel ook over mijn boeken konden gaan, al hoopte ik van niet.

Ik koos zelf de plaatsen – het project was zo verstandig om dat toe te staan – maar ik prikte niet lukraak met mijn vinger op de landkaart. Frankfurt werd onderdeel van mijn reis omdat die stad, hoewel ik de afgelopen jaren herhaaldelijk in Duitsland ben geweest voor presentaties van vertalingen van mijn boek, nooit een doel op zich was geweest, maar alleen een plek waar ik overstapte op een andere trein. Paradoxaal genoeg was het misschien wel de plek in Duitsland waar ik het vaakst op doorreis was geweest, maar zonder dat ik er een specifieke herinnering aan had: het leek me een goed moment om de stad te verlossen van die onterechte anonimiteit. Marseille daarentegen was een tegenstrijdige keuze: aangezien het van oudsher een bestemming was voor de Italianen in Frankrijk, wist ik uit hun verhalen dat het de minst stereotiepe Franse stad was die je maar zou kunnen vinden, en juist dat trok me erin aan. Ik wilde het voordeel van de Franse taal, die ik het beste spreek van alle Europese talen, maar ik verlangde er ook naar een *limen* te bezoeken, een plek waar de volkeren van het hele Middellandse Zeegebied in de loop der eeuwen bijeen waren gekomen, en niet altijd met vriendelijke bedoelingen, waardoor er een waar grensgebied ontstond. Ik koos dus twee plaatsen die voor mij in zekere zin een anti-doel vertegenwoordigden: de non-plaats Frankfurt en de multi-plaats Marseille, die in mijn verbeelding twee uitersten van elkaar waren. Het Goethe-Institut was de magische poort die mij in staat zou stellen de afstand tussen die twee werelden te overbruggen door bij vier verschillende mensen thuis te komen, waar tegen alle verwachtingen in elk onderhoud uniek was en geen gelijkenis vertoonde met de andere drie.

Frankfurt bleek natuurlijk helemaal geen non-plaats, maar een moderne stad die zich uit de puinhopen van de oorlog heeft opgewerkt, eerst door de titel 'economische hoofdstad' te verwerven, en daarna door steeds meer middelen aan te wenden voor de opbouw van een hedendaagse culturele identiteit, met tientallen musea en een aangename stedelijke herontwikkeling. Toen ik in mijn eentje een wandeling maakte was ik getuige van een hartstochtelijke discussie over een onderwerp dat in Italië nooit bespreekbaar zou zijn: welke architectonische criteria er moesten worden aangehouden voor het optrekken van een modern gebouw in de buurt van de dom, dat wil zeggen midden in het middeleeuwse historisch centrum. In Italië is het principe van behoud zo vanzelfsprekend dat eenieder die het in zijn hoofd zou halen om dat ter discussie te stellen zou worden gezien als iemand die het authentieke karakter van 's lands culturele erfgoed wil vernietigen. Van oudsher wordt het oude centrum van een stad gerestaureerd door de middeleeuwse of renaissance-sfeer ervan op te knappen, en ook wanneer dat oude centrum onverhoopt mocht zijn verwoest door een aardbeving, waardoor heropbouw onvermijdelijk is, is alleen al het idee om het te vervangen door iets moderners zo pijnlijk dat de inwoners er niet zelden de voorkeur aan geven met z'n allen hun boeltje te pakken en op een andere plek iets nieuws op te bouwen. In Duitsland geldt uiteraard een ander uitgangspunt; het is weliswaar zo dat de oorlog veel van de vroegere stedelijke schoonheid heeft verwoest, maar het is eveneens zo dat daarmee onwillekeurig een *tabula rasa* is gecreëerd, waarvan de stadsbewoners *ex novo* hebben moeten beslissen welke toekomstige geschiedenis ze in baksteen willen schrijven: de overblijfselen van vroeger opnieuw opbouwen of die vreselijke leegte beschouwen als een kans om een nieuw gezicht aan te nemen, hedendaags en zonder nasleep? De oplossing die Frankfurt heeft gevonden vond ik fascinerend omdat het zo'n fraai compromis is: naast de kathedraal is namelijk een gebouw opgetrokken uit een bouwmateriaal in dezelfde rossige kleur als de oude bakstenen, dat de spitse vormen van de traditionele bouwwerken in acht neemt, maar dat duidelijk een modern gebouw is, voorzien van alle technische snufjes en een bescheiden bourgeois *allure*. Je zou deze uitoefening van urbanistisch pragmatisme tussen verleden en toekomst als een metafoor kunnen beschouwen, waardoor ik al meteen een goede indruk kreeg van de sfeer die heerste in de door mij gekozen stad.

Toch had ik toen ik bij Gisela Bonz thuis aankwam geen idee wat ik moest verwachten, en evenmin wat mijn gastvrouw en haar gezelschap van mij verwachtten. Het project *Huisbezoek* heeft dan ook als kenmerk dat het geen format heeft: het format zijn de mensen zelf. De glimlach en de begroeting in het Italiaans die mij meteen ten deel vielen, waren dan ook het stilzwijgende startsignaal om precies de sfeer te creëren waar ik op had gehoopt: rondom een eenvoudig buffet werd er ongedwongen gebabbeld over een heleboel dingen, afwisselend in het Italiaans – gesproken door een aantal genodigden en de vrouw des huizes – en in het Duits, waarin enkelen van hen mij dan welwillend vertaalden. De gesprekken begonnen allemaal spontaan te draaien om onderwerpen uit de sociale actualiteit: we hadden net het Britse referendum achter de rug, waaruit vervolgens de Brexit zou voortkomen, en ieders aandacht was dan ook meteen gefocust op de politiek, ook omdat de aanwezige gasten, hoe weinig het er ook waren, bijna allemaal van verschillende nationaliteiten waren en op hun manier een tastbare synthese vormden van hoe ondoenbaar het was om de grenzen binnen Europa te willen herstellen. De leeftijd van de aanwezigen maakte die gedachte nog ingewikkelder, want enkele van hen behoorden tot de generatie van mijn ouders en hadden de Europese eenheid via allerlei tragische gebeurtenissen zien verrijzen vanuit de as van de Tweede Wereldoorlog. Het vooruitzicht dat Groot-Brittannië uit de EU zou stappen opende zoveel potentiële scenario's dat we ons afvroegen hoe het mogelijk was dat men er in één generatie toe gekomen was zo'n ingrijpende stap achteruit te overwegen. Vanaf de jaren '70, waarin ideologieën zelfs met geweld werden verdedigd, via de hedonistische, frivole jaren '80 die in Italië een sociale en antropologische verandering hadden teweeggebracht waarvan we pas twintig jaar later de ware reikwijdte zouden begrijpen, moest er iets gebeurd zijn dat het idee van de Europese eenheid zo had uitgehold dat er in elk land van de unie mensen waren die deze wilden heroverwegen. Die kleine woonkamer vol mensen die elkaar nooit eerder gezien hadden, vormde twee uur lang een uitzonderlijke politieke salon, waardoor ik het betreurde dat er geen plekken bestonden waar je die bijzondere terloopsheid juist zou kunnen ervaren als de gewoonste zaak van de wereld. Internet kan veel betekenen voor mijn generatie en voor die na ons, maar het kan niet zo'n situatie creëren als daar in die woning plaatsvond, waar de redenen voor een verenigd Europa voor de duur van een avond voelbaar, weloverwogen en binnen ieders bereik waren.

Mijn tweede en laatste avond in Frankfurt had gemakkelijk een slap aftreksel van de eerste kunnen worden, maar die verliep heel anders. De vrouw des huizes, Claudia Turolla, was een Italiaanse die voor haar werk in Frankfurt was beland, wat eveneens gold voor een groot deel van de tafelgasten, bijna allemaal expats verbonden aan een humanistische faculteit van de universiteit, op een paar Duitsers na. Het was helemaal niet nodig de uitgewekenen te vragen naar de reden van hun emigratie: vergeleken met de andere Europese landen heeft Italië zeer weinig geïnvesteerd in het hoger onderwijs, vooral in letterkundige specialisaties, en het is absoluut niet zeldzaam dat afgestudeerden in dat vakgebied hun heil zoeken bij andere vakgroepen Italiaans in de EU. Alleen al in 2015 was het aantal jonge Italianen dat emigreerde op zoek naar betere vooruitzichten groter dan het aantal economische immigranten afkomstig uit armere landen. Voor mensen die zich bezighouden met taalkunde is Duitsland een vanzelfsprekend doel, omdat er met vooruitziende blik wordt geïnvesteerd in cultuur en vanwege de fascinatie voor een taal die nog de laatste Europese sporen bewaart van de Latijnse naamvallen. Zodoende zaten we in een kleine tuin met een moestuin en een rijkelijk gedekte tafel te discussiëren over de hoop die mensen ertoe beweegt hun eigen land te verlaten om zich ergens anders thuis te kunnen voelen. Waarschijnlijk zou het een avond zijn geworden zoals er tientallen plaatsvinden onder expats die zich verzamelen rondom een gedeeld studie- of werktraject. Maar in plaats daarvan stelde ik voor om beurtelings te zingen. Ik kom uit een cultuur waar het samen zingen hoog in aanzien staat: op Sardinië worden er na een feestelijk etentje vaak samen traditionele liederen gezongen. Ik vroeg de gasten elkaar dat geschenk te geven, en om beurten iets te zingen uit de eigen traditie; maar terwijl de Italianen eigenlijk allemaal wel een regionale ballade te bieden hadden aan de aanwezigen, kenden de jonge Duitsers geen enkel traditioneel lied. We vroegen ons af hoe dat mogelijk was en het antwoord was eenduidig: tijdens de jaren dat Hitler aan de macht was had de nazipropaganda zich de retorica van het verleden en de volkstradities zo volledig toegeëigend dat de semantische waarde ervan was veranderd. De traditionele melodieën waren dus niet langer liederen voor iedereen, maar nazi-liederen, hymnes van de Duitse suprematie, en daarom werden ze na de oorlog niet meer aan kinderen geleerd. De reikwijdte van de schade die de oorlog heeft aangericht is gemeten in doden, in fysieke verwoesting van steden en gebieden, in verdriet en in armoede. Maar er moesten zeventig jaar voorbijgaan voordat in een tuin in Frankfurt een stuk of twaalf mensen die de oorlog alleen via boeken hadden bestudeerd zich realiseerden dat de telling van de schade nog niet helemaal ten einde was.

Ik verliet Frankfurt dankbaar en vol gedachten, en ik heb nog vaak gekeken naar de foto's die we hadden genomen tijdens die twee etentjes in juni, zo verschillend, en allebei op hun eigen manier zo vertrouwd.

In Marseille bleek het problematischer om onderdak te vinden dan in Duitsland, maar dat probleem gold niet mij persoonlijk: de voetbalkalender speelde me parten. Precies tijdens de dagen waarop mijn bezoek was gepland werd namelijk de halve finale van het WK voetbal in de stad gespeeld, een Frankrijk-Duitsland waarvan ik vreesde dat mijn povere conversatievermogen in het Frans er nooit tegenop zou kunnen. Er heerste een verhitte sfeer in de stad: overal zag ik rommelige capoeira-dansen in de straten om het lokale enthousiasme aan te wakkeren, baby's in wandelwagens met hun gezichtje beschilderd in de kleuren van de Franse vlag, bars en cafés vol supporters van beide teams en een stad die helemaal gemilitariseerd was uit angst voor aanslagen. Ik verwachtte dat ik het verzoek zou krijgen om maar in mijn hotel te blijven, of erger nog, dat ik een tocht zou ondernemen naar een voordeur die nooit open zou gaan, omdat de bewoners van het huis te zeer in beslag werden genomen door de tv-uitzending van de wedstrijd om zich te herinneren dat ze bezoek zouden krijgen. Maar de deuren van de huizen waar ik werd verwacht gingen allebei open, en daarbinnen bleek het project *Huisbezoek* opnieuw voor onverwachte ontmoetingen en verrassingen te kunnen zorgen. De eerste woning waar ik kwam was die van Enrica, een Sardijnse die voor werk naar het buitenland was gegaan en het appartement deelde met Samantha, een Engelse vriendin. Ook in dit geval was de afkomst van de gasten die waren uitgenodigd om mij te ontmoeten zeer gevarieerd, en dat riep vragen bij me op over de mate van integratie waartoe de rest van Europa in staat is vergeleken met mijn eigen land: in Italië is het alleen in kringen van Erasmus-studenten aan de universiteiten gewoon om zoveel mensen van verschillende nationaliteiten bij elkaar aan te treffen, maar in het gewone leven niet. Dat komt volgens mij deels doordat Italië geen bestemming is voor expats, eerder een vertrekpunt juist, maar er is ook nog een andere factor: de Duitse en Franse samenlevingen vergemakkelijken allebei, zij het om andere redenen, een sociale vermenging van etniciteit, nationaliteiten en talen. Vooral in Marseille lijkt het wel of het hele Middellandse Zeegebied daar langs de haven heeft afgesproken, en als je er gaat wandelen kun je erop rekenen dat je alle mogelijke huidtinten, alle denkbare traditionele Noord-Afrikaanse klederdrachten en klanken van overal zult tegenkomen. Enrica komt van hetzelfde eiland als ik, Sardinië, en verdient de kost door Italiaanse les te geven, maar ook met andere dingen. 'Ik noem het geen tijdelijk werk meer,' legde ze me uit terwijl ze de toastjes besmeerde met humus, 'ik noem het modulair werk, het enige waar onze generatie op kan rekenen. Alleen is het hier veel minder eng dan bij ons.' Bij het etentje in haar en Samantha's woning waren vooral vrouwen aanwezig uit Zuid-Italië en Frankrijk, allemaal Italiaanssprekend, en ze hadden niet alleen romans van mij gelezen, maar ook artikelen over de feministische thema's waar ik me vaak mee bezighoud, aangezien ik in een land woon dat nog extreem veel behoefte heeft aan feminisme. Geleidelijk aan leidden de vragen over dat thema ertoe dat dat het onderwerp van gesprek werd die avond, terwijl het tijdens de etentjes in Duitsland nauwelijks was aangeroerd. Het was geen lezing en ook geen orakelachtig gesprek: niemand verwachtte speciale antwoorden van mij. Het was eerder zo dat, zoals vaak gebeurt wanneer vrouwen met elkaar praten over zichzelf, er door iedereen ervaringen werden gedeeld die ongelooflijk veel op elkaar bleken te lijken, vooral met betrekking tot de relatie met onze moeders, de verwachtingen van mannen, de vrouwenhaat in de samenleving en hoe moeilijk het is om privéleven en werk met elkaar te combineren. De vrouwelijke hoofdpersonen in mijn boeken vormden het uitgangspunt voor veel bredere discussies, maar ik weet zeker dat geen van die discussies had kunnen plaatsvinden als we over mijn boeken waren begonnen te praten bij een traditionele boekpresentatie. Doordat de ontmoeting bij iemand thuis plaatsvond was de sfeer veel persoonlijker, ook al waren het mensen die elkaar nooit eerder gezien hadden, en zo werd die avond een ware culturele uitwisseling en was het een gelegenheid om onderwerpen aan te snijden waarover normaal gezien bij een etentje met vrienden niet wordt gesproken, uit gêne of uit beleefdheid. De thema's van het vrouwenvraagstuk weerklonken ook de daaropvolgende dagen door mijn hoofd, toen ik wandelend door de straten van Marseille, deels boulevards en deels kashba's, veel vrouwen uit de Maghreblanden zag die islamitische culturele merktekens tentoonspreidden, zoals de hoofddoek of andere gedragingen dan die van West-Europese vrouwen. Zal de patriarchale cultuur die nog volop aanwezig is in ons werelddeel, ondanks de wetgeving en de veranderde gewoontes, proberen een verbond te sluiten met de oudere patriarchaten van Afrikaanse oorsprong? Zouden wij in staat zijn om elkaar als vrouwen onderling de hand te reiken, ondanks de culturele verschillen, en een gezamenlijke weg te vinden om onze maatschappijen tot een betere plek te maken voor alle vrouwen, en dus voor alle mensen? De antwoorden heb ik niet gekregen tijdens het avondje bij Enrica, maar het was geweldig dat ik een plek had gevonden waar die vragen konden opkomen en hardop worden gesteld.

Weer totaal anders was het laatste huisbezoek dat ik de dag erna bracht. We waren met heel weinig, twee mannen en drie vrouwen, en misschien wel de enige mensen in heel Marseille die niet naar de halve finale zaten te kijken. Bij een licht aperitief in een woonkamer met allemaal verschillende stoelen realiseerde ik me dat de gemiddelde leeftijd bij dit vreemde etentje het laagst lag van mijn hele reis, waarbij ik verreweg de meest gevorderde leeftijd had ten opzichte van mijn disgenoten. Terwijl de eerste beleefdheden werden uitgewisseld kreeg ik de vraag die daarna de toon zette voor de discussie die volgde: een jonge student vroeg me wat mijn eerste indruk was van de stad Marseille. Het antwoord was bijna voor de hand liggend: de overweldigende hoeveelheid kinderen, volkomen ongewoon voor iemand die het uiterst lage geboortecijfer van Italië gewend is. In ons land wordt al jaren één kind per vrouw geboren – op Sardinië zelfs minder dan één – tegenover een land als Frankrijk waar het gemiddelde boven de twee kinderen per vrouw ligt; vandaar dat de gemiddelde leeftijd in Italië rond de 44 jaar schommelt, en amper vijftig jaar geleden zou iemand die deze drempel bereikte als 'van middelbare leeftijd' zijn beschouwd, maar tegenwoordig kan hij beweren dat hij in de jeugdige categorie valt van degenen die nog (bijna) hun hele leven voor zich hebben. Door een onrustbarend toeval is dat ook precies mijn leeftijd. De aanwezige meiden verzekerden me echter, op één na, dat ze absoluut niet van plan waren de Franse gewoonte om veel kinderen te krijgen in acht te nemen. De overheersende houding was juist dat ze er helemaal geen wilden, en de stelligheid waarmee dat werd gezegd maakte me duidelijk wat de reden daarvan was. Ik heb bewust geen kinderen en daar zijn verschillende redenen voor, maar ik weet dat het altijd een persoonlijk besluit is, ook wanneer de factoren die ertoe leiden overeenkomstig lijken. In Italië wordt meestal het sociale stelsel aangevoerd ter verklaring van het lage geboortecijfer, in combinatie met de ingewikkelde positie van vrouwen in een land waar de verzorging van het gezin immers nog steeds grotendeels als hun verantwoordelijkheid wordt gezien. Waarschijnlijk zouden ook wij uiteindelijk zijn gaan opsommen om welke redenen we er geen hadden gekregen of er geen wilden, maar gelukkig koos een van de aanwezige jongemannen ervoor ons standpunt om te draaien en confronteerde hij iedereen met een heel andere vraag: 'Ze vragen ons altijd waarom we er geen willen, maar ik vraag me af, en ik vraag ook aan jullie: Waarom zouden we in vredesnaam wél kinderen willen? Hoe komt het dat kinderen krijgen zo hoog in aanzien staat dat je verantwoording moet afleggen als je er geen wilt?' Hoewel ik me al jaren bezighoud met dit onderwerp, was de vraag me nooit in die termen gesteld, al helemaal niet door een man, en dat heeft beslist te maken met het feit dat in Italië het moederinstinct als de natuurlijke norm wordt beschouwd, en het uitblijven daarvan als een antisociale, pathologische afwijking. Vrouwen die geen kinderen kunnen krijgen of die hun keuze om financiële redenen uitstellen worden wel begrepen, maar er bestaat geen enkel begrip voor degenen die verklaren dat er geen enkele belemmering is voor hun vermenigvuldiging, behalve hun eigen wil. De antwoorden op die vraag waren misschien wel het meest verrassende van mijn hele reis door Europa met het Goethe-Institut. De man die de vraag had gesteld was zelf ook de eerste die antwoord gaf, met de bewering dat hij maar één reden kon bedenken om kinderen te krijgen ondanks dat hij er niet naar verlangde, namelijk dat je dan iemand had die zoveel van leeftijd verschilt met je en die zo van jou afhankelijk is, dat je gedwongen bent rekening te houden met een verdere toekomst dan die je te wachten zou staan met alleen jouw leven, waardoor je een grotere verantwoordelijkheid voelt voor de toekomst. In die visie zijn kinderen een gebaar van ruimhartigheid jegens de wereld, en temperen ze je egoïsme, je neiging om alleen jezelf als maat der dingen te nemen. De meiden waren het niet met hem eens. Sommige zeiden dat er geen egoïstischer daad bestaat dan kinderen krijgen, jezelf vermenigvuldigen in een symbolische poging de dood te overwinnen. Mensen krijgen kinderen om iemand te hebben die hen verzorgt tot hun dood, om gezelschap te hebben of omdat ze zoveel liefde te geven hebben dat een huisdier niet volstaat, maar wat de reden ook is, voor de jonge vrouwen die bij dat etentje waren was het een wezenlijk egoïstische en narcistische daad om kinderen op de wereld te zetten. Als oudste van de groep droeg ik op een gegeven moment de sociale situatie aan als argument, ook al beschouw ik die op zich ook voor mezelf als een van de minst overtuigende. Oude maatschappijen produceren beleid op de maat van oude mensen, en bouwen een wereld waarin kinderen krijgen lastiger wordt, ook voor mensen die ze wel willen. Oude mensen stemmen op degene die hen veiligheid en gezondheidszorg belooft, in plaats van scholen en speeltuinen waar je als bejaarde toch niet meer heen gaat. Weigeren om kinderen te krijgen betekent dat je meebouwt aan een bejaarde samenleving en in feite een proces van uitsterving van de soort in gang zet.

Om dat idee moesten ze echter allemaal lachen, en ze deden een beroep op mijn gevoel voor proporties doordat ze dat uitsterven alleen al als een absurde hypothese beschouwden, op een planeet waar de mens de dominante soort is en rond de zeven miljard individuen telt. Stelliger dan ik zei een van de aanwezige meiden me luid en duidelijk dat het hoe dan ook geen logisch probleem zou hoeven te zijn als we toch zouden uitsterven. 'Er zijn vele soorten uitgestorven in de geschiedenis van de planeet. Wat geeft ons het idee dat dat met onze soort niet mag gebeuren? De aarde is waardevoller dan al het leven dat erop woont, en onze soort is hoe dan ook de meest destructieve.' Die cynische, uiterst gecultiveerde culturele verklaring, van een individu dat zover gaat het vrijwillig uitsterven van de eigen soort als iets positiefs te zien, werd plotseling overstemd door de kreet die als uit één mond vanuit de hele buurt klonk omdat een van de teams in het stadion een doelpunt had gescoord, en de betovering van het gesprek werd verbroken. We namen hartelijk afscheid, maar misschien betreurden we het dat we zo diep waren ingegaan op een thema dat onder beschaafde mensen eigenlijk uit fatsoen beter niet kon worden aangeroerd. Toch kreeg ik onderweg naar huis het idee dat dat gesprek niet alleen de zin was geweest van dat hele etentje, maar zelfs van de hele reis waar het project

Huisbezoek om draaide. Contact, uitwisseling en discussie cre-
eren met het excuus een problematischer gast dan normaal in
huis te introduceren – wat een schrijver uiteindelijk voornamelijk is: een problematische onrust – leek geen doel op zich
te hebben, aangezien het er ook niet expliciet om ging dat er
over literatuur zou worden gesproken. Toch was ik erin ge-
slaagd om in slechts vier avonden, op reis door twee landen, in
discussie te gaan met mensen die totaal verschilden van elkaar
en van mij, over enkele van de belangrijkste thema's in deze
tijd. De gevolgen van dergelijke ontmoetingen zijn onmetelijk
en misschien zou ik ze niet eens willen meten, om eerlijk te
zijn; maar zonder de zoektocht naar die gevolgen bestaat er
geen literatuur of maatschappelijke waarde of kwaliteit voor
de toekomst. Toen ik thuiskwam was ik verward, dankbaar
en geïnspireerd, en had ik het gevoel dat ik gedurende de reis
iets was vergeten dat ik vroeg of laat zal moeten gaan ophalen.

Vertaald uit het Italiaans door
MANON SMITS

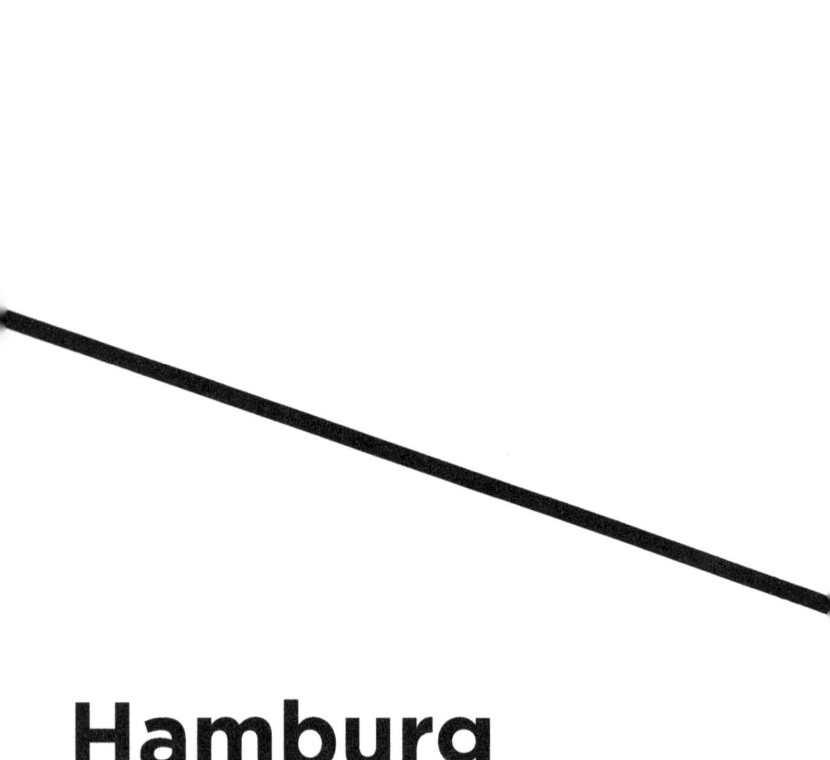

Hamburg
Nancy

Jordi Puntí

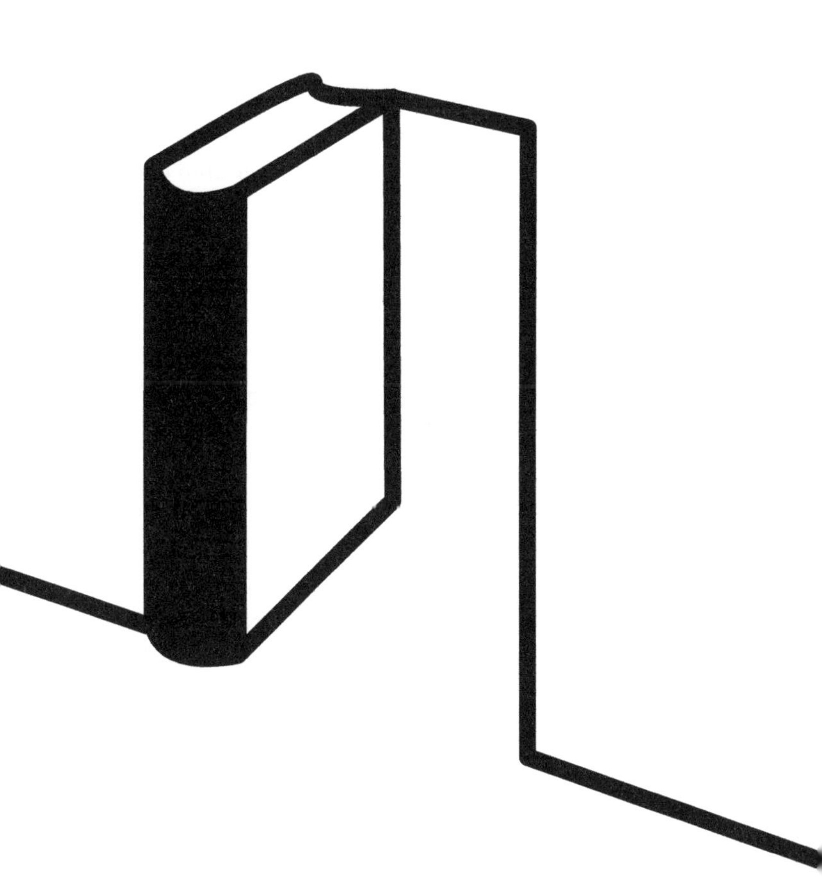

Het geduld

IK BEVOND ME IN EEN CAFEETJE in het centraal station van Luxemburg en had net een broodje met een cola genomen. Ik vroeg om de rekening en wilde met mijn creditkaart betalen. De ober bracht het apparaat, haalde mijn kaart erdoorheen en vroeg me mijn pincode in te toetsen, terwijl hij een paar seconden naar een onbepaald punt voor hem staarde. Alle winkeliers en obers doen dat: discreet in de verte staren om de klant een beetje privacy te gunnen. Sommigen houden nauwelijks de schijn op en wenden hun hoofd af alsof ze geërgerd zijn of plotsklaps met de situatie verlegen, maar er zijn er ook die wegdromen, een moment hun ogen sluiten, naar een denkbeeldige horizon staren, en pas weer terug in de werkelijkheid komen wanneer het apparaat een of ander geluidssignaal laat horen. Misschien zouden we het een naam moeten geven, dat onbepaalde en vluchtige punt dat een soort verdwijnpunt is. Timboektoe bijvoorbeeld of Nergenshuizen...

Goed, ik toetste dus mijn pincode in en terwijl de Luxemburgse ober zich in zijn verdwijnpunt verloor en in zuidelijke richting keek – Marseille of wie weet nog verder – verschenen er op het schermpje van het apparaat opeens de woorden: *Veuillez patienter.* Hoe zouden we dat vertalen? dacht ik bij mezelf. Het meest voor de hand liggende was 'Een ogenblik geduld' of iets dergelijks, maar eigenlijk viel me vooral het woord *patienter* op. In het Catalaans bestaat het niet, alleen het tegenovergestelde *impacientar* – ongeduldig worden – en het daarvan afgeleide *despacientar* – het geduld verliezen. Maar als er op zo'n schermpje 'Niet ongeduldig worden' zou verschijnen, dan zouden we dat als een verwijt opvatten, alsof we meteen al ongedurig of kregelig waren, omdat onze kostbare tijd werd verspild. Ik weet zeker dat voor Franstaligen '*Veuillez patienter*' veel milder overkomt, als een uitdrukking die je niet te hoog opneemt en die je misschien niet eens leest. O, of ik even wil wachten? Uiteraard, geen probleem hoor.

Dat alles speelde door mijn hoofd toen ik op het perron op de trein stond te wachten. Ik was op weg naar Nancy om deel te nemen aan een literair spel in de vorm van een opdracht. Het was het vreemdste voorstel dat me ooit als schrijver was gedaan, of anders het op een na vreemdste. Het idee was samen met andere genodigden bij onbekenden te gaan eten en daar een tekst over te schrijven, gebaseerd op de ervaring of op de gesprekken die zich gedurende die avond zouden ontspinnen.

Het waren geen toevallig gekozen onbekenden, alsof ik bij een willekeurige deur moest aanbellen en vragen wat er op het menu stond, nee, degenen die me het voorstel deden, hadden een zorgvuldige selectie gemaakt. Het waren mensen die van debatteren hielden en goed van de tongriem waren gesneden, mensen die zich voor literatuur interesseerden en mij op hun beurt het een en ander over Nancy konden vertellen, of waarover ze maar wilden.

Afgezien van het geheimzinnige feit bij onbekenden binnen te vallen en een paar uur in hun gezelschap door te brengen, in de wetenschap dat je elkaar waarschijnlijk nooit meer zal zien tenzij er iets onverwachts gebeurt wat je leven overhoop gooit – wat niet vaak voorkomt – was ik vooral benieuwd hoe dat alles in een verhaal terecht zou komen. Naar mijn mening bestaan er twee soorten schrijvers: jagers en vissers. De jagers gaan op pad om literair materiaal te verzamelen; ze begeven zich op onbekend terrein en zetten al hun zintuigen in op zoek naar een verhaal, een personage, een idee om uit te werken of een ontdekking die tot schrijven uitnodigt, bijna zoals ridders in de Middeleeuwen een harnas aantrokken, hun paard bestegen en op avontuur gingen. Dan de vissers, die gaan aan een rivier zitten, maken hun aas aan het vishaakje vast en werpen hun hengel uit. Geduldig en bewegingloos wachtten ze tot de vissen bijten en als er geen verhaal langskomt, dan filosoferen ze over het leven en vullen de tijd met hun verbeelding en hun gedachten. Misschien is de vis die ze uiteindelijk vangen niet meer dan een excuus om alles wat er in de tussentijd in hun hoofd opkwam te kunnen opschrijven.

Ik zou niet kunnen zeggen wat voor soort schrijver ik ben. Soms ga ik op jacht als een verkenner en soms, misschien vaker, zit ik stil en probeer te vissen. Dat bedacht ik allemaal toen ik in de trein zat en ik realiseerde me dat ik op dat moment eigenlijk allebei tegelijk deed: ik ging ergens naartoe op zoek naar een verhaal en tegelijkertijd zat ik stil en keek uit het raam naar het landschap. Wat er te zien was, was trouwens nogal eentonig. De groene vlakten van Midden-Europa, akkers die net waren geoogst, volle rivieren, bossen en in de verte kerktorens die in de namiddagzon verzadigd raakten van kleur. Nu en dan stopte de trein in een middelgrote stad – Thionville, Hagondange – en nadat we bijna een uur onderweg waren, reden we Metz binnen. We lieten een industrieterrein achter ons en reden langzaam de stad in, dat vertel ik omdat mijn oog opeens werd getrokken door een uitgestrekte verzameling tenten en barakken van karton en doek. Een geïmproviseerde miniatuurstad binnen de stad. Er was bedrijvigheid te zien, vooral van vrouwen die in een kring zaten of met huishoudelijke klusjes bezig waren. Ze hadden zich zo te zien geïnstalleerd op het parkeerterrein achter een winkelcentrum, naast de laad- en loszone.

'Dat zijn de vluchtelingen van Blida,' zei een medereiziger tegen mij. Hij zal me wel peinzend uit het raam hebben zien staren en het was alsof hij mijn gedachten had gelezen. 'Een paar maanden geleden heeft de politie dit kamp al eens ontruimd, maar ze zijn stilaan teruggekomen.'

'Zijn het Syriërs?' vroeg ik.

'Nee, voor zover ik weet is de meerderheid Kosovaars en Albanees. Ze komen uit de Balkan. Ze willen natuurlijk papieren en wachten af. Week na week, tot de regering ze ergens kan onderbrengen. Ze hopen dat alles is opgelost voor de kou intreedt, in de herfst.'

Net toen ik hem naar het stadsbestuur en de reactie van de bevolking wilde vragen, waren we bij het station van Metz aangekomen. Ik moest overstappen, waardoor ik mijn informant uit het oog verloor. Tien minuten later had ik plaatsgenomen in een nieuwe wagon. De trein zat behoorlijk vol en zette zich al in beweging, toen er twee meisjes binnenkwamen die bij mij gingen zitten. Ze waren een jaar of twintig en zagen er modieus uit met hun skinny jeans en designblouses. Een van hen, die tegenover mij zat, diepte een doosje make-up op uit haar tas. Haar ogen glansden en waren opgezwollen alsof ze had gehuild.

'Heb je de deur op slot gedaan?' vroeg haar vriendin opeens. Hoewel ze Frans sprak, kon ik horen dat ze een zwaar Engels accent had. Waarschijnlijk was ze Amerikaans.

'Nee,' antwoordde het andere meisje. 'Jij had de sleutels, toch?'

Ze schoten allebei in de lach. Ze deelden samen een fles sinaasappelsap en gaven die aan elkaar door. Het meisje tegenover me voelde in haar broekzakken en stelde vast dat zij de sleutels inderdaad had. Vervolgens zetten ze hun gesprek voort. Geen van beide kon met zekerheid zeggen dat ze de deur op slot had gedaan. In de haast en vanwege de zenuwen om de reis, begreep ik, was het aannemelijk dat ze het vergeten waren.

'Ik heb de koffer en de tassen in de hal gezet,' zei het meisje dat zich de meeste zorgen maakte, terwijl ze haar oogschaduw bijwerkte. 'Als iemand merkt dat de deur niet op slot zit, hoeft hij maar een paar stappen te zetten en dan kan hij alles zo meenemen. Makkelijk zat.'

'Zo makkelijk is dat niet, hoor. Aan de buitenkant lijkt het of de deur gewoon op slot is,' probeerde haar vriendin haar gerust te stellen, waarna ze van onderwerp veranderde: 'Dus, hoe reageerde hij nou? Vertel het nog eens.'

'Gewoon. Hij zei dat hij komende zomer bij me langs zou komen in Cleveland, maar ik weet nu al dat hij dat niet zal doen. Zulke dingen zeg je altijd wel, maar uiteindelijk komt er niets van. Maar toen hij zag dat ik moest huilen...' ze was even stil. 'Ik denk dat we terug moeten. Het is te riskant.'

Geërgerd slaakte haar vriendin naast mij een zucht.

'En Nancy dan? Gaan we daar nog heen?'

'We hebben tijd genoeg. We gaan terug naar het huis, doen de deur goed op slot en pakken de volgende trein. Alles bij elkaar zal het niet meer dan een uurtje extra kosten.'

'Ik denk dat je hem wel op slot hebt gedaan, die deur. We gaan voor niks. Wat zullen we balen als we daar staan en zien dat we hem toch op slot hebben gedaan! Je hebt nog maar een paar uur in Frankrijk en die verspil je dan zo...'

Zo gingen ze nog tien minuten door, de tijd die we erover deden om bij het volgende station aan te komen, en daarna stapten ze uit. Ze groetten me niet, alsof ik er gewoonweg niet was. Het werd me ook niet duidelijk wat ze in Nancy gingen doen, of het belangrijk was of niet. Af en toe scheen het me toe dat het met een vriendje te maken had en met een som geld, en ik moet zeggen dat ik op het punt stond me in het gesprek te mengen en het te vragen. Als ik dat gedaan had, was ik op datzelfde moment een jager geworden en ik geloof dat ik me alleen inhield omdat het nog geen tijd was. Ik was nog niet eens in Nancy en ik wilde geen roofdier lijken, iemand die wanhopig is en zo snel mogelijk een goed verhaal wil vangen. Terwijl de trein opnieuw in beweging kwam, zag ik de twee meisjes op het perron lopen. Een van hen, de Amerikaanse, hield de fles sinaasappelsap vast. Ze zag me achter het raam zitten, onze blikken kruisten elkaar even en toen bleef ze staan alsof haar iets te binnen schoot. Ze trok een verbaasd gezicht dat door de treinbeweging werd bevroren. Ik verloor haar uit het oog. Op de stoel tegenover mij lag haar vergeten doosje make-up.

Terwijl ik dit schrijf ligt het doosje voor me. Ik heb het gehouden. Een nutteloze trofee. Het is langwerpig en plat en bevat alles wat je zou kunnen verwachten. Oogschaduw en gezichtspoeder en zelfs een spiegeltje. Ik pak de lippenstift eruit, ketchuprood, en haal de dop eraf. Nu zou ik kunnen vertellen dat ik mijn lippen stift en dat ik dat mooi vind, dat ik mezelf mooi vind, en opeens zie ik mijn mond in het spiegeltje, ik tuit mijn lippen en bedenk dat ik het niet ben, dat ik een ander verhaal ben, ook dat van dat ongeduldige en verdrietige Amerikaanse meisje. Of ik zou kunnen vertellen dat ik, eenmaal in Nancy aangekomen, ontdekte dat er een kaartje in het doosje make-up zat met een telefoonnummer en dat ik het belde en het een stripteaseclub bleek te zijn, of dat er een foto van een jongen en een meisje in zat, of zelfs een verlovingsring die er eigenlijk eerder als goedkope bijouterie uitziet... Ik zie meteen een heleboel mogelijkheden en dat zouden er nog meer kunnen worden als ik het verhaal van de vluchtelingen in Metz erbij betrek, die ik vanuit de trein zag. Per slot van rekening woonden ze in dezelfde stad als het meisje, ze waren net als zij op doorreis, ze hadden hun hele leven in een paar koffers gepropt... Maar vervolgens zeg ik tegen mezelf dat ik niet te hard van stapel moet lopen.

Eenmaal in het hotel in Nancy loop ik de trap op naar mijn kamer en pak mijn koffer uit. De omgeving en het ritueel, de dingen die iedereen doet bij het binnengaan van een hotelkamer, gaven me het gevoel van iemand die gewend is aan dat nomadenbestaan, van een reiziger. Misschien was dat precies wat ze van me verwachtten, besefte ik nu, dat ik een verhalenreiziger was, alleen kwam ik om te kopen en niet om te verkopen. Om dat ongemakkelijke gevoel te bestrijden, begon ik de weinige kleren die ik bij me had in de kast te leggen en de paar boeken plus een schrijfmap op het bureau. Je moest je best doen om die kamer een persoonlijk karakter te geven, je moest hem in bezit nemen. Ik ging naar de wc en vervolgens strekte ik me uit op het bed om de kwaliteit van het matras te testen en vooral of de kussens zacht genoeg waren. Dat doe ik altijd.

Daar lag hij en terwijl zijn ogen dichtvielen herinnerde de man zich een passage uit 'Het boek der rusteloosheid' van Fernando Pessoa, waarin staat: 'Alleen hij die niet zoekt is gelukkig; want alleen hij die niet zoekt, vindt.' Het was dus zaak om niets te zoeken en nadat hij wakker was geworden uit dat verlate middagslaapje ging hij met die gedachte de straat op. Het was zes uur en het begon al te schemeren in Nancy.

Die avond hoefde hij nog niet naar een etentje, hij kon zijn eigen gang gaan, en met hetzelfde gemak waarmee een verteller van de eerste naar de derde persoon schakelt, wandelde hij door de stad. Bij de informatie die hij van de organisatie had gekregen, zat ook een stadsplattegrond van Nancy. Hij wierp er even een blik op en besloot in oostelijke richting te lopen, naar de oude stad, waarop hij de kaart in de zak van zijn jasje stopte.

Een paar dagen eerder in Barcelona had een Franse vriendin hem verteld over de bescheiden schoonheid van Nancy, over de modernistische gevels die je plotsklaps aantrof op de meest onverwachte plekken. Ze zei dat hij vooral het statige en imposante Place Stanislas niet mocht missen, met zijn vergulde hekwerk, eeuwenoude keien en gezellige en drukbezochte terrasjes. Maar daar ging hij juist niet heen. Toen hij aan het eind van de straat een groot plein en drukte van mensen vermoedde, ging hij een andere kant op. Omdat hij het adres nog niet had gekregen, fantaseerde hij bij tijd en wijle dat een van die huizen het adres van de volgende dag was, wanneer hij bij die onbekenden ging eten. Hij zou op goed geluk ergens kunnen aanbellen en net kunnen doen alsof hij zich in de dag had vergist. Vervolgens zouden de nog onbekendere onbekenden, dus zonder het vooruitzicht hem te ontmoeten, zeggen dat hij zich niet in de dag had vergist maar in de plaats, aangezien zij niemand verwachtten, en het zou kunnen dat ze hem dan binnenlieten, maar waarschijnlijker was het dat ze hem met een verveeld gebaar gedag zouden zeggen, want wie weet wat hij had verstoord.

Deze denkbeeldige scenario's amuseerden hem evenzeer als ze hem benauwdcn. Hij kon ze niet verhinderen en tegelijkertijd besmetten ze hem alsof hij vals speelde. De opgave niets te zoeken bracht hem in een staat van algehele beweginglosheid, maar dan had hij net zo goed op zijn hotelkamer kunnen blijven en naar het nieuws op de televisie kunnen kijken. Na een half uur zomaar wat te hebben rondgewandeld, kwam hij bij een plein met een fontein met in het midden een ruiterstandbeeld. Het was een bescheiden plein, misschien omdat het in de indrukwekkende schaduw lag van een neogotische kerk met de vreemde naam Saint-Epvre. Hier waren ook drie of vier terrasjes, maar ze zagen er rommelig uit en de mensen die er zaten, leken hem vaste klanten uit de buurt. Hij ging bij een *brasserie* zitten en bestelde een karaf wijn en een *quiche lorraine* met een salade. Vanaf zijn tafeltje zag hij bij een banketbakker de vrijdagmiddagdrukte van vlak voor sluitingstijd, een reisbureau dat gesloten was en een bloemenverkoopster die al bezig was haar kraam op te breken. Naast hem dronk een man een biertje en las de *L'Est Républicain*. Af en toe hief hij zijn hoofd op en groette een voorbijganger. De geraffineerde manier waarop hij dat deed leek wel ingestudeerd, alsof hij vanuit zijn ooghoeken meer aandacht voor de mensen om hem heen had dan voor zijn krant. Vanwaar hij zat volgde hij deze komedie met bewondering. Alles had iets alledaags. De auto's, de voorbijgangers, de duiven, ze bewogen zich allemaal heel rustig alsof ze op een filmset waren, en hij verwachtte ieder moment dat een regisseur buiten beeld 'Actie!' zou roepen. Hij nam een slokje wijn en savoureerde dat aandachtig alsof hij door ook toneel te spelen dat valse idee uit zijn hoofd kon zetten.

Als vanzelfsprekend ging hij tijdens zijn verblijf in Nancy elke dag terug naar Place Saint-Epvre. Hij zat zelfs twee keer op dezelfde stoel. Hoewel hij er op verschillende momenten van de dag kwam, zocht hij toch een bepaalde routine. Hij wilde dat de obers hem zouden herkennen en zijn stille triomf was dat de man van de *L'Est Républicain* zijn ogen opsloeg en hem met een hoofdknikje begroette toen hij op zijn laatste dag over de stoep kwam aanlopen.

De volgende dag stond hij op in een andere stemming. Wanneer je de nacht in een andere stad doorbrengt, is het alsof je er al meer thuis bent als je er wakker wordt. Aangezien hij de hele dag vrij had – de afspraak met de onbekenden was pas om zeven uur 's avonds – besloot hij opnieuw zonder kaart door Nancy te lopen. Hij zou de spoorbrug overgaan, over de boulevard langs de rivier wandelen, de kathedraal bezoeken. Hij zou zich de stad eigen maken door domweg rond te lopen en de stukjes aan elkaar te plakken alsof hij door een detective werd geschaduwd en hij het moest laten voorkomen dat hij niets zocht. In gedachten vermeed hij het woord *toeval*.

Tijdens het ontbijt in de eetzaal van het hotel hoorde hij een gesprek aan een tafeltje naast hem: twee meisjes hadden het over literatuur, over de boeken die ze de laatste tijd hadden gelezen en over een schrijfster die ze niet konden uitstaan. Plotseling klonk er een harde klap. Er was een man op de grond gevallen toen hij aan een tafel wilde gaan zitten. Bij nader inzien was hij door zijn stoel gezakt, dat een te wankel ontwerp bleek voor zijn gewicht. Hij hielp de man overeind en raapte twee pockets voor hem op uit de Foliocollectie, plus een stapel verkreukelde vellen papier. Hij wierp er heimelijk een blik op: het waren aantekeningen voor een conferentie over Marie Darrieussecq. Even later op straat had hij nog steeds het gevoel dat er een literair complot gaande was. Twee jongens voor een stoplicht discussieerden over het belang van de symbolistische poëzie vandaag de dag. In de buurt van *brasserie* L'Excelsior meende hij de schrijver James Ellroy te herkennen, die met gebogen hoofd de straat overstak alsof hij voor iemand op de vlucht was (hij herkende hem aan zijn hawaïshirt). Toen hij langs boekhandel L'Autre Rive kwam, viel hem op dat het daarbinnen stampvol was. Achter in de ruimte zag hij een meisje voorlezen. Deze toevalligheden herhaalden zich de hele ochtend. Hij zocht zijn heil in een café en het kwam hem voor dat de ober in alexandrijnen sprak, als een Victor Hugo in het huidige Lotharingen. Het was de wereld op zijn kop, een samenzwering die was bedoeld om hem van zijn ronddwalen af te brengen en hij hield zich streng voor ogen dat hij niet wanhopig was en niets zocht.

Terwijl hij werktuiglijk rondliep, overweldigd door de overdaad aan literaire tekens, kwam hij onbedoeld op Place Stanislas uit en toen begreep hij het. Aan een zijkant van het monumentale plein zag hij een paar borden met informatie over een belangrijk literair festival in Nancy dat precies dat weekend werd gehouden. 'Meer dan tweehonderd deelnemende schrijvers' stond er op een spandoek te lezen. Bij verschillende gebouwen stonden mensen in de rij om hun favoriete schrijvers te horen spreken, boeken te kopen en handtekeningen te vragen.

Tegen die achtergrond kreeg Felipe Quero – het wordt hoog tijd dat hij een naam krijgt – in eerste instantie de neiging zich om te draaien en weg te lopen. In zo'n omgeving zou hij zeker het gevoel hebben een handelsreiziger te zijn! Bovendien zou hij daar geen enkele inspiratie kunnen opdoen: hij had een hekel aan verhalen met schrijvers in de hoofdrol. Als lezer vond hij ze anekdotisch, zelfingenomen en ver van de werkelijkheid af staan, als auteur voelde hij zich naakt en huichelachtig als hij probeerde te schrijven over de roddels en het gekibbel in de literaire wereld.

De ontdekking ondermijnde zijn zelfvertrouwen, want laten we wel wezen, hoe kon het nou dat de organisatoren met geen woord over het literaire festival hadden gerept? Hij was pijnlijk getroffen in zijn eergevoel, wat hem waakzaam maakte. Zijn naam stond niet bij de tweehonderd deelnemers en ineens kreeg hij een voorgevoel: stel dat het etentje een voorwendsel was om hem voor gek te zetten? Misschien was de uitnodiging een valstrik om van hem literair materiaal te maken, een slechte grap. Hij kon maar beter op zijn hoede zijn.

Ellendig en gekwetst piekerde hij daarover terwijl hij al wegliep, maar op hetzelfde moment merkte hij bij elke stap een ongewone lichtheid op. Hij had geen koffer bij zich, werd nergens door gehinderd, en met zijn handen in zijn zak bedacht hij verheugd dat er niets was wat hem als schrijver zou ontmaskeren op dat festival der ijdelheden. Hij kon daar volkomen onopgemerkt rondlopen. Dus ging hij een van de tenten vol met mensen binnen en slenterde langs de boekenkramen. Achter de tafels zaten schrijvers te wachten tot er iemand naar ze toe kwam voor een handtekening. Velen zagen er verveeld uit, ze deden hun best geduldig te zijn en verborgen hun tegenzin door in een of ander boek van de uitgeverij te bladeren (een uur later zouden ze zelfs de titel al niet meer weten).

Felipe Quero bekeek hen uitvoerig en zonder reserve, als iemand die zich aan de andere kant van een spiegel bevindt, en die houding van dubbelspion gaf hem weer vertrouwen. Hij liep aan de andere kant van de beurs bij het Parc de la Pépinière naar buiten en ging een straat in die volgens zijn berekeningen uitkwam bij zijn favoriete plein, Place Saint-Epvre. Maar hij moest ergens verkeerd zijn gelopen, want hij kwam bij een middeleeuwse poort die ooit de toegang tot de stad was, de Porte de la Craffe. Hij liep eronderdoor om het majestueuze en intimiderende karakter ervan te bewonderen en toen hij aan de andere kant stond, viel hem een vreemd stel op. Het waren een man en een vrouw van achter in de zestig, waarschijnlijk gepensioneerd. De vrouw keek naar het gebouw en de man maakte een foto van haar. Felipe Quero merkte iets vreemds op aan die combinatie: de man leek niet zozeer geïnteresseerd in de twee torens en het monumentale verdedigingswerk, maar in zijn vrouw die het geheel bekeek.

Alsof de Porte de la Craffe alleen waarde had wanneer zij ernaar keek, juist omdat zij ernaar keek. Felipe liet het schouwspel voor wat het was en wandelde door de hoofdstraat met aan weerszijden winkels die allerlei toeristische snuisterijen te koop aanboden. Maar na een tijdje kwamen ze elkaar weer tegen. De vrouw bewonderde nu het paleis van de hertogen van Lotharingen, de gevel van witte steen, de balkons met gotische vormen, en de man vereeuwigde haar terwijl ze het monument aanschouwde. Deze tweede keer merkte Felipe dat zij zich volkomen bewust was van het fotograferen en een bepaalde pose aannam. Wat de twee verbond was een behoefte om te spelen, een aanstellerige, zelfs perverse manier van doen, en voor het eerst sinds hij in Nancy was, had Felipe het gevoel dat hij iets op het spoor was gekomen wat de moeite waard was. Hij bleef staan om ze onopvallend te observeren. Hij twijfelde of hij ze zou volgen, maar op dat moment ging het stel een banketbakkerij in, wat hij opvatte als een teken dat ze met rust gelaten wilden worden.

Een paar meter verder bleek hij al bij Place Saint-Epvre te zijn en hij ging op zijn vaste terras zitten om uit te rusten. Hij dronk een Perrier en zei net tegen zichzelf dat hij meer geduld had moeten hebben, meer rust bij het bestuderen van die twee geheimzinnige voorbijgangers, toen ze opeens weer in zijn gezichtsveld verschenen. Hij zag hoe zij bleef staan bij het ruiterstandbeeld van de hertog van Lotharingen, René II, en terwijl zij het beeld met overdreven belangstelling bestudeerde, maakte hij een paar foto's van haar. Het geintje duurde een hele poos, genoeg om Felipe de gelegenheid te geven zijn mobiel te pakken en zonder dat ze het in de gaten hadden een foto van ze te maken.

Om half zeven werd hij, zoals afgesproken met de organisatie, door een taxi bij het hotel afgehaald en naar het etentje gebracht. Terwijl ze door de straten en over de rotondes van Nancy reden naar een minder centraal gelegen wijk keek Felipe Quero op zijn mobiel naar de foto die hij die middag had gemaakt. De ietwat schuine hoek gaf de foto iets clandestiens als van een spionagefoto en benadrukte ook de vreemde gebaren van het stel, hun gezichten daarentegen waren amper te zien. Hij probeerde het beeld nog te vergroten, maar dat leverde niets op. De vrouw hield haar hoofd weggedraaid en het gezicht van de man ging schuil achter de arm waarmee hij de camera vasthield. Met die twee onzichtbare gezichten had het stel alles om tot fictie te worden, zei hij toen bij zichzelf. Het was niet moeilijk te concluderen dat er op het etentje vast een stel zou zijn dat bij dit profiel paste.

Dit werd dus zijn missie en hij bracht deze meteen in praktijk toen hij door de gastheer en gastvrouw werd ontvangen en hen voor de uitnodiging bedankte. Alles bij elkaar waren ze die avond met z'n tienen, zeiden ze. De gastheer en gastvrouw bleken een Marokkaans koppel te zijn en ze waren zo vriendelijk, attent en gastvrij dat je je meteen thuis voelde.

Karim was kok en had een restaurant; die avond had hij een diner samengesteld met ingrediënten uit zijn land van herkomst. Chaymae was zijn partner en doceerde filosofie aan de universiteit. Met levendige ogen en een openhartige glimlach vertelde ze direct dat ze zijn laatste boek had gelezen en het erg goed vond, iets waar hij de hele avond verguld mee was. Ze namen hem mee naar de tuin waar het aperitief werd geserveerd en stelden hem aan hun vrienden voor. Er was een bibliothecaresse, een Tunesische muzikant die de ud – een soort Arabische luit – bespeelde, een advocaat en een socioloog die een bescheiden en opgewekte indruk maakten en een stel van wie Felipe onmiddellijk vond dat ze zijn twee onbekenden konden zijn: van middelbare leeftijd en een beetje hautain; zij schilderde realistische portretten, maar in een losse stijl – er hing er een van Chaymae in de kamer –, hij was een kunstcriticus en gespecialiseerd in vervalsingen.

Terwijl hij een gesprek met de twee kunstkenners begon om uit te vinden of ze bij de fotograaf en zijn model pasten, telde hij in gedachten de genodigden. Hij kwam op negen. Op dat moment ging de bel en liep Chaymae naar de deur. De tiende genodigde was ook een schrijver, een Catalaan die Jordi Puntí heette, en Felipe Quero bekeek hem angstvallig. Hij kende hem wel van naam, maar had nog nooit wat van hem gelezen en in eerste instantie vond hij hem overdreven dankbaar doen tegen de gastheer en gastvrouw, bijna slijmerig. Zelf was hij wat gematigder geweest, of een beetje afstandelijk zelfs, en daar had hij nu spijt van. Hij hoorde hoe Chaymae ook tegen Puntí zei dat ze de vertaling van zijn laatste roman had gelezen, en die overeenkomst maakte hem inwendig woedend. Verbeeldde hij zich dat nou of klonk Chaymae dit keer enthousiaster? Opeens sloeg de twijfel weer toe: misschien was hij wel een stroman, een bijrolspeler in dienst van die andere schrijver... Hij liep op Puntí af, begroette hem en vroeg zonder omhaal naar de reden van diens aanwezigheid. Toen werd alles duidelijk: een paar maanden geleden was de schrijver bij een cultureel evenement in Hamburg de kunstcriticus tegengekomen en ze waren bevriend geraakt. En nu hij dat weekend in Nancy was voor het literatuurfestival had de kunstcriticus van de gelegenheid gebruik gemaakt om hem mee te nemen naar het etentje.

'Ik heb gehoord dat jij hier de eregast bent en deelneemt aan een literair project,' zei Puntí nog. 'Mijn complimenten. Ik zou dat niet kunnen.'

'Hoezo niet?'

'Ik vind het moeilijk om in opdracht te schrijven. Ik zou me enorm belemmerd voelen. Ik heb de neiging nogal versnipperd te werken. Weet je al wat je gaat schrijven?'

'Ik heb al wel een paar ideeën... ' zei Felipe, met die drie puntjes de spanning opvoerend.

Het gesprek stelde hem op zijn gemak. De eerste paar minuten had hij gemerkt dat de andere genodigden hem als een verhalenverteller aan huis zagen, iemand die hun avondje een beetje moest opleuken. En aangezien ze in Frankrijk waren, stelde hij zich onwillekeurig een negentiende-eeuwse literaire salon voor, heren in rok met pijp en uitgesproken of profetische meningen, maar vervolgens zei hij tegen zichzelf dat hij vooral was gekomen om te luisteren. Of die bijeenkomst hem iets opleverde, of hij erin slaagde iets te vangen bij het vissen of jagen, zou de tijd wel leren. Goed bekeken zou het stel van de foto's ook een anekdote worden, een secundaire verhaallijn die wellicht – dat moest hij nog zien – niet meer was dan dat.

Eenmaal aan tafel werd deze welwillendheid nog concreter. Het eten was heerlijk en de rode wijn maakte de omgangsvormen wat losser. Karim had vissoep klaargemaakt en daarna stond er tajine van kip met pruimen en dadels op het menu. De smaken die tegelijkertijd intens en verfijnd waren, brachten het gesprek op de mediterrane connectie en het hedonistische leven, waarvan de inwoners van Midden-Europa alleen proefden als ze met vakantie in het Zuiden waren. De Tunesische muzikant haalde de folkloristische volksliedjes erbij, die zich over het hele Middellandse Zeegebied hadden verspreid als een cultureel verbond, wat Karim, verwijzend naar de Andalusische *nubah*, benadrukte.

'De muziek van het geduld,' zei hij en Felipe hief zijn hoofd op van zijn bord. Karim en de muzikant legden uit dat de nubah uit Noord-Afrika en de Maghreb afkomstig zijn en beïnvloed worden door de cultuur en de flamenco uit Andalusië.

Traditiegetrouw zijn er vierentwintig oorspronkelijke composities of *nubat* – één voor elk uur van de dag – die precies zestig minuten duren. Op die manier beslaat een complete cyclus vierentwintig uur. Er worden verschillende percussie- en snaarinstrumenten bespeeld zoals de ud, begeleid door een zangkoor. Vandaag de dag is het vrijwel onmogelijk om een hele cyclus te horen, maar er worden wel sessies van negen of tien uur gedaan, waarbij het publiek niet de interesse verliest, maar zich overgeeft aan de schommelingen van de ervaring.

'Het is muziek die binnen in je groeit wanneer je ernaar luistert,' zei de Tunesische muzikant, 'en die gestaag voortgaat met versnellingsregels die in elke regio weer anders zijn. Straks kan ik wel wat voor jullie spelen.'

Iedereen knikte en bij de groene thee en de nagerechten – zoete aubergine en pistachekoekjes – viel het gesprek in groepjes uiteen. Vanaf het uiteinde van de tafel legde Felipe zijn oor te luisteren en sprong van een opmerking van de bibliothecaresse over Hanna Arendt naar één van de advocaat over de tomaten die op de Franse markt verkrijgbaar zijn, hij luisterde naar de kunstcriticus uit Hamburg die vertelde over de wapenfeiten van Wolfgang Beltrachi, een van de grootste vervalsers van Duitsland, terwijl de advocaat bij Puntí naar de politieke situatie in Catalonië informeerde, waarbij de Tunesische muzikant een duit in het zakje deed door eraan te herinneren dat het Spaanse volkslied een schaamteloze kopie was van een Andalusische nubah uit de twaalfde eeuw. Er was in dat over en weer gaan van verhalen en gesprekken een fantastische overvloed die Felipe fascineerde als het beeld van een school zalmen die tegen de rivier in worstelt, tegen de stroom in zwemt, onverwacht omhoog springt. Hij had wel acht oren willen hebben.

Na een tijdje stelde Chaymae voor om op de bank te gaan zitten. De muzikant begreep dat dit het afgesproken teken was en maakte zich op om te gaan spelen en zingen, een enkele keer begeleid door haar stem. Aanvankelijk koos hij oude Arabische werken, liedjes met een melodie die hen met hun herhaling omhulde en tegelijkertijd meevoerde naar een andere tijd. Hij speelde klassieke composities zoals de *zéjel* en de *jarcha*, maar stukje bij beetje waagde hij zich ook aan moderne gedichten van Victor Hugo, Apollinaire, García Lorca en op het laatst zelfs aan eigen composities. Felipe zag dat de muziek een enorme passie bij de man losmaakte, zijn gezicht veranderde en af en toe verloor hij zijn geduld. Hij wilde zo graag allerlei verschillende soorten muziek laten horen en nieuwe composities uitproberen dat alles hem te lang duurde. Toen er al bijna een uur naar hem geluisterd werd, kondigde de muzikant een lied aan dat op een Andalusische dichter was geïnspireerd. Hij speelde de eerste akkoorden, droeg de eerste regels voor, maar stopte toen plotseling alsof hij haast had en zei plompverloren: 'Enzovoort.'

Het was een bijzonder moment, opeens werd er van het script afgeweken, en iedereen schoot in de lach. Vervolgens viel er een stilte die niet verwijtend was bedoeld, maar het toch was, waarop de socioloog, die tot dan toe weinig had gezegd, de stilte vulde met loftuitingen op de muziek.

'Ik vind het enorm inspirerend,' zei hij. 'De combinatie van muzieknoten zorgt voor een intern spel dat erg contemplatief werkt. Ik wil niet als een mysticus overkomen, maar er gaat een heel suggestieve kracht van uit, ook al weet je niet wat die wil oproepen.' De muzikant kon het niet laten om die opmerking vergezeld te laten gaan van vier of vijf maten. 'Sommigen van jullie weten al dat ik me in mijn vrije tijd met hypnose bezighoud, ik ben therapeutisch hypnotiseur, en daarnet tijdens het luisteren voelde ik dat die liedjes me meevoerden naar het onderbewuste...'

Die onthulling had een groot effect op de aanwezigen. Felipe twijfelde of de man hen in de maling nam, maar hij zag dat verder iedereen het uiterst serieus opvatte. Ze begonnen hem vragen te stellen over hypnose die de socioloog met beroepsmatige belangstelling beantwoorde. Hij maakte hun duidelijk dat het geen geldklopperij was en ook geen spektakel bedoeld om mensen voor gek te zetten, maar een psychologische oefening in zelfbeheersing die op den duur heel zinvol kon zijn. En toen stelde Karim de vraag die iedereen op de lippen brandde: 'En kun je ons vanavond misschien een demonstratie geven?'

'Ik denk niet dat dat werkt,' antwoordde de socioloog, 'te veel mensen. Individueel gaat het beter, alleen jij en ik, maar goed, als jullie dat graag willen kunnen we het wel even proberen. Alleen om te zien hoe zoiets gaat, zonder er al te diep op in te gaan.'

Karim bood zich aan als vrijwilliger. Chaymae deed de lichten uit en er bleven alleen nog wat kaarsen op het salontafeltje branden. Het licht weerkaatste in de wijnglazen, de sfeer werd intiemer en Karim ging op een bank liggen. Naast hem haalde de hypnotiseur een slinger uit zijn zak en terwijl hij hem strak maar toch rustig aankeek, sprak hij een paar woorden uit met de bedoeling Karim zich te laten ontspannen. Op zekere afstand om hen heen ademden de anderen op de maat in en uit...

Maar het lukte niet. Na een minuut richtte Karim zich op en zei dat ze er beter mee konden ophouden. Hij kon zich niet concentreren, hij had te veel gedronken. Er klonk wat teleurgesteld gemompel en de hypnotiseur stelde hem gerust door te zeggen dat dat normaal was.

Gebruikmakend van de impasse zei Jordi Puntí toen dat als er niets op tegen was, hij het ook weleens wilde proberen. De socioloog knikte en vroeg hem zijn enorme lichaam op de sofa neer te leggen.

Dit keer was de litanie van de hypnotiseur duidelijker en Puntí gaf zich eraan over. Geconcentreerd op de slinger had hij het gevoel dat hij een stap omlaag deed en in een moeras belandde met laaghangende mist en zachte slik, en terwijl zijn ogen dichtvielen staarde hij naar een punt in de verte dat

Timboektoe kon zijn of Nergenshuizen. Het was een plek die hem aantrok en tegelijkertijd angst aanjoeg, maar naarmate de contouren duidelijker werden, zei een stem dat ze nu niet meer terug konden. Toen hij er aankwam wist hij niet of er drie minuten, drie dagen of drie jaren waren verstreken.

Uit het Catalaans vertaald door
IRENE VAN DE MHEEN

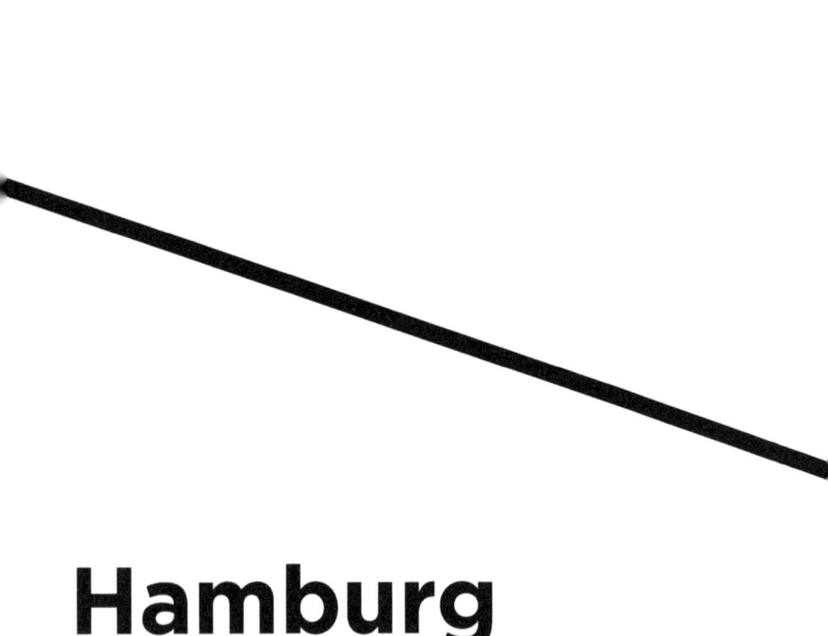

**Hamburg
Palermo**

Sasha Marianna Salzmann

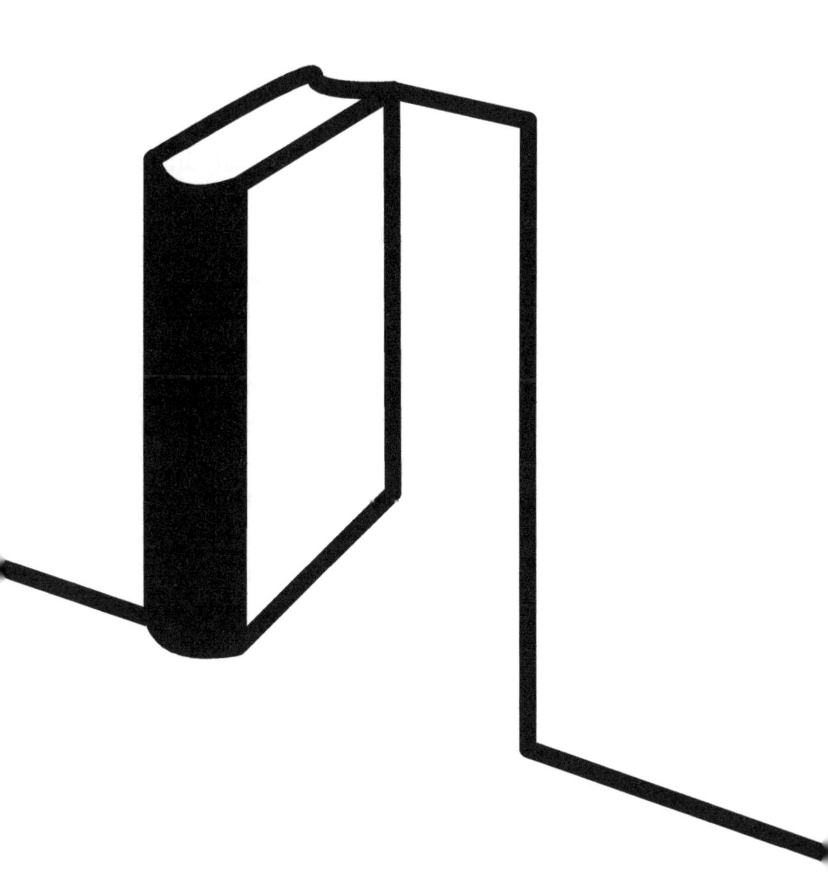

In de bek van de wolf wil ik je stoppen

voor Palermo

ARBEIDERS, MET DRIE LAGEN over elkaar, dragen onder de zon een ladder die net zo lang is als de hele straat, zetten hem op om de decoraties af te halen. Grote kroonluchters van karton maken geen geluid. Onder het balkon van het huis waarin de vriendelijke *signora* mij, wie weet waarom, voor bijna niets heeft binnengelaten, begint het ene uiteinde van de ladder, het andere komt tot aan de kerk van de heilige, van de moeder aller moeders. Voor de kerk staat een kettingrokende pope in een bruin juten gewaad, kijkt vrouwen achterna en spuugt. Zijn gezicht is vers deeg dat smelt. Een ham schuift aan hem voorbij op de rug van een jongen, die zo dun is dat hij met gemak in het varken past. Ik spuug ook. Tabak op mijn onderlip.

De schare mensen krioelt rondom het kadaver van een open-
gereten zwaardvis voor de ingang van de kerk, al bijna helemaal verkocht, nog voor het middaguur. Angela zegt dat als
je hier dieren uit zee eet, je de verdronkenen eet. Zwaardvis,
tonijn – allemaal hebben ze lijken gegeten van mensen waar
zij ook bij had kunnen zijn.

'We zijn hier kannibalen.'

Het plein is vol, de Piazza Kalsa: dikke buiken puilen uit
vanonder de hemden van mannen die wijdbeens op plastic
stoelen zitten. Ze kijken naar de grond, roken. Ondersteunen
hun hoofd, houden hun oren dicht. Zoemen. Een moeder rent
haar kind achterna dat zomaar de straat op schiet, en ze slaat
het bijna dood van geluk dat het leeft. Ik hoor geschreeuw, ik
versta het niet.

Ik hoor het bloed in mijn oorschelpen, hoor je stem praten. Zie de beweging van je lippen. Je zegt zo veel zinnen en
zegt toch niets. Zeklevenaanelkaarzonderafstand, je kon nooit
zeggen wat je wilde zeggen, zocht alleen wat je ontglipte. Je
herhaalde, haalde in, haalde op, struikelde over woorden die
allemaal hetzelfde klonken, viel over het eenvoudige, probeerde mij iets uit te leggen. En je hebt gelijk, ik wilde het niet begrijpen. Je zette me buiten de deur, steeds weer opnieuw, het
was koud, de geur van kattenpis op de huismuren, ik stootte
met mijn hoofd ertegen, wilde naar binnen, zo vaak tot ik ver-
dween, weg was, toen wilde je mij terug, onmiddellijk wilde je
weten waar ik was, je zei dat ik bij jou hoorde, want zo hoorde

het, dat ik jou verslag doe over een leven dat je niet begrijpt. Ik maakte me uit de voeten en toch lukte het je, ik was nog niet weg of er was een of andere catastrofe en ik belde je, liep terug. Deze keer niet. Ik ben voor altijd weg.

In het verblindende licht boven de Kalsa zie ik je gelige gezicht, de veel te smalle enkels, de al kalende plekken links en rechts naast de scheiding, denk dat ik, als ik kon, je in de bek van de wolf zou stoppen, in de bek van de wolf, waar je het warm hebt en vochtig, omsloten door de scheurkiezen, afgesloten, beschermd tegen het daglicht, in het speeksel rustend als een embryo voordat het wordt uitgespuugd in een wereld die het zijn vorm geeft. Waar je het warm hebt in de vochtige holte, warm gehouden in een bevroren land, terwijl ik vonken schiet in de zon, op de zee gericht, mijn sigarettenpijpje boven de geopende motorkap, boven een trillende motor van de Mercedes onder mijn balkon. Ik zou de ster voor je afbreken en naar je opsturen, maar waarom, je bent immers veilig in de bek van een stad ver weg. Veilig in de kou waarin je ons beiden hebt gebracht en waaruit ik inscheep naar eilanden met louter karaokemuziek op het plein. Nog steeds, ze zingen nog steeds, al dagenlang.

Ik zie de zee omringd met kranen en daar ergens op de promenade zijn de weeën van Santa Rosalia voorbij. Alles uitgespuugd wat ze had, een dood schip, in zilverkleuren door de stad gesleept, de massa dicht als teer, ik bekneld tussen schouders, kinderen klimmen over mijn hoofd. Uit de ramen confetti, ik onderdeel van de zwerm muggen ineengedrukt op de Quattro Canti. Mond gehouden, staan gebleven, de straatlantaarns gingen plotseling uit, de menigte één enkel 'Ah!' en ik dacht, als er nu iets gebeurt, als de zwerm nu angst krijgt en uitbreekt, worden we allemaal tot moes.

De maskerade danste aan de hemel, een kraan hees boven het plein zes koorddansers op, die boven onze hoofden draaiden, sprongen maakten in de lucht, allemaal keken ze omhoog en ik, ik maakte films van hen, van binnen, die, ik wist het, blijven.

Het zilveren schip van Santa Rosalia voer snel voorbij en ik ontkwam in een zijstraatje, sprong over struikelblokken en zocht treden naar het water, hier in deze stad is een kruis geslagen en alle wegen leiden de zee op.

Ik probeerde op de been te blijven, overeind te blijven, soms struikel ik op open terrein, mijn knieën raken verward, dat heb ik van jou of jij van mij. Ik trapte in plassen, bier in mijn sandalen, motorfietsen zaagden in mijn oren, barricades gaven beschutting. Er werd veel gekust en de mensen kochten geroosterde amandelen in papieren zakjes. Grote kinderen sliepen op het asfalt. Toen ik er een wilde fotograferen, sloeg een motorhelm tegen mijn linkerslaap, iemand riep mijn naam, wist het niet zeker, ik draaide mijn hoofd eenmaal helemaal om, de menigte droeg me verder, duwde me de promenade op. Toen ik daar aankwam was er geen plaats om te denken, in drie, vier, een oneindig aantal rijen zaten bikers,

notenverkopers, kleine mensen op de schouders van grote, ik
hurkte op de stoep en wacht op de grote knal.

Om me heen haalden ze gejaagd adem, opgeschoten jongeren
maakten apengeluiden. In het donker blonken rode horens op
zwarte haren. Een verkleding kon je hier kopen voor vier vijftig. Ik maakte een foto van de rode kegels, keek op de display,
de vrouw wazig, de horens slechts strepen, toen barstte het
los, de stad gaf zich over aan het licht, de hemel werd melkwit,
muziek boven zee: Wagner, Michael Jackson en Beethoven.
Ze speelden hymnes. Bloemmotieven van vuurwerk wervel-
den boven mijn hoofd, de caleidoscoop kwam op me afge-
schoten, de lichten staken in mijn wangen, braken de nacht,
ik keek in de gezichten om me heen, de monden open vol roze
suikerspin en sigarettenrook, '*Ciao Palermo!*' fluisterden sommigen, ik wilde ook iets zeggen, tegen jou. Wilde schreeuwen,
ik dacht, als ik nu schreeuw, merkt niemand het. Voordat ik
mijn mond kon openen, stonden de rode horens vlak voor
me, de vrouw onder de zwarte haren vroeg waarom ik haar
filmde. Ik liet haar de foto zien, ik wees – is wazig, wees maar
niet ongerust, uw gezicht staat er niet op, ze zei: 'Maar toch'.

Ik kocht een suikerspin voor haar, ze liet haar kin erin
zakken en vroeg wat ik hier deed,

ik zei, weg zijn, en zij: 'Jij ook.'

We wachtten niet op het einde van die hymne, we wachtten niet tot de menigte het dode schip van Rosalia naar ons toe

sleepte, we slenterden in vierhoeken, ze hield zich aan mijn elleboog vast tot ik de sleutel vond, boven in mijn appartement trok ze haar kleren uit en ik haar tegen mij aan.

Ik schiet mijn sigaret weg, ze valt in de motorkap en licht op in de geopende Mercedes. De motor trilt. Ik proef zuur op mijn tong, het bijt aan mijn gehemelte, ik staar omlaag, vier verdiepingen, ik vraag me af hoelang het duurt tot iets in de lucht vliegt, explodeert, hoe gaat die reeks van het onvermijdelijke, ik wacht op de knal, zie in de smalle straatjes kinderen rennen, als ik nu naar beneden ga, ben ik niet snel genoeg, als ik nu schreeuw, hoort niemand het.

Ik zie kleine lichamen vonken spatten, lachen, lachen, rennen, zouden hun moeders hen missen? Er gebeurt niets, de motor trilt en blijft stom, mijn sigaret vergloeit daar. De kinderen zijn weg. Ergens veilig. De hitte kriebelt aan mijn wangen, ik knijp mijn ogen dicht. Ruik het sap van oesters. Ga naar binnen.

De zon brandt nog op mijn oogleden, de kamer is donker, het licht gedempt, ik raad de weg meer dan ik hem ken. Met mijn tong tegen het gehemelte gedrukt, het borrelt in mij, betreed ik het donker van dit appartement waarin ik sinds kort ben, met bekende gezichten in de boekenkast, maar niet de mijne, met foto's op de commodes, die jij zouden kunnen zijn, maar het niet zijn, ik sta voor de foto van de *signora*, met mijn krullen en jouw ogen, ze heeft niets met mij te maken en wil niets weten. Daarom ben ik hier.

Achter haar foto een spiegel. Waarom zoek ik naar jou in mij, waarom droom ik 's nachts, als ik al droom, hoe jij mijn wimpers uittrekt, de ene na de andere, als de bloemblaadjes van een madeliefje, 'Houdt van me, houdt van me, houdt van me'. Ik kijk niet op in de spiegel, weet wat hij me zegt.

Van het bed boven op de ingebouwde etage onder het schuine dak, waar je je hoofd moet intrekken, al bijna moet kruipen, hoor ik de sprei op de planken vallen, hoor naakte benen op het laken, klim de treden op, kijk naar de contouren van het lichaam op het bed, dat sinds enkele dagen van mij is. Het rekt zich uit in de zomerhitte, een streep zonlicht valt door het raam op de gelakte tenen van de vrouw, die me gisteren heeft verteld dat ze Angela heet. Ze schurkt met haar schrale wang over het kussen en steekt een hand naar mij uit. Ik ga naast haar liggen, maar raak haar niet aan, ze boort haar knie in mijn bekken, haar haren groeien als vette algen om mijn hals, ik kan niet ademen en me niet bewegen, leg mijn arm om iets waar zij is, voel hoe ze tegen mijn sleutelbeen mompelt. Dingen, die ik niet hoef te horen.

Ik denk aan jou, aan je geur, aan je gezicht, of je je afvraagt waar ik ben, wat ik doe en wat er zou gebeuren als je ons hier zo zou zien. Ik hier in deze engelachtige handen. Ze zijn ruw, wrijven me af, ik adem even staccato en vlak daarna helemaal niet meer.

Voor het ontbijt heb ik appels met suikerglazuur in de koelkast liggen, niet veel, maar Angela wil er een. Ik klim op handen en voeten naar de keuken, vind het mes, snij de appel, het vruchtvlees breekt open. Ze bijt in een dikke schijf, heeft rode suikerkristallen op haar gezicht en lacht:

'Voor mij krijg je hier op het eiland vijftig euro.'

Ik dacht dat ík nu eigenlijk moest betalen, maar ze zegt dat je hier wordt betaald als je iemand zoals zij, iemand zonder papieren, bij je laat overnachten.

Ik: 'Waar kan ik mijn geld afhalen?'

Zij: lacht. En zegt: 'Nee, dat wordt niks.'

Ze gaat niet naar de instanties, wil zich niet laten registreren, maar ze zou me evengoed kunnen betalen, want ze gaat naar feestjes en daar krijg je wat beters dan geld. Er is theater, mensen bewegen naar elkaar toe en weer van elkaar weg, lachen met opengesperde monden, lippenstift in alle kleuren, de wallen onder hun ogen met make-up bedekt en blauw, de parelcolliers echt, bij de begroeting ruik je het beste parfum van de stad.

Vandaag begeleidt ze een van de gasten. Hij heeft niet zo veel met vrouwen, maar moet zich laten zien en huurt lichamen die in mooie kleren passen, zodat ze hem niet telkens weer vragen wanneer hij zich eindelijk eens bindt.

'Ga toch ook.'

Er zijn *arancini* zoals je ze nergens anders op het eiland krijgt, en vast en zeker kannibalenvis. Dat soort dingen.

Ik vraag: 'En als wat?'

'Als niets.'

'Wat leuk.'

'Als een vriendin.'

'Een vriendin om te huren?'

'Nee, gewoon zo.'

Ik zal haar haar werk niet afpakken.

'Wat moet ik daar dan?'

'Lol maken.'

'Geld verdienen.'

'Voor mij, ja, maar we kunnen vingers in elkaar steken, je legt mij op de marmeren wasbak en ik schreeuw in jouw hand.'

Zo'n uitnodiging sla je niet af. Ik vraag haar nummer en onder welke naam ik dat zal opslaan, en ze zegt: 'Malina'.

Ik zeg dat in mijn taal Malina framboos betekent en voeg eraan toe: 'Framboos is eigenlijk geen fruit.'

Ze vraagt waar dat is – mijn taal, ik zeg: 'Heel ver weg.'

'Wil je terug?'

'Ach nee, waarom, daar is toch niemand.'

'En die "niemand", die mis je erg?'

'Ik ben niet iemand die zo vlug iets mist.'

'En langzaam?'

'Langzaam sowieso. Laten we naar zee gaan, ik heb zin in pistachenoten en ik wil een afvalberg zien. Mensen produceren altijd zo veel afval.'

Malina-Angela, deze engel met horens van vuur, staat naakt voor het balkon en glanst zacht. Ik zie haar in sepia tegen het licht.

We lopen langzaam naar beneden, al die trappen, de hitte vreet mijn tastzin aan, ik weet niet hoe diep ik moet stappen, verlies even de grond onder mijn voeten, hoor hoe je zegt: 'Zonnebrandcrème niet vergeten!' Hoor hoe je zegt: 'Je bent verbrand, ik zei het toch.' Herinner me hoe je zegt: 'Stuur foto's.' En ik maak er een paar voor het geval dat, alleen voor het geval dat. Voor mij.

Ergens op de promenade verlies ik Angela, verlies ik Malina, ergens op de promenade vind ik mezelf zittend terug, voeten in sandalen waarin nog steeds bier van gisteren staat. Sandalen tussen de platgedrukte plastic bekertjes. Ik fotografeer ze, stel de lens scherp op de zee, vervolgens op een perceel met maïs, die er verdord uitziet. Daarvoor slapende honden. Ik kom dichterbij, kijk naar de lucht, spiegel me in het dekzeil boven de notenwagen, en achter mij de uitgeputte stad. Ik draai aan de knopjes, weet niet of ik scherp moet stellen. Bestel sinaasappelsap en krijg in plaats daarvan Fanta. Haal een zakje noten.

Ik loop langs een choreografie van vrouwen, die aan land met hun lange armen naar achteren roeien, langs een man met een luidspreker waaruit de muziek luider klinkt dan hij ooit kan dansen. Met zijn armen in de lucht en vol sneeën, hij laat ze me zien, houdt ze me voor de neus, danst. Hij wil dat ik een foto van hem maak. Wijst naar mijn borstbeen, waar de lege camera als een patroongordel voor hangt. Ik bijt op de noten, breek mijn tanden op de schaal, breek me het hoofd over jou, het beeld van jou, je opengesneden onderarmen in onze badkuip, hoelang heb je naar dat appartement moeten zoeken, niemand wilde ons opnemen, hoe ik ernaast zat en met een balpen een ritssluiting op mijn aderen tekende.

Ik schud je af, betreed het binnenste van de stad, die me ontvangt, die me begraaft onder haar armen. De straatnamen in drievoud onder elkaar: in het Arabisch, het Hebreeuws en het Latijn staat er 'Hier naar de moskee', ik loop verder. De man vlak achter mij, dan op gelijke hoogte, zegt niets, loopt met me mee, ik kijk vanuit mijn ooghoeken naar hem. Zijn bovenlichaam barst van de uitstekende graten, hij heeft geen tanden en glimlacht, kijkt, loopt naast me, 'wil je iets', wil ik hem vragen, maar ik spreek de taal niet. Arabisch, Hebreeuws en Latijn. Want ik kan alleen Malina zeggen. Zijn gedeelde armen bungelen tussen ons in.

Ik zie je voor me in de straten. Ik zou graag achter je aan en als je eindelijk valt, met je vallen, naast je vallen, om je daar beneden diep in de ogen te kijken, waar we allebei niet langer op vaste grond om elkaar heen dansen, alsof we gemeenschappelijke voeten hebben, alsof we dezelfde grond hebben. Ik loop.

De gratenman komt steeds dichterbij, ik heb geen geld bij me, maar zonder taal maakt zelfs dat niet uit. Ik sla af, de straten zijn vol met rook, met vet, met eten, het is markt. Mensen maken bij elkaar vlechtjes in het haar, er wordt snel onderhands geruild en met blikken betaald. Hier ga ik geen foto's maken. Ik hou mijn neus boven de gebraden uien, kijk hoe slakken met emmers tegelijk in de tassen worden gekieperd. Voel iets over mijn voeten lopen, over mijn door de verbrande huid drukkende pezen in de sandalen, hagedissen. Ik kijk ernaar. Als het zo heet is, dringt het vuil veel sneller in de dingen. Ik ben duizelig.

Raisa vangt me op met een staande espresso, het smaakt naar afwaswater, dat is thuis. Afwaswater in alles. Ik zie dat je onderarmen al genezen, je handen zijn bezig met afwassen, diep in het schuim, ik achter jou, ik zit op de rand. Ik drink er nog een.

Raisa lacht, je ziet het niet, maar ik weet dat ze lacht.

Raisa, de serveerster van Café Di Roma met kokosnootschalen als asbakken, die me vraagt waarom ik zo weinig kom. Ik vraag hoe vaak weinig is, ze vraagt waarom ik zo'n gezicht trek, ik trek niets, dat is bij mij zo gegroeid, Raisa, dat weet je toch, en bovendien heb ik een pak nodig.

'Een wat?'

'Een pak, om aan te doen, ik moet naar een gelegenheid...'

'Wat voor gelegenheid?'

Ze kijkt en zegt dat haar zoon misschien iets heeft.

Haar zoon aan de strijkbout maakt overhemden klaar voor de hulpen in de huishouding.

'Hallo, Pasja.'

'Ha, Katjoesj.'

Hij kijkt toe terwijl ik in zijn broek klim, een beige pak van fluweel, het zit als gegoten, de stof stroomt over me uit, alleen mijn heupen steken een beetje uit, maar het past, het past, een overhemd krijg ik ook, maar niet cadeau.

Raisa klopt op de schoudervullingen van haar zoon, kijkt hem verliefd aan, vervolgens naar mij. Ik weet het, ze wil dat hij iets wordt, goed terechtkomt, het is een fout mij daarin te zien. Jij hebt het ook vaak geprobeerd, die ene juiste mens aan mij toe te bedenken, iets dat past, dat schilderijlijsten kan vullen, iemand aan mijn zijde – dat is altijd al misgelopen.

Ik steek een sigaret op. Raisa zegt dat er ontploffingsgevaar is vanwege de gasboiler, ik spiegel me in haar vermoeide ogen, heel groen en het oogwit een beetje geel, ze is niet zo oud als haar huid. Waar wij vandaan komen is niemand oud, ze zijn alleen moe van het werk aan hete strijkbouten in landen die ze niet begrijpen en waar de koffie naar afwasmiddel smaakt en de dochters eruitzien als zonen, en je stuurt niet echt iets naar huis omdat – zo veel is het niet, nauwelijks genoeg voor jezelf.

Ik geef Raisa mijn sigaret, beloof het pak morgen terug te brengen en loop naar buiten.

Ik loop over de markt, waar me geopende doosjes met citroenzoutkristallen onder de neus gehouden worden en ik krijg er een zure smaak van in mijn mond. Een vader met een meisje op zijn schouders draait zijn armen als een propeller, ze lachen allebei. Even draai ik ook mee, bots bijna tegen hen op, vind de uitgang, ga de Botanische Tuin binnen. Sta voor de bomen die hun wortels in de wind laten hangen. Ze hebben wortels, ze schieten die uit hun takken. De grond geeft niet veel en daarom zuigen ze aan de lucht. Ik sta voor hun kluwens, ze grijpen naar mijn neus, ik ga eronder liggen en wacht. Twee mogelijkheden: ze begraven me, groeien over me heen, hullen me in in een cocon van takken of de avond valt.

De avond valt.

Mijn rug is vochtig, ik wil de bomen niets afpakken. Ik sta op. Oranjekleurige dikke glimwormpjes kruipen de straatjes naar boven, nestelen zich in de hoofden van de lantaarns. Ik rol door de straten als een weggeschoten munt, val ergens op de stoep om, zoek naar sigaretten. Grauw stroomt het in mijn longen. Ik stel de straat scherp. Malina-Angela heeft me de coördinaten gestuurd en ik wil dat huis niet in, omdat ik binnen iets vermoed, hoewel het onschuldig lijkt, maar ik heb geen plannen, niet voor vandaag en niet voor morgen. Voordat ik jou mijn coördinaten stuur, druk ik op alle bellen, iemand doet open, iemand kust, ze lachen. Uit één enkele mond, blond geverfd en gul. Alles lijkt aanwezig behalve zuurstof, de airconditioning is uit.

In de opengesperde monden van anderen zie ik jou, zie ik je smoel lachen, hoe je probeert bij iedereen in de smaak te vallen, hoe je je tevoren thuis opdirkt, urenlang, aan je handpalmen likt, je haren kapt, hoe je de lippenstift trillend zorgvuldig langs de brokkelige rand trekt, rechtsboven niet helemaal gesloten, je sloot de openingen, schminkte je, deed parfum op, hoe je tegen me zei dat ik iets aan moest trekken, een rok, hoe je me aan de hand meetrok over het plaveisel en ik hield je niet bij. Hoe je, toen dan de deur openging naar een wereld die ons niet zag staan, de mannen toelachte, de vrouwen van top tot teen opnam met een donker geschminkte blik, met zware oogleden, moe, zo moe, geen handdruk omdat je je schaamde voor je ruwe handen. Rubberen vingers van het kneden van andermans kleren. Hoe je mij te midden van dat alles vergat, deed alsof ik er nooit was geweest, en ik moest de zware vaas met rode tekeningen op het porselein omgooien zodat je naar me zou kijken daar tussen de scherven.

'Geen manieren!' Nooit geleerd.

Nooit, niets, nooit genoeg, hoe ze eruitziet, waarom schreeuwt ze, heeft ze zich verwond, gesneden, wat is dat rode daar, is dat verf? Daarna huilend op straat, geen geld voor een taxi, de avond geruïneerd, jouw leven ook, waarom heb ik je gemaakt, ja, waarom eigenlijk, een ongelukje en het spijt me.

Vandaag ben ik rustig.

Niemand vraagt bij wie ik hoor, het pak past, ik hoef geen openingen te sluiten. Ik haal mijn camera tevoorschijn, zo ziet niemand wat voor gezicht bij mij gegroeid is, en druk af. Men duwt me als een oude kennis door de vertrekken, ze zijn zwaar, de vleugeldeuren drukken met groen glas naar achteren, langs de figuren van heiligen, langs manshoge kruisen, langs schilderijen van naakte bedelaars en gouden presse-papiers en met zijde overtrokken zithoekjes. Ik hou alleen de lens erop gericht, die beschermt.

Ik vind AngelaMalina, het niet-vruchtje, ze staat naast een man, met haar handen voor haar schoot gevouwen, wat een kuis gebaar, voor wie bidt ze, voor de man, dat het hem lukt naast haar de schijn te bewaren, het is niet gemakkelijk naast haar te staan, ze vult de hele ruimte en die is al vol.

Voordat ik haar bereik, pikt zomaar iemand me op. Brede schouders, zijn gang ook, hij zegt dat hij de look goed vindt, het anders-zijn, dat het bijzonder is, welk merk pak?

Ik buig mijn hoofd omlaag om zijn blik te kruisen, zijn ogen strijken door mijn haar, hij blijft er bijna in steken.

'Vanwaar?'

'Van ver.'

'Welke taal?'

We mixen.

Hij praat even over het schilderij waar we voor staan, hij is kunsthandelaar, zegt dat het duur is, echt, echter en duurder dan alles wat ik ooit heb gezien, je zou daar in het centrum een huis van kunnen kopen, of ik hier een woning heb, waar, voor welk magazine ik foto's maak, wat mijn plannen zijn?

'Ik ben hier vanwege dat kleintje, dat groter is dan wij beiden, ja, die daar achter in die glitterjurk, ik neuk haar op de marmeren wasbak in de gastentoiletten, zodat jullie het allemaal horen en daarna ga ik op de markt duiven voeren.'

Hij komt steeds dichterbij, praat zacht, rekt zich uit naar mij, zijn brede neus tegen mijn oorlelletje, maar toch versta ik hem bijna niet, alles om ons heen zoemt, de muggen, luid, onrustig, maar heel omzichtig. Op zijn kraag zitten sporen van make-up, hij maakt zich op, ik staar naar zijn dunne lippen vlak bij mijn gezicht, een rechte lijn, helemaal zonder breukjes.

'Balkon?'

'Ja, goed. Ik loop met u mee.'

Langs Angelamalina, ik vraag me af welke naam ze vanavond draagt, strijk in het voorbijgaan over haar billen, er loopt een rilling over haar nek, ze kent me niet, blijft ingespannen in het gezicht kijken van de man van wie ze vanavond is, maar ze heeft kippenvel in haar nek, dat kan ik zien, met haar dikke haren opgestoken in een knot lijkt ze nog groter, ze heeft een jurk aan, die het lange litteken in haar linker knieholte volledig laat zien. Ze draait zich niet om, we lopen door.

Op het balkon is het niet koel, maar er is wel een uitzicht. Voordat ik kan vragen hoe oud de man is, vraag hij: 'Wanneer ben je geboren?'

Ik zeg 'morgen' en hij lacht.

Hij denkt dat ik geen enkele taal echt beheers.

Een lach die je kunt aanzetten als de mededeling op een antwoordapparaat. Ik kan alles erop inspreken. Ik kom met nog een paar vermakelijkheden. Onze sigaretten gaan uit. Net als hij, hij gaat uit, het gesprek brandt uit, ik wil weer terug en zeg dat ik door moet gaan, nog meer foto's maken, het is tenslotte arbeid. Arbeid, hij lacht over het woord. Dat gebruikt toch niemand. Ik: 'Waarom niet?' Hij: 'Dat weet ik niet. Er is geen arbeid meer.'

'Wat is er dan?'

'Alleen wij.'

'En wij zijn?'

'Niet hetzelfde.'

Ik kijk in de rechte snee van zijn mond, hij glimlacht, maar ik zie het niet.

De hopelozen en de hulpelozen ontmoeten elkaar. Ik moet hier weg, hou mijn camera weer voor mijn gezicht als een schild, zoek mijn weg door de ruimte.

De mensen zoemen rond de tonijnhapjes.

Men zegt: 'Het regent! Ellendige roversbende, die regering!'

Men zegt: 'Alles wat ik niet weet, heb ik op school geleerd.'

Men zegt: 'Wat afschuwelijk met die explosie, hebt u het gehoord?'

'Wanneer?'

'Daarnet. Tegenwoordig weet je het immers meteen.'

Die explosie in X, wat vreselijk, heel veel doden.

Die explosie in X, wat tragisch, waar kun je nog naartoe.

Laten we emigreren.

Een partij oprichten.

Beter worden. Beter kiezen. Beter eten, langer slapen, kinderen maken, laten we maar snel allemaal kinderen maken tegen het onrecht in de wereld, laten we liefde...

Halt, stop! Wat voor een aanslag?

Iemand zegt de naam.

Iemand zegt de naam van de stad waar jij bent.

Iemand zegt, in de stad waar jij, waar ik denk dat jij nog altijd daar bent, ik weet niet waar, maar ergens precies daar was er een knal en het zijn er veel en het wordt wazig voor mijn ogen en ik kan niet scherp instellen ik moet het me nog een keer zeg nou iets zeg toch wat er gebeurd is BOEM

BOEM is gebeurd.

Men weet niet wie, maar wel in die.

Men weet niet hoeveel, maar wel dood.

Caleidoscoopbloemen vliegen op me af.

Een heel vuurwerk van jouw gezichten steekt in mijn wangen. Je mond breekt aan de hemel en het wordt zwart voor mijn ogen.

Ik zie Malegila naar me toekomen door de menigte, haar knieholtes, het litteken, naar buiten gedraaid, ik zie het schilderij aan een muur met het gezicht van de kunsthandelaar, hij grijpt vanuit het schilderij naar mij, ik verzet me, sla om me heen, 'Raak me niet aan!', grijp een vaas, hoor iets breken, voel mijn droge keel, het is heel warm, ik in mijn lagen, jasje over overhemd, de schoenen worden nauwer, mijn hoofd ook, de ruimte buigt, ik vlucht naar de toiletten, typ jouw nummer in,

neem op!

Niemand neemt op. Jij neemt niet op.

Geen kiestoon, het netwerk is overbelast.

De vloer is groen-wit, de wasbak van roze marmer. Ik buig mijn hoofd als een wortel uit de tak die ik ben omlaag naar de grond, de tegels verkoelen, ik breid me uit, heb het gevoel dat ik stroom. De kroonluchter boven mij schommelt heen en weer. Hij is van kristal en luid en zwaar, uit mijn geopende mond komt een lange ladder, die in het donker reikt, aan het andere einde zwaait Raisa, nee, zwaai jij. Ik hijg, heb haren in mijn mond, spuug. Ik lig met de tong uit mijn mond als de deur opengaat, mensenmuggen zoemen, wat doe ik daar op de grond, moet ik overgeven, ben ik nog in leven?

'Wat is er?' vraagt Angelamalina.

'Wie is dat?' vraagt iemand anders.

'Die vaas was heel duur!' hoor ik de kunsthandelaar zeggen.

Ik kijk omhoog, hier in deze stad steken ze mensen zoals ik in bekken van de wolven, om me geluk te wensen. Waar ik het warm heb en vochtig, omsloten door de scheurkiezen, afgesloten, beschermd tegen het daglicht, de muggen doen 'Ah!' net als ik verdwijn, oplos, een wortel in het niets. Ik groei in.

SASHA MARIANNA SALZMANN

Uit het Duits vertaald door
GOVERDIEN HAUTH-GRUBBEN

Frankfurt
am Main
Luxemburg

Gonçalo M. Tavares

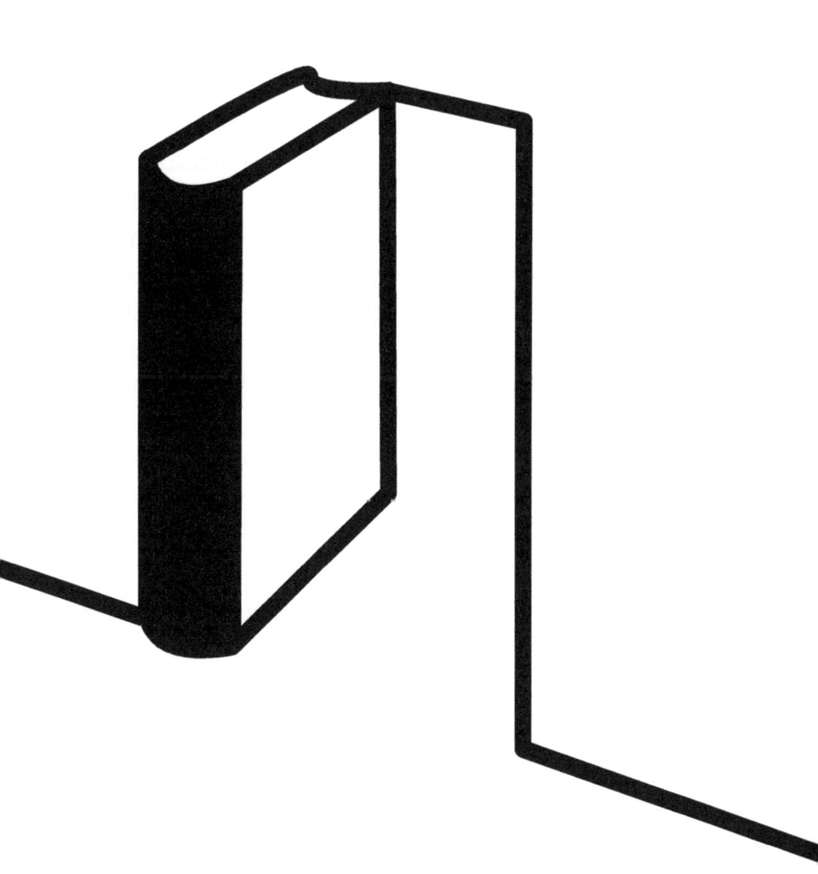

Vier banketten (Europa)

Banket 1

IK GA ZITTEN; naast mij de gastvrije Europeaan. Als huisdier, met zijn adem pal tegen mijn hoogstonbeschermde en beschaafde arm, een tijger; niet een van de grootste, maar toch, een tijger van zijn poten tot zijn snuit; een element dat ik altijd als buitengewoon woest heb gekend uit films, maar deze hier, verzekert de heer des huizes me op zakelijke toon, dit specifieke exemplaar, is individueel een vredelievend zoogdier.

'Alleen in groepen zijn ze gevaarlijk...,' zegt de heer des huizes tegen me, 'een beetje zoals mensen,' voegt hij eraan toe, waarna hij uitbarst in een schaterlach.

Tja, als het zo gesteld is moet je proberen te ontspannen, oftewel: het gewicht van achterwerk en hoofd en benen en romp moet op de stoel rusten alsof dat het resultaat is van een boter-zachte landing van een luchtvaartuig dat hangt aan een enorme, trage ballon, oftewel ontspannen op spierniveau, juist, zo: het hele gewicht, elk grammetje, zich geheel laten overgeven aan de bodem, ook al is die bodem tijdelijk en ligt die iets boven de zeespiegel – een stoel. En anderzijds bang zijn, want hoewel angst inwendig, op innerlijk organisch niveau, niet de ons immer vergezellende wet van de zwaartekracht opheft, voorkomt die dat het hele lichaam zich overgeeft aan rust; bang zijn is weerstand bieden, stijgen voor zover de val dat toelaat, al is het slechts innerlijk – meer spieren overeind en wakker houden dan degene die we laten inslapen. En zodoende lag er die eerste momenten tussen ontspannen en de paniek beheersen nog een zintuiglijke marathonafstand, ook al deed de gastheer er alles aan om die ruimte, dat verschil te verkleinen. Kortom, ik was gespannen en bang.

'Als u zich niet op uw gemak voelt met tijgers kan ik hem opsluiten in een kamer,' zei hij voorkomend. En hij voegde eraan toe: '... in de kinderkamer.'

En op het moment dat mijn gastheer zegt
In de kinderkamer
meen ik in een hoekje van een paar heel sobere Frankfurtse lippen één enkel sarcastisch of, wie weet, misschien sadistisch spiertrekje te ontwaren. Hoe lees, interpreteer, maak je een

diepgaande exegese van een miniem spiertje in de grote, drukke stad Frankfurt? Wat kan een spier?, zou je kunnen vragen. Wat zegt een spier?

Ja, alles goed en wel, maar de heer des huizes leek me in wezen voor een beslissing van een Romeinse keizer te stellen: wie wordt in levensgevaar gebracht? Wie is veilig?

Want het was bijna alsof hij had gezegd: luister eens, meneer het bedaarde beest van de kouwe grond, als u zich niet op uw gemak voelt met mijn gehoorzame, bijna landbouwtamme tijger, als u zich niet ontspannen voelt, sluit ik hem op in de speelkamer van de kinderen met het risico dat, zoals bekend, altijd bestaat wanneer we tijgers en kinderen bij elkaar zetten dat er een onbegrijpelijke, onterechte ruzie ontstaat die slecht afloopt voor de kinderen en de wereldharmonie.

Ben ik ja of nee voldoende vrij van medelijden met mij onbekenden om het spel van de dag van morgen van mooie kinderen uit Frankfurt in gevaar te brengen? Mijn antwoord is *yes, sí*.

Ik bedank hem dus en antwoord slechts: 'Als dat kan, graag.' Versluierde woorden die eigenlijk een oprechte kreet lijken te vervangen die ik vermijd te slaken in zo'n sympathieke kamer

in Frankfurt; de ware kreet die ik, gezien mijn gematigdheid,
uiteraard niet onthul.

'Ja, ik wil rustig eten en niet worden opgegeten!! Alstublieft,
zet die tijger in de kinderkamer!! Tussen de spelende kinderen! Ik wil kunnen ontspannen!!'

Het is duidelijk dat tijgers in Frankfurt niet bijzonder popu-
lair zijn; er heerst een zeker vooroordeel tegen, zeg maar. Juist
in Frankfurt, waar niettemin, zoals in de meeste Europese steden, naast pak en stropdas, goede manieren, een zorgvuldige
opleiding en tolerantie, de frase *we zijn allemaal gelijk* sinds
lang niet meer alleen van toepassing is op mensen maar zich
uitstrekt tot dieren en planten
(de mineralen wachten nog op erkenning door het beschaafde
oog)
alle dieren zijn gelijk, we moeten ze begrijpen, alle planten
verdienen water en zon, we mogen niet onrechtvaardig zijn;
enfin, de stad ademde de nieuwe zuurstof die in latere tijden
ongetwijfeld zal worden geclassificeerd als
de zuurstof van het tweede decennium van de eenentwintigste
eeuw,
die in volkse cafés nogal slordig wordt aangeduid met de naam
politiek correct.

'Uiteindelijk is een tijger een dier als alle andere. Waarin verschilt een tijger van een hond?'
Ja, stemmen we allemaal in. Wat is het verschil?

En inderdaad, ja en nog eens ja: daar zitten we, gasten voor wie beleefdheid boven de Rechten van de Mens gaat, proberend al onze aandacht te richten op een merkwaardig dessert dat bestaat uit vruchten, ananas, perzik, een rode vrucht – communistisch fruit, zoals iemand mompelt onder van historisch relevante data zeer bewuste lachjes,
als het rood is, is het een taart uit 1917 – 1917, wat een tragedie, wat een ouwe taart!
en verder uit gesmolten chocolade en toefjes gelatine-achtige crème; daar zitten we dan, proberend duizenden jaren te vergeten waarin de vraatzucht altijd moest wijken voor het loodzware primaire angstgevoel; daar zitten we dus, trachtend alle restjes vraatzucht (verrukkelijk, chocolade en crème!) ter tafel te brengen om maar niet te hoeven denken aan de adem van de tijger op twee meter afstand van ons
(want in feite had het zeer welopgevoede banketgezelschap op heel democratische wijze door stemming bij handopsteken besloten dat de ene diersoort niet mocht worden uitgesloten ten voordele van de andere. En aangezien er wel een minihond rondliep die de eigenaars *Syntaxis* noemden, waarom weet ik niet,
daar loopt Syntaxis!, wat is hij klein!

190

aangezien er dus een hond rondliep zonder enige restrictie, had ook de tijger het recht om niet te worden weggestopt in de speelkamer bij de kinderen; hij had, zeg maar, recht op organische omgang met volwassen levende wezens.)
'Hoe heet de tijger eigenlijk?', vraagt iemand.
'Memorie,' antwoordt de vrouw des huizes.
Memorie!

En ja, zonder duidelijke reden joeg die naam nog meer schrik aan dan de tanden die onmiskenbaar gemaakt waren om onoplettende en uit gebrek aan voorzorg ongewapende gasten op te peuzelen, tanden die in staat zijn om in één hap ieder wezen dat tegenspartelt en om hulp roept te verscheuren,
'Memorie!, wat een rare naam,' mompelt een andere gast, wat huiverig om geen gevoeligheden te kwetsen.
'Memorie, kom hier!' riep de vrouw des huizes, maar hij kwam niet.

'Ja, Memorie,' legde de heer des huizes uit alsof hij op tafel de voor de hand liggende inwendige constructie schetste van een koffiezetapparaat of een kopieermachine.
'De tijger is een dier,' begon de heer des huizes, 'er bestaat een reeks studies die dat bewijzen, dat een enorm geheugen heeft; een buitengewone capaciteit om de noden van zijn volk

niet te vergeten, als ik me zo mag uitdrukken,' en hij schoot in de lach.
'Hoe bedoelt u dat?' vroeg ik geschrokken.

Dat de tijger nog niet gegeten had was, anders dan we op het eerste gezicht zouden kunnen denken, geen provocatie van de heer des huizes jegens gasten die weinig bereisd waren in het oerwoud en nog wat onwennig stonden tegenover de omgang met onvoorspelbare, woest uitziende katachtigen; het was, legde onze gastheer enigszins plechtig uit, eenvoudigweg een vaste gewoonte, een gewoonte die volgens de verzorgers van katachtigen essentieel was om te laten zien wie de baas en wie het getemde dier was: de baas eet eerst, dat is een basisregel bij het africhten.

Hoe dan ook, ik was niet de enige die erop aandrong, het was tenslotte al elf uur 's avonds, dat het misschien een uitstekend moment was om eten te geven aan onze broeder tijger, laat me deze uitdrukking gebruiken die balanceert tussen het vocabulaire van Sint-Franciscus en dat van een humanistisch ochtendprogramma op televisie dat ons allemaal om de vijf minuten in serie mee laat lijden met iemand die ons door het verleidelijke scherm als doodziek of slachtoffer van explosief natuurgeweld wordt voorgesteld
broeder tijger, jawel, maar feit is dat veel van de andere genodigden allang de gesprekken over Homerus hadden gestaakt

om herhaaldelijk de aandacht te vragen (zoals iemand die zonder te willen storen zegt dat in een andere hoek van het huis een brand is begonnen) van de gastvrouw en haar echtgenoot voor de ongebeurtenis die ons uiteindelijk essentieel leek, namelijk dat de tijger nog niets gegeten had, helemaal niets, wat werkelijk steeds onrechtvaardiger en een minder vriendelijke en weinig beschaafde asymmetrie leek.

Het ging er niet om dat wij ons zorgen maakten over onszelf; welke zorgen zou een burger die al gegeten heeft zich moeten maken in een rustige stad? Nee, onze bezorgdheid gold de anderen, de Ander, de grote Ander, die door de filosofie, de wetten en de voorkomendheid altijd naar voren werd gehaald en gerespecteerd. De Ander, met hoofdletter, was in dit geval een angstaanjagende, forsgebouwde katachtige. En inderdaad, hij had nog niets gegeten en het was al laat.

Wat weet ik over tijgers en over de meest wetenschappelijke manier om ze sociaal te integreren? Niets, eerlijk gezegd helemaal niets.

Gezegd moet worden dat de tijger zich tot het einde van de ontvangst onberispelijk gedroeg. Met ogen die een kalm en bijna vroom vasten uitstraalden zag hij toe hoe wij ons – met kleine maar aanhoudende, snel herhaalde gebaren – volpropten, en hij gaf geen krimp of zelfs maar enig blijk van nervositeit; geduldig wachtte hij op zijn eigen vlees, dat kwam toen de avond al flink gevorderd was en dat zodra het op zijn bord viel gretig werd opgeschrokt, vergeeft u mij de term, en in een microseconde voor het oog was verdwenen tot verbazing en ongeloof van de genodigden aan het banket die op dat moment de eetlust van de katachtige bewonderden als wie een kunstwerk bewondert, een schilderij waarvoor net de sluier is weggehaald die het de hele avond had bedekt en dat voor het eerst voor ons verschijnt met nooit eerder geziene kleuren.

'We zijn allemaal Europeanen!,' zei plotseling iemand terwijl hij zijn glas schuimwijn hief.
'Allemaal!' brulden we, onze glazen heffend, 'allemaal, allemaal!!'

Banket 2

HET KON NIEMAND ONTGAAN. Zelfs de schaduw leek vanuit de uniforme, donkere vlek die over de vloer sleepte te fluisteren dat zich daar een zieke man voortbewoog. Een stevige schaduw, rechtop, met een rechte rug, oftewel helemaal normaal hoewel ze kroop, maar het leek alsof de hele schaduw was gebaad in een gele kleur; een kleur die menselijk noch gezond was; een kleur van een sterveling die al meer lijk was dan een man die 's morgens energiek opstaat.
'Ja, hij heeft de pest. Maar het is een prima kerel.'

De genodigden maakten van een afstand natuurlijk een vriendelijk groetend gebaar naar de man; en hij bleef midden in de kamer staan, het middelpunt van een grote open plek.

De pest wordt alleen overgedragen door lichamelijk contact. Een aanraking en je hebt de ziekte te pakken. Niet dat het een zekere dood is, maar je week en je zondagen gaan er bepaald anders uitzien. Meteen worden je longen aangetast; ademhalen lijkt niet langer een natuurlijk, menselijk en instinctief proces, maar iets wat een beslissing vergt die wordt voorafgegaan door een bijna formeel verzoek: weledele longen, ik zou graag ademhalen als u mij dat wilt toestaan.

De pest is inderdaad onaangenaam. En deze man had de pest. Hij was uitgenodigd voor het banket en derhalve bestond er een inherent respect voor deze gast vanwege de importantie en eer die hij door zijn aanwezigheid genoot. Het was bepaald geen volksfeest maar een officieel banket, en de gastheer was niet zomaar iemand die miljonair of een politieke hoogmogendheid was. Die twee hoedanigheden, die twee natuurlijke kwaliteiten, als we macht en geld zo mogen aanduiden, bezat hij – maar bovendien was hij een zeer ontwikkeld man.

Hoe dan ook, de avond was begonnen en in volle gang.

De gast die de pest had pakte – onder een verhulde, glimlachende maar onverbiddelijke waakzaamheid – een stoel om te gaan zitten, en iedereen markeerde die stoel terwijl er van een veilige afstand werd geglimlacht met een enorm maar mentaal en concreet onbestaand kruis – de stoel die moest worden vermeden tot het einde van het sympathieke banket.

Maar uiteraard was de pest niet het meest essentiële. Dat, zei iemand, was te vinden in enkele regels van Goethe.

Een opmerking die, het zij gezegd, geen algemene bijval oogstte.

Ineens echter stokten de vele gesprekken van de genodigden die zich getweeën, gedrieën of hoogstens gevieren gegroepeerd hadden.

Dat was het moment waarop onze illustere gastheer de zaal betrad (we waren ontvangen door zijn echtgenote, die wat hoestte maar erg mooi was).

Zodra de grote man binnenkwam fluisterde mijn vriend die sinds lang de prachtige, hygiënische stad Luxemburg bewoonde in mijn oor: 'Die heeft ook de pest.'

En nog steeds op intieme toon, waarbij de woorden slechts enkele centimeters aflegden in de lege ruimte tussen mond en oor, vervolgde hij: 'Kijk maar naar die blaren die al zwellen op zijn voorhoofd, twee, drie, zie je wel? Hij heeft de pest.'

196

Heinrich, zo heette de man, riep ons een innemend 'Welkom!' toe en met een aanstekelijke vrolijkheid stak hij ieder van de gasten de hand toe, die antwoordden met stevige handdrukken en zelfs enige familiaire omhelzingen. Ik schudde zijn hand met vrolijkheid en overtuiging, en bedankte met een lichte buiging voor de sympathieke uitnodiging.
'Wat een mooi huis,' zei ik.
Hij bedankte me voor mijn vriendelijkheid.

De hele avond praatten we over Europa, de Europese cultuur, de Europese wetten, de Europese tolerantie, de Europese geschiedenis, de Europese mannen en hun energie, de Europese vrouwen en hun energie.
De sympathie van onze gastheer Heinrich was besmettelijk; zijn welsprekendheid werkte aanstekelijk op het hele gesprek; de manier waarop hij liefdevol onze hand aanraakte wanneer hij onze uiterste aandacht vroeg voor een buitengewone conclusie, de aforistische wijze waarop hij de discussies samenvatte van een kleine groep genodigden of zelfs van de hele tafel, contamineerde ons allen, iedereen die was aangeraakt door zijn gulle hand, aangeraakt door een intimiteit die je zelden ziet in een zo koude stad als Luxemburg. Aangestoken, besmet, gecontamineerd namen we afscheid, euforisch van de wijn die al de hele avond overvloedig door ons inwendige systeem had gecirculeerd, die ons eerst buiten het lichaam, op dienbladen, had verleid en die we nu, niet voor altijd maar

voor enige tijd, vasthielden in onze organische circulatie. Alle
gasten namen dus afscheid van elkaar met inmiddels familiaire omhelzingen waaraan ook de arme genodigde die aanvankelijk was uitgesloten niet ontkwam.

'We zijn allemaal Europeanen!' zei iemand op dat moment
als om het eerlijke, oprechte banket zonder reserves te vieren
waar de pest uiteindelijk onder ons aanvaard was als een van
de onzen.

'We mogen nooit vergeten dat de pest Europees is en dat altijd
was. Hier is ze ontstaan en hier verscheen ze voor het eerst.'

En ja, wij Europeanen zijn altijd zo geweest: we hechten belang aan geschiedenis en herinnering.

Banket 3

ER WORDT VERTELD dat de schrijfster Clarice Lispector op
een dag een aantal vrienden, schrijvers, zangers, enz, uitno-
digde voor een etentje. En dat toen ze er allemaal waren, bij
Clarice thuis, en goed en wel zaten, de gastvrouw ineens voorstelde: 'Zullen we praten over de dood?'
En dat deden ze. Ze praatten de hele avond over de dood. Aan
het eind van de avond namen ze afscheid van Clarice en ja,
pas toen ze buiten op straat stonden onder de mooie donkere,

warme Braziliaanse hemel, stelden ze, terwijl ze elkaar met
een licht rommelende maag aankeken, vast dat ze niet gegeten hadden.

Welnu, wat er gebeurde was iets dergelijks.
Uitgenodigd voor een etentje maar er was geen eten.
'Zullen we praten over Europa?'
Dat was eerst en vooral het voorstel. Er waren geen hapjes.

Op een bepaald moment was Europa van voor tot achter ge-
analyseerd, als een netwerk, als een tabel met lijnen en ko-
lommen: er was niets Europees, geen steen, dier, plant of
onderdaan van meer dan zes weken oud, dat aan onze gulle
aandacht en verhandelingen was ontsnapt.

Plotseling was het een uur 's morgens en iedereen zweeg. Wij,
de gasten, keken elkaar aan.

We hadden honger.

Een blik van verstandhouding tussen twee van de genodigden
die zich concentreerden op de nazinderende verrukte gelaats-
uitdrukking van de gastvrouw, die nog voorstelde dat we het
over de Europese tolerantie in de middeleeuwen zouden hebben, was het sein voor snelle actie.

Ze wierpen zich op de vrouw des huizes en bonden haar vast met een touw dat andere gasten wie weet waar hadden weten te vinden.

Daarna riep iemand ineens: 'Al het eten staat in de kluis!'
En dat was zo.

Want daarbuiten was er niets. In de keuken, op de keukentafel, een prachtig tafellaken, groen en wit, maar niets eetbaars; nog geen kruimel: de koelkast was een koud, leeg meubelstuk. Alsof je naar een parallellepipedum van ijs midden op de noordpool keek. In de bijkeuken stonden boeken (Europese geschiedenis, Wat is een Europeaan?); en in de slaapkamers zou het tegen alle hygiënische eisen van de stad indruisen als er ook maar het kleinste kaakje te vinden was.

'Het eten staat in de kluis!' schreeuwde iemand opnieuw, en nu leek de kreet die uit 1789: 'Naar de Bastille! Naar de Bastille!!'
Daarop bestormden we de Mini-Bastille met alle revolutionaire kracht en gereedschappen die we bezaten. Een van de gasten leek al een rijke geschiedenis als kluizenkraker te hebben, die indruk wekte hij tenminste. Hij was het die met boren en tangen een deel van het sluitmechanisme wist te ontmantelen en uiteindelijk, met behulp van een kleine zelfgemaakte bom – die een van de andere genodigden naar het zich liet aanzien

altijd onder zijn elegante overjas bij zich droeg – erin slaagde
de kluis te openen.

De kluis, die een onneembaar fort leek, stond inderdaad vol
voedsel, van onder tot boven en van boven tot onder, de meest
uiteenlopende eetbaarheden. Wat volgde was zoals het heet
een historisch banket. We aten zoals acht Europese genodigden voor een maaltijd buitenshuis sinds lang niet hadden gedurfd.

Banket 4

HET WAS DE ENIGE ARME gast bij het banket en dat was
overduidelijk want iedereen stond om hem heen om hem te
helpen alsof de volgende minuten beslissend waren voor zijn
bestaan, of alsof hij in werkelijkheid geen arme drommel was
maar een man die net was gered na een schipbreuk tijdens
een verschrikkelijke storm op volle zee en wij, de andere genodigden voor het banket, te hulp waren geroepen om mond-op-
mondbeademing toe te passen op een man die te lang onder
het zeegeweld had geleden. Ja, dat was het, het leek werkelijk
alsof de genodigden reddingszwemmers waren in een in het
middelpunt en ook overal rondom puur solide ruimte en alsof
de arme drommel
die onverwacht was uitgenodigd voor het banket ('we zijn allemaal Europeanen!' had de vrouw des huizes gefluisterd)

toe was aan de laatste milliliters (dat is geloof ik de meeteenheid) zuurstof die hem nog aan het leven bonden.

In feite was het de arme man die de eerste klap had uitgedeeld aan een van de meest fanatieke redders toen hij, terwijl de genodigden voorafgaand aan het banket nog stonden te converseren, bijna finaal stikte vanwege de menigte hulpvaardige Europeanen die hem omringde. De vechtpartij ontstond dus puur door het overlevingsinstinct van de arme man, die ineens, niet verwonderlijk, lucht en ruimte eiste, ten minste een paar centimeter tussen de dertig verbroederingsgrage handen en zijn hals; enfin, wat allemaal veel goede wil leek, dertig goedwillende armen en een arme stakker, veranderde snel in onbeleefdheden die binnen de kortste keren uitliepen op beledigingen en handgemeen tussen beide partijen.

De arme man kreeg een flink pak slaag omdat de overmacht in de gegeven situatie uiteraard aanzienlijk was.

Er lag wat bloed op de grond; maar iemand die naderbij kwam en de toestand verifieerde deelde mee:
'Hij ademt nog'
en daarom diende hij verder als gast te worden beschouwd en behandeld.

Hoewel de arme drommel roerloos op de grond lag bleef hij menselijk en levend ademhalen; en terwijl alle genodigden gingen zitten en overgingen tot de maaltijd die hen wachtte, waren ze toch, dat moet gezegd, zo attent eraan te denken een stoel vrij te houden voor het geval de man zou herstellen.

Rond de tafel bevonden zich toen, behalve ik, de andere veertien bijzonder in de Europese cultuur geïnteresseerde mannen en vrouwen, een lege stoel, en op ongeveer vier meter van het hoofd van de tafel, achter de vrouw de huizes, een uitgevloerd lichaam dat tijdens onze geanimeerde discussie over de onvertaalbaarheid van poëzie geen moment werd vergeten. Het was trouwens niet omdat we nog steeds zijn naam niet kenden dat we nalieten verdere aandacht aan hem te besteden.

Vertaald uit het Portugees door
ARIE POS

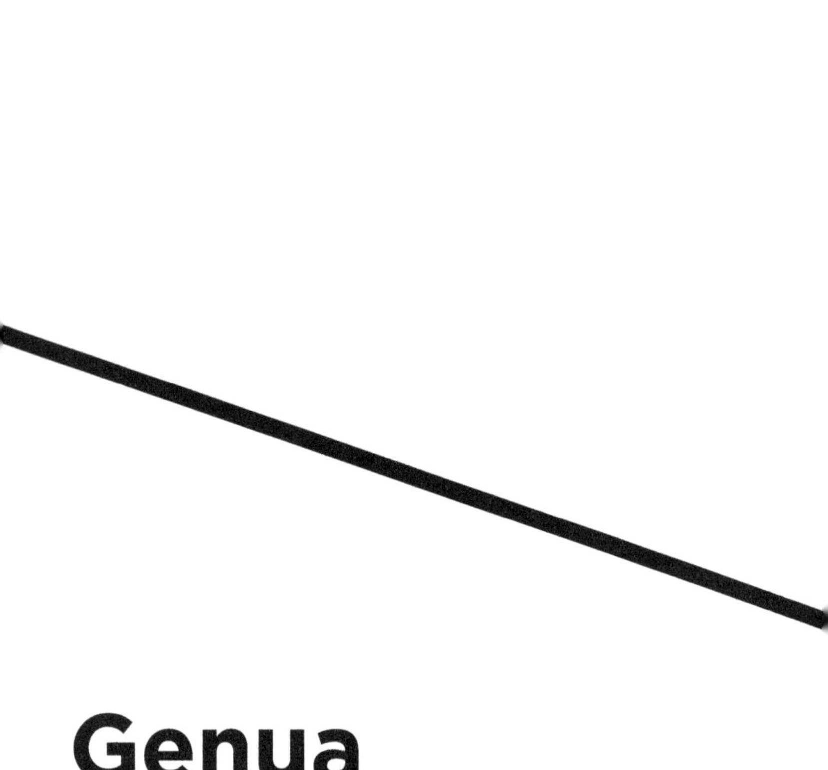

Genua
Schwäbisch Hall

Annelies Verbeke

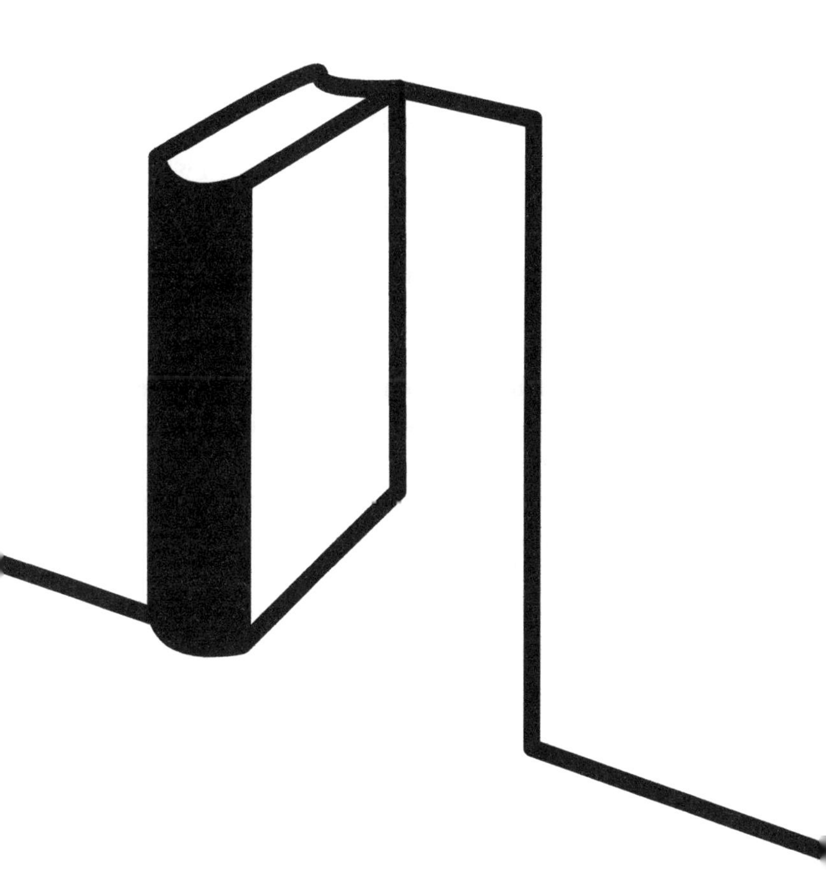

Al die mensen, al die eeuwen

ZE WIL NAAR GENUA OMDAT ze er mensen kent en omdat ze de stad eerder, maar te vluchtig, bezocht. En ze wil naar Schwäbisch Hall omdat ze nog nooit van die plek heeft gehoord en de stadsnaam grappig vindt.

Genua. Haar Italiaanse vrienden zijn helaas nog mobieler dan zij: de ene werkt tijdens de week in Praag en de andere, die voornamelijk in Berlijn woont, is even in Italië, maar in Rome. Ze vinden het heel jammer. Haar Nederlandse collega die in Genua woont, en met wie ze het - dacht ze toch - wel kon vinden, antwoordt niet op de aankondiging van haar komst. Het hartje van de auteur doorstaat deze misrekeningen probleemloos. Starend uit het taxiraam richt ze zich in gedachten tot de stad: 'U en ik alleen, mevrouw.'

Ze herinnert zich de heuvels, de kleuren van de huizen, de haven, weet dat ze straks zal verdwalen in een kluwen van smalle straatjes, die het licht weren dat van boven de zee komt aanwaaien. De vrolijke taxichauffeur doet zijn uiterste best met vijf woorden Engels een gesprek met haar aan te knopen. En hij vraagt minstens tien euro te veel voor de rit begrijpt ze drie dagen later, als ze door een nors zwijgende, agressief rijdende maar eerlijker collega van hem naar de luchthaven terug wordt gebracht.

Het hotel ligt in de Via di San Sebastiano, middenin het historische centrum, vlakbij de Piazza De Ferrari. De auteur begint aan een behoedzaam eerste wandelingetje. Ze is zich ervan bewust niet het meest oriëntatief begaafde wezen op deze planeet te zijn, wat haar er tijdens reizen doorgaans niet van weerhoudt om onmiddellijk enthousiast verloren te lopen. Genua echter, zo meent zij te weten, is ontworpen om de weg kwijt te raken, en aangezien ze een tweetal uur later zal worden opgehaald voor het eerste *Hausbesuch*, lijkt het haar geen kwaad te kunnen voorzichtig te zijn bij deze eerste passen over de ongelijke ondergrond.

Twee straten verder vindt ze Mangini, een bijzonder mooie en aantrekkelijke Pasticceria. Met gemak duikt de auteur in haar geestestoestand van respectabele bejaarde - ze is dit jaar veertig geworden, maar sporadisch de bejaarde uithangen doet ze al langer - en nestelt ze zich tussen de zeventigers op het terras. Alleen in Italië houdt ze van ijs, en deze bol pistache is - ze begrijpt het van bij de eerste hap, de eerste smaakexplosie - niet voor verbetering vatbaar. Het *Ding an sich* is dus toch kenbaar.

Er komt een jonge bedelaar op blote voeten voorbij. Hij draait zijn kop naar haar toe als een vogel. Ze legt het wisselgeld in zijn hand, waarna hij ook krijst als een vogel, een tropische.

Het eerste *Hausbesuch*, bij vertaalster Anna Patrucco Becchi, zal plaatsvinden in de Via Vallechiara. Om er te geraken moeten de auteur en haar begeleiders van het Goethe-Institut door de Via Garibaldi, waar tientallen hoofdjes tussen de gevelornamenten haar toefluisteren dat ze niet uit Genua mag vertrekken eer ze de beroemde Palazzi dei Rolli heeft bezocht.

Anna woont in het stadsdeel van de toonaangevende intellectuelen en de politici, zo wordt de auteur verteld. Haar woonst lijkt een museum, wat, zo zegt ze zelf, veel afstofwerk met zich meebrengt. Het enorme terras, met een nog rianter uitzicht over de stad, lijkt bestemd om zomerse bruiloften op te organiseren. De auteur komt er echter voorlezen uit en praten over *Vissen redden*, haar roman uit 2009, voor een germanofiele leesclub bestaande uit een tiental vrouwen en een man. De roman is al enkele jaren oud, maar het past wel hem hierheen te brengen, aangezien elk hoofdstuk zich afspeelt in een andere Europese havenstad - zij het niet in Genua.

Een tweede keer wordt ze eraan herinnerd dat het *Ding an sich* kenbaar is. Al laat ze zich liever niet in met begrippen als 'volksaard' - en heeft een van de Genuese vrienden ooit de verschillende types Italianen per provincie voor haar geïmiteerd - op tweehonderd meter van haar hotel maakt ze kennis met 'dé Italiaan'. Hij lijkt op Roberto Benigni en remt af voor het zebrapad. Niet alleen zit het fijngebouwde lichaam van de man in een indigo maatpak (Versace, ongetwijfeld) en houdt hij een Vespa tussen de benen, hij heeft ook zijn mobiele telefoon tussen (bijpassend indigo) helm en oor geklemd, zodat hij zijn handen vrij heeft om zijn luide conversatie mee te begeleiden. 'Ciao! Ciao!' hoort de auteur hem achter zich in het toestel lachen als ze de overkant bereikt. En dan die vele mensen die ze al jaren lijkt te kennen, althans als figurant.

's Ochtends besluit ze dat verdwalen nu wel geoorloofd is. Ze kiest eerste voor de Via XX Settembre, waar ze nauwelijks naar de winkels kijkt, wel naar de mozaïeken onder haar hakjes. Die plotse aandacht voor vloeren zal ook de volgende dagen aanhouden en de auteur zal huiswaarts keren met een veertigtal vloerfoto's. Zeepaardjes, sterren, schelpen. (Ze neemt weinig foto's maar eenmaal ze ermee begint slaat ze meestal obsessief aan het verzamelen.) De Genovese voorbijgangers die niet naar hun telefoonscherm kijken en zien wat ze doet, glimlachen begrijpend: ja, hun vloeren zijn mooi, daar zijn ze zich ten volle van bewust. Nu en dan worden de vloeren onderbroken door een bedelaar met een bordje met daarop *Ho Fame*.

Bij de Piazza della Vittoria maakt de auteur rechtsomkeer en even later dwaalt ze door de kleine straatjes. Wie van verrassingen houdt, moet naar Genua komen. Na elke nauwe donkere doorgang kan een kleurrijk plein het zonlicht liggen te reflecteren aan de voet van een eeuwenoude kerk. Gesteld dat een van de kleine viswinkels in dit labyrint je voorkeur draagt, hoe vind je die dan in hemelsnaam terug?

Achter de smalle etalages glimmen de gekste en meest lieftallige winkeltjes - paraplu's, snoep, vulpennen - en zelfs een klimmuur. Maar de zaak die de auteur helemaal week maakt - zonder twijfel het hoogtepunt van haar reis - is een kapsalon. Barbiere. Oker, turquoise, bordeaux. 'Mag ik een foto van u maken?' vraagt de auteur. De man knikt, verder knippend, blijkbaar krijgt hij deze vraag vaak. 'Mag ik uw ramen, vloeren, plafonds, lusters, spiegels, wasbakken, kraantjes, scharen, kwasten, alsook u en meneer met kleine kusjes bedekken?' wil ze nog vragen, maar waar zou ze zijn zonder beheersing? Al heel lang wordt de auteur bezocht door visioenen waarin zij kapster is. De omstandigheden waarbij zij in die visioenen wordt omgeven zijn zo gunstig dat ze alleen maar onrealistisch kunnen zijn, dat weet zij ook. Het voorbije jaar - moe van de literaire wereld en moe in het algemeen - werd zij desondanks meer dan ooit door dergelijke visioenen bezocht. En nu dit kapsalon. Het kenbare *Ding an sich*. Die avond zal ze lezen dat de Antica Barberia Giacalone Werelderfgoed is. O, ze zou daar zo graag werken!

Ze herkent de gevel van de San Lorenzo Kathedraal, die altijd in beweging lijkt door zuiltjes als kronkelende slangen en ander optisch bedrog. In het Palazzo Ducale loopt een Mucha tentoonstelling. De auteur heeft het gevoel bij haar reizen door Europa door Mucha tentoonstellingen te worden achtervolgd. Kijkend naar de affiche voor de ingang, merkt ze voor het eerst op dat Mucha's vrouwen elk een Genovese vloer achter hun hoofd hebben hangen.

Op het terras van Douce wordt er aan verschillende tafels Nederlands gepraat. De auteur eet vis in een restaurant nabij de Porta Soprana omdat ze daar enkel Italiaans hoort spreken, wat naderhand beschouwd voor de meeste restaurants lijkt te gelden. Het is vreemd: veel toeristen heeft ze hier nog niet gezien, maar de kuddes die achter een opgestoken paraplu aanlopen spreken allemaal Nederlands. Zouden Ilja Leonard Pfeijffers boeken daar verantwoordelijk voor zijn? Ze heeft het erover met degenen die ze tijdens het eerste en tweede *Hausbesuch* ontmoet. Sommigen hebben over haar collega gehoord en in Maddalena ontmoet ze die avond zelfs iemand die bij hem in de straat woont, maar hem nooit heeft durven aan te spreken. De auteur moedigt de vrouw aan dat wel te doen en vertelt haast meer over Ilja's boeken dan over de hare. Het is toch bijzonder eigenaardig dat ze niet in het Italiaans zijn verschenen en dat Genuezen geen weet hebben van deze eigenzinnige odes aan hun stad terwijl Ilja met de Engelse vertaling van *La Superba* wel door de VS reisde. Europa toch!

De auteur wordt rondgeleid door de wijk Maddalena, waar problemen zijn met prostitutie en drugs, en waar migranten hun onderkomen zoeken. Ze hoort Wolof en Spaans, bewondert een knap zestiende-eeuws theatertje dat weer in gebruik werd genomen. Haar gastheren en -dames behoren tot een groep met intussen honderdtwintig leden, die zich inspant om de gemeenschappen dichter bij elkaar te brengen. Eén manier om dat te doen is de gratis bibliotheek waar ze hun ontmoet. Ze voelt zich hier bijzonder thuis. De man van de auteur is van Senegalese oorsprong. Het vermengen van gemeenschappen is hun dagelijkse realiteit, en hoe vanzelfsprekend dat voor hen ook is, voor de maatschappij die hen omgeeft lijkt dat vaak niet zo te zijn. Het is goed na het oversteken van enkele landsgrenzen op gelijkgezinden te stuiten. En op Senegalese kleermakers.

Haar gesprekspartners doen er niet geheimzinnig over: 'De originele bevolking van Maddalena ziet de migranten als de vijand, maar de ware vijand is de maffia.' Het verbaast de auteur een beetje dat het woord zo onomwonden valt. Ze wordt meegetroond naar een muurschildering ter ere van de door de maffia vermoorde journalist Peppino Impastato.

Ze raakt aan de praat met een bijzonder echtpaar. Zij is een Noorse die in 1982 verliefd werd op Genua en er bleef. Hij is een gepensioneerde journalist die lang over paardenrennen en jumping schreef voor de populaire sportkrant met de roze bladzijden. Omdat hij het figuur heeft van een jockey verifieert de auteur voorzichtig of hij dat misschien ook ooit is geweest. Spijt bewolkt zijn gezicht: helaas ontdekte hij die passie pas toen het er te laat voor was.

Het eten is allemaal typisch Genuees, en de auteur is heel tegemoetkomend als het over voedsel proeven gaat. Ze propt zich vol met twee stukken van verschillende hartige taarten, rolt op haar hotel af en kijkt in bed nog wat tv. Geheel niet in overeenstemming met haar humeur, barst zowel op Rai I als op Rai II iemand in tranen uit.

De volgende dag stort de auteur zich op de musea. Ze verplaatst zich met de metro. De lijn is hier zo kort dat ze humoristisch bedoeld lijkt.

Ze heeft veel goeds gehoord over het Galata Museum - het zee-museum - en dat was niet overdreven. Er wordt veel aandacht besteed aan Genua als de plek waar Italiaanse migranten hun laatste momenten op vaderlandse bodem beleefden voor ze aan boord gingen van een van de schepen die hen naar La Merica brachten.

Er is aandacht voor de zee als transportroute, voor slaven in voorbije eeuwen en als graf voor vele migranten vandaag. Ergens staat te lezen dat de zeemonsters die Hollywood verzon, toe te schrijven zijn aan het slechte geweten van de Amerikanen: het zijn de geesten van verdronken slaven die komen spoken.

Opnieuw bedenkt de auteur dat ze hier met het juiste boek is aanbeland. Ook in haar *Vissen redden*, waarin een ex-auteur zich overgeeft aan de strijd tegen de overbevissing, zwemmen er trauma's onder de zeebodem. En in de nasleep van dat boek schreef ze essays over zeemeerminnen en mythische waterwezens die hier onder de noemer Mare Monstrum ruim aan bod komen.

Ze bezoekt het Palazzo Reale, waar een Canova tentoonstelling loopt, maar waar ze vooral vloeren fotografeert. Herders, paarden, kippen, zonnen, gemaakt van witte, zwarte en rode keitjes.

In de Palazzo's van de Via Garibaldi gaat ze daar nog wat mee door. Achter een deur oefent een operazangeres. Er hangen verschillende afbeeldingen van Maria Magdalena. Toch zijn het in het Palazzo Rosso en het Palazzo Bianco vooral de Vlamingen die haar aandacht trekken. Antwerpenaren vooral, uit de vijftiende tot negentiende eeuw. Rogier Van der Weyden, Joos Van Cleve, Frans Pourbus, Jan Wildens, Jan Roos, Abraham Teniers, Jan Provoost, Gerard David, Jan Matsys, Joachim Beuckelaer, Pieter Paul Rubens, ze zijn hier allemaal. Ze kwamen op uitnodiging, bleven jaren hangen en worden eeuwen na hun dood nog op handen gedragen. Succesmigranten.

Weer buiten baadt de Via Garibaldi in de warme tonen van Astor Piazzolla, afkomstig van tussen de handen van een oude accordeonist. De auteur legt een euro in zijn pet, krijgt een lief grazie en is blij dat ze een zonnebril op heeft. Want het treft haar plots voluit, het besef dat Piazzolla's ouders naar Argentinië uitgeweken Italianen moeten zijn geweest. Het overweldigt haar, de onontkoombaarheid van migratie, de vitaliteit en de tragiek van achterlaten en opstarten, al die mensen, al die eeuwen, in schepen, op doortocht, op nieuwe grond. Hoe hun kunst boven die plekken uitstijgt, en soms, zoals nu, decennia later zonder maker naar het vaderland terugkeert.

's Avonds praat ze erover met een man die voor de gemeenteraad van Sori werkt. Hij heeft als kind zelf enige tijd in Chili gewoond, en een deel van zijn familie woont daar nog steeds. Het is opvallend hoe zelfs de derde generatie nog op geregelde tijden naar Sori terugkeert. Die week was er bijvoorbeeld een kerkdienst voor een van de overleden oudtantes uit Chili in het kerkje van Sori. De band blijft. Voor de eerste generatie was die zelfs zo groot dat migranten uit Sori in Chili werden verondersteld met andere migranten uit Sori te trouwen. Zoiets valt uiteraard niet vol te houden.

Sori ligt zo'n twintig kilometer buiten Genua. Theatermaker Sergio Maifredi voert de auteur en enkele mensen van het Goethe-Institut erheen. Maifredi is een nomadisch kunstenaar, in de zin dat hij zich niet aan een plek bindt, maar binnen heel Italië, en ook in Duitsland en Polen samenwerkingen aangaat. Hij werkt met burgers - zoals zopas nog met die van Sori - en zijn toneelvoorstellingen zijn vaak massaspektakels.

Onderweg zien ze een jongeman op slapstickachtige wijze heuvelafwaarts met zijn brommer tegen een auto aanrijden. Zittend op de straat steekt hij zijn duimen in de lucht. 'Typisch voor de jeugd van deze buitenwijken van Genua', zegt Sergio: 'Rijk en dom.'

In Sori zijn ze te gast bij een van de bekendste zakenmannen van Italië en zijn vrouw. Ze ontmoeten er ook de journalist Massimo Minella, en een aantal mensen uit het dorp waarop ze vanaf het balkon kunnen neerkijken: de burgemeester, de apotheker, de archivaris,... De auteur heeft het gevoel dat ze in een toneelstuk is terecht gekomen. Of in Cluedo. Ze verwacht dat er vanavond tijdens een elektriciteitspanne een moord zal worden gepleegd in deze villa, en dat zij het slachtoffer of de hoofdverdachte zal zijn. Een reden te meer om zich weer zeer tegemoetkomend op te stellen wat de plaatselijke specialiteiten betreft. Ze zijn ongelooflijk: verse zeevruchten, pansoti met een vulling van zeven op de hen omringende heuvels geplukte wilde kruiden. Trofie met pesto. (De twee aanwezigen naast de auteur fluisteren geschokt over de schandelijke vraag naar kaas van een andere gast. 'Op deze pasta toch geen kaas!') De bordjes worden haar persoonlijk aangereikt door de bekende zakenman. De glazen wijn ook. De rode is zo lekker dat het haar ontroert.

Er wordt gepraat over de vele problemen van Genua. Een gebrek aan vooruitgang, daar komen de klachten wel op neer. De auteur heeft verteld dat ze het Galata Museum heeft bezocht. Daar moet ze dan toch het stadsplan hebben gezien dat een bekende architect voor de stad heeft gemaakt? 'How it could be', zegt de auteur, en hoewel ze dat neutraal heeft bedoeld, blijkt deze samenvatting tot grote hilariteit en instemming te leiden.

Er vallen die nacht geen slachtoffers. De met potentieel laatste avondmaal gevulde auteur rolt zich naar de auto die haar weer naar de Via di San Sebastiano brengt.

Van daar neemt ze 's ochtends een taxi naar de luchthaven. Met de eenzijdige bewondering van de op authenticiteit beluste bezoeker verzucht ze dat Genua zich toch ook niet te veel aan vooruitgang over moet geven; ze vindt de stad goed zoals ze is.

*

Als ze de naam Schwäbisch Hall in Genua laat vallen is de tolk de enige die de plek kent. 'Daar zit het geld', zegt hij.

Er zijn inderdaad opvallend veel banken in Hall, en niet elke stad heeft een Sparkassenplatz. De journalist met wie de auteur de tweede dag een afspraak heeft zal haar uitleggen dat Zuid-Duitsers worden verondersteld overtuigde spaarders te zijn, waardoor de banken het hier goed doen en de meest betrouwbare reputatie hebben.

Maar haar eerste kennismaking met het stadje - buiten wat ze erover gegoogled heeft - gebeurt in de trein. Tussen Gent en Schwäbisch Hall zitten zes treinen, zeven en een half uur. De auteur schrijft en leest. Vanaf Mannheim kijkt ze veel door het raam. Duitsers zijn gezegend met al dat groen. Robuuste bossen, gewassen in nette rijen, wijngaarden tegen heuvelflanken, schilderachtige wolkenpartijen, nu en dan witte huizen met rode daken in een dal. Stations waar ze nog nooit van heeft gehoord: Bad Rappenau, Bad Wimpfen, Öhringen, en na Waldenburg: Schwäbisch Hall. Een pittoresk oord met vakwerkhuizen en veel bomen langs de rivier de Kocher. Mocht zij in een sardonische bui verkeren dan zou de auteur de plek ook met het Nederlandse pretpark de Efteling associëren, maar vanavond is zij heel gemoedelijk gestemd.

Al tijdens de eerste wandeling naar de woonst van de behulpzame, organisatorisch begaafde en gewoon erg vriendelijke Vanessa Goethe (zoals zij in de telefoon van de auteur staat opgeslagen) vermoedt de auteur dat de inwoners van het stadje gekenmerkt worden door hun gespierde kuiten. Heuvelachtig is het hier wel. En stil.

De auteur wordt gevoed en praat met iemand over theater. Ze weet niet hoe het aangename gesprek plots die richting is uitgegaan, maar op een gegeven moment heeft de vrouw het over nieuwkomers en dat het er wel heel veel zijn en dat integratie niet alles op kan lossen. Het is geen haat, merkt de auteur, het is paniek. De zinsnede 'fundamenteel andere mensen' valt, maar voor de auteur daarop kan reageren, wordt het gesprek onderbroken. Misschien maar beter zo, ze is moe.

Duitse punctualiteit kent twee zijden. Als een museum om elf uur opent, dan gaat het niet om vijf voor elf open, en ook niet om vijftig seconden voor elf. Dat geldt althans voor de man achter de balie van de Johanniterkirche. De auteur en hij voeren een staarwedstrijd voor hij de glazen deur tussen hen in laat wijken. Binnen betrapt zij een stout, vadsig engeltje, dat een hapje uit iemands been wil lepelen, veel overwonnen draken en een blondine die een brandende hand opsteekt.

Ze maakt kennis met Hans-Werner Schmidt, het hoofd van deze bloeiende afdeling van het Goethe-Institut. Ze gelooft hem graag als hij zegt dat zijn werk nu een internationaler gezelschap behelst dan toen hij in Turkije en Polen voor het Instituut werkte. De studenten voor wie ze 's middags haar eerste lezing houdt, en die ze 's avonds opnieuw ontmoet, dan aangevuld met enkele mensen uit Schwäbisch Hall, komen uit Brazilië, Zuid-Afrika, Ghana, Senegal, Kameroen, Syrië, Rusland en de VS.

Lezers willen vaak weten waar haar gevoel voor het absurde vandaan komt. Zij antwoordt doorgaans dat het leven volgens haar zo is. Deze avond brengt zij door met leraren Duits van over de hele wereld, die allemaal tegelijk aan het koken zijn. Mocht zij zoiets in een verhaal vermelden dan zou men dat wellicht vergezocht vinden, en typisch Verbeke.

Zelfs de journalist van SWR2, die haar sinds de middag volgt, is druk in de weer met een meloen, daarna met de wortelen. Samen zijn ze onder de indruk van de Kameroenees

Idrisse, die vloeiend en accentloos overschakelt van Duits naar Frans naar Engels. Hij spreekt ook vier Afrikaanse talen vlekkeloos. Duits is zijn favoriete taal. Hij werd ervoor gewonnen door een begeesterende leraar in Kameroen. Dit is zijn eerste reis buiten Afrika, die hij, vindt hij, vindt iedereen, heeft verdiend. En wat hij niet verdient, vindt hij, is een kansarm leven onder de semi-dictatuur van een president die niet wil wijken en een neokolonialisme dat hem, Idrisse, en velen met hem, tegenwerkt wanneer dat het Westen, met name Frankrijk, zo uitkomt. De groep toehoorders versnippert. De auteur blijft over om hem te zeggen dat hij gelijk heeft. Maar veel meer weet ze er ook niet op te antwoorden.

Het wordt een bijzondere avond, waarbij het samen eten spontaan overgaat in een groepsinterview, aangevoerd door een Russische lerares Duits die in Colombia woont, maar waartoe iedereen bijdraagt. Overal op de wereld hebben leraren Duits nu foto's waarop zij samen met de auteur in de camera lachen. De auteur vindt het achteraf jammer dat zij zelf geen 'internationale leraren-Duits-fotoreeks' heeft aangelegd. Dat zou een uitzonderlijker verzameling zijn geweest dan Genuese vloeren. Verdorie.

Hotel Scholl, waar de auteur verblijft, ligt vlak naast de St. Michaelkerk en die staat centraal bij de jaarlijkse Freilichtspiele. Toneel- en musicalstukken worden dan volgens de traditie opgevoerd op de stijle, smalle trappen voor de kerk. Volgens Dr. Schmidt zijn daarbij nog geen doden gevallen.

Tijdens haar verblijf wordt er druk gerepeteerd voor de Duitse versie van Andrew Lloyd Webbers *Jesus Christ Superstar*. Op dinsdag ligt er een reusachtig gebroken hart op de trappen, op woensdag een gebroken (Christelijk) kruis. In de *Theaterzeitung,* die ze in haar hotelkamer vindt, leest de auteur dat Jezus uit Wuppertal komt en dat de andere hoofdrolspeler 'ein sehr erfahrener Judas' is.

Theater leeft in Schwäbisch Hall. De stad heeft zelfs haar eigen compacte Globe Theater.

De musea zijn indrukwekkend en gratis. Altijd fijn - of toch minstens een opluchting - als rijke mensen ook smaak hebben. In Hall is het de heer Würth die ervoor heeft gezorgd dat er zo'n mooie collectie oude meesters in de Johanniterkirche is samengebracht en dat in Kunsthalle Würth de knappe tentoonstelling 'Picasso und Deutschland' loopt. Ook hier blijft de rode draad, die de auteur meent op het spoor te zijn gekomen, van tel: mensen, culturen, ideeën die reizen, migreren en elkaar beïnvloeden. Beelden uit de Edostam in Benin, die Picasso en de schilders van die Brücke inspireren. De auteur is blij dat deze schilders haar eraan herinneren dat Grote Kunstenaars met een onbevangen blik naar andere werelddelen durven te kijken, naar andere tijden ook, de klassieken met name, en naar de zestiende-eeuwse Lucas Cranach. De Minotaurus, Afrikaanse maskers, de warme kleuren van vrouwengezichten, acrobaten, zonnige landschappen, vioolspelende zigeuners, circustenten, de kunst die steeds onstuimiger dansend het goede, wereldwijde leven viert en dan plots in zwart-wit vervalt, in marcherende meutes, wegterende soldatenlijken in niemandsland en uitgemergelde kinderen aan de hand van moeders met wijdopen monden tussen steenpuin, glasscherven, dode paarden. De reeks *Der Krieg* van Otto Dix naast Picasso's uil in een kooi. Tot ook de Eerste Wereldoorlog voorbijgaat, en Picasso, tot de volgende verschrikking, weer vredesduiven schildert.

In Kunsthalle Würth loopt tegelijk nog een heel andere tentoonstelling, rond het werk van Wilhelm Busch, met wiens getekende *Max und Moritz* een generatie Duitsers opgroeide. Blijkbaar heeft Busch ook aan de Antwerpse Academie gestudeerd, een van zijn schilderijen toont een Antwerpse jongeman. Een zaal is bestemd voor Heinrich Hoffmanns *Struwwelpeter*, een nog ouder kinderboekenpersonage. In een van de uitgestalde verhaaltjes pesten drie jongens een zwart kind. Als straf worden ze zelf zwart.

's Middags leest de auteur in het Duits voor aan verschillende groepen studenten. Ze zijn samengebracht in een zaal in het gewezen ziekenhuis waarin ook het Goethe-Institut huist. Op het plafond staat Luther omgeven door barokke engelen. Ook de gereformeerde kerk ontsnapte niet aan vermenging.

De gastvrouw van het *Hausbesuch* van die avond is een bijzonder levendige gewezen lerares lichamelijke opvoeding. Ze heeft palmbomenbehang.

De gemiddelde leeftijd ligt een pak hoger dan de vorige avond en het valt niet voor iedereen te aanvaarden dat iemand, een auteur bijvoorbeeld, wel Duits verstaat en leest maar geen Duits spreekt. Als Vanessa Goethe aan het vertalen slaat kalmeren de gemoederen.

Achteraf schaart er zich een groepje om haar heen. Met een man is ze het over alles roerend eens: nu die brexit een feit is zou Trump ook wel eens president kunnen worden en dat zou catastrofaal zijn voor de wereld. Dan wil hij weten wat ze van Merkels *'Wir schaffen das'* vindt. De auteur, zich ervan bewust tot welke verdeeldheid deze uitspraak in dit land heeft geleid, voelt hoe om haar heen de oren worden gespitst. Ze zegt dat ze het een moedige uitspraak vindt die getuigt van positiviteit en verantwoordelijkheidsgevoel. Ze zegt dat ze denkt dat er ook moeilijkheden gepaard gaan met de grootschalige migratie waarmee we vandaag te maken hebben, maar dat ze zelf ook van mening is dat we de capaciteiten hebben deze in goede banen te leiden. Ze zegt dat, mocht het geld dat tot dusver in Europa werd besteed aan volstrekt zinloze afrasteringen en verscherpte grenscontroles zou zijn gegaan naar degelijke opvangcentra, registratie en reddingsacties op zee, de situatie dan nu beter zou zijn geweest. Ze zegt dat het niet

gaat om liefdadigheid maar om het nemen van een humane
verantwoordelijkheid.

Enkele van haar toehoorders knikken, de meesten zwijgen.

Ook in Schwäbisch Hall een accordeonist: een nieuwkomer die elke dag hetzelfde trage lied speelt op een van de brug-
gen over de rivier.
Oordelend naar het aantal bruidsjurken in etalages is Hall
een stadje waar velen komen trouwen. Dirndl en lederhosen
vind je er ook. De auteur weet deze verleidingen moeiteloos
te doorstaan. Maar ze zou wel Duits willen leren, eindelijk.
Ze bezoekt het Hällisch-Fränkisches Museum. Een groot
gedeelte gaat over de gewezen gevangenis van Hall, waarvan
de gebouwen nu door een muziekacademie zijn ingenomen.
Er worden zelfgemaakte wapens tentoongesteld en een zelf-
gemaakt tatoeëerapparaat, verstopt in een boek. Er staat ook
een kast, volgeschreven door gevangenen. Gemotiveerd om
Duits te leren memoriseert de auteur de zin: *'Master ED aus
Bi-Bi verflucht seine Verräter, aber der Tag wird kommen und das
Blut wird fließen'*. Verder toont het museum veel informatie
over de grote stadsbrand van Hall uit 1728, over zoutwinning,
de schilder Leonard Kern, de marionettentheaterheld Hanswurst, vorige opgevoerde stukken op de trappen, een folter-
stoel met daarop het bordje *'Bitte nicht betreten'* en wat over-

blijft van de 18de eeuwse synagoge van Steinbach, in brand gestoken tijdens de Kristallnacht.

Bij het zoeken naar de meest geschikte plek voor een laatste lunch wandelt de auteur dapper voorbij het volle terras van een Italiaans restaurant. Op integratie ingesteld, besluit ze dat ze in Duitsland Duits moet eten, waarop zij onder een Haller Löwenbräu parasol gaat zitten. Als zij de haar aangereikte menukaart openslaat blijkt het om een vermomd Grieks restaurant te gaan. Tussen haar verblijven in Genua en Schwäbisch Hall in zat de auteur naar jaarlijkse gewoonte op een Grieks eiland. De kalamari waren daar beter, maar ach.

En dan is het tijd om te gaan. In het tussenstation Heilbronn staart ze naar een affiche van de Bondsregering waarop een lachende Syrische verpleegster een oude Duitser in een rolstoel helpt. De slogan luidt: *'Die Pflege braucht helfende Hände. Ich helfe gerne mit. Integration, die Allen hilft. Deutschland kann das.'* Ze ziet dit soort campagne in België nog niet zo gauw in het straatbeeld verschijnen.

Het is een uitgesproken stellingname, die zich misschien wat te eenzijdig richt op de bruikbaarheid van mensen, maar wel getuigt van zelfverzekerdheid en bereidheid. Hoe dan ook heeft de auteur het migratiethema dat als een rode draad door haar reisverslag loopt, niet verzonnen, het was er.

Barcelona
Heidelberg
Mannheim

David Wagner

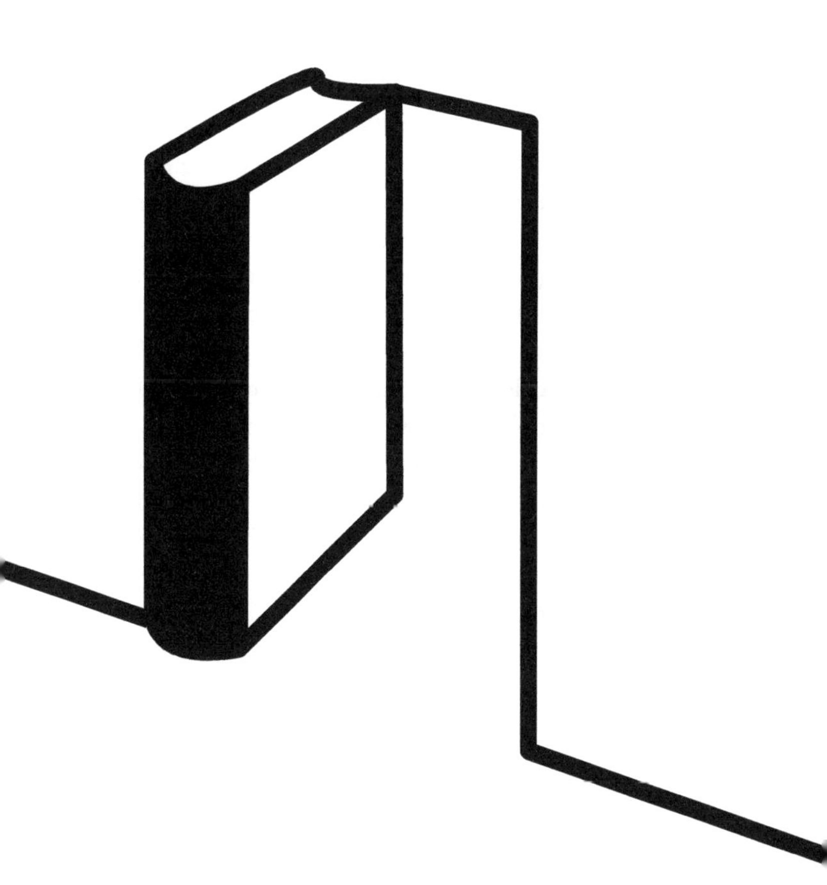

Huisbezoek

I

NEE, NATUURLIJK HEB IK ER niets op tegen om te lopen, integendeel, zeg ik tegen Albert, die me in het hotel komt ophalen. Albert is een Catalaan van begin dertig met donker haar en bruine ogen, hij draagt een colbertje en heeft een vijfdagenbaard. Twee dagen in de week werkt hij voor het Goethe-Institut in Barcelona, we zien elkaar voor het eerst.

We wandelen – het is een warme meiavond – langs de neo-Moorse Arc de Triomf, door Sant Pere en het Barri Gòtic naar de Rambla Sant Josep. Ja, onze gastgevers Montse en Dietrich wonen inderdaad op de Rambla, de beroemdste straat van Barcelona. We hebben elkaar nog nooit ontmoet, en toch nodigen ze ons op voorspraak van het Goethe-Institut bij zich thuis uit. We krijgen zelfs iets te eten. Of ze aardig zijn? Wie wildvreemde mensen uit een ander land bij zichzelf uitnodigt, kan geen slecht mens zijn, toch? Voor zover ik weet, heeft Montse hier in de stad ooit een klein theater geleid, haar man Dietrich woont sinds 1979 in Barcelona en was vroeger danser, tegenwoordig houdt hij zich bezig met operaproducties. Ze hebben één zoon, die in Berlijn woont.

Het stel ontvangt ons boven bij de deur van hun appartement op de vierde verdieping – en het is me meteen duidelijk dat we bij heel vriendelijke mensen te gast zijn. Montse straalt, Dietrich brengt het gesprek op gang. En al hebben we nog zo ons best gedaan om niet al te stipt te komen, toch zijn Albert en ik de eerste gasten. Door het woongedeelte worden we naar het reusachtige terras geleid, dat zich tot aan de Rambla uitstrekt. We staan paf. Het is fantastisch! Het gaat zelfs nog een verdieping hoger, zegt Dietrich, en hoewel hij oorspronkelijk uit Ludwigshafen komt, zal hij in de loop van de avond maar één keer, veel later pas, eventjes Duits met mij spreken. Via het trappenhuis klimt hij met ons naar het gemeenschappelijke dak en vertelt dat hier vroeger het wasgoed werd gewassen en gedroogd. Door de paar meters hoogteverschil kun je over de daken van de hele stad uitkijken – en wat ligt ze er dichtbebouwd bij, ingeklemd tussen de bergen, de Montjuïc en de zee. Dietrich, in wiens soepele bewegingen ik nu de vroegere danser meen te herkennen, vertelt over een aanzienlijke hennepplantage, die een buurman ooit op het dak ernaast had aangelegd, waardoor het tot in hun slaapkamer tamelijk zoetig had geroken. Maar nu was het hier het rijk van de meeuwen en de airconditioningsinstallaties. Overal staan grote witte kasten.

Weer terug beneden op het terras stelt Montse me aan Manuela Aznar voor, een bijzonder vriendelijke dame op leeftijd, die ooit haar lerares Frans is geweest. En daarna, veel later, grappig genoeg ook de lerares van Marta, een vierentwintigjarige filmproducente, die inmiddels ook gearriveerd is. Montse zegt tegen de nieuwkomers dat we vandaag *Castellano* (de taal die bij ons Spaans wordt genoemd) en niet *Català* spreken. – Als ik er niet zou zijn, zou deze avond natuurlijk in het Catalaans plaatsvinden. Ik vind dat haast een beetje pijnlijk. Had ik nou maar Catalaans geleerd...

Ik proef van de zwarte olijven en de ansjovis, die op een tafeltje klaarstaan. Wijnglazen worden volgeschonken. Olijven zijn goed voor mooie dromen, zegt de voormalige lerares Frans. En ansjovis is volgens haar het nichtje van het sardientje. Ik leer dat zwarte olijven in Spanje ook *olivas muertas*, dode olijven, heten. En dat olijven in Spanje ooit als dessert werden geserveerd, daarom, zegt Montse, heet het in *Don Quijote* over iemand die te laat op het eten verschijnt, dat 'hij pas bij de olijven komt'. Nou, dan zijn wij zeker een beetje te laat, zeg ik en ik stop nog een dode olijf in mijn mond. Ze smaken verrukkelijk. Nu pas valt me op hoeveel planten er op dit terras bloeien en geuren, het lijkt net een klein pot- en klimplantenbos. En zie ik daar nu echt een kolibrie naar een bloem vliegen? Een kolibrie? Boven de daken van Barcelona? Of droom ik al, door de wijn of door de olijven? Nee, zegt Dietrich, dat klopt, een kolibrie.

Geleidelijk komen er nog meer gasten binnendruppelen, het terras loopt vol. Victoria Bermejo, schrijfster en filmmaakster, arriveert, vervolgens Toni Rumbau, een poppenkastspeler en poppenspelonderzoeker, ook hij heeft ooit een theater geleid. En allemaal praten ze *Castellano*, om mijnentwille. De wijn is koel en smaakt goed, en ik vertel, en dat meteen een paar keer, hoe blij ik ben om na zeventien jaar eindelijk weer hier te zijn. Zo lang, veel te lang ben ik niet in Barcelona geweest. In 1995, 1998 en 1999 heb ik telkens een, twee maanden hier doorgebracht en ben zeker honderd keer langs dit huis gekomen – zonder op te merken dat zich hierboven, verborgen achter een balustrade, een dakterras ter grootte van een tennisveld bevindt. Dat 'ter grootte van een tennisveld' is maar een beetje overdreven.

Toni en ik staan nu vlak voor die balustrade en kijken neer op de Rambla, die altijd levendige corridor, Barcelona's *Grand Boulevard*. De vestingmuur die daar ooit heeft gestaan, is pas in het begin van de 19e eeuw afgebroken. Toni, geboren in 1949, is een vriend van mijn gastgevers. Hij woont maar een paar huizen verderop, in het appartement waarin hij ook opgegroeid is. De volgende dag, als ik bij hem langsga, zal hij mij zijn boek over het Europese poppentheater cadeau doen, *Rutas de Polichinela* heet het; om het te kunnen schrijven heeft hij in heel Europa poppenkastspelers en archieven bezocht.

Ik zou hier voor altijd kunnen blijven staan en omlaag kijken, daarbeneden komt de wereld voorbij. Op mijn vraag hoelang ze hier al wonen, zegt Montse dat ze in haar leven maar in twee appartementen heeft gewoond, en allebei in Barcelona: in dat van haar ouders en in dit hier. Of nee, onderbreekt ze zichzelf, tussendoor ook in Berlijn, vier jaar, begin jaren negentig, in een appartement waar het altijd koud was, in de Ackerstraße. De winters waren volgens haar te lang geweest, en Berlijn zag er anders uit dan vandaag. Dietrich studeerde destijds cultuurmanagement aan de Hanns Eisler Hogeschool voor Muziek en werkte voor de Komische Oper.

Maar ook Barcelona is veranderd: in 1987, toen ik hier voor het eerst was, stond er nog een muur rond de haven, de stad maakte een meer duistere indruk. Of dacht ik als West-Duits kind uit een nieuwbouwwijk dat alleen maar? De Olympische Spelen in 1992 brachten een eerste grote verandering, de boom van de jaren nul een volgende. En nu? Nog steeds crisis?

Als de klok tien slaat, gaan we aan tafel – waar zijn die twee uur heengevlogen? Met wie heb ik eigenlijk al gepraat? En waarover? Kan ik dat wel allemaal onthouden? Ben ik niet al een beetje aangeschoten? En hoe heet de witte wijn die zo lekker smaakte; moet in de tekst die ik over deze avond wil schrijven niet ook de naam van de wijn die ik drink genoemd worden? Jammer genoeg vergeet ik op het etiket te kijken.

– Wat ga je eigenlijk over ons schrijven? vraagt Victoria, de schrijfster en filmmaakster. En ik antwoord: Ik ga me bedrinken, en alles wat hier gebeurt, gezegd en gedaan wordt zal ik vergeten, en morgen of overmorgen of over vijf weken bedenk ik een heel andere avond.

– En dans ik in die tekst dan naakt op de tafel? Zal er staan dat een vijftigjarige zich de kleren van het lijf rukte?

– Zo ongeveer stel ik me dat voor, zeg ik. Een Catalaanse orgie boven de Rambla de Sant Josep, het grote vreten in de openlucht ...

We zijn nu met z'n twaalven, twee actrices, een schilderes en een experte voor antieke sieraden hebben zich nog bij ons gevoegd. Voor ons staat rode bietensoep, ik zit tussen Montse en de actrice Lluïsa Castell, tegenover mij zie ik de schilderes Francesca Llopis. Het valt me nu op dat bijna iedereen aan tafel in Barcelona is geboren en getogen. Toni woont honderd meter verderop, Victoria in de buurt van mijn hotel. Alleen Mònica López, de tweede actrice, is afkomstig van de Canarische Eilanden. Toni zegt dat ze weliswaar op Gran Canaria is geboren, maar accentvrij Catalaans spreekt, hij is een fan van haar. En dat ze een groot, heel groot actrice is. Ja, dat ben ik, zegt ze, *porque soy alta,* omdat ik groot ben. En ze lacht. Toni geniet ervan tussen haar en Lluïsa Castell te zitten.

Onze tafel onder de vrije hemel is bijna vierkant, aan elke zijde zitten drie personen, zodat er één gesprek wordt gevoerd. Niemand hoeft te denken dat hij aan het verkeerde, saaiere uiteinde zit.

Victoria wil me een beetje uit mijn tent lokken, ze zegt: *Guapo*, vooruit, kom op met je vragen! Wat zou je willen weten? Het bevalt me weer, en ik heb het gemist, dat je elkaar in het Spaans zo gemakkelijk met *guapa* of *guapo*, 'mooie vrouw' of 'knappe man' aanspreekt.

– Victoria weet meer over Barcelona dan wij allemaal samen, zegt Montse, en dat ze boeken over de stad heeft geschreven en eentje met de veelbelovende titel *Me acabo de separar* (*Ik heb net een scheiding achter de rug*). Maar vooral bekend is ze door een documentaire over de tijdens de crisis gestrande intellectuelen van Spanje – die wil ik nu natuurlijk zien.

Victoria is een echte Barcelona-fanaat, dat merk ik ook in de weken na deze avond aan wat ze op haar Facebooksite post, altijd gaat het over de stad, elke dag deelt ze foto's van dingen die haar op straat zijn opgevallen: vuilnis, details van het pleisterwerk, verloren voorwerpen. Ik hou van haar blik op het , ik vind Victoria nu al aardig, hier, op het terras. Ze vertelt dat ze pas geleden de kok van Barack Obama door Barcelona en tig restaurants heeft geleid, hij wilde de Catalaanse keuken leren kennen, drie dagen lang, drie of meer restaurants per dag. Best leuk om te doen.

– Zit je nog vol? vraag ik, en ze lacht. Later beklaagt ze zich erover dat ik te weinig over mijzelf vertel. En ze beveelt me, ja, het is echt een bevel, eindelijk Mercè Rodoreda te lezen, de grootste Catalaanse schrijfster.

De slakom wordt doorgegeven, de ronde is ergens links van mij begonnen; als de kom bij mijn gastvrouw is aangekomen, reikt ze die aan mij, ik bega de fout te veronderstellen dat Montse zelf al sla heeft genomen, het is inmiddels zo donker dat ik haar bord niet goed kan zien; in de kom zit nog maar een restje, dat ik op mijn bord schep – daarna pas merk ik mijn vergissing. En ik schaam me ervoor. Dan helpt alleen nog meer wijn.

Mònica, de grote, bijna 1,80 m grote actrice is blij met een plantje in de sla, dat alleen op de Canarische Eilanden groeit. Dat heb ik speciaal voor jou erin gedaan, zegt Montse. En dan komt de maan op, de grote lamp aan de hemel. En er komen wolken opzetten. Maar echt donker wordt het niet, want de Rambla straalt.

Intussen heb ik begrepen dat Marta, de vierentwintigjarige filmproducente, de vriendin is van Montses en Dietrichs zoon, die als acteur in Berlijn woont – een van de vele duizenden jonge Spanjaarden daar. Marta praat met de schilderes Francesca Llopis rechts van haar en de sieradenontwerpster en winkelierster Inés, een geheimzinnige vrouw met vrijwel wit haar; Dietrich zegt dat zij de eigenares is van de laatste winkel op de boulevard Passeig de Gràcia, die nog niet in handen van een concern is. Ze verkoopt er antieke sieraden.

Het loopt tegen halfeen – we zitten nog altijd buiten en hebben *Mar i Muntanya* (het Catalaanse nationale gerecht met ingrediënten uit de bergen en de zee, met vlees en vis) en als dessert een *Brazo de Gitano* gegeten, dat laatste (letterlijk *zigeunerarm*) is de politiek niet meer helemaal correcte Spaanse benaming voor een biscuitrol – als het begint te regenen. Toch is het aangenaam, we zitten hier bijeen, niemand wil opstaan, want dat zou betekenen het gezelschap op te breken. Ineens denk ik aan de paraplu in mijn tas onder mijn stoel, ik zet hem op en hou hem afwisselend boven onze gastvrouw en Lluïsa Castell, die in een groot aantal Spaanse films en televisieseries heeft gespeeld. En ik denk, ach, het lijkt er weer op dat mijn leven mij hier met opzet naartoe heeft gebracht, naar dit dakterras in Barcelona. Alles is precies zoals het moet zijn.

Montse heeft een fascinerende, teder-rauw-hese, nu eens donkere, dan weer heldere stem. Een toneelstem? Ik vergeet te vragen of ze vroeger ook gezongen heeft. In een vreemde taal, zeker in een die je niet zo heel goed kent, die je niet elke dag hoort en spreekt, neem ik de stemmen natuurlijk duidelijker waar omdat ik veel aandachtiger moet luisteren om het te verstaan. Twaalf personen praten door elkaar heen, naast elkaar, en soms, als ik opeens nog veel minder dan daarnet versta, merk ik dat ze plotseling toch weer Catalaans spreken. We zijn nu zelfs met z'n dertienen, Elena is er nog bij gekomen, ook zij is vierentwintig en ook zij is actrice, een vriendin van Marta.

Omdat het nu harder regent staan we ten slotte toch in de keuken. De twee vierentwintigjarigen vertellen me over hun film, die ze nu aan het maken zijn; Marta is producente, Elena regisseuse en hoofdrolspeelster tegelijk. Ze hebben ook opnames in Berlijn gemaakt – nu ze daarover vertellen, gaan ze op Duits over, ze spreken het heel goed, hebben allebei een jaar in Duitsland gewoond, Elena in Berlijn, Marta in Keulen, maar zij reisde wel elk weekend naar Berlijn.

Hun stemmen klinken nu veel zachter dan daarnet toen we nog in het Catalaans met elkaar spraken. Misschien is Duits toch geen harde taal. En heeft niet onlangs iemand me verzekerd dat Duits voor hem een van de meest welluidende talen van de wereld is? Toen hij het zei, moest ik erom lachen. Maar nu de twee Catalaansen Duits met mij spreken, ben ik het er bijna mee eens.

Hun film, vertellen ze nu, gaat over Berlijn, maar ook over het probleem om na de grote vrijheid van een Erasmus-uitwisselingsjaar in het buitenland weer thuis te moeten gaan wonen. Elena en Marta wonen nu weer bij hun ouders, hier in

Barcelona. Die van haar, zegt Marta, verbazen zich over haar merkwaardige werktijden, ze begrijpen niet goed wat zij als filmproducent allemaal moet doen. Elena vertelt dat ze geluk heeft en binnenkort een klein appartement van haar oma kan betrekken, nog maar een paar maanden. Ze zegt dat met haar bromfietshelm al in de hand om te gaan. – Toen ik vierentwintig was woonde ik al vijf jaar niet meer thuis en zag mijn ouders vrijwel nooit. En ik bracht toen mijn eerste maand in Barcelona door. Ach, is dat al zo lang geleden? Eenentwintig jaar?

De meeste andere gasten hebben al afscheid genomen, jammer, ook Albert, met wie ik helemaal niet heb kunnen praten. Maar Montse heeft muziek opgezet en begint te dansen, Mònica López danst mee, Marta danst en uiteindelijk dans ik ook. En wat heeft Manuela, Manolita, over die dode olijven gezegd? Ze zijn goed voor mooie dromen ...

2

Ik word vroeg wakker en maak aantekeningen, schrijf met de hand in een zwart notitieboekje (een van de boekjes die J. in Parijs voor me heeft gekocht), ik schrijf met de hand, met een vulpen, waarom eigenlijk, later moet ik dat allemaal weer overtypen en ik weet nu al dat ik dat een eeuwigheid zal uitstellen, maar de bladzijden worden zo mooi vol, het ziet er zo fraai uit als een dubbele bladzijde met zwierige blauwe lijnen wordt gevuld – dat zou wel eens de zin van het schrijven kunnen zijn, papier met blauwe lijnen vullen. Later kan ik het vaak zelf niet meer lezen.

3

We bellen aan bij een eenvoudig, vrijstaand, vermoedelijk begin jaren dertig gebouwd huis tegen een helling in Heidelberg-Rohrbach, meneer en mevrouw M. doen open, zij in een zwarte zomerjurk en een houten kralenketting om haar nek, hij in een zalmkleurig poloshirt, dat goed bij zijn kortgeknipte zilveren baard en zijn korte, vrijwel witte haren past. We worden niet het huis binnen, maar om het huis heen en over een buitentrap omlaag naar de tuin geloodst, op het onwerkelijk groene gazon zijn tafels in een lange rij opgesteld. Op de tafels liggen kleurige kleden, uit Zuid-Frankrijk, naar ik later te horen krijg, die kennelijk makkelijk te wassen zijn.

We zijn de eerste gasten, Christiane, Ingo en ik. Wij drie kennen elkaar sinds anderhalf uur, we zijn via avontuurlijke wegen van Mannheim in Rohrbach beland. Christiane, de grote blonde stagiaire van het Goethe-Institut, heeft me in mijn hotel opgehaald, met de tram (we rijden zwart, helemaal onbedoeld, zo geanimeerd is ons gesprek) zijn we naar het centraal station gereden en samen met Ingo, de directeur van het Goethe-Institut in Mannheim, die we daar ontmoeten, zijn we naar Heidelberg vertrokken, en weer letten we niet op, stappen al pratend op het verkeerde S-Bahn-station uit en marcheren drie kwartier, een mooi wandelingetje, vrolijk door Heidelbergs woonwijken en ingelijfde buitengebieden. En nu staan we hier, in deze tuin.

Ik prijs het perfecte gazon. Ja, dat is nieuw, zegt mevrouw M., een gepromoveerde juriste, vertaalster en initiatiefneemster van de plaatselijke Duits-Franse-Vriendenkring. Ze vertelt dat hier in de tuin tot voor kort een oude, heel hoge zilverden had gestaan, die op het laatst geveld had moeten worden. Haar zonen – een van hen, Daniel, ook een jurist, heb ik zojuist leren kennen – waren er erg op tegen geweest, maar de boomwortels waren overal doorheen gewoekerd, zodat er verder helemaal niets meer groeide.

Nu ligt op deze plek een verhoogd perk, dat omsloten wordt door een laag muurtje, bloeiende bloemen, aalbessenstruiken en enkele sierstruiken.

Ik vraag of ze regen verwacht? Het heeft de laatste weken immers zo veel geregend. Ja, zegt ze, in Heidelberg is het warm, maar bijna nooit zo broeierig als in Mannheim.

Meneer M. staat al bij de barbecue, een waar monster. Met zijn zwartglanzende kap ziet hij eruit als een reusachtige

Darth Vader-helm. Of, omdat er wieltjes onder zitten, als een kleine auto. 'Spirit' staat er naast de rechter draaiknop, en in het midden van de kap is een thermometer met naald aangebracht. 'Weber' heet, zoals een plaatje verraadt, de producent, maar het gaat, zoals meneer M. uitlegt, ook al doet de naam anders vermoeden, om een Amerikaans merk. Het is een gasbarbecue, en daarom heb je, wat een voordeel is, geen walm. Wel ontbreekt het rookaroma, maar het is gezonder zo. En zo onproblematisch. Eigenlijk, zegt meneer M. – het valt me op dat hij heel slank is en een spijkerbroek draagt en op sandalen zonder sokken loopt – is hij helemaal geen groot barbecueër of goed in grillen, hij heeft dit toestel cadeau gekregen.

Er worden drankjes geserveerd, heel praktisch uit een tuinkoelkast, een vanbinnen geïsoleerde, vanbuiten onbehandelde houten kist op vier pootjes, waarvan het deksel geopend kan worden en dan door twee gasdrukzuigers wordt opengehouden. Er liggen twee grote brokken ijs in de kist. Witte wijn wordt erin gekoeld, witte wijn van wijnboer Winter. Het vlees voor de barbecue komt van slager Sommer hier in Rohrbach. En dus eten en drinken we ons vandaag door de jaargetijden heen, zegt een van de nieuwaangekomenen, intussen zijn er nog een paar gasten gearriveerd. Bijna iedereen is, en dat was te verwachten, ongeveer van de leeftijd van onze gastgevers, die ik eind vijftig schat – en misschien zijn er bij deze schatting zelfs al een of twee beleefdheidsjaren in mindering gebracht. Hoe oud zou de zoon zijn, die als jurist in een advocatenkantoor in Keulen werkt, maar wel maar twee dagen in de week? Zevenentwintig? Achtentwintig? Hij heeft nog een tweelingbroer, eveneens advocaat in Keulen – in tegenstelling tot hem wel getrouwd. Getrouwd met een Colombiaanse, die hij op een reis door Zuid-Amerika in Ecuador heeft leren kennen, vorig jaar – en dit jaar is in Heidelberg al de bruiloft gevierd. Daarom, hoor ik nu, moest er in huis het een en ander worden verbouwd, er is bijvoorbeeld een nieuwe keuken – een verband dat mij ontgaat, maar ach, wat zou het. Moest voor de bruiloft ook reeds genoemde zilverden wijken? Of is het gewoon altijd zo dat als de kinderen uit huis gaan, ouders zich meer met verbouwingswerkzaamheden gaan bezighouden? Was dat bij mijn ouders niet ook het geval?

De nieuwe gasten zijn vrienden en buren van de M.'s, een aardig gezelschap, allemaal weliswaar jonger dan mijn ouders – maar toch tamelijk ver verwijderd van mij en mijn leven. Nu, aan de lange tafel, zitten veruit de jongsten van de gasten om mij heen, schuin tegenover mij Ingo, misschien vier of vijf jaar jonger dan ik, links van mij de zoon des huizes, rechts van mij Christiane. Hoe oud zou Christiane zijn? Vierentwintig? Vijfentwintig? En waarom vraag ik het haar niet gewoon? Jermaine Jacksons en Pia Zadora's duet *When The Rain Begins To Fall* kent ze alleen van Oldie Radio, dat heeft ze zich laten ontvallen. En als ik het nareken is het leeftijdsverschil tussen haar en mij waarschijnlijk groter dan tussen mij en de oudere gasten.

Een van hen, een man in een magentakleurig overhemd met korte mouwen (bovenste knoopje open), hij heeft een bril met een dunne donkere rand en een volle witte baard, glimlacht naar ons. Hij woont weliswaar in Heidelberg, maar werkt in Mannheim, zegt hij, de stad bevalt hem, hij zou zijn leven eigenlijk ook net zo goed daar of in Ludwigshafen hebben kunnen slijten. En nu vertel ik al voor de tweede keer vandaag over Billy Hutters fantastische Ludwigshafenboek *Karlheinz*, daarstraks in de S-Bahn hadden Christiane, Ingo en ik het daar al over en hebben daardoor onze overstap gemist.

De man die in Mannheim werkt, glimlacht zo volhardend, dat ik me afvraag of er niet een fysiognomische oorzaak voor is. Heeft het met zijn gouden snijtand te maken, die telkens weer opflikkert? Nu vertelt de man ons nog dat zijn favoriete plek hier in de buurt op het Friesenheimer Insel te vinden is; vroeger, toen daar nog een orderstation was, hadden er ook schepen aangelegd. De worstsalade in het restaurant achter het oude fabriekscomplex was volgens hem overheerlijk – maar dan schiet hem te binnen dat hij daar al twee jaar niet meer is geweest.

'En wat doet u in Mannheim?' vraag ik ten slotte, want ik moet wel een beetje nieuwsgierig zijn, wil ik iets te weten komen over de mensen met wie ik hier zit. Hij zegt dat hij rechter is. Net als Ulli, onze gastheer, die nog steeds bij de barbecue staat.

Ingo, die voordat hij naar Mannheim kwam, al bij het Goethe-Institut in Tokio en vervolgens in Seoul had gewerkt, ontmoet hier nu een echtpaar dat hij uit Korea kent. De man met het witte haar en de bril met kleine ronde glazen was vroeger CFO (Chief Financial Officer) van de BASF in Zuid-Korea. En nu zitten ze hier, zijn vrouw en hij, in een tuin in Heidelberg-Rohrbach. Later zal hij me iets vertellen over de *elwetritsch*, een fabeldier uit het Odenwald, ook wel Odenwald-yeti genoemd, en over saunaën en barbecueën in Korea. Aan hem vraag ik uiteindelijk ook waar we ons hier eigenlijk bevinden. In de Keur-Palts? In Baden? Aan de rand van het Kleine Odenwald? Langs de Bergstraße?

Een levendige en vrolijke vrouw met stralende ogen vertelt dat ze Portugese is. En dat ze al drieëndertig jaar – zegt ze werkelijk drieëndertig? – in Heidelberg woont. Omwille van de liefde. Eigenlijk had ze hier maar één jaar willen studeren, maar toen had ze haar hart verloren, net als in de schlager '*Ich hab' mein Herz in Heidelberg verloren*'... Daar moet ik onwillekeurig aan denken. En aan het Heidelberger Fass, het grootste wijnvat ter wereld, dat ik eigenlijk alleen ken uit het door Schumann op muziek gezette Heine-lied. En aan de vertelling *Du fährst zu oft nach Heidelberg* van Heinrich Böll, die wij, als ik het me goed herinner, als vijftien-, zestienjarige voor Duits moesten lezen en interpreteren.

Wat is deze barbecueavond toch internationaal! Zo is er niet alleen de Portugese, minstens twee, misschien zelfs drie Françaises zijn aanwezig, over de Colombiaanse schoondochter heb ik het al gehad. Een ander stel hier heeft ook een Colombiaanse schoondochter. En de dochter van het paar dat in Korea heeft gewoond, is met een Nieuw-Zeelander getrouwd.

Er staan nu heel veel salades op de tafel. Zo te zien heeft iedere gast iets meegebracht – alleen wij niet. Behalve de in Duitsland verplichte aardappel- en noedelsalades in verschillende varianten is er groene salade, bonensalade, salade met schapenkaas, tomatensalade, komkommersalade en waldorfsalade. De tafel is zo lang dat elk gedeelte een eigen lokale keuze heeft. Daartussen staan barbecuesausen, tomatenketchup (van Heinz), borden met groene olijven, een WMF-pepermolen (staal van boven, glas van onder), geslepen wijnglazen, die snel leeg raken (zoon Daniel schenkt bij), en in mooie dunwandige glazen overgeschepte, met muntblaadjes versierde mosterd. Ecn van deze glazen glipt me uit de hand, er breekt een stukje uit de rand. En weer heb ik iets kapotgemaakt – maar scherven brengen toch ... Nog terwijl we daar zitten en eten – is de regen door al dat gepraat misschien bezworen? – begint het te druppelen, en dat terwijl het nog steeds warm is, drukkend warm. Het regent, niet hard, maar genoeg zodat ik wederom, net als in Barcelona, mijn paraplu uit mijn tas haal, hem opzet en met één hand verder eet – de op de monster-bar-becue klaargemaakte zalm, die qua kleur bijzonder goed bij het poloshirt van onze gastheer past, smaakt voortreffelijk. En zo doen bijna alle andere gasten het ook, het wordt een performance van paraplu's aan de lange tafel, die – schilderachtig bonte opgezette paraplu's in een bloeiende zomertuin – talloze malen gefotografeerd wordt.

Al snel stopt het weer met regenen, de paraplu's worden dichtgedaan. Op de bar van de partykelder, die direct vanuit de tuin betreden kan worden, is intussen het dessertbuffet opgebouwd. Daar wachten nu een maanzaadtaart, een mousse van zure room met reepjes citroen- en limoenschil, een frambozen-slagroom-en-nog-iets-delicatesse, op een bakplaat klaargemaakt, en een tarte tatin. Ik proef overal van en vind het allemaal verrukkelijk. Zijn dit niet de beste desserts die ik ooit heb gegeten?

Ik drink maar door van Winters witte wijn uit de regio, in de tuinkoelkast blijven de flessen lekker koud. En nu wordt er gerookt, opzij, aan een statafel. Ingo rookt mentholsigaretten, Christiane is haar tabak vergeten, zodat ook zij het vandaag met mentholsigaretten moet stellen, de vrouw van de rechter die ook in Mannheim zou kunnen wonen (zelf had ze zich over dat idee niet geuit) biedt me een Davidoff-cigarillo aan. In de tuin mag dat, zegt ze, maar ze vermeldt erbij dat de heer des huizes eigenlijk een militante niet-roker is.

Op de terugweg van het toilet – dit bevindt zich boven in het huis – verbaas ik me nog een beetje over de partykelder, ik ben al zo lang niet meer in zo'n ruimte geweest. De zelfgebouwde bar bestaat uit een met een rood laagje beklede spaanplaat en onbehandelde zijkanten, de muren erachter zijn geschilderd in een warm Mexicaans geel. Een collectie Midden- en Zuid-Amerikaanse en Aziatische bierblikjes is uitgestald, ik zie de merken Angkor, Tiger, Sol, Ottakringer en een groot aantal andere. Nog meer alcoholische dranken, jenevers, rum, tequila en twee champagnekoelers staan klaar, een Happy Birthday-decoratie hangt nog boven de bar – en ik probeer me voor te stellen hoe hier in de loop der jaren is gefeest. Op een grote ingelijste foto aan de muur is het echtpaar M. te zien, ongeveer een kwarteeuw geleden, een mooi paar, hij had toen al een baard. Ze zien er gelukkig uit.

Laat, heel laat, rijden we met een taxi terug naar Mannheim, ik geloof dat er nog frambozenjenever werd geschonken. Heb ik daar ook van geproefd?

4

Christiane komt de volgende dag even na halfzeven naar het hotel, ik zit beneden in de lobby. Vandaag heeft ze een zwart bloesje en een spijkerbroek aan, en weer heeft ze een reusachtig, exotisch uitziend boeket in de hand, deze keer is het gemberbloesem, gisteren, vertelt ze me, was het kurkuma. Ze zegt dat ze vanochtend met een lichte kater is wakker geworden, wat waarschijnlijk komt door het late bier in het Collini-Center. Ach ja, we hadden, na al die wijn in de Heidelbergse tuin, bij de receptie van het hotel in Mannheim nog wat bier gekocht, Christiane, Ingo en ik, en waren met ons flesje in de hand door de warme nacht naar het Collini-Center geslenterd, de architectonische parel van het Duitse brutalisme. Christiane liet ons de deur zien naar het kennelijk al tamelijk lang gesloten overdekte zwembad 'Kurpfalz Therme' – de prijzen voor verschillende diensten en kuren staan in marken opgeschreven. Vanuit de galerij van de foyer (verlicht door bizarre kogellampenbomen) wandelden we naar buiten een voetgangersbrug op, die hangend aan stalen kabels boven de Neckarwiese en de rivier zelf zweeft. Op de andere oever straalden de drie torenflats van de woningcoöperatie Neue Heimat. En wij, slechts een beetje aangeschoten, waren het met elkaar eens: in de jaren zeventig werd de mooiste toekomst gebouwd.

Nu, vroeg in de avond, lopen we over de Neckar-oever, langs twee historische kranen. Kinderwagens komen ons tegemoet, geduwd door vrouwen met hoofddoekjes. Op deze plek bevond zich ooit de grootste Duitse binnenwerf, waarvan alleen een historisch toegangsportaal bewaard is gebleven. We verlaten de oever en gaan in richting Jungbusch, komen langs de 'Barber Shop' (eigenlijk ook maar gewoon een kapper), waar ik vanmorgen drie gebrooklyniseerde mannen met lange, zeer goed verzorgde baarden heb gezien, steken de Ringstraße over en zijn al vlug bij ons doel. *Strümpfe* (zo heet de galerie waar we vandaag te gast zijn) ligt aan het begin van de Jungbuschstraße meteen aan de linkerkant. Er staan een paar sympathiek uitziende personen met een biertje in de hand voor de zaak, ze drinken uit groenglanzende flesjes met een knik in de hals, die als handvat moet dienstdoen. Het bier, al snel drink ik er ook eentje, heet 'Slow Beer'. En het smaakt goed. Eric Carstensen, fotograaf, (video-)kunstenaar en beheerder van *Strümpfe*, heeft het me in de hand gedrukt. Mijn oog valt op de grote afbeelding van een vlieg op zijn witte T-shirt. Later zal hij me vertellen dat hij ooit een vliegenfase heeft gehad.

De galerie heet *Strümpfe* omdat boven de jaren-vijftig-deur in mooie oude schrijfletters '*Strümpfe*' (kousen) staat, de streepjes op de kleine *ü* zien eruit als bliksemflitsjes, ik ben verliefd. De voorgevel is rond de etalageruit betegeld met kleine, voornamelijk zwarte vierkante tegeltjes, een paar rode, lichtblauwe en zachtgroene vormen een repeterend patroon. Het pand is een bouwhistorisch juweeltje, dat vreemd genoeg twee verleden tijden in zich verenigt – de jaren vijftig beginnen hier onder een rijkelijk met ornamenten versierde gründerzeitfaçade van rode zandsteen.

De etalageruit rechts naast de toegangsdeur is op een uitsparing ter grootte van een A-viertje na vrijwel helemaal dichtgeplakt, de opening, het kijkgat, biedt zicht op enkele komkommerschijfjes op teelaarde. Als ik dit arrangement wat beter bekijk, zie ik insecten kruipen, eerst denk ik dat de verschillend grote diertjes mieren en kakkerlakken zijn – maar nee, het zijn krekels, bijna volgroeide naast kleine babykrekels. Een installatie, die veel belangstelling trekt, vertelt men mij: kinderen blijven er staan en kloppen tegen de ruit en gisteren nog kwam er een man de galerie binnen en vroeg of hij niet een paar van de grotere krekels kon kopen, want zijn kameleon, die hij als huisdier hield, was daar dol op ...

In de jaren vijftig, kom ik te weten, kon een kousenwinkel in de wijk Jungbusch op veel klandizie rekenen. Kousen, of eigenlijk nylons, waren het cadeau waarmee je een vrouw kon imponeren. Schippers en werfarbeiders bezochten vaak de talloze amusementsgelegenheden, ook de *Onkel Otto Bar* schuin tegenover was ooit een animeerbar. Het modewoord 'gentrificatie' valt (ja, ook in Mannheim), Jungbusch is aan het veranderen, zegt men. Er zijn geen matrozen meer, daarvoor in de plaats heb je nu de Popakademie aan het Verbindungskanal en lofts in voormalige fabrieksgebouwen.

Geleidelijk leer ik de andere gasten kennen, vrienden van Eric. Een van hen, Andreas, stelt zich voor als 'sierauteur'. Wat is dat eigenlijk, vraag ik, terwijl ik overweeg of het een auteur zou kunnen zijn, met wie anderen zich opsmukken – geen begerenswaardige positie –, of dat het iemand is die alleen aan mooischrijverij doet. Het ene noch het andere, Andreas licht toe dat hij edelsmid is. Maar met die beroepsaanduiding wordt alleen het ambachtelijke bedoeld, daarom noemen degenen die ook graag ontwerpen zich tegenwoordig ook wel 'sierauteurs'.

Van Andreas kom ik te weten dat Eric bij hem in het atelier heeft gewoond toen hij uit Parijs naar Mannheim was teruggekomen, een jaar of tien geleden. Hij had destijds de 'Mannheimer Kunstpreis' gewonnen en een beurs gekregen – en was toen gebleven, hij komt immers uit deze streek.

Eric zelf vertelt me later over die tijd in Parijs. Het was erg meegevallen daar, hij sprak vloeiend Frans, zijn moeder komt uit Bretagne en onmiddellijk meen ik een Breton in hem te zien, zijn sikje en de piratenoorring helpen me daarbij. Er schieten me meteen twee Eric Rohmer-films te binnen, waarin hij zou kunnen spelen.

Met Giovanna praat ik wat langer, een donkerharige Mannheimse, die vertelt hoe haar Italiaanse ouders elkaar in het Kurhotel Bad Dürkheim hebben leren kennen. Niet als gasten, maar als gastarbeiders, haar vader was kelner, haar moeder kamermeisje geweest. Haar vader kwam van Sicilië, haar moeder uit de buurt van Napels. Giovanna zelf heeft tot op de dag van vandaag, waarom eigenlijk, dat is toch absurd, zeg ik, geen Duits, maar alleen een Italiaans paspoort. Ze is nu eenmaal een buitenlandse, zegt ze – waarop ik antwoord: Italianen zijn toch geen buitenlanders, Italianen zijn toch EU-burgers, Europeanen. Het feit dat Italianen de eerste gastarbeiders waren, herinner ik me helemaal niet. De beste vriendin van mijn dochter is Italiaans, ze zit vaak bij ons in de woonkamer, en het zou nooit bij me opkomen haar 'buitenlander' te noemen.

Giovanna heeft vroeger bij uitgevers voor kinderboeken gewerkt, in Stuttgart – maar toen was het pendelen haar te omslachtig geworden. Tegenwoordig werkt ze voor Hyundai, de Koreaanse autofabrikant, in Offenbach, op de personeelsafdeling. Nu pendelt ze dus in de andere richting en werkt als het ware in Korea. En Korea in Duitsland, dat heeft ook wel iets.

We staan nog steeds op de stoep, een flesje bier in de hand, het is warm. Morgen is het 14 juli. Eric zegt: O ja, dan moet ik mijn moeder bellen om haar met de Franse nationale feestdag te feliciteren. Elke zomer, de hele vakantie, zes weken aan één stuk door heeft hij als kind bij zijn Bretonse grootouders doorgebracht, dat wil zeggen bijna elke 14e juli. Zijn opa was alles voor hem geweest, en omgekeerd, maar toch waren er ook daar grote familiaire spanningen. Zo had zijn oma geen woord meer met haar zus gepraat, en daarom, vanwege de zussenvijandschap, hadden ze ook hun mannen verboden met elkaar te spreken. Hij was er nooit achter gekomen wat er eigenlijk was voorgevallen en waarom er zo volhardend werd gezwegen. Zijn opa had in die tijd zo nu en dan met hem dubieuze sportmanifestaties bezocht, zoals showworstelen, wat op hem als kind diepe indruk had gemaakt omdat bij die ter vermaak dienende exhibitiewedstrijden ook met hakenkruizen versierde, als slechte Duitsers verklede vechters optraden. Maar die activiteiten waren slechts een voorwendsel geweest zodat de twee verzwagerde en bevriende mannen elkaar heimelijk konden ontmoeten en met elkaar praten.

We zitten nu binnen, in de zaak, in de galerie, die ook 'Art Supper Club' heet, het wordt me al snel duidelijk waarom. Van de zwarte muren kijken historische concertaffiches en flyers van de Californische punkband Black Flag neer op witte tafelkleden en twaalf couvertborden met een gouden rand – ironische burgerlijkheid voor punkposters, dat bevalt me wel. Drie tafels zijn in een L-vorm aaneengeschoven. Boter en vers brood zijn al opgediend.

Eric zit rechts van mij, links Lea, ze is eind twintig, draagt een kleurige blouse op een zwarte broek en lichte suède laarzen, haar grote blauwe ogen stralen. Lea vertelt dat ze in Berlijn is geboren – maar daarna in Kaiserslautern en de Palts opgegroeid. Haar vader, ooit cellist in het Kreuzberger Streichquartett, had met vrouw en twee kleine kinderen een vaste betrekking gezocht en die bij het toenmalige SWF-radiosymfonieorkest gevonden. Ze zegt dat ze dus hier in de regio is opgegroeid – en kan, zoals ik te horen krijg, ook zo praten. Haar grootouders, we zijn diep in familiegeschiedenissen beland, waren oorspronkelijk uit Heidelberg, haar opa, aldus Lea, was een Sinti, die met zijn clan en zijn eigen familie gebroken had en na het huwelijk met haar oma verburgerlijkt was, zijn zigeunerleven (hij had zichzelf als zigeuner bestempeld, zegt ze) had hij destijds volledig opgegeven. Zelf heeft ze in Berlijn en Frankfurt gestudeerd, geschiedenis en germanistiek, daarna dramaturgie. En nu woont ze alweer vier jaar in Mannheim, dus min of meer waar ze is opgegroeid. Vroeger was ze dramaturge bij het Nationaltheater, nu werkt ze voor de Metropoolregio Neckar, ontwikkelt cultuurprojecten, die drie deelstaten raken.

We eten nu op borden geserveerde koude bonensalade, waarop kleine gehaktballen liggen – die ze hier blijkbaar *Frikadellen* noemen. Ze smaken heerlijk. We zijn met ongeveer twaalf personen – en maar twee vegetariërs. Waarom verbaast

het me dat Lea vlees eet? Ze heeft toch al enthousiast verteld over *Weck, Worscht un Woi* (broodje, worst en wijn) en
de 'Dürkheimer Wurstmarkt', het grootste wijnfeest van de
wereld. Christiane, de stagiaire van het Goethe-Institut en een
Frankfurtse van geboorte, die in Hamburg heeft gestudeerd,
eet ook vlees. Dat is me gisteren op de barbecueavond al opgevallen, of liever gezegd, toen is me bewust geworden dat
ik er inmiddels van uitga, zelfs verwacht, dat jonge vrouwen
geen vlees eten.

Kan het zijn dat Berlijn me een beetje van de grotere werkelijkheid loskoppelt?

Buiten bij het roken – Christiane heeft vandaag haar eigen tabak bij zich, alleen Ingo rookt mentholsigaretten – vertelt een boekhandelaar over de reeks lezingen die ze hier in
Strümpfe organiseren, 'Dirty reading' noemen ze die avonden, er zijn er al zes geweest. Op een daarvan had hij uit de
Duitse vertaling van Nicholson Bakers *House of Holes* voorge-
lezen, dat verrukkelijk smerige boek – en ik beken meteen dat
hij een van mijn lievelingsschrijvers is. Een andere avond was
gevuld met de schunnigste passages uit de Bijbel; ook uit de
Decamerone van Boccaccio was in dit kader al voorgedragen.

Een keer, aldus de vrouw die de boekhandelaar begeleidt –
ze heeft verschillende neus- en bovenlippiercings en peroxide-
blond haar, waar de blauwe kleur al bijna uitgewassen is (was
het die goeie ouwe Directions-haarverf?) – hadden ze zo'n

dirty reading ook in het Luisenpark in Mannheim georganiseerd. Er zijn daar *gondoletta's*, aan een kabel voortgetrokken bootjes met een knalgeel dak, die gedurende de zomermaanden rondjes over de Kutzer-vijver glijden. Het is een bekende Mannheimse ontmoetingsplek, je vaart gondoletta om te vrijen. Maar het publiek in de bootjes was verward of overvraagd geweest, het had daar geen voorlezing van smerige verhalen willen horen, maar wilde alleen maar bootje varen.

Of alleen maar vrijen.

Als we weer naar binnen worden geroepen, staat er couscous met lamsfilet voor iedereen klaar. Het vlees is met munt en basilicum gemarineerd, het smaakt heerlijk. In de couscous, die uit een schaaltje op het bord is gestort, proef ik cranberry's, abrikozen en heel klein gesneden groente. Het snijden is het meeste werk, zegt Kirstin, de vriendin die Eric bij het koken heeft geholpen.

Ik vraag Eric of hij niet ooit kok heeft willen worden. Ja, dat klopt, zegt hij, dat had hij graag gewild. Maar hij heeft een probleem, hij is namelijk heel slecht in rekenen. En een kok die niet kan rekenen, heeft geen vrolijk leven. Hij zegt dat hij vroeger ook wel kapper wilde worden, haren en wat je daar allemaal mee kunt, hadden hem ook geïnteresseerd.

Maar kunst heeft hem toen toch nog meer aangetrokken.

Kirstin laat me de achterste vertrekken van de galerie zien. Ze vertelt dat Eric hier een paar jaar heeft gewoond, de openingen van de exposities hadden destijds in zijn woonkamer plaatsgevonden en bezoekers moesten door zijn slaapkamer naar het toilet. Sinds 2009 heeft Eric hier in *Strümpfe* meer dan tachtig exposities georganiseerd. Bij vrijwel elk schilderij en bij elk object hier, zoals de levensechte oorschelp aan de muur, kent Kirstin wel een verhaal.

Achter in de galerie staat een tafelvoetbalspel, een opgeknapte, goed onderhouden tafel, bouwjaar 1986. Een Duitse tafelvoetbalkampioen traint hier af en toe, vertelt Eric – en vervolgens legt hij ons, Lea, Ingo, Christiane en mij, de regels uit, want ook tafelvoetbal kent zijn regels: wie als eerste vijf keer scoort, heeft gewonnen. Doelpunten die vanaf de middelste rij worden geschoten, tellen niet. En na een ingooi moet er eerst minstens één keer overgespeeld worden, je mag niet meteen op het doel schieten – allemaal om toevalstreffers te voorkomen. Eric speelt, het is dan ook zíjn tafel, natuurlijk veel te goed voor ons, daarom spelen Lea en Ingo tegen Christiane en mij. Of omgekeerd? Ik weet het niet meer, ik ben lichtelijk aangeschoten.

Later, we zitten weer aan tafel, vertelt Eric het verhaal van zijn automatenkunstpublicatie, kunst in doosjes, lang geleden, hij woonde destijds in Düsseldorf. De kunstwerken bevonden zich in sigarettenpakjes, er zat mislukte kunst bij, maar voor een deel ook heel waardevolle dingen. Een verzamelaar wilde de complete serie kopen voor 50.000 euro (misschien waren het nog marken) – maar er was geen complete serie meer, alleen de kunstenaarsexemplaren. Als tijdens de productie de neutrale sigarettenpakjes opraakten, moesten er nieuwe geplakt worden, van blanco karton, dat hij – nog niet gevouwen – van een sigarettenfabriek had gekregen. Dat had hij vervolgens in een gevangenis laten doen, en daar met de 'bajesklanten' (zoals Eric hen noemt) bijeen te zitten, was een interessante ervaring geweest. Hij had elke dag koffie en sigaretten voor hen meegebracht, volle pakjes, geen lege.

Bijna op het eind van de avond, na het dessert – wat was het ook alweer, ik ben het vergeten, heb immers geen notities bijgehouden, maar het was heel goed – schenkt Eric, hij is een gesamtkunstenaar, ons nog Portugese rum in, die naar sinaasappel, leer, vanille, karamel en chocola geurt. En daar is het weer, het gevoel van het grote geschenk van het samenzijn. En plotseling besef ik: deze avond is een sociale plastiek, een eenmalige, vluchtige sculptuur, een installatie van personen, die elkaar in deze samenstelling nooit meer zullen zien.

Deze avond is, net als alle avonden, eenmalig.

DAVID WAGNER

Vertaald uit het Duits door
GOVERDIEN HAUTH-GRUBBEN

VISITA EM CASA

Alina Bronsky
Marie Darrieussecq
Guy Helminger
Katja Lange-Müller
Michela Murgia
Jordi Puntí
Sasha M. Salzmann
Gonçalo M. Tavares
Annelies Verbeke
David Wagner

Turim
Frankfurt
am Main

Alina Bronsky

Conhecer pessoas

ENTRE AS MUITAS SESSÕES DE LEITURA que já fiz em livrarias, bibliotecas, escolas, igrejas, celeiros e cafés, houve também uma ou duas intituladas "Visita em Casa". Os anfitriões ofereciam a sua casa para o evento e o público era angariado através de uma lista de convidados misteriosa. Quem vinha tinha de descalçar os sapatos à entrada. Os mais experientes traziam chinelos em sacos de pano e os restantes ficavam sentados com as meias calçadas.

Na altura, pude manter as minhas botas calçadas e deram-me o melhor cadeirão da sala de estar para fazer a minha leitura. Havia um candeeiro de pé que me iluminava o rosto, faltava um microfone naturalmente, e receio que só poucos ouvintes tenham compreendido o que eu disse. Também não me viram, porque a sala fazia canto. Quando abriram o bufete na cozinha, fugi. Uma sessão de leitura deve ser feita em território neutro, pensei eu naquele momento, pelo menos no meu caso.

A visita em casa, concluí daquela experiência, não é propriamente o formato ideal para mim. Esta opinião manteve-se durante alguns anos. Depois chegou um *e-mail* do Goethe-Institut, com a palavra Visita em casa no campo do Assunto. Gosto muito de receber e-mails dos vários institutos Goethe, especialmente os cartões de visita do remetente – "39 rue de la Ravinelle" – é algo de especial. De repente, o convite para participar numa visita em casa soava bem, talvez porque desta vez a ida não era para o norte de Hessen. Podia escolher duas cidades europeias da lista e definir as datas. Não tinha entendido bem o conceito, mas disse imediatamente que sim. Ler em alemão no estrangeiro iria levar ao cúmulo a minha timidez – o que acabou por me agradar, afinal.

Só posso especular acerca de como a parte que fazia o convite estaria irritada e a desejar ter escolhido uma candidata mais fácil de agradar do que eu: eu queria ir a Turim e a Frankfurt – não conhecia ainda a primeira cidade e a visita à segunda era fácil de encaixar na minha agenda. A primeira data que pretendia era a muito breve prazo, a segunda cra nas férias de verão. Eu viajava, por princípio, com a minha filha pequena. Nos muitos telefonemas preparatórios, queixei-me de ser uma autora das sessões de leitura clássicas e de não saber o que fazer nas visitas em casa. Apresentações criativas e performances não eram o meu estilo. Perguntaram-me quem eu queria conhecer em Turim. Pessoas que gostassem de livros e que falassem alemão, já agora seria bom, disse eu, e do outro lado responderam-me:

– Hm. Ok.

Se os anfitriões de Turim se sentiram alguma vez desesperados, não mo deram a entender. Não faço ideia quem teve primeiro a ideia, eles ou eu, mas de repente estávamos a falar de receitas. Podíamos cozinhar juntos, coisas italianas ou alemãs. Não era nem uma performance nem especialmente criativo – exatamente o meu estilo.

Da lista de receitas que eu tinha referido por telefone, a diretora do Instituto, Sra. Kraatz Magri, escolheu a bola de cenourinhas e a bola de cebola. A minha objeção, de que a última era um prato de outono e que na minha terra de adoção, no Estado de Hessen, era acompanhada com um sumo de uva fermentado, um mosto especial chamado *Federweiß*, pareceu-lhe provavelmente insignificante e por isso teve pouco eco. A cozinha russa da minha infância foi deixada de parte para evitar maiores confusões.

Por favor, envie-nos as receitas para podermos comprar os ingredientes, pediu-me Sra. Kraatz Magri, uma vez, duas, três vezes por *e-mail*.

O meu problema é que eu não tinha receitas, nunca cozinho por receita. Por fim, copiei umas coisas do site *Chefkoch. de*. A minha proposta de levar coalhada de queijo magro na bagagem, para a minha terceira opção, uma tarte de queijo em alternativa, foi simpaticamente declinada.

Turim em maio é paradisíaco para um berlinense enregelado, é um cliché, eu sei. O sol brilha, todas as mesas das esplanadas estão ocupadas. Há uma gelataria em cada esquina, das melhores de Itália. A minha filha grita pelo primeiro gelado da vida dela. Pergunto-me como é possível as pessoas conseguirem sequer concentrar-se em algo como trabalhar num ambiente destes.

A minha primeira anfitriã está a participar num curso de alemão. Uma estagiária do Goethe-Institut vai buscar-me de táxi e saímos do centro histórico da cidade. Os meus interlocutores de hoje à noite vão ser outros alunos de alemão (e outros estagiários do Goethe-Institut). Desta vez, ainda não vou cozinhar, vou falar – sobre a minha escrita, sobre livros e línguas.

Estamos todos um pouco tímidos, com os nossos copos de espumante na sala da nossa anfitriã. Todos estão ainda com os sapatos calçados. Depois Elena telefona, que, se bem percebi, anda à procura de um lugar para estacionar. De repente, a sala anima-se. Elena ainda continua à procura de estacionamento, dizem as mulheres que com ela estudam alemão todas as semanas no Goethe-Institut e que puseram a mesa daquela noite, composta de entradas, *homus e gnocchi*. Agora reina a boa disposição, que aumenta ainda mais quando chega Elena – uma mulher loira com fato de palhaço e um pescoço de galinha de borracha na mão. Combina bem com o romance de onde eu iria ler passagens, diz ela, erguendo a galinha no ar e demonstrando conhecimento do texto. De facto, o meu livro mais recente começa com a morte de um galo. Publico orgulhosamente a fotografia com Elena e a galinha no Instagram.

Já leram as primeiras páginas do meu romance em conjunto no curso de alemão, mas eu volto a lê-las impiedosamente em voz alta para fazer jus ao meu papel de representante da literatura de língua alemã. O facto de as minhas ouvintes falarem a minha língua fluentemente, ao passo que eu só arranho umas palavras da delas, deixa-me constrangida. Acabo por ficar a saber que a maioria das alunas de alemão são, elas próprias, professoras de alemão de profissão e dão aulas em escolas, só a Elena da galinha é que trabalha num banco.

– Mas lá não me visto assim, murmura-me ao ouvido.

Quando lhes digo que neste momento na Alemanha a chamada versão "fácil" ou "simples" da língua vai ganhando importância, uma versão minimalista do alto alemão que dispensa frases subordinadas e palavras estrangeiras, e que se destina a todas as pessoas que têm dificuldades com a palavra escrita, há várias professoras que abanam a cabeça. Rejeitam a simplificação institucional da língua – dizem que os alunos delas são menos capazes de seguir raciocínios complexos do que há dez anos atrás, onde iria aquilo parar.

– Os meus alunos cometem erros na sua língua materna que eu cometo no alemão, diz uma das italianas num alemão perfeito. Faço um sinal de anuência, impressionada – embora normalmente as manifestações de pessimismo cultural me despertem automaticamente a contradição.

Quando uma das participantes se põe a procurar a palavra alemã para *imitazione ("Nachahmung!")*, sussurram-lhe de todos os lados, decido frequentar um curso de italiano quando regressar a casa. A decisão, de imediato comunicada ao grupo, é acolhida de forma simpática, mas com algum ceticismo. O resto do serão é passado a falar sobre a língua russa e japonesa, línguas que as estagiárias do Goethe-Institut presentes estão a aprender. Mal chego a tocar na comida.

Quando saio, três horas depois, mas ainda antes da sobremesa, passam-me para a mão uma dose dupla de uma iguaria doce, com colher e tudo. No táxi, a caminho do hotel, repito a palavra italiana para recibo – *scontrino* –, como me ensinou Marion, estagiária do Goethe-Institut.

Na tarde do dia seguinte, encontro-me, equipada de avental e colher de pau, junto do fogão profissional a gás na Casa del Quatiere, na Via Baltea, o centro comunitário de um bairro com uma grande mistura de proveniências, e mexo a cebola picada. Aquela cozinha italiana é da responsabilidade de Grazia – uma autêntica *mamma* italiana, como diz, orgulhosa, Marion, a estagiária. Na cozinha de Grazia tanto a massa fresca como o *limoncello* são sempre feitos por ela. Marion deve saber; afinal de contas, é nora de Grazia.
Grazia olha desconfiada ao ver-me misturar a olho a farinha

com o fermento. A massa levedada, que faz parte, não sei bem porquê, das receitas consideradas difíceis, é uma das poucas coisas que me calham bem. Em contrapartida, eu quase nem ouso olhar para as cenouras raspadas muito grosseiramente e para as avelãs picadas, que foram compradas embaladas pelo Goethe-Institut. Não creio que saia dali uma bola de cenourinhas.

Grazia mostra a um grupo de crianças locais como se formam mini-pizzas de massa folhada. Depois demonstra a preparação de uma farinata, uma espécie de pão feito com farinha de grão-de-bico que deve ser sensacionalmente baixo em hidratos de carbono, o que é completamente indiferente a Grazia, ao contrário de mim. O clímax é uma frittata de curgetes, para a qual tenho de libertar espaço no fogão gigantesco. Tenho a honra de ser a primeira a provar – e fico a pensar como foi possível viver tanto tempo sem aquela receita.

Mais tarde vejo fotografias em que a minha filha de dois anos está a pintar e na brincadeira com outras crianças. Mas não estamos ali só para comer, e leio também, tal como prevê o programa, algumas passagens em alemão, para depois ouvir a leitura muito mais viva e aclamada da tradução italiana. Infelizmente, o entusiasmo é tal que não consigo fixar nem os nomes nem as profissões das pessoas que me cumprimentam – mas a população de germanistas e de professores de alemão parece ser grande.

No fim, Grazia acaba por salvar a minha bola de cebola. Impaciente, quero retirá-la do forno industrial, mas ela faz-me um gesto decidido para eu me aproximar e levanta um canto da forma – ainda está muito húmida. Um quarto de hora depois, a bola está estaladiça e desaparece sem deixar rasto mal é cortada em quadrados. Se isto não é um sucesso não sei o que será. Infelizmente, já não há tempo para a bola de cenourinhas, diz a diretora do Instituto, porque temos de sair dali, vão precisar da cozinha. Não faz mal, digo eu.

Não é uma originalidade estar em Itália e falar de comida. Mas o que hei de eu fazer senão isso? No dia seguinte a Sra. Kraatz Magri leva-nos a passear no centro da cidade e acabamos por ir parar ao mercado. Já não sei se é o maior de Itália, da Europa ou do hemisfério sul – mas há de ser um superlativo qualquer. Na Alemanha está uma primavera gelada e aqui os morangos da região rescendem por todos os lados. A diretora do Instituto fica pensativa em frente à bancada do funcho selvagem. Valorizo a descoberta e fico a pensar quanto funcho caberá na minha bagagem.

A visita a Turim é exatamente aquilo que um escritor espera de uma viagem bem-sucedida ao estrangeiro – é como se fossem férias, mas mais interessantes. É verdade que Marion, a estagiária, artista plástica e matemática de profissão, tem de estar sempre a fotografar-me, entre outras coisas com olhar sombrio diante da banca dos morangos. Mas trabalho é trabalho e a documentação é tudo. Quando deixamos a cidade no dia seguinte, fico com um sentimento de perda.

A Sra. Weiser, coordenadora do projeto, do Goethe--Institut de Nancy, pergunta-me quando pode contar com o meu texto. Ainda queria esperar por Frankfurt, respondi. Não era preciso escrever sobre ambas as cidades, disse-me a Sra. Weiser por *e-mail*. De qualquer forma, tal como constava no contrato, tinha liberdade total de escolher o formato. Contudo, os leitores que testaram os textos teriam reagido de forma especialmente positiva às passagens "em que as vivências da Visita em Casa eram comparadas com observações e experiências do próprio país", escreve a Sra. Weiser e encoraja--me a explorar "reflexões sobre o relacionamento das pessoas entre si, mas também o ambiente no local visitado e opiniões e temas políticos." Infelizmente, nos dias que correm não é possível, diz ela, esperar que "os aspetos positivos da Europa sejam evidentes para todos/as os/as europeus/eias."

Não consigo livrar-me da sensação de que está algo para ser anunciado sobre a grande ideia europeia. Mas também sei que não serei eu a consegui-lo. Não sou capaz de abordar grandes temas sociais de forma frontal ou direta, se é que sou capaz. E infelizmente também não o sou com a seriedade necessária. O meu último pensamento público acerca da Europa está num artigo escrito a convite do jornal *ZEIT ONLINE,* no qual me regozijo pelo facto de o meu cão ser, tal como eu, euroasiático. Muitos leitores foram de opinião que a força simbólica desta conclusão não tinha piada nenhuma e que, do ponto de vista argumentativo, era pouco consistente, afirmando-o em comentários expressivos ao meu pequeno artigo.

Naturalmente que quero, mesmo que não seja obrigada, mencionar a visita a Frankfurt, a cidade onde fiz as duas outras *Visitas em Casa*. Adoro Frankfurt – como vivi durante muito tempo na vizinha Darmstadt, a estação central e o aeroporto eram para mim as portas para todo o mundo. É lá que vive o meu agente, e é lá a feira do livro. Antes da *Visita em Casa*, já tinha estado em muitas casas de Frankfurt, mas até à data conhecia as pessoas que me convidavam para casa delas.

As cozinhas de ambas as visitas parecem saídas da revista *Schöner Wohnen*, só que mais imaginativas, os bufetes parecem saídos de *Essen & Trinken*, só que mais convidativos. No entanto, sinto-me mais tímida do que em Turim – paradoxalmente, só me sinto bem nos ambientes íntimos de pessoas desconhecidas quando sou uma estranha também do ponto de vista da língua. Não consigo decidir-me – serei uma convidada, serei uma curiosidade, será que aqui alguém quer saber alguma coisa sobre livros? Pergunto aos anfitriões pelo seu dia a dia nas suas profissões, fico admirada com os assentos de avião adaptados que estão à volta da mesa, tiro fotografias à cortina do duche feita de bolsas para vomitar, respiro na varanda o horizonte da cidade e provo uma espécie de bolos de batata recheados com queijo de cabra. A sensação da artificialidade da situação não desaparece, porém, por completo;

precisamente por isso sempre achei embaraçosas as sessões de leitura em salas de estar de casas particulares.

O facto de um jornalista me pôr um microfone diante do nariz no meu primeiro "olá" num apartamento de estudantes antigo e renovado, que fica em Frankfurt-Griesheim, não me deixa mais descontraída. Mais tarde pergunta-me se participo neste tipo de iniciativa para "conhecer pessoas novas".

Pelo contrário, agrada-me particularmente que dois dos moradores do apartamento se tenham fechado no quarto deles durante a minha visita. A anfitriã pede desculpas, dizendo que tinham acabado de chegar da viagem de noivado a Istambul, onde tinham passado vários dias fechados no aeroporto por causa do golpe de estado. Além disso, o casal não falava alemão.

Regresso ao meu hotel, um arranha-céus situado na periferia bastante sombria de Sachsenhausen, e fico a olhar para o cemitério diante da minha janela. Na receção, oferecem-me um *upgrade* com vistas para a cidade por cerca de 30 euros.

Na minha manhã livre, vou com a minha filha até ao museu de Senckenberg. Frankfurt não é Turim, penso. Mas se há cidade alemã, para além de Berlim, onde posso dizer que estou em casa, Frankfurt fica muito perto disso.

Quando regresso a casa, fico contente por receber um pedido de amizade de Grazia no *Facebook*. Quando souber italiano, hei de lhe dizer que cá em casa passou a haver *frittata* uma vez por semana.

Massa fresca

300 g de farinha
3 ovos
1 pitada de sal
Água

Peneire a farinha para uma tábua suficientemente grande e junte-a num montinho. Faça uma cova ao meio. Parta os ovos e coloque-os na farinha, juntando a pitada de sal. Com a ajuda de um garfo, mexa primeiro cuidadosamente e vá juntando, pouco a pouco, a farinha dos bordos. A massa não deve ficar pegajosa, se necessário junte um pouco mais de farinha. Se ficar demasiado quebradiça ou dura, pelo contrário, adicione um pouco de água. Trabalhe a massa durante dez minutos, até ficar bem compacta e lisa. Forme uma bola, envolva-a em película transparente e deixe descansar meia hora – mas não no frigorífico. Estenda-a numa tábua com o rolo; quanto mais fina ficar, melhor. O ideal é que fique com uma espessura de 3 milímetros ou menos. Polvilhe com farinha e dobre-a três/quatro vezes em forma de rectângulo comprido e corte-o depois em tiras muito estreitas. A massa deve repousar três a quatro horas antes de ser cozinhada.

Mini-pizzas de massa folhada

1 rolo de massa folhada
400 g de tomate
polpa com pedaços
Orégãos
Azeitonas pretas descaroçadas
Azeite extravirgem
Sal

Desenrole a massa folhada e corte-a em redondo com um cortador de massa ou com a ajuda de um copo. Forre um tabuleiro com papel vegetal e coloque os pedaços cortados, tendo o cuidado de deixar espaço suficiente entre as várias pizzas, dado que crescem durante a cozedura. Coloque sobre cada uma um pouco de tomate, uma pitada de orégãos e uma azeitona. Tempere com sal e umas gotas de azeite. Coloque o tabuleiro no forno, a 220ºC. Quando os bordos estiverem dourados, as pizzas estão prontas.

Farinata

900 ml de água
300 g de farinha de grão-de-bico
½ copo de azeite extravirgem
e ½ copo para untar o tabuleiro
Sal

Deite a farinha de grão-de-bico num recipiente. Vá acrescentando água e batendo com a batedeira de varetas, tendo cuidado para não deixar formar grumos. Acrescente meio copo de azeite e o sal, para que a massa fique lisa e homogénea. Tape o recipiente e deixe repousar seis horas no mínimo. Volte a mexer a massa e deixe repousar mais um pouco. Unte um tabuleiro redondo e de rebordo baixo com bastante azeite. Coloque uma parte da massa no tabuleiro, até que fique coberto de massa com cerca de meio centímetro de altura. Levar o tabuleiro ao forno, a 200ºC, e deixe cozer entre 15 a 20 minutos, até a superfície ficar dourada. Corte a farinata em pedaços e sirva com pimenta moída.

Frittata de curgetes

5 ovos
4 curgetes médias
1 ramo de salsa
100 g de queijo parmesão ralado
Azeite extravirgem
Sal

Lave as curgetes e corte-as em fatias finas. Unte uma frigideira com azeite, deixe aquecer e junte as curgetes. Deixe cozer em lume brando. Entretanto, parta os ovos, junte-lhes a salsa picada, o queijo parmesão e bata com a batedeira de varetas. Assim que as curgetes estiverem cozidas, regue-as com o preparado de ovo. Quando a frittata começar a ficar dourada nos bordos, tape-a e deixe cozer um pouco mais, por pouco tempo. Vire-a com a ajuda da tampa e volte a colocá-la na frigideira para acabar a cozedura. Sirva quente ou morna.

Tradução do alemão de
HELENA TOPA

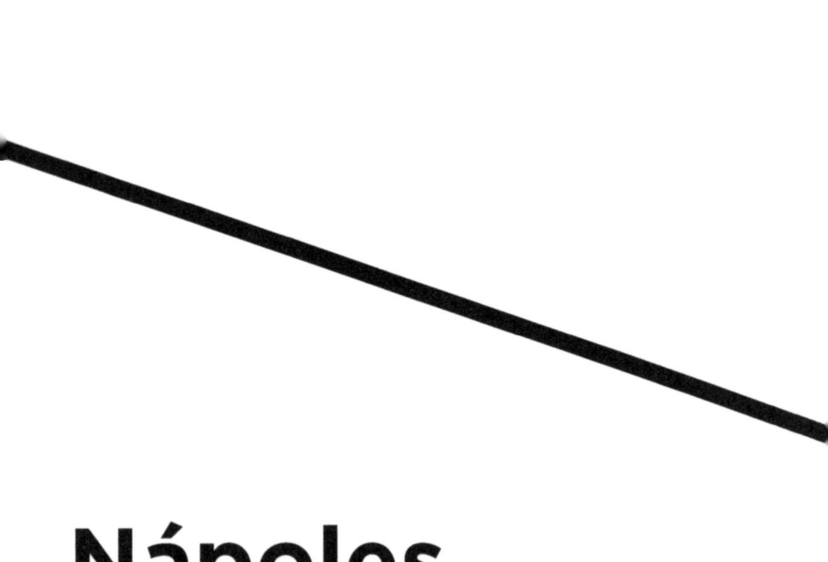

Nápoles
Dresden

Marie Darrieussecq

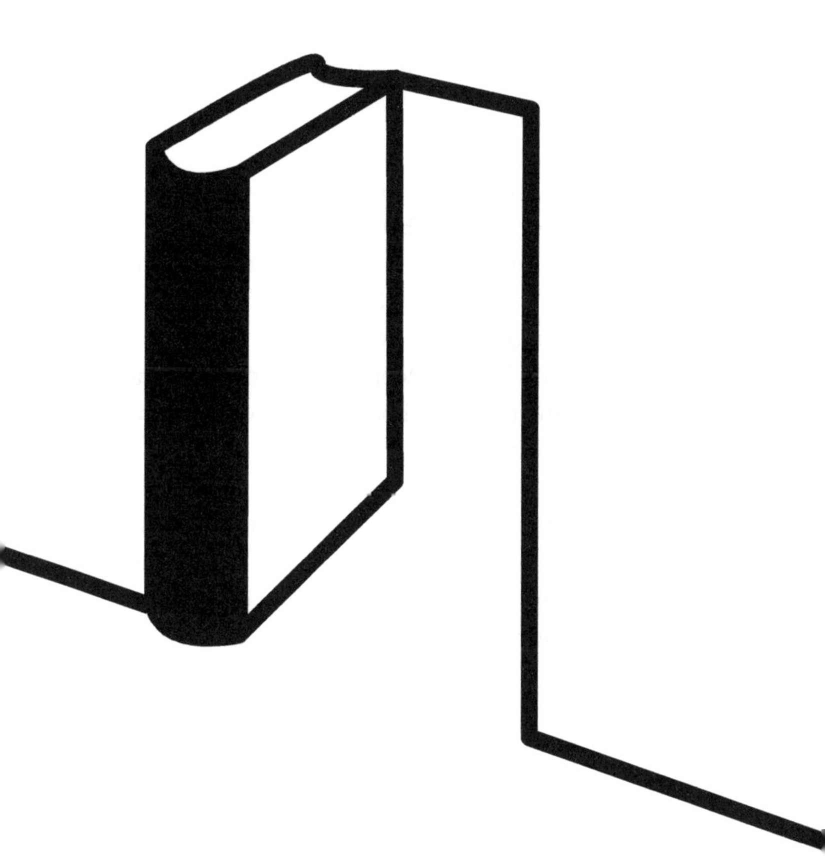

Nápoles-Dresden na Europa

«Nápoles é uma Pompeia que jamais foi sepultada.»
Curzio Malaparte
«Dresden é uma Pompeia moderna.»
Victor Klemperer

FOI *A PELE*[1], DE MALAPARTE, que me deu a minha primeira ideia de guerra. Este livro figurava na biblioteca dos meus pais. Peguei nele talvez por causa do título, teria, quê, catorze anos? Na televisão, havia o Líbano em guerra mas eu não compreendia. Com Malaparte, a guerra ficou em mim ligada à fome, à doença, à prostituição e também, mais estranhamente, aos animais marinhos que povoavam as grutas no Mediterrâneo.

«Mas que valor tem hoje a alma? Só a pele é que conta.» Acabo de o reler, mais de trinta anos depois, convidada em Nápoles para o projecto *Hausbesuch*. Este projecto propõe a alguns escritores que se desloquem a duas cidades da Europa, uma alemã, outra noutro país. Escolhi Nápoles e Dresden, intuitivamente. O projecto concedia-me a magia de construir um viaduto mental entre duas cidades. De as ligar com uma ponte e de as situar como duas capitais de um texto a escrever. Dresden, Nápoles, geografia europeia.

Entre as duas, Gernika. Ao largo, Hiroxima.

Tinha passado o verão a ler o diário de Klemperer. Victor Klemperer foi um intelectual judeu alemão de Dresden.[2] O diário vai de 1933 até à sua morte, em 1960. Klemperer, sob o Terceiro Reich, é atingido pelas leis contra os judeus . Perde o seu lugar de professor em 1935, fica-lhe proibido o eléctrico, a condução automóvel, o cinema, a biblioteca, viver em sua casa e até ter um gato. Ele e a sua mulher, Eva, que não é judia, caem numa espécie de limbo nazi devido ao estatuto dos *«casais mistos»*.

Nesses anos, dos parapeitos de Nápoles, Malaparte pensa na Europa. Contempla o que chama a «peste»: a venda de todos por todos para sobreviver, sob as cinzas de um Vesúvio moral. Pensa em Cristo, que era napolitano e pregava não a solidariedade, mas a piedade. Faz referência a Rimbaud e ao seu *Bateau ivre*: «Lamento a Europa dos parapeitos antigos!»

Dresden e Nápoles são muito diferentes. Mas vivo em França há muito tempo e estou habituada a um país de contrastes, seco e húmido, quente e frio, amarelo e verde, plano e montanhoso, marítimo e fluvial. Relativamente unido, no entanto. A Europa, idem. A Europa é ao mesmo tempo o azul rosado da baía de Nápoles e o verde muito verde das margens do Elba. A água doce e a água salgada. As colinas e o vulcão, os choupos e as oliveiras, os vinhos muito diferentes.

Vim a ler Malaparte no avião. Ele vê a Europa como «um país misterioso, cheio de segredos invioláveis», uma Europa de que Nápoles seria a capital, um país de Juno e de Júpiter. É a palavra país que me toca. Ele escreve isso, que a Europa é um país, repetitivamente entre 1943 e 1948, sob as bombas, sob as ruínas, sob as mulheres vencidas de coxas abertas. Um país. O meu país.

E do ponto de vista dos americanos de *A Pele*, a Europa também é um país, *a country*, mas que eles vêem como os «arredores de Paris». E eu estou plenamente de acordo. A minha capital afectiva não é Paris, é Gernika, e no entanto estou plenamente de acordo: a Europa, esse país, é os arredores de Paris.

Lisboa, ou Barcelona, até mesmo Berlim: são cidades quase tão belas, radiosas, cosmopolitas e perturbadoras como Paris. Mas Paris é a capital da Europa. Assim foi. Não me venham falar de Estrasburgo, nem de Bruxelas.

Poderia ter sido Londres, mas os ingleses quiseram ir-se embora. Poderia ter sido Budapeste, mesmo no centro, mas são muitos os húngaros que detestam a Europa. Poderia ter sido Constanta, pelo exílio de Ovídio, por confinar com os Russos, mas quem conhece Constanta? Poderia ter sido Estocolmo, mas a paz sueca é demasiado morna. Poderia ter sido Veneza ou Praga, mas são simplesmente belas. Poderia ter sido Amesterdão, de Descartes a Anne Frank. Mas não. É Paris. E assim foi.

Ou então poderia ter sido Lampedusa, a capital da Europa.

«Os documentos! Os documentos!»: em *A Pele*, depois do bombardeamento, um maqueiro vasculha os bolsos dos cadáveres para os identificar; os mortos sem documentos terão problemas, pensa Malaparte. Nos nossos dias, há crianças mortas a dar à costa na Europa. Hão-de construir-lhes um monumento em Lampedusa, se é que ainda não o fizeram. Será florido, com as raras flores de Lampedusa, flores quase de deserto.

Em 2016, com um passaporte, pode-se ir de Nápoles a Dresden mudando de avião em Munique, ou fazer 1500 quilómetros de carro atravessando a fonteira austríaca em Brennero. O trajecto desenha uma vertical perfeita através da Europa, um meridiano.

Não é muito grande, a Europa. Cabe nos Estados Unidos, ou na Antárctida, ou na Sibéria, até caberia nos dois Congos se lhe juntássemos Angola e, digamos, uma ponta do Gabão.

No momento em que escrevo estas linhas, o Gabão e o Congo tentam revoltar-se contra os seus ditadores. Os gaboneses chamam ao seu tribunal constitucional a «Torre de Pisa», porque se inclina sempre para o lado do poder. As rádios e os jornais franceses estão constantemente a confundir

Kabila no Congo com Bongo no Gabão, dois países e dois déspotas, sílabas e rimas, Kinshasa e Libreville misturadas nas cabeças europeias.

E Alepo. Alepo estava debaixo das bombas enquanto escrevo estas linhas. Ainda me resta um bocadinho de sabão de Alepo. Cheira a loureiro e a azeite e a qualquer coisa escura, como cinza. Não faço metáfora: este sabão, provavelmente o melhor e o mais antigo do mundo, cheira objectivamente a cinza. Em dezembro de 2005 comprei em Alepo um pequeno fornecimento. Conserva-se muito bem, basta cortar o cubo em dois e o interior é de um verde delicado, suave e fresco. Olho o meu último bocado de sabão a derreter. Estarei a fazer metáforas? Estarei a lavar daí as minhas mãos? Escrevo, sobre Malaparte e Klemperer e os outros, sobre Dresden e Gernika, sobre essas Pompeias bombardeadas, e Alepo arde, e já não há lá água potável. E os sírios cruzam o mar num qualquer barco para encontrar um pouco de paz na Europa.

Os russos e Bashar utilizam contra Alepo bombas *«não--convencionais»* (pois há bombas que o são): bombas de fósforo e bombas de vácuo. Estas bombas produzem uma onda de choque, uma bola de fogo e uma brutal depressão do ar. Que hipótese tem um corpo de criança sob uma onda de vácuo? Alepo será reconstruída sobre os mortos, seguramente. Gernika foi reconstruída. Dresden também. Hiroxima também, de maneira nenhuma à traça. E Nagasáqui «mudou» de tal modo que a nova cidade não contém nenhuma ruína, nada resta da ausência da cidade — uma pobre fonte, uma feia estátua da Paz.

Têm razão, os nossos embaixadores na ONU, em dizer que Alepo não deve ser «a Gernika do século XXI»[3]. Mas que impotência em nós é assim descrita? Não estamos em 1937, mas 2016 cheira mal.

Gernika em 1937 foi arrasada para uma experiência. Os nazis fizeram o serviço para Franco e para ver: primeiro metralha vinda do céu, depois bombas explosivas em «tapete», depois bombas incendiárias. Foi o primeiro bombardeamento de civis na história do mundo.

Em Gernika, nos prédios, está escrito «1942», «1944», «1945»: datas de reconstrução enganadoras no momento em que Colónia, o Havre ou Dresden eram varridas do mapa da Europa.

Haverá artistas que tentarão ser os Picasso de Alepo, é necessário. Mas é sempre depois, é sempre a elegia e a denúncia, quando muito é *durante*, para que não recomece *nunca*.

Gernika é a cidade e *Guernica* é o quadro. Duas letrinhas salvam a cidade de ser completamente engolida pelas mandíbulas do pintor. Mas por certo só os bascos o sabem, os bascos que há muito tempo chamaram à sua capital Gernika.

Também Hiroxima é uma cidade que se tornou um nome. Uma cidade-significante. Uma cidade sinónimo de destruição atómica. Hiroxima. Chega-se à cidade de comboio e entra-se num nome. Os jovens trazem *t-shirts* vermelhas e brancas «*I love Hiroshima*». Têm uma boa equipa de basebol.

Em Hiroxima resta uma cúpula calcinada e um museu. No museu há um triciclo carbonizado, uma caixa de almoço com o almoço em cinzas, tigelas fundidas pelo calor e fotografias, várias delas da nuvem vista de longe. Uns japoneses, nos montes vizinhos, tiravam fotografias — que estranho fenómeno meteorológico, que estranha tempestade, que estranho clarão! Parece que o japonês médio dispunha de máquina fotográfica no Japão de 1945.

Na estação meteorológica de Hiroxima, a 3,7 quilómetros do epicentro, Isao Kita fazia nessa manhã as suas observações como de costume, uma vez que era meteorologista. « *White clouds spread over the blue sky. It was amazing. It was as if blue morning-glories had suddenly bloomed up in the sky. (...) When I looked down on the town from the top of that hill, I could see that the city was completely lost. The city turned into a yellow sand. It turned yellow, the color of the yellow desert.* »[4]

Para Isao Kita, a nuvem tem a forma de uma campainha-
-branca. Para os americanos que estudam o efeito desta experiência, a nuvem tem a forma de um cogumelo. Havia dois tipos de bombas, dois sistemas, um era uma carga que se abatia sobre si própria, o outro consistia em duas cargas que se entrechocavam, por isso é que houve dois bombardeamentos, dois ensaios *in vivo*, Hiroxima e Nagasáqui, e nos dois casos

dois cogumelos, a mesma imagem botânica. Os americanos levaram a cabo duas experiências com sucesso.

Para Plínio, o Jovem, dois mil anos antes, a nuvem que sai do Vesúvio tem a forma de um pinheiro manso. «A sua figura fazia lembrar a de uma árvore, sobretudo um pinheiro; primeiro subiu muito em forma de tronco, depois estendeu uma espécie de folhagem. Imagino que um vento subterrâneo violento a empurrava com ímpeto e a sustentava no ar; mas fosse por o impulso ir diminuindo pouco a pouco, fosse por esta nuvem se abater ao seu próprio peso, via-se que se dilatava e se expandia». Está na sua célebre carta a Tácito, no ano 104.

Pompeia é a mãe de todas as destruições. É uma cidade ao mesmo tempo nunca reconstruída e intacta. Uma eterna agonia no tempo. Um vulcão não tem alma nem intenções, é sem exército, sem esquadrilha. Mas comeu a cidade e destruiu-a por completo e todas as cidades posteriormente destruídas são Pompeias. Todas as cidades destruídas transformam-se em desertos amarelos.

«Dresden é uma Pompeia moderna... Seria incapaz de distinguir as ruas de antes... Ontem à noite os sinos tocaram pelo 13.º aniversário da destruição — sou como um fantasma»[5].

Em abril de 1943 a primavera está magnífica em Dresden e em Nápoles. O céu é azul sobre o Elba e sobre o mar Tirreno. Há mortos por toda a parte. Klemperer descreve a magnificência da primavera nas margens do rio, as flores, os frutos, e o seu amigo Juliusburger, preso quarta-feira e morto sexta-feira, e Meinhard, preso e morto, e Conradi, preso, «professor como eu, como eu veterano de guerra, como eu num casamento misto... e eu morrerei num campo de concentração, "abatido aquando de uma tentativa de fuga" ou lá mesmo em Auschwitz, de "crise cardíaca".»

A 28 de abril de 1943, Malaparte é apanhado pelo bombardeamento de Nápoles. Escapa à derrocada da gruta onde se tinha refugiado, via Santa Lucia, com centenas de pessoas. «A cidade era como bosta de vaca esmagada pelo pé de um transeunte.»

A 29 de abril de 1943, Klemperer entra como escravo do trabalho obrigatório numa fábrica de sucedâneo de chá. No mesmo dia, uma amiga judia conta-lhe o comentário de alguém que passava: «Afinal que quer dizer isso, não ariano? E a mim, o que me importa?» Este desconhecido que resistiu a dez anos de propaganda nazi conforta por alguns segundos o coração de Klemperer.

Acessoriamente, no mês de abril de 1943, o meu pai, Jean-Pierre Darrieussecq, nasce no fundo do golfo da Gasconha, na França ocupada. Com um ano, é tão raquítico que o meu avô atravessa um quarto dos Pirenéus de bicicleta para ir buscar um ovo.

Klemperer comeu batatas e couve, unicamente batatas e couve (e até 1940 um pouco de peixe) enquanto a guerra durou. Malaparte comeu de tudo, absolutamente de tudo, gato, pastilha elástica, *taralli* e manatim, que os convivas americanos horrorizados tomavam por uma menina cozida ou talvez uma sereia.

A 1 de outubro de 1943, o V exército americano entrou em Nápoles. No mesmo dia, a Gestapo manda Klemperer mudar-se para uma «casa de judeus» no nffl 1 de Zeughausstra e, em Dresden.

A última erupção do Vesúvio termina a 4 de abril de 1944. São destruídos vários bombardeiros B-25 da aviação americana. A multidão grita «*è fornuta! è fornuta!*» e Malaparte não sabe se se referem ao fim da erupção, ou ao fim da guerra.

Tento imaginar este vulcão que faz mortos, mais mortos, mortos em plena guerra mundial.

A 13 de fevereiro de 1945 resta uma centena de judeus em Dresden, todos em casais «mistos», e cai a sua ordem de deportação. Na noite de 13 de fevereiro, Dresden é inteiramente destruída por um bombardeamento da aviação americana, Victor e Eva Klemperer sobrevivem. O relato do bombardeamento, no diário de Victor, devia ser lido em todas as escolas de Dresden e de toda a parte (mas não o é, nem em Dresden nem em lado nenhum, eu perguntei).

Começa para o casal Klemperer uma longa errância até Munique, a pé ou pelos últimos carris, que faz lembrar *A Trégua* de Primo Levi.

O jovem Klemperer era leitor na universidade de Nápoles quando a guerra, a Primeira Mundial, o surpreendeu em 1914. É então incorporado como soldado na artilharia alemã, foi condecorado como veterano de guerra, mas isso de nada o salvou, na Segunda.

A Europa construiu-se sobre um montão de mortos, esmagados nos abrigos de Nápoles, carbonizados até ao osso em Dresden, vaporizados aos milhões no céu da Alemanha e da Polónia. Sobre este montão de mortos, sobre o matadouro do século XX, reconstruiu-se.

Kurt Vonnegut, um dos maiores escritores americanos, é prisioneiro de guerra em Dresden na altura do bombardeamento. Acha refúgio numa câmara de frio do matadouro onde está estacionado. Quando sai de lá, Dresden é «como a Lua». É afectado à remoção dos mortos, mas são demais, pelo que é necessário reduzi-los a lança-chamas. *So it goes.*

Vinte anos depois escreve *Matadouro 5*, um livro que devia ser lido em todas as escolas do mundo e de Dresden (mas que não o é, eu perguntei). O herói esgazeado de *Matadouro 5* tem a curiosa capacidade de viajar no tempo e no espaço: sobre as ruínas de Dresden, está também na sua loja de óptica de uma pequena cidade do Estado de Nova Iorque e exibido num zoo no planeta Trafaldamore. Mas eu sou de Gernika. Assim foi. Os americanos, escreve Malaparte, precisam da Europa para se sentirem americanos. Mas a Europa em 1945 é um montão de mortos e de ruínas. Isso decepciona os americanos. Pensavam que Europa é melhor. *So it goes, So it goes*, «assim foi», é o refrão de *Matadouro 5*.

Estive em Nápoles de 27 a 30 de setembro de 2016, em Dresden de 6 a 9 de outubro, com uma vozinha teimosa na cabeça que estas duas cidades podiam dizer-me qualquer coisa da Europa.

Em Nápoles perguntei à família que me recebeu, eram mulheres e um homem muito velho: «Quais são os principais problemas da cidade, actualmente?». Eles riram-se: «Quer dizer, Camorra à parte?» Para estas mulheres o problema não era o desemprego nem, digamos, os migrantes ou os impostos, não: era a Camorra. A máfia.

Elas moravam num bairro «popular». Quer isso dizer que não tinham muito dinheiro. Nilla Romano, a espantosa professora primária que nos tinha reunido, falou-me dos esforços para ensinar italiano à quantidade de miúdos vindos um pouco de toda a parte, da Nigéria, do Senegal, da Ucrânia, «da Síria ainda não». Estas mulheres perguntaram-me se os livros escolares são *verdadeiramente* gratuitos em França. Disse que sim. Mostraram admiração pelo maravilhoso Estado francês. Os franceses não sabem que a França de *hoje* pode ser admirável vista do estrangeiro. Deveria ser obrigatória para todos os europeus uma viagem intereuropeia, financiada por um gigantesco Erasmus. E se se pudesse acrescentar uma viagem aos outros continentes, melhor ainda.

Estas napolitanas que me acolheram estavam cansadas. A corrupção cansa. É o que constato também junto dos meus amigos congoleses ou gaboneses. «Quando volto a Kinshasa», diz-me Boniface Mongo-Mboussa, que vive em Paris há trinta anos, «ando constantemente stressado. Em Paris descontraio--me.» As napolitanas disseram-me: «Nápoles é uma cidade onde é preciso investir cem para obter cinquenta. Ao fim do dia, as mais simples coisas requisitaram tanta energia que ficas esgotada.»

«Mas mesmo assim», disse-lhes eu, «têm água e electricidade.» Elas riram-se, espantadas. Talvez eu tenha viajado demasiado por África. Explicaram-me: a administração, a polícia, a rua, tudo se bloqueia de repente e liberta-se a troco de dinheiro ou de grandes sarilhos. Na noite da minha chegada, a rua por onde devíamos passar, perto da praça Bellini, ficou bloqueada de repente. O motorista do táxi desatou aos berros. Sei o suficiente de francês, de espanhol e de latim para fazer o meu *cappuccino* linguístico — a rua estava bloqueada por pequenos *gangsters* para extorquirem dinheiro às pessoas que vinham buscar os seus carros. Havia polícias, mas limitavam-se a prevenir que não se fosse por ali — por outras palavras, que se desse tempo aos meliantes para sacarem o bolo.

«É clássico», disseram-me as napolitanas, «A Camorra pode

vir pedir-nos que bloqueemos a rua, oh, uma coisa de nada, um quartinho de hora, a pretexto de que nos prestaram um serviço há meses ou anos. Ou então pedem-nos dinheiro para nos "protegerem". Proteger de quê? É dela própria que a Camorra nos "protege".»

Não há Camorra em Dresden. Não há corrupção na rua ou nas repartições. As pessoas não andam cansadas em Dresden como andam em Nápoles. Isso vê-se. E *evidentemente* têm água corrente e electricidade.

O conforto que reina em Dresden é inimaginável para o resto do planeta. Fica-se sem saber de que se queixa Dresden, tão *cosy*, tão fofamente aninhada entre as margens do Elba nas suas casas barrocas ou acabadas de construir, com as suas ruas refeitas, impecáveis. Tudo financiado em grande parte por fundos europeus, como em Nápoles. Mas a Europa não é boa para a sua pedagogia, para a sua própria promoção.

Fica-se sem saber de que tem medo Dresden — mas tem medo. Aqui nasceu, há dois anos, o movimento Pegida e a cidade ficou dividida em duas: os que dizem sim aos refugiados, os que dizem fora. Os que desejam a Europa e os que a odeiam. Neste sentido, Dresden é tipicamente europeia.

Dresden gosta de dizer de si própria, nos desdobráveis turísticos ou pela boca dos seus habitantes, que é «uma das mais belas cidades do mundo». Tenho ouvido muito esta frase em muitas cidades, por exemplo, em Hobart, na Tasmânia, onde somos acolhidos, no porto, por uma faixa: «*One of the most beautiful cities in the world*». Ou em Bayonne, minha cidade natal. Mas Nápoles não diz nada.[6] Nápoles é uma evidência. Dresden não pode rivalizar com Nápoles, com o Vesúvio, com os *palazzi*, com o mar e Capri, com o sol, com a abundância de beleza. Há uma Pizzeria Napoli em Dresden, não há nenhum restaurante chamado Dresden em Nápoles.

No entanto, Dresden é bela. Bela apesar de tudo. Apesar do Pegida, apesar dos comícios neonazis, apesar da derrocada do turismo desde essa maré negra política. Aqui tudo começa e tudo termina a 13 de fevereiro de 1945. Um fio subterrâneo corre no psiquismo de Dresden entre o bombardeamento de 1945 e a chegada dos migrantes dos anos 2000. Um mesmo terror.

Em Dresden, a outra parte da população, a que diz sim, cola por toda a parte cartazes «*refugees welcome – bring your families*» e até lhes erigiu um pequeno monumento, o «farol de Lampedusa». Mas quando eu chego, toda a polícia da Saxónia procura um jovem sírio armado com explosivos que lhes tinha escapado a 7 de outubro em Chemnitz e que acabarão por apanhar na noite de 9 de outubro em Leipzig graças à ajuda de outros refugiados sírios. Gostaria que todos os migrantes do mundo fossem santos. Mas alguns são assassinos. *So it goes.*

O mundo migra. Pode-se tanto impedir o Sul de vir para o Norte como o Elba de subir e descer. A não ser com enormes barragens de curta duração. Mas enquanto o mundo for como

é, escandalosamente desigual, o Sul migrará para o Norte.
Assim foi.

Mas esta evidência parece inaudível em Dresden e noutros
lugares. Em Dresden mais que noutros lugares.

Dresden é uma cidade vítima. Mas porque o é mais que
Colónia, que foi arrasada nas mesmas proporções? Mais que
Hamburgo, onde houve outros tantos mortos? A resposta que
me dão é sempre a mesma: porque era já muito tarde.

Claudia Quiring, conservadora do Stadtmuseum de Dresden
para a arquitectura cuja avó morreu no bombardeamento
de Hamburgo, diz-me que não compreende este raciocínio.
Em Dresden, a guerra passou-se, até 13 de fevereiro de 1945,
no conforto das casas intactas. «Os irradiadores a vapor
ainda apitavam alegremente em Dresden. Carros eléctricos
passavam com clangor. Telefones tocavam e eram atendidos,
luzes apagavam-se e acendiam-se quando se accionavam os
interruptores. Havia teatros e restaurantes. Havia um jardim
zoológico.» Após a sua travessia da Alemanha em cinzas, Kurt
Vonnegut descreve assim Dresden, com estupefacção.

Precisamente, dizem os dresdenses. Foi um bombar-
-deamento de vingança. Um bombardeamento que só serviu
para matar.

A ferida está muito mais aberta do que em todas as outras
cidades alemãs que conheço. Mais, até, que em todas as
cidades bombardeadas que conheço. Em Hiroxima, onde a

radiação somou horror ao horror, as vítimas, ostracizadas, têm *vergonha*. Em Nagasáqui, silêncio total.

Mas Dresden é uma cidade que se vive com inocência. A origem da guerra, o pecado nazi, só se fala disso nos museus ou na Neustadt, o bairro jovem e aberto. Ora Dresden era a cidade mais nazi da Alemanha, em número de membros inscritos e de eleitores[7]. A ideia da «arte degenerada» nasceu em Dresden. E continua muito polémico o debate sobre o número de mortos do bombardeamento: de 25 000, hipótese muito baixa, a 250 000, hipótese muito alta. «O zero foi acrescentado logo a seguir à guerra», é uma frase que ouvi várias vezes. Este zero ficou.[8]

Dresden é um mil-folhas temporal, do barroco ao bombardeamento, à RDA e à reunificação. No tempo da RDA, os americanos continuaram a ser o inimigo. A cidade foi reconstruída parcialmente, e funcionalmente, orientada para a vigilância e feita para uma classe média ideal: espaços rectilíneos, apartamentos idênticos, janelas largas. Aliás, a herança arquitectónica dos anos 60 é subestimada, na cidade, a despeito de alguns saudosistas e alguns curiosos. O «bar dos pinguins» no jardim zoológico vai ser destruído perante a indiferença geral.

Grit Werner, uma guia turística, explica-me que a cidade se furta permanentemente a remexer no seu passado. Insensibiliza-se na poeira que a memória levanta. Reconstruir é escavar nos destroços, triá-los para os enterrar de novo ou os levantar, é como um inconsciente que solicita constantemente, uma memória incapaz de dormir. Como na igreja de Nossa Senhora, a Frauenkirche: a cúpula amarela recente inclui pedras negras extraídas dos escombros, que passaram sessenta anos a dormir amontoadas. Foram içadas para o seu lugar, de certo modo no ar, entre os blocos de calcário novo. Esta enorme cúpula, reconstruída graças a uma subscrição mundial, repôs uma cabeçorra sobre os ombros de Dresden e essa cabeça é picotada de pequenos tons sombrios, de recordações súbitas, de fantasmas.

Procuramos, Grit e eu, diante de um copo de vinho local, qual poderá ser a relação entre o bombardeamento da cidade e o medo dos migrantes. Nesta paz preciosamente reencontrada, cada mudança parece uma ameaça, todo aquele que chega um factor de desordem. Acrescento que todo aquele que chega, nesta cidade que se vê tão bela, pode ser portador da inquietante notícia de que lá fora também há beleza. Lá fora... esse grande lá fora tão longe da Saxónia, sítio nem mar nem montanha, no coração da Europa e cuja única via de penetração é o Elba, largo e aberto, até Hamburgo, ao longe.

O que, a meu ver nos fala melhor de Dresden são os seus terrenos vazios.[9] Sejam os causados pelo bombardeamento ou os do leito do Elba, abrem uma espécie de exterior no interior da cidade, um exterior verde com vegetação. Aqui, o Elba é o rio com mais liberdade numa cidade grande, o que valeu durante cinco anos a Dresden o carimbo da UNESCO — até ao diferendo acerca de uma nova ponte; enfim. Em Dresden, por toda a parte se abrem espaços vazios onde crescem plantas selvagens, por baixo das casas ao abandono ou no meio das ruínas. Por exemplo, a norte de Königsbrücker Stra e, em frente ao museu militar que o arquitecto Daniel Libeskind tão audaciosamente rachou em dois, vê-se através do gradeamento uma grande construção, provavelmente setecentista, fachada severa e cornijas em triângulo. Sob o reboco ocre aparece o tijolo que os *graffiti* iluminam. Há plantas por todo: no telhado, nas janelas, entre as pedras da calçada, no terreno em volta. O vigor com que crescem as plantas, no clima húmido de Dresden, tem o seu quê de tropical. Em Paris ou em Nápoles, uma casa assim seria ocupada, refeita, cobiçada, de qualquer maneira habitada.

O matadouro onde Kurt Vonnegut esteve prisioneiro, esse, foi completamente renovado: serve de sala de conferências, perto do leito do Elba, em Messering. A entrada está decorada com a estatueta de um boi e resta um mosaico na fachada, dois homens guiando um touro. Atrás, um grande terreno vago, com uma construção em ruínas que revela ser uma igreja. À frente, um parque feito de um montão de destroços, como também existe em dois outros lugares de Dresden. Passeei nessa pequena colina súbita. Do solo cavado pela chuva saíam cacos de tijolo, de telha, de azulejo, de cimento. Caminhava em cima da cidade velha de Dresden, a cidade em monte, os despojos. Do cimo do talude via-se toda a paisagem em redor, o matadouro, a fábrica de cigarros de Yenidze que parece uma imensa mesquita, os silos de cereal sobranceiros a um canal, fábricas, carris, a linha das cúpulas do centro da cidade.

Grit Werner, que me pôs na pista do matadouro, conta-me que em 2005 Kurt Vonnegut voltou a Dresden, já com muita idade, depois de um primeiro regresso em 1965. Não reconhecia nada. E mostraram-lhe o matadouro errado. *So it goes...*

Perto do matadouro, num desses outros terrenos vagos que dão tanto ar à cidade, havia, no dia da minha visita, uma feira. Uma roda gigante chamada EUROPA iluminou-se à minha passagem, tomei aquilo como uma homenagem aos meus esforços pedestres e literários. Eram duas da manhã do domingo 9 de outubro, estava tudo deserto. EUROPA girava, vermelha e dourada no nevoeiro, com as suas barquinhas vazias. Era um caça-escritores, uma imagem em pasta de cartão.

Do outro lado da cidade, em Loschwitzer Stra e, em frente a uma das «casas de judeus» onde Klemperer foi guetizado, há uma estátua de Europa do período *Art Nouveau*: uma mulher hirta e nua raptada por um touro hirto e nu.

A Europa não é uma virgem raptada por um touro, nem uma roda de feira. A Europa passou pelos campos de extermínio, por Dresden e por Gernika, por Pompeia e Alésia, por Atenas e pelas florestas dos Godos. A Europa é uma ânfora, um *drakkar*, um cálice trácio, várias coroas caídas, trincheiras, arame farpado. Terão sido os mesopotâmios a chamar-lhe *Europa*, lá adiante, no actual Iraque: *erebu*, «entrar», a Oeste, onde o sol entra no mar; compare-se com *asu*, Ásia, «surgir», a Este, onde o sol nasce. Europa, no mito grego, era também uma princesa fenícia[10].

A Europa é um lugar misturado, muito velho, muito doloroso e muito belo, cheio de esperança e ansioso, que sobreviverá às metáforas, aos fascistas, aos terroristas, ao desemprego e à corrupção, sobreviverá até aos seus mitos, mas não sei em que estado, talvez apenas como uma plataforma tectónica.

«A despeito das suas exíguas dimensões — com uma superfície de 10 171 000 quilómetros quadrados, não chega a representar 7% das terras emersas —, a Europa fornece um bom resumo da história da Terra. Não sendo os mais velhos do mundo, os seus terrenos mais antigos (...) não terão menos de três mil e trezentos milhões de anos (3 300 Ma)»[11], diz a *Encyclopédie Universalis*. «O Pré-câmbrico da Europa compreende terrenos que se formaram desde 3300 Ma até 550 Ma, data da lorogénese assyntiana (de Loch Assynt, na Escócia), também chamada cadomiana (de Caen, em França) ou baikaliana (do lago Baikal, na Rússia).»[13] Da Escócia para a Normandia até à Rússia, passando por Nápoles e Dresden, pisamos o solo da Europa de onde saíram as moléculas dos nossos rios e as pedras das nossas cidades. Os povoadores chegaram de Leste e de Sul e de momento, é nisto que estamos.

---

[1] Ed.port. Livros do Brasil, Lisboa, 1982, tradução de Alexandre O'Neill (NT).

[2] Ficou conhecido sobretudo pelo seu estudo da língua do Terceiro Reich, LTI, Lingua Tertii Imperii, que ainda hoje permite desconstruir os discursos de propaganda, tipicamente os de um Trump ou de uma Le Pen.

[3] Jean-Marc Ayrault nas Nações Unidas, a 25 de setembro de 2016.

[4] http://www.inicom.com/hibakusha/isao.html – «Nuvens brancas dispersas no céu azul. Era espantoso. Como se as campainhas-brancas tivessem florido subitamente no céu. (...) Quando olhei para baixo, para a cidade, do cimo daquela colina, vi que a cidade estava completamente perdida. A cidade tinha-se transformado em areia amarela. Ficou amarela, da cor do deserto amarelo.»

[5] Klemperer, diário, 13 de fevereiro de 1958.

[6] Dresden é muitas vezes apelidada «Florença do Elba» nos desdobráveis e também na primeira página do romance de Kurt Vonnegut. Florença evidentemente não se dá como «Dresden do Arno».

[7] Como ficamos a saber no Stadtmuseum, ou no livro de Norbert Haase, Stefi Jersch-Wenzel e Hermann Simon: Fotografien und Dokumente zur nationalsozialistischen Judenverfolgung in Dresden 1933-1945, edições Gustav Kiepenheuer, 1998.

[8] Em Gernika, cidade muito mais pequena, é um factor 30 que é manipulado entre os herdeiros do franquismo e os militantes bascos: de 100 a 3000 mortos. O número fornecido pelo Governo Basco refere 1 654 mortos e 800 feridos.

[9] «Dresden parecia-se imenso com Dayton, Ohio, embora com mais espaços abertos do que Dayton tem», escreve Kurt Vonnegut em 1969.

[10] Li isto tudo em www.herodote.net.

[11] http://www.universalis.fr/encyclopedie/europe-geologie-1.

[12] Ibid.

MARIE DARRIEUSSECQ

Tradução do francês de
TELMA COSTA

305

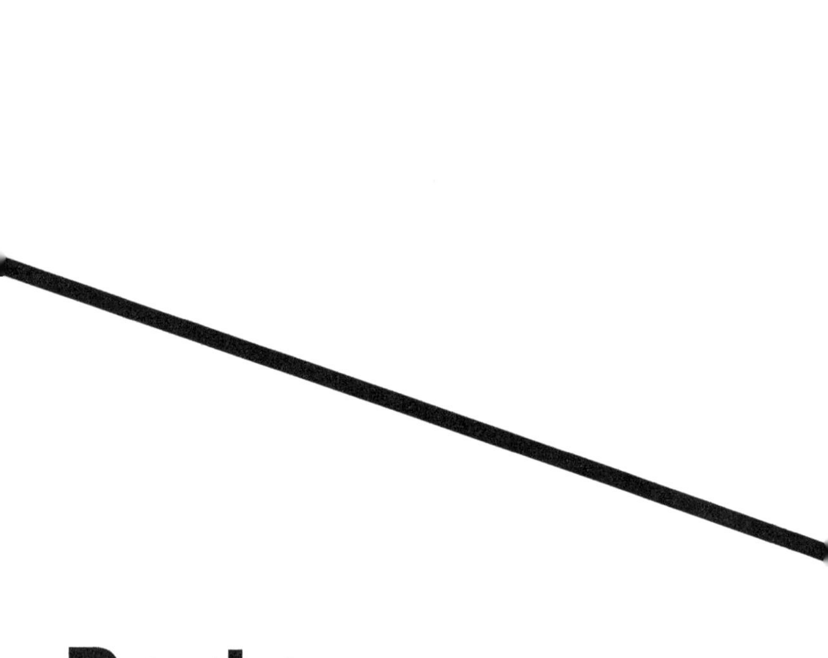

Porto
Freiburg

Guy Helminger

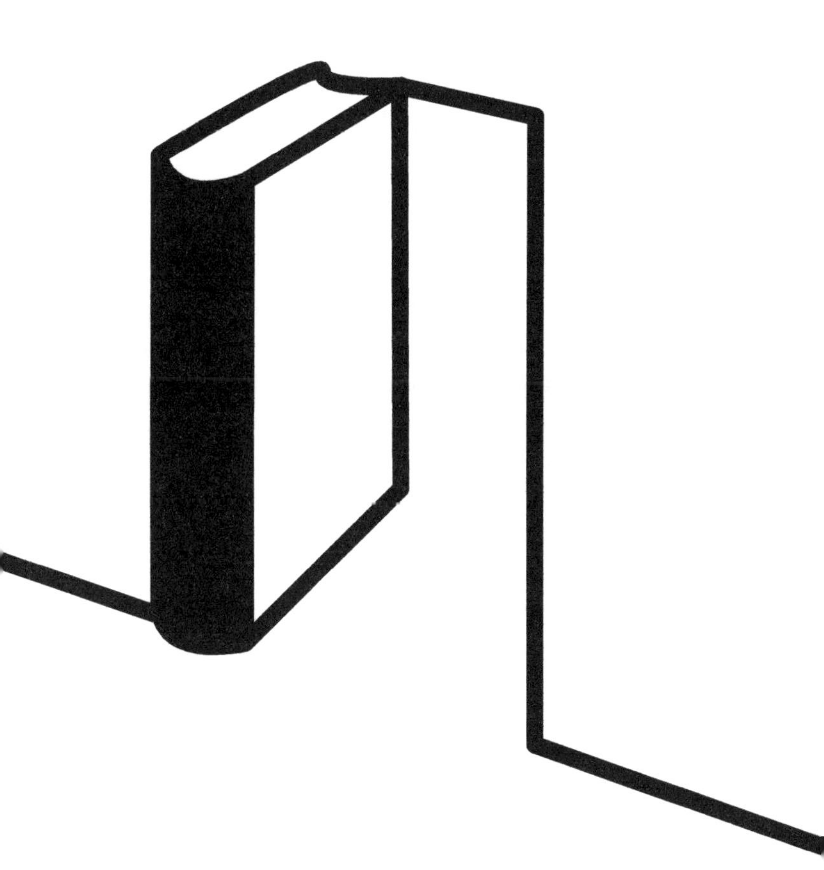

De visita

– SENHOR HELMINGER! Está tudo em ordem? Ainda fica?

O homem deitado na cama acordou, olhou a escuridão em volta. Ouviu um aspirador do lado de lá da porta. Tateou à procura do telemóvel, sentiu a base do candeeiro da mesa-de--cabeceira.

– Sim, saiu-lhe por entre os lábios. Depois voltou a adormecer.

Quando o homem voltou a abrir os olhos, ainda estava escuro. Sentou-se, acendeu a luz do candeeiro da mesa-de-cabeceira. Sentiu na sua cabeça espaços que não conhecia assim, como se partes do seu cérebro se tivessem deslocado. Estava vestido. Até os sapatos tinha ainda calçados. O telemóvel não estava em cima da mesinha. Foi a cambalear lentamente até uma das persianas e abriu-a. Lá fora era noite. Lá em baixo, no parque, havia vinhas.

– *Okanagan Riesling*, disse o homem em direção à janela redonda. As duas palavras soaram estranhamente apagadas.

Num dos espaços novos surgiu mais um pedaço de texto. «Os pais do cruzamento não são conhecidos. A designação das castas é enganadora. Trata-se de um híbrido e não da casta *Riesling*.»

Sobre a cama um quadro com duas torres de igreja ao pôr-do-sol. Luz: Freiburg. Ele estava em Freiburg. Projeto *Visita em Casa*. Goethe-Institut. Era escritor, olhou para as mãos como se tivesse de encontrar tinta nos dedos, pontos que confirmassem a sua suposição. No sofá amarelo também não estava nenhum telemóvel. Procurou o casaco. O andar fazia-o vacilar. Caminhava como se o chão pudesse ceder e tentou pousar o pé de maneira mais firme. Não conseguiu. O casaco estava ao lado da televisão. Faltava a carteira. O coração bateu com mais força. Abriu a boca, inspirou profundamente, foi até a casa de banho. O seu rosto tinha a aparência de sempre, só a face esquerda tinha um risco avermelhado até ao olho, como se o rebordo do travesseiro tivesse tentado entrar por ele adentro. No espelho, apareceu alguém que o deitou na cama. Depois a imagem desapareceu. O homem puxou a alavanca da torneira para cima. O ruído da água a correr fazia bem.

— Este é o senhor Sheikho, a diretora do Goethe-Institut de Freiburg apresentou assim o homem vindo da Síria. Os caracóis em cacho caíam-lhe sobre os ombros, como se ali houvesse garrafas de vinho para abrir. Lá mais atrás, havia homens a jogar voleibol por cima de uma corda de secar roupa esticada. O lugar tinha algo de desolador. O senhor Sheikho pediu aos seus convidados que entrassem na residência. Na cozinha, havia várias mesas alinhadas. Sobre elas, havia vários pratos dos países de origem dos homens, que se sentaram.

– Fugiram todos por mar, disse o intérprete.

– Cozinharam para si. Não havia uma única mulher ao fogão.

Repetiu a frase em árabe. Os homens riram. O escritor comeu muito. A comida lembrava-lhe os pratos de um restaurante libanês em Colónia. Algumas coisas daqueles pratos eram parecidas, confirmou o intérprete, mas estes eram das suas pátrias.

Alguns falaram das suas profissões. Havia um dentista, estudantes, o senhor Sheikho era dramaturgo e tinha escrito críticas de teatro em Damasco. Depois, um homem com uma camisola interior branca e uma volta de ouro ao pescoço pediu a palavra, encostou-se à mesa, espetou a mão no espaço da cozinha. Embora o escritor não o percebesse, sentiu que a cozinha mudava, que as palavras faziam ricochete nas paredes e ficavam ali, rugosas, por entre os pratos. Esperou pela tradução. Era confusa.

O senhor Sheikho abordou o homem, gentilmente, descontraído.

– A família dele ainda está na Síria, disse o intérprete.

– A dos outros presentes também, respondeu o escritor.

O homem da camisola interior continuava a falar.

A palavra parecia ser para ele um objeto de arremesso. O intérprete tentava traduzir.

O homem da camisola interior continuava a falar.

A diretora do Goethe-Institut disse, virando-se para ele:

– Agora deixe lá que ele traduza.

O homem continuava a falar.

O dentista imiscuiu-se. Na cozinha evidenciavam-se fissuras, não eram visíveis nas paredes mas estavam ali. O senhor Sheikho tomou de novo a palavra e largou-a. A palavra deslizou calmamente sobre a mesa. O homem virou a volta que tinha ao pescoço, ficou a olhar. Depois calou-se.

Enquanto todos comiam, repetiu-se várias vezes a cena, a conversa calma, depois a vozearia, a conversa calma, como se fosse um ritual antigo, um círculo, uma sequência para mostrar as coisas, uma dentro da outra e vice-versa, como se toda a apresentação amistosa tivesse de ser quebrada e o preconceito confirmado através da sua anulação. Porque as duas coisas são ao mesmo tempo. E muitas outras coisas são também. E ao mesmo tempo tudo parece ser e, portanto, não ser o que parece ser.

O dentista disse que o senhor Sheikho era como um pai para todos eles. A luz na cozinha caía uniformemente sobre as cabeças que assentiam. Um estudante referiu que, dali a uns dias, ia dar uma conferência com o título «Síria – mais do que uma guerra civil».

Depois, o homem da camisola interior pediu de novo a palavra, passou com a mão pelo ar como se estivesse a arranjar lugar para a sua torrente de palavras. No teto, a lâmpada fluorescente piscou por instantes. O escritor viu sombras na parede porque os homens se encostavam para trás. A porta da cozinha estava bem aberta para tudo o que vinha lá de fora pelo corredor. O intérprete traduziu.

— Não compreendo, disse o escritor.

— Eu também não, respondeu o intérprete.

O homem da camisola interior tinha-se levantado, falava com o escritor, fazia um movimento com a mão como se estivesse a beber.

— Está desesperado, por isso bebe, disse o intérprete.

Ao lado do hotel há vinhas com tabuletas descritivas, pensou o escritor, amanhã vou vê-las.

O senhor Sheikho levantou-se da mesa e convidou todos a irem até ao edifício em frente. Ali podia-se conversar mais tranquilamente.

Quando saíram da cozinha, entraram outros homens. A mesa estava, como antes, bem composta.

Lá fora, uma luz difusa de lanterna varria as esquinas de pedra dos pequenos espaços verdes. A porta do edifício vizinho estava fechada à chave. O homem da camisola interior trouxe uma tigela com pedaços de maçã e abanou a maçaneta até chegar o pessoal de vigilância, na pessoa de um homem baixo e redondo, de pulôver azul com um emblema de segurança.

Já passava das 20 horas e não era possível entrar naquele edifício, disse ele. Àquela hora só o pessoal de segurança podia lá entrar. A diretora do Goethe-Institut abanou os caracóis avermelhados que tinha na cabeça.

– A partir das 20 horas é só para o pessoal de segurança!, repetiu o homem redondo, ajustou o pulôver azul na barriga como se quisesse aumentar o distintivo de segurança. O homem da camisola interior instou-o a aceitar um pedaço de maçã.

O homem redondo recusou.

Será que as atividades de comer e vigiar andam juntas ou contradizem-se?, perguntou-se o escritor.

O homem da camisola interior empurrou a tigela contra a barriga do segurança e insistiu para que se servisse.

Começou a sentir-se um ar de cortar à faca.

– Não!, disse o segurança. Os músculos endureceram-se-lhe no rosto farto, como se empilhasse a palavra várias vezes, uma por cima da outra. Todos perceberam.

O homem da camisola interior voltou a pôr-lhe a tigela debaixo do nariz.

A fraca luz esgueirava-se por detrás das sebes.

– Fale amanhã com o seu superior, disse o escritor, – e já vai ficar a saber o que estava combinado. Quando se virou para voltar à cozinha, o homem redondo cedeu.

– Uma hora, disse.

A sala onde estavam sentados era tão pouco decorada como a cozinha. Mas era outra sala. Assim parecia. O senhor Sheikho perguntou se o escritor escrevia sobre a Síria nas suas histórias. Sobre a guerra? O escritor apercebeu-se de que naquela sala também não havia uma planta.

– Não, respondeu, para isso teria de falar com pessoas vindas dos lugares de guerra. Não só um serão, mas por mais tempo.

O homem da camisola interior levantou-se de súbito, separou-se dos outros com o gume da mão, antes de atirar o seu discurso ao grupo. Ainda antes de o intérprete começar a traduzir, o escritor perguntou-lhe em voz alta porque era tão agressivo.

– Sim, sou agressivo!, respondeu o homem da camisola interior.

O dentista pegou-lhe afavelmente pelo braço e conduziu-o para fora da sala.

– Ele bebe, disse o rapaz que ia dar uma conferência em breve.

A luz respirava fundo, crescia como um pulmão modesto. Mas era só uma sensação que o escritor tinha. Pegou no copo de água, em que boiava uma rodela de limão.

Havia um odor estranhamente fresco na casa de banho. Sentiu qualquer coisa fria nas mãos. Pequenas gotas de água salpicavam-lhe do lavatório contra os dedos. O jacto de água girava no sentido contrário dos ponteiros do relógio, à volta do ralo, antes de se precipitar para o cano. Ali, no escuro, havia coisas que iriam ajudar o homem. Sentiu os seus olhos a acompanhar o movimento giratório. Primeiro giravam pequenos reflexos de luz, depois o lavatório, finalmente a casa de banho. Bateu na torneira. O ruído de água a correr parou. O silêncio arrancou-o da sua tontura. No espelho surgiram bandeiras.

Deixou-se empurrar de um lado para o outro. Adeptos do Freiburg com copos de cerveja. Um deles tinha uns olhos azuis esbugalhados, como se, mesmo antes do jogo, não pudesse acreditar no resultado. Cachecóis ao alto. Cânticos. Tribuna norte. Atrás dele, uma mulher com um casaco à volta da cintura enfiava-lhe os nós das mangas apertadas nas costas.

– Senhor Helminger, posso apresentar-lhe Stefan Kracks?, disse o representante dos adeptos, puxando o tronco para trás. Helminger agarrou na mão estendida e abanou-a.

– Espero que te portes como deve ser, disse Stefan Kracks, fez um sorriso forçado, soltou a mão e começou a urrar um cântico.

Ser-se apresentado também é um daqueles rituais, pensou o escritor. As mesmas frases, o aperto de mão. A maior parte das vezes esquece-se o nome logo a seguir. Mas são sempre outras pessoas, outras situações, *déjà-vu* do estranho, como se o mesmo fosse sempre outro, o outro igual a nós.

Durante o jogo, as pernas do escritor entraram-lhe pelo corpo adentro. Estar muito tempo de pé só se aguenta quando se participa, quando se salta com os outros, quando se canta com os outros. Mas não era só por não saber as letras, antes de mais era adepto do Colónia. Tudo tem os seus limites. Mas saltar era bom. Se ficasse parado quando os outros saltavam, sentia o betão da tribuna a oscilar. Sentia até à barriga. Noventa minutos foi o tempo que os adeptos do Freiburg cantaram.

– Foi bom, disse Stefan Kracks mais tarde ao escritor na sede dos adeptos. Não era uma pergunta, era mais uma muleta para o serão. Na cabeça, tinha um cabelo loiro, liso, penteado para trás que, do lado esquerdo, se abria para uma entrada, à direita, contudo, erguia-se numa onda levemente levantada. Tinha barba e tinha o cachecol com cabeça de grifo enrolado à volta do pescoço, como se temesse um resfriado.

– Foi, respondeu o escritor, – o FC Freiburg jogou bem.

– O quê?, gritou Kracks. Na sua testa, dilatou-se uma veia. Depois pôs a cabeça na mão e abanou-a. Quando voltou a olhar o escritor, a cara dele estava em brasa. Mastigou as palavras como pele dura quando disse:

– O que é que disseste? Onde é que pensas que estás?

Era menos uma pergunta do que o instante que antecede uma bofetada. Só agora o escritor percebeu que tinha chamado ao Clube Desportivo Futebol Clube. Lá arranjou uma resposta que, enquanto adepto do Colónia chamava FC a todos os clubes, quando Kracks disse:

– Eu perguntei-te se te ias portar como deve ser, ou não?

Depois deu uma cerveja ao escritor, embora ali se devesse beber vinho. O vinho era a bebida local. A cerveja estava ok, mas o vinho é que era a bebida a sério. Tal como o SC Freiburg – acentuou o S, como se imitasse o assobio de uma cascavel – era o clube a sério, embora na sede dos adeptos infelizmente só houvesse cerveja. Mas, enfim, tudo tinha dois lados, sendo que um não tinha necessariamente de ser o mau e o outro o bom, era só o seu contrário. Ele próprio era ator na aldeia. Também ali era sempre o contrário do que era. Uma vez tinha feito o papel de uma viticultora com tranças e tinha-se sentido muito bem no papel. O sogro tinha umas vinhas. Mas também gostava de beber cerveja.

Por volta da meia-noite começaram a sair. O representante dos adeptos apontou para uma casa grande de madeira ao lado do estádio, sobre a porta tinha um dístico com o nome «Zäpflehütte», e disse que podíamos continuar a fazer a festa lá. Mas ele tinha de ir para casa. No dia seguinte tinha de estar outra vez no banco, quem lida com dinheiro tem de ter a cabeça no lugar.

– Vamos até ao Kiez 57, disse Kracks.

Dos dois lados da rua, casas a erguer-se à luz da lua. No metro, Kracks falava do cavalo de Holbein. Chamava-se assim porque a Holbein-Straße saía da praça. O mais interessante daquele potro não era tanto a arte com que tinha sido feito em 1936 pelo escultor, mas antes a vontade que despertava de estar sempre a ser pintado de maneiras diferentes.

– Circula um boato, disse Kracks, – que algumas pessoas não gostavam da cor castanha do animal e por isso tinham-no pintado às cores. Desde então, às vezes acordava como tigre, ovelha ou como cavalinho com patas de lã.

Como o seu comboio só partia por volta do meio-dia para Colónia, de onde partiria para o Porto ao final da tarde, o escritor decidiu ir ver a escultura de manhã cedo.

Do espelho olhavam os seus olhos como se alguém os tivesse partido ou lhes tivesse dobrado um canto. Embora isso não fosse possível. Olhou a sua imagem, nítida, de contornos bem definidos, sem um único contorno tremido. Mas o que olhava para ele estava dividido, deslocado. Isso também não era possível. Apagou a luz, abriu a porta e avistou um corredor cheio de paralelepípedos. Quando pôs o pé em cima deles, percebeu que era um revestimento atapetado. Diante do elevador, viu claramente o botão sobre a placa metálica para chamar o elevador para cima, mas a sua mão parecia incapaz de encontrar o sítio certo. Colocou o dedo sobre a placa, deslizou-o para cima, depois para baixo, finalmente para a direita, até sentir a ligeira elevação.

Lá em baixo, na receção, a mulher olhou-o com ar inquisitivo, enquanto ele fazia o percurso desde o elevador descrevendo uma curva ligeira.

– Acho que preciso de ajuda, disse o escritor. Depois voltou as costas e sentou-se num dos sofás.

No Kiez 57 estava a dar música *punk*. A mulher que estava atrás do balcão ergueu os olhos por instantes, cumprimentou, depois voltou a olhar para o telemóvel. Os longos cabelos loiros fechavam-se como uma cortina à volta da superfície iluminada. Kracks abriu a porta de correr envidraçada que dava para a sala contígua, onde estava a mesa de bilhar. Ao longo das paredes, as pessoas estavam sentadas em cadeiras e sofás colocados completamente ao acaso. Uma delas estava meio deitada em cima do taco de bilhar, que movimentava para cá e para lá. O ar estava cheio de fumo. Kracks deixou-se cair no seu cadeirão e estendeu a mão a outro homem, que estava sentado no sofá ao lado.

– Guy, disse ele, – este é o Ole. O que é que bebes?

Ole pôs o cigarro enrolado por ele na boca. Não tinha estado no jogo porque tinha tido de trabalhar até tarde.

– Travões especiais, disse.

A mulher dos longos cabelos loiros apareceu. Kracks pediu três cervejas e chamou Dilara à mulher. Ole sorria, como se sentisse profundamente tocado pela presença dela.

– O que é que há assim de tão especial nos travões dos carros que faça perder um jogo de futebol?, perguntou Guy.

– Bicicleta, disse Ole, – são travões de bicicleta. BMX, diz-te alguma coisa. Também ele parecia não fazer perguntas. Guy respondeu mesmo assim:

– Não.

– Quando voam com as rodas pelo ar e viram o guiador sobre o próprio eixo três vezes. Precisas de um travão que faça isso. Deixou cair o olhar sobre Guy e ficou a ver como a sua frase pousava na pista. Depois descreveu o mecanismo, a potência e o nome das pessoas célebres que já utilizavam aquele travão. Só parava as explicações quando bebia ou quando Dilara trazia mais cerveja. Por fim, Kracks disse:

– Põe lá o pé no travão.

Riram e Kracks acrescentou:

– Senão o Guy ainda nos conta a história do último romance com os pormenores todos. Ainda por cima em luxemburguês.

O projeto *Visita em Casa*, do Goethe-Institut não dizia nada ao Ole.

– O que é que fazes em casa das pessoas?, disse ele e soava como uma acusação.

– Então, é bom, respondeu Kracks, – veio até Freiburg, vai até ao Porto. Para isso até eu escrevia um poema.

– Não lhes lês nada.

– Se quiserem, respondeu Guy, – no estádio ninguém quis.

– De que é que se lembra?, perguntou o médico. O homem procurou encontrar no rosto do clínico uma resposta para o seu estado. Estava deitado numa maca, enquanto a tensão arterial lhe era medida.

– De tudo, acho eu, respondeu, – pelo menos não tenho a sensação de ter esquecido mais do que devia. As suas frases não lhe saíam diretamente da boca. Sentia que também elas descreviam uma curva ligeira, como se estivessem bêbadas, como se cambaleassem levemente pela sala de tratamentos.

– Teve um AVC, disse o médico, – felizmente não foi grave. O homem pôs as mãos nas têmporas, como se pudesse sentir ali o AVC impresso.

– A Dra. Penzold está a caminho, vai fazer consigo alguns exercícios de fala, continuou o médico, – sabe como é: O rato roeu a rolha do rei da Rússia e coisas divertidas do género. Depois vamos dar uns passos para testar o equilíbrio. E também vai ter de escrever.

– O quê, não consegues escrever a tua morada? Mas o que é isso? Vocês em Colónia aguentam assim tão pouco? Daquela vez, eram logo três perguntas seguidas, pensou Guy. Kracks pegou na base da cerveja e na caneta. – Então diz lá.

Guy tentou articular a sua morada, mas cada palavra era um descarrilamento.

— Este já está mais pra lá do que pra cá, ouvi o Ole a murmurar.

Os dois tiraram-no do táxi em frente ao hotel. O empregado da receção franziu a testa e deu-lhes a chave. Guy estava pendurado como um saco entre Ole e Kracks. Lá em cima, deitaram-no na cama.

— Que dia é hoje?, perguntou o homem.

— Quarta-feira, respondeu o médico. — Daqui a meia hora já é quinta-feira.

— Perdi o meu comboio, disse o homem. — Partiu hoje ao meio-dia. Dormi assim tanto tempo?

O médico olhou-o sem responder.

— Pode-me dar um copo de vinho?, perguntou o homem. — Estou cá com uns desejos.

No Porto, a luz pousava em incontáveis espreguiçadeiras sobre as casas. Nas varandas, havia guarda-sóis presos entre as volutas das grades de ferro. No meio, havia roupa pendurada a secar. As ruelas davam-se ao calor quase sem vento, enquanto as fachadas, tapadas por uma coberta de ocre estalado, dormiam a sesta. Empurrou a porta do Goethe-Institut para abri-la. A diretora já estava à sua espera. Quando lhe estendeu a mão, observou que ela estava a confrontar o rosto dele com as fotografias da página da internet.

– Senhor Helminger?, perguntou.

– Sim, disse Kracks, – achei que devia trazer uma peruca hoje. Riu e a diretora do Instituto também riu. Seguiu-a até ao gabinete, um piso acima, onde recebeu um plano das sessões, quando, onde e em casa de quem iriam decorrer as visitas em casa. Leu os nomes das anfitriãs: Johanna Lauf e Clara Tscherz. Não soavam muito a português.

– Dei o seu número de telefone às duas jornalistas, disse a diretora do Instituto. – Vão ligar-lhe de certeza. No meio dos cabelos claros tinha uma madeixa azul-escura; o vestido era cor de ganga e trazia as unhas pintadas de um cinzento azulado.

Deve adorar o mar, pensou Kracks. Naquele instante, o telefone tocou. Cristina olhava-o do ecrã.

– A minha namorada, disse, desculpando-se, e depois para o telemóvel: – Sim.

– Onde estás?

– Não posso falar agora. Estou a...

– O que é este SMS?

Vou sair por um momento, disse Kracks.

No patamar, havia um grande quadro redondo, no qual algumas pessoas se tinham eternizado com uma caneta preta.

– Onde estás?

– No Porto, respondeu.

– Deves estar a gozar comigo!, disse Cristina em português. Kracks viu os olhos dela a ficar pequeninos. O braço esquerdo dela remexia o ar a cada palavra.

– Não, disse Kracks, não estou nada.

– Prova que não estás!

Kracks olhou em volta no patamar sem janelas. – Mando-te uma foto, disse. – Daqui a três dias já estou em casa outra vez. Agora tenho de ir. Ok.

Ouvia a respiração de Cristina e interrompeu a ligação.

No quadro redondo escreveu com grandes letras PORTO, pôs-se em frente e tirou uma *selfie*, que enviou a Cristina.

Quando abriu a porta do gabinete, a diretora do Instituto sorriu-lhe. O mar dormitava em todos os quatro cantos.

– A Cristina é do Brasil, disse Kracks, como se isso explicasse alguma coisa.

– Daí o seu romance *Neubrasilien*, anuiu a diretora do Instituto.

– Sim, disse Kracks.

Nunca tinha ouvido falar de *Neubrasilien*.

As esplanadas dos cafés no passeio estavam a abarrotar de gente. Apesar de tudo, não eram pessoas a mais. As casas azuis, amarelas, vermelhas, acotovelavam-se. Kracks via como elas se abraçavam. Tudo parecia misturar-se. Os contornos dissolviam-se. Estava a suar. Em cima das mesas havia comida. Bocas abriam-se. Nunca tinha participado numa orgia, mas era assim que imaginava os excessos. Como algo a acontecer paralelamente, uma casualidade que nos absorvia por completo. Já entrado nos anos e ainda com um charme que dava fulgor à decrepitude. A tinta já estalara em muitos sítios, mas em compensação a pátina brilhava com mais elegância. Kracks estava contente. Alguns estudantes que, com as suas camisas brancas, gravatas e longas capas, pareciam saídos de um filme do Harry Potter, venderam-lhe um postal. A meio da Ponte de D. Luís, teve uma vontade enorme de saltar para o rio.

Ao final da tarde, Johanna recebeu-o no apartamento partilhado dizendo:

– És parecido com o meu pai.

Falava em inglês, trazia uns calções e tinha brincos grandes, em forma de coração, por onde podia passar o dedo mindinho. Os braços estavam tatuados, tal como as pernas. Apresentou a Kracks o namorado, Tiago, um músico com barba, que lhe estendeu a mão e depois um copo de vinho tinto, antes de dizer, em português:

– Não te convidei.

Kracks quis responder alguma coisa de imediato, mas uma mulher pequena chamada Helena traduziu a frase para alemão.

Kracks esperou e respondeu por fim:

– Sim, vim com muito prazer.

Passaram para o terraço, onde estavam umas vinte pessoas a comer queijo de pasta mole. Uns metros abaixo, estendia-se o telhado de uma garagem, confinando com um renque de árvores que parecia espetado na escuridão.

– Espero que a tradução tenha sido satisfatória, disse Helena.

Kracks achou a frase dela cómica. Não só porque entendia português, mas porque ela, para além de duas frases, ainda não tinha traduzido nada. De qualquer maneira, a maioria das pessoas falava em inglês com ele.

– No poema *McGuy* não me era possível reproduzir o contexto, disse Helena, – mas gosto do poema.

Kracks sentiu o sangue a subir-lhe à cabeça.

– A tradução estava magnífica, disse ele. – Tem aí o original e a tradução?

Helena foi procurar à sua pasta e voltou com várias folhas. Ele leu os três poemas de Guy em alemão, depois a tradução. Percebeu mais ou menos dois dos textos, o terceiro era uma charada.

– Maravilha, disse.

– Sabe português?, perguntou Helena, irritada.

– Não, disse Kracks, dobrou os textos antes de metê-los no bolso. Deu um passo em direção ao bufete, mergulhou um pedaço de pão no queijo, comeu azeitonas, ouviu as conversas. Como todos pensavam que ele não percebia a língua do país, falavam à vontade entre eles, mesmo quando ele estava por perto. Mas ninguém estava a falar dele. Estavam a divertir-se, como se ele não estivesse ali. O que agradou a Kracks. O telemóvel tocou. Cristina tinha respondido à sua fotografia do Porto com a palavra «Idiota». Fez um sorriso.

– Estás a divertir-te?, perguntou Tiago, ao seu lado.

– Claro que sim, respondeu, rindo, e percebeu que Tiago tinha perguntado em português e que ele tinha respondido. O barbudo inclinou a cabeça, olhou-o como se quisesse dizer que sabia. Os seus olhos estavam tão sérios que brilhavam de ironia.

– Sou sempre outro, disse Tiago. – Sobretudo quando faço música.

Por volta da meia-noite, Johanna explicou-lhe a tatuagem do braço esquerdo, um papagaio a subir, cuja superfície consistia de triângulos vermelhos e floridos, e cujo fio dava voltas por baixo da pergunta «Sabes assobiar?». O pai dela era alemão, explicou a anfitriã. Em criança, tinha ido a uma peça de teatro com aquele título. O pai dela era o melhor do mundo. Infelizmente, tinha caído de uma janela havia dois meses, quando ia levar o lixo lá abaixo e agora tinha de reaprender a andar.

– Foi do segundo andar, precisou Johanna.

– Como é que se pode cair do segundo andar a levar o lixo, disse Kracks.

– Foi assim, respondeu Johanna. Depois convidou-o a ler os seus poemas.

Kracks engoliu por breves instantes, pousou o copo de vinho, levou a mão ao bolso, enquanto os convidados se punham à sua volta. Olhou para o texto mais incompreensível, imaginou que estava na bancada norte em Freiburg, leu dois versos e começou a cantar o verso seguinte. Sentiu-se logo bem a fazer aquele número, como se nunca tivesse feito outra coisa senão recitar textos que não compreendia. Viu rostos que o olhavam fixamente, espantados, enquanto ele levantava os braços e uivava como um lobo. Foi o momento em que surgiu a Kracks a ideia de continuar a ser escritor para sempre. Ia tentar depois escrever ele próprio um poema e ia dedicá-lo a Guy. Não, a Stefan. Ia dedicá-lo ao Stefan, Stefan Kracks.

Na manhã seguinte, foi despertado pelo outro telemóvel. Primeiro pensou que era Guy a ligar-lhe. Mas o telefonema era de Nadja Band, a jornalista da rádio do Luxemburgo, cujo nome estava no programa das sessões.

– Estás com uma voz esquisita, disse ela, quando Kracks lhe disse que queria falar em alemão, o luxemburguês tinha-se tornado estranho naquela cidade. Combinaram encontrar-se numa cave de Vinho do Porto, na ribeira do Douro.

Kracks reconheceu-a de longe. Era exatamente como estava na fotografia que o telemóvel de Guy exibira durante a chamada. Não sabia até que ponto os dois se conheciam, mas não importava o que se iria passar, não podia voltar atrás. Observou a mulher por um momento, depois dirigiu-se a ela e disse:

– Olá, Nadja. Viu como a jornalista procurava o seu rosto na memória. Os óculos verdes sem aros aumentavam-lhe os olhos, enquanto a mão dela penteava os cabelos para trás.

– Queres fazer a entrevista antes ou depois da visita, disse Kracks e percebeu que Guy tinha razão, não fazia perguntas, mesmo quando queria. A sua voz nunca se elevava no final.

Nadja agarrou na mochila que tinha entre os pés, pô-la ao ombro como se quisesse ganhar tempo e pensar no que fazer. Kracks olhou a fileira de botões da *t-shirt* cinzenta dela.

– Depois, disse Nadja.

Durante a visita guiada, não falaram um com o outro, ouviram as explicações, viram máquinas de escrever antigas, móveis e diplomas, aprenderam coisas sobre o Vinho do Porto que lhes faziam despertar o sabor na língua.

Quando finalmente se sentaram, no átrio, em bancos cobertos por almofadas, à volta de uma mesa que parecia feita de uma pipa, Nadja disse:

Tenho algumas perguntas.

– Podemos sempre responder, tornou Kracks.

Nadja tirou um microfone e um gravador da mochila, que pousou em cima da mesa, ao lado dos copos com Vinho do Porto.

– Estás pronto?, perguntou.

Kracks fez que sim com a cabeça, e viu que alguém na mesa ao lado o estava a desenhar. O homem levantava o olhar repetidamente, enquanto o lápis errava pela folha de papel. Kracks observou-o, e ouviu-se falar, enquanto isso, sobre o Porto, sobre a escrita e o projeto *Visita em Casa*. Nadja ia intercalando títulos de livros nas suas perguntas e Kracks percebeu o quanto já tinha escrito.

– É pena que não queiras falar em luxemburguês. O meu chefe não vai ficar entusiasmado, disse Nadja.

O homem que o tinha desenhado estava diante deles e entregou-lhe a caricatura. Mostrava um homem careca que ria e trazia uma camisa preta. Parecia o Guy.

Ao princípio da tarde, foi de elevador até ao quarto andar, a um restaurante que lhe tinha sido recomendado pela diretora do Instituto. Tinha várias salas, que lembraram a Kracks um centro de juventude. O restaurante propriamente dito era espartano, mas organizado uniformemente, ao passo que as mesas e as cadeiras nas salas contíguas estavam colocadas completamente ao acaso. O jovem empregado de mesa disse--lhe simpaticamente que não tinham francesinhas. Tiago tinha insistido com ele, na noite anterior, que tinha de provar mesmo aquela tosta, que levava, em camadas sucessivas, linguiça, bife, toucinho e mais outras coisas, senão era como se não tivesse estado no Porto. O empregado indicou na direção da parede e explicou o caminho para outro restaurante das redondezas. Kracks ficou. Enquanto esperava pela *pizza*, olhou através da janela para o Coliseu. Ali, no telhado plano, estava uma mulher de cabelos molhados a pentear-se. Kracks procurou o público. Flanqueada de um lado pela torre do teatro e do outro pelas letras de néon do nome, passava a escova pelos longos cabelos pretos come se estivesse diante de um espelho, e olhava para o outro lado da rua, em direção ao restaurante. Kracks pegou na máquina fotográfica e tirou uma fotografia. Era parecida com Cristina. Queria pegar no telemóvel, ligar à namorada e contar-lhe aquela cena, mas depois apercebeu-se de que não era boa ideia. Iria escrever a cena, mais tarde no hotel.

– Ora tente lá outra vez, disse a Dra. Penzold. O homem articulou as palavras que soavam parecidas, mas sentia-se ridículo. O aparelho de medir as tensões tinha-lhe deixado uma marca no braço. Via-se sentado no Kiez 57. Ole fumava e Kracks disse:

    – E porque não.

    – E o que faço eu entretanto?, perguntou Guy.

    – O que quiseres. Kracks riu.

    – Dizem que o Porto é muito bonito, disse Guy.

    – A minha namorada também, respondeu Kracks.

    Riram. A cerveja fazia cócegas nas artérias, como se os *Bächle*[1] de Freiburg se prolongassem neles.

– Mas eu preciso do teu passaporte, do teu telemóvel, do cartão de crédito e assim, disse Kracks.

– E como é que eu recebo isso tudo outra vez?, perguntou Guy.

– Eu mando-te.

Guy anuiu. Naquele momento, foi atravessado por uma fenda ligeira, como se o seu corpo se abrisse para deixar entrar outra pessoa. Não sentiu qualquer dor. Não se podia falar de sentir. De um segundo para o outro transformou-se simplesmente, como se alguém lhe tivesse dado nova forma e o tivesse deixado no mesmo lugar. Kracks passou-lhe uma base de cerveja e uma caneta para a mão e disse:

– Escreve a tua morada.

Guy segurou a esferográfica e a base na mão, murmurou para si próprio a morada, mas não conseguia escrevê-la. Nem sequer conseguia desenhar uma cruz, embora quisesse.

– Não consigo, disse.

– Escreve, disse Kracks, como se não o tivesse entendido.

Guy repetiu devagar a frase que tinha dito, tentou articular bem:

– Não consigo.

Viu os olhos de Ole a apalpar o seu rosto e ouviu Kracks a dizer:

– O quê, não consegues escrever a tua morada? Mas o que é isso? Vocês em Colónia aguentam assim tão pouco?

– E outra vez, disse a Dra. Penzold. – O rato roeu a rolha do rei da Rússia.

A visita a casa de Clara Tscherz começou com uma viagem de táxi em direção ao mar. Kracks ia sentado no banco de trás com Nadja Band e sentiu que ela o olhava de lado. Quando ele voltou a cabeça, ela disse:

– Estou a tentar lembrar-me de ti.

Kracks riu, respondeu:

– É uma tarefa difícil.

O taxista começou a assobiar. Kracks viu-o a correr pela praia com um papagaio na mão.

– O que é que sabes de mim?, perguntou a Nadja e ouviu a sua voz elevar-se no final da frase. Ficou com pele de galinha.

– Não te faço essa vontade, respondeu Nadja.

– A questão é afinal, disse Steve mais tarde, à noite, – o que é que uma visita destas lhe faz.

Estavam sentados nas salas de trabalho da empresa de *coaching* de Clara, tinham comido bacalhau assado e bolo à sobremesa.

Já deixei de fazer perguntas a mim próprio, respondeu Kracks e sabia que estava a mentir.

Nas paredes, havia folhas com textos. Kracks supunha que eram poemas, sobre os quais alguém tinha escrito a caneta de feltro «Regras da casa para abanar o espírito». Quando se aproximou, verificou que se tratava da filosofia da empresa de *coaching*.

– Já viu isto?, perguntou Clara e mostrou-lhe o portátil. Kracks olhou para um texto em português. Ao lado, a sua imagem, de braços abertos na varanda de Johanna.

– Uma boa entrevista, disse Clara, – fora da caixa.

Kracks quis ler de imediato. Não tinha dado entrevista nenhuma à jornalista. Não lhe tinha feito perguntas, tinha-lhe sido apresentada no terraço, mas ao fim de poucas frases tinha-se retirado porque tinha o telemóvel a tocar. Depois não tinha voltado a aparecer.

– Talvez o Goethe-Institut possa traduzir-lha depois, disse Clara.

– Sim, respondeu Kracks, e continuou após um momento de silêncio:

– A senhora é alemã, o seu marido é inglês e as suas duas filhas nasceram no Porto.

Percebeu que tinha voltado a não colocar uma pergunta e acrescentou:

– Quer contar-me como aconteceu? Preciso de matéria para o texto que tenho de entregar para a *Visita em Casa*.

Os padrões da blusa dela, que lembravam a Kracks os desenhos rupestres dos aborígenes, faziam movimentos xamânicos quando Clara pousou o portátil em cima da mesa.

– O amor fixou-me aqui, disse ela.

Kracks não sabia se ela se referia ao amor pelo Porto ou se se tinha apaixonado por um português. Mas antes de conseguir prosseguir, Nadja juntou-se a eles e perguntou se ele ia recitar poemas. Gostaria de tirar uma fotografia. Ao dizê-lo, a boca dela tinha dificuldade em não parecer demasiado alegre.

– Sim, disse Clara, sem dúvida.

Quando todos regressaram à mesa comprida, Kracks tirou do bolso dois dos poemas de Guy e naquilo que ele próprio tinha escrito. No poema *McGuy* apercebeu-se de que os versos estavam dispostos de maneira a compor a forma de uma urna. Era um poema sobre um funeral, o enterro de um bêbado. Com uma voz bem grave, rouquejou os versos e foi brindado com risotas de admiração. Para terminar, leu o seu próprio poema. Eram versos confusos, contraditórios, que descreviam a sua situação emocional, a lenta auto-dissolução, a transição, a fusão com uma cidade chamada Porto.

Não passou a ninguém pela cabeça fazer uma distinção entre os dois primeiros poemas e o último. Só Nadja disse, no caminho de regresso:

– Vou incluir o último poema na minha reportagem.

De volta ao hotel, Kracks não conseguia adormecer. Ouviu o marido de Clara a recitar aquele poema de T.S. Eliot e não compreendia como tinha sido capaz de acompanhar os versos, dizendo-os. Nunca tinha lido o poema antes, mas a partir do verso em que as mulheres andam na sala de um lado para o outro e falam sobre Michelangelo, cada uma das palavras iluminou-se-lhe na mente, tinha lido o poema de uma folha. Tinham recitado o poema em dueto até ao fim. Por um momento pensou que ia enlouquecer, depois o vibrar do telemóvel interrompeu os seus pensamentos. Cristina escrevia que sabia que ele tinha outra e que o ia deixar. Abanou a cabeça, pousou o telefone na mesa-de-cabeceira e adormeceu pouco depois.

Na manhã seguinte, Kracks foi até aos correios, comprou uma embalagem, dobrou o cartão até formar uma caixa pequena, onde colocou o passaporte de Guy, o telemóvel, a carteira e o seu poema sobre si e sobre o Porto. A seguir, preencheu a caixa com a morada de Guy e entregou-a. Sem passaporte não podia embarcar no voo de regresso. Enviou um SMS a Cristina: «Tenho de ficar mais tempo. Lamento.» Leu a mensagem de novo e apagou a segunda frase, antes de enviá--la. Depois lembrou-se de que ainda não tinha bebido uma única cerveja no Porto.

---

¹ *Bächle*, literalmente «pequenos ribeiros» são estreitos cursos de água que percorrem, em parte à superfície, a cidade de Freiburg, fazendo parte do seu sistema de irrigação e canalização desde a Idade Média. (N. da T.)

GUY HELMINGER

Tradução do alemão de
HELENA TOPA

Friburgo
Bruxelas

Katja Lange-Müller

Visitas em casa

VISITA EM CASA – ESTA EXPRESSÃO É utilizada habitualmente por falantes alemães para se referirem a uma visita do médico de família, quando é chamado para junto do doente que está em casa, na cama; e esta opção de associação é, penso eu, intencional na escolha do nome para o projeto do Goethe-Institut. – Bem, o lado familiar consigo lá chegar, mas médica é que não sou infelizmente, de qualquer forma sou escritora, e porque é que uma escritora não há de fazer uma ou outra visita em casa?

As minhas primeiras visitas em casa foram feitas numa cidade que tem um aspeto muito saudável, a bela e próspera cidade de Freiburg im Breisgau; faz fronteira com a bela França e a não menos bela Suíça, próspera, igualmente emanando saúde.

Porquê Freiburg? Annette Pehnt, uma escritora que muito estimo, que admiro mesmo, especialmente por *Insel 34*, um dos meus livros preferidos, e por *Mobbing*, um romance que descreve de forma emocionante um inferno familiar sob o teto de uma moradia com uma localização idílica, vive a sul de Freiburg, perto da cidade, em Vauban, no chamado *bairro-modelo sustentável*, um bairro alternativo admirado por arquitetos e ativistas da ecologia em todo o mundo. Queria encontrar-me finalmente com ela, a minha colega Annette Pehnt, no lugar onde sei que nasceram todas as suas obras. Uma vez perguntei-lhe o porquê, e Annette disse-me que tinha crescido num bairro periférico de Colónia, terrivelmente feio, construído por blocos de betão pré-fabricados, por isso tinha ficado desde o princípio entusiasmada com o projeto Vauban e tinha-se mudado para lá há cerca de vinte anos.

Estamos em meados de julho e faz um calor tórrido nesta manhã de sábado. Acompanhada de uma jornalista que quer fazer uma reportagem sobre esta visita em casa em Freiburg, vou de elétrico até ao bairro de Vauban. Vamos até lá, até um café-restaurante que ainda está fechado e que tem um chamado uma cervejaria ao ar livre nas traseiras, cujas mesas, prevejo eu, daqui a umas horas se vão encher mais depressa com batidos e *smoothies* do que com cerveja. Mas para já só lá está a Annette, ao lado de um canteiro de flores muito viçosas, já lá está à espera porque nos atrasámos um bocadinho, não por minha causa, mas por causa da jornalista, que se atrasou. Não importa, a Annette, que parece não estar propriamente muito entusiasmada com o facto de haver mais uma pessoa, abraça-me, como sempre que nos encontramos, e começa a sua visita guiada pelo bairro de Vauban. Maravilho-me com os prédios realmente fora do comum, construídos de madeira e outros materiais naturais menos fáceis de definir, muitas vezes pintados com cores vivas, e por cujas paredes trepam videiras, glicínias, roseiras. À esquerda e à direita, diversas verduras orlam o nosso caminho; há silêncio, não se ouve nada a não ser a voz adequadamente suave da Annette, não há qualquer tipo de ruído de automóveis ou máquinas, nem sequer de crianças ao longe – até nos aproximarmos de um arbusto de salva; nos cachos lilases há abelhas, abelhões e insetos a zumbir, tantos e tão alto que sou tentada a tapar os ouvidos. Uns passos adiante, deparamo-nos com uma forma estranha, coberta de ervas, um monte com uma porta de ferro que me faz lembrar uma ilustração da história de Hänsel e Gretel. «Isto», explica Annette, «é o forno público, onde metemos os nossos pães, *pizzas* e tartes, quando há festa.» Annette conduz-nos também até ao jardim infantil florestal. Ali já há mais animação, porque as crianças não dormem até tarde. Há galinhas, coelhos, cabras e alguns cavalos; as crianças tratam deles. A filha da Annette, Jule, por exemplo, trata de um pónei com vinte e três anos, que se chama como o escudeiro de Dom Quixote, portanto Sancho. Mas a espécie que mais se vê, excetuando as abelhas, os abelhões, os besouros e as vespas, é a dos cães. Exemplares de todas as raças e misturas cruzam-se connosco no caminho, grandes e pequenos, com e sem dono ou dona. Uma dona morena, de caracóis, que cumprimenta

Annette efusivamente, chama ao seu animal de quatro patas, que cheira tudo, «o meu salsicha preto». Em lado nenhum, nem sequer onde moro, no bairro de Wedding, em Berlim, me cruzei com tantos cães.

«Sim, é aqui», diz Annette quase timidamente, mal entramos na Harriet-Straub-Straße, e abre-nos uma porta vermelha cor de vinho. Lá dentro está um fresco agradavelmente arejado, porque esta casa, que de fora parece estreita, mas que depois acaba por se revelar surpreendentemente espaçosa, é feita, como Annette confirma, praticamente só de madeira.

A mesa colocada no terço da frente da sala de baixo, a que antigamente se chamaria bar, está bem recheada de comida: requeijão de frutos, tomates marinados, diversas qualidades de queijo, salmão fumado e, não acredito nos meus olhos, salame, pasta de fígado, presunto. Uma das cinco amigas da Annette, que entretanto entraram também, umas com as outras e umas depois das outras, apanha-me a olhar espantada para o prato com enchidos. «Porque não?», diz ela. «As pessoas lá fora pensam que somos vegetarianos religiosamente radicais. Mas eu, por exemplo, gosto demasiado de verduras para comê-las.» O tiro de aviso em relação aos meus preconceitos acertou em cheio; rio-me tanto que o espumante engasgou-me e fez-me cócegas no nariz. Mas claro que não há só vinho espumante, há também café e sumos bio. As amigas da Annette, Elisabeth, Gesine, Barbara, Kerstin e Anna conversam comigo sem inibições, como se não fosse a primeira vez que estou ali. Só o frenesim profissional da jornalista é que incomoda um bocadinho; por outro lado, agradeço-lhe porque de certeza que saberia menos sobre aquele bairro, se ela não tivesse sido tão curiosa. Custa-me estar sempre a fazer perguntas e a tomar nota de todas as respostas, mas felizmente posso confiar na minha memória de elefante. Sim, dizem as amigas da Annette, muitas das pessoas que construíram as casas em regime de cooperativa já não moravam ali há muito tempo, arrendavam as casas a preços que subiam em flecha. Mesmo os imóveis e os terrenos tinham-se tornado entretanto mais caros do que em Munique ou Hamburgo, e muitas vezes os vizinhos novos não tinham interesse nenhum pela vida comunitária, para além das quatro paredes, e por outro lado traziam hábitos que às vezes se tornavam problemáticos com uma proximidade daquelas. Mas para isso havia uma gestão a nível do bairro, que conseguia resolver os conflitos na maioria das vezes, sem polícia e sem processos judiciais estúpidos que se arrastam anos a fio.

E depois vem *a* surpresa; as amigas, como suspeito com grande emoção, preparam-se para mim. Trocam rapidamente de roupa, todas seis, põem estolas à volta do pescoço, colocam perucas, tiram instrumentos das caixas e começa um concerto clássico, ah, qual o quê, é música da boa, um concerto caseiro à moda antiga! Sabem tocar, divertem-se imenso e dão-me a mim uma alegria maior ainda; apesar do sol quentíssimo, que agora já está mais baixo, e que nos banha pela janela da varanda, é um bocadinho como se fosse Natal.

Uma hora depois, as amigas vão-se embora como vieram, umas com as outras e umas a seguir às outras, e as filhas da Annette também saem de casa, porque a Jule se vai estrear naquela noite numa peça de teatro. A arrumação da mesa e da louça da máquina fazemos nós as duas sozinhas, a Annette e eu – e é como se o fizéssemos juntas todos os dias. Eu sou a última a dizer adeus à Annette, porque ainda temos coisas combinadas para hoje.

A caminho do elétrico, olho para as fachadas das casas: varandas cheias de pequenos limoeiros plantados em vasos de barro, brinquedos e espreguiçadeiras, duas, três gaiolas com periquitos, mas raramente um ser humano; continuam a não aparecer. *Passivhäuser*,[1] penso eu, bate certo. Mas não é aquilo que te faria bem aqui, digo para comigo. Já não gostas da grande cidade. Não andas de carro porque chumbaste quatro vezes no exame de condução, por teres medo dos outros condutores. Gostas de estar sozinha, mas não de ser solitária. És *voyeur*, que ouve com atenção quando os vizinhos discutem – ou quando fazem amor. Conheces bem a flora e a fauna, tens jeito para a jardinagem e um fraquinho por insetos. E gostarias de estar mais vezes na companhia da Annette e das amigas dela, tanto mais que até sabes tocar um instrumento. Se calhar *Die Harriets*, como se chama o grupo das seis *ladies*, até têm umas partituras que deem para um acordeão...

Na manhã seguinte, em que faz outra vez um calor tórrido já a esta hora, vou até ao *Encontro para Almoço de Freiburg*, porque fazia questão de conhecer um programa que contrastasse com a «consciência verde da nação», como um deputado do partido *Pirata*[2] chamou recentemente ao bairro de Vauban. Este *Encontro para Almoço*, para pessoas em situação de vida precária, fica um pouco afastado do centro, na zona de Wiehre; pergunto o caminho a uma pessoa que passa na paragem do elétrico e ele chama ao meu destino, num tom sarcástico indisfarçável, «o Restaurante dos Três Reis».

E de facto, assim que entro fico com a sensação estranha de ter entrado num restaurante, e por certo que não era o pior desta cidade, que não é propriamente pobre em estabelecimentos culinários. A sala, pintada em tons de um bege quente, está impecavelmente limpa, bem arranjada, é confortável; do teto estucado pendem candeeiros com globos de vidro branco, ao lado do balcão há plantas verdes do tamanho de uma pessoa, verdadeiras, e às mesas de madeira pintada, decoradas com margaridas amarelas, já estão sentados três «reis», embora ainda seja só meio-dia, mais concretamente são três senhores cuidados, na casa dos sessenta anos, portanto mais novos do que eu. Na mesa ao lado, está acomodada uma senhora muito bem vestida, cujos majestosos cabelos loiros-brancos ondulados estão enfeitados por uma orquídea cor-de-rosa; faz um sorriso simpático por cima da página do jornal *Badische Zeitung*. Mas antes de aproveitar a ocasião para falar com ela, vou primeiro ao escritório falar com a senhora F., a chefe. Anna F. é pequena, graciosa, bonita, enérgica e trabalha aqui há cinco anos. Não, não precisa da minha ajuda, diz ela, e aponta para dois rapazes de dezasseis anos, que entraram no escritório logo a seguir a mim. «Hoje a comida vai ser servida por estes estudantes». Está com um ar tão sério que me fico a perguntar se aqueles dois foram condenados a prestar serviço social por terem feito alguma. «E tu», ordena-me ela, «vais falar com os nossos clientes. É, no mínimo, igualmente importante.» – Como, penso eu, clientes? Ela disse *clientes* e *servir*? – Mas a Anna, é assim que devo tratá-la e não de outra maneira, continua a explicar, é como se ela tivesse decorado aquelas informações: «Para pessoas inscritas, que podem fazer prova de baixos rendimentos, um dos nossos menus, com sopa, prato e sobremesa, custa dois euros e vinte. Mas como somos intencionalmente benévolos, também podem comer cá pessoas não inscritas, portanto na prática qualquer pessoa, mas tem de pagar mais um euro. Todos os dias há quatro pratos principais, feitos de fresco, dois de carne para comensais normais, um prato de dieta e um vegetariano, mas a sopa, o chá ou o café são gratuitos. E além disso temos sempre quatro docinhos diferentes, a 25 cêntimos a dose, porque praticamente todas as pastelarias de Freiburg são nossas fornecedoras e o senhor Zahner dá-nos apoio de qualquer forma. Sabes, o famoso senhor Zahner, o dono da empresa *Feinkost-Zahner*.» – Não, não sabia, tive de pesquisar depois no hotel, no Google, que aquele bonito senhor de setenta e cinco anos, que fornece as lojas *gourmet* de toda a Europa com massas de grande qualidade e toca saxofone numa banda com o nome dele, criou o *Encontro para Almoço de Freiburg*.

Seguindo a sugestão – ou melhor, a ordem – da Anna, dirijo-me à mesa daquela senhora com a orquídea no cabelo. Põe o jornal de lado, estaciona o garfo de bolo ao lado do quadrado de torta de morango, que espetou aqui e acolá sem grande vontade, olha para mim e diz, mesmo antes de eu poder fazer uma pergunta: «É melhor escolheres a tarte de pera e chocolate, que saboreei antes desta coisa pegajosa. A tarte é muito mais gostosa». E depois diz-me que vem todos os dias ao *Restaurante dos Três Reis*, não tanto pelos pratos principais, que eram quase sempre muito bons, «mas eu sou um doce de pessoa. Não sou?» Ri com coqueteria e baixa o olhar para a chávena do café.

Apesar de o restaurante entretanto ter enchido, não consigo ver ninguém com um aspeto mesmo pobre. Mas o que sabes tu, penso eu, a miséria tem muitas caras, até caras lavadas.

Na mesa ao lado da porta ainda há um lugar livre. A senhora muito viva, de quarenta anos no máximo, em frente à qual estou agora sentada, é da Saxónia. Chama-se Manuela, diz, e veio para estes lados há cinco meses porque não gostava de passar frio. «E tenho um andarzinho pequeno, um bocadito fora da cidade», revela-me com franqueza, «tenho o andar, mas não tenho tachos nem vontade de cozinhar». Além disso, tinha encontrado ali no *Encontro para Almoço* «o Peter, o meu amor tardio», está à espera dele e do amigo dele, Stefan, «porque quando estamos cheios ainda ficamos a jogar umas partidas de cartas, *skat*.»

Vou passeando por ali, de mesa em mesa, e fico a saber que há alguns franceses e até alguns suíços que apreciam aquele lugar. – Sem grande esforço, penso – e ao mesmo tempo penso em instalações parecidas, na minha cidade natal, Berlim, onde já fiz voluntariado num estabelecimento de beneditinos. E o aspeto era completamente diferente: as pessoas, homens abandonados, mulheres pobres, tristes, com e sem lenço na cabeça, umas mais velhas, mas também muitas mais novas, que traziam consigo crianças e bebés, esperavam na rua, debaixo de chuva miudinha, numa fila de quinhentos metros. Quando chegava a sua vez, a pessoa pegava numa das taças de plástico descartáveis, que eram reutilizadas várias vezes desde que não estivessem rachadas, e recebia uma dose de batatas cozidas esfareladas e uma colherada de legumes estufados, retiradas de recipientes gigantes de alumínio. E não havia mais nada. Não havia oferta de chá ou café. E ainda enquanto estavam na fila, o monge que estivesse a supervisionar a «sopa dos pobres» destinava seis «voluntários» para lavar os talheres. É claro que havia bancos e mesas de esplanada, onde as pessoas se podiam sentar, mas o espaço era suficiente para cerca de quarenta pessoas, de tal maneira que a maioria dos esfomeados tinham de comer a ração de pé, à colher. – Em comparação, este *Encontro para Almoço* é verdadeiramente uma casa de reis. «Os verdadeiros vagabundos e os sem-abrigo», confirma-me um senhor sentado numa cadeira de rodas, que me chama «senhora generala» e que limpa o cómico bigode retorcido com um guardanapo de papel, «vão aos franciscanos, lá é tudo de graça».

Antes de me ir embora, ainda fumo um cigarro junto a um banquinho de madeira construído à volta de um velho carvalho, porque lá dentro é obviamente proibido. A senhora da Saxónia, que saiu comigo cá para fora, recusa quando lhe ofereço o maço. «Obrigada», diz ela, «sou fiel aos meus *Club*, é um hábito. Sabes, os *Club* são uma marca antiga do tempo da RDA, que graças a Deus ainda continuamos a produzir lá em Dresden.» O senhor da cadeira de rodas aceitou um dos meus cigarros e pediu-me que lho acendesse e pusesse na boca. Quando ele não está a olhar para nós por um momento, a senhora da Saxónia sussurra-me: «Aquilo é estado de emergência sexual. Este lambe tudo limpinho, o garfo, a faca, o prato, o bigode à Imperador Guilherme – e tu, ai, se tu não te piras ou não desapareces para o lugar de onde vieste...»

Visitas em casa, visitas em casa, penso eu. Mas agora quero procurar aqueles que não têm casa, nem sequer uma *Casa dos Três Reis* ou um sítio qualquer onde ficar. Deve haver alguns, porque os há em todo o lado, e em Freiburg também os deve haver. Portanto vou até à estação dos caminhos-de-

-ferro. Eu sei que nas estações há sempre alguns sem-abrigo, em todas as cidades. Antes compro algum «material de conversa», mais precisamente umas garrafinhas de bolso cheias de aguardente e, como nem todos os sem-abrigo bebem, vou buscar ao meu hotel alguns maços de tabaco para uma qualquer eventualidade.

O calor mais forte já se foi, mas mesmo assim há dois tipos que me chamam a atenção por terem um aspeto muito pacato, sentados à sombra de um plátano, à esquerda da estação de Freiburg. A bem dizer, têm um ar mais sonolento do que pacato, penso ao aproximar-me, mas se calhar também já estão bêbados. Sento-me aos seus pés e pergunto delicadamente: «Então, como é que isso vai? São de cá ou vão de viagem? E, se sim, vão para onde?». Um deles ergue a cabeça, olha-me com surpresa, faz um grande sorriso e responde, provavelmente por causa do meu sotaque, que é indisfarçavelmente berlinense, tipicamente berlinense, com uma pergunta: «Não, e tu? És do teatro ou quê?» E naquele momento apercebo-me que, de certezinha absoluta, me deparo com um da minha terra – e acabo por perceber que o amigo também é berlinense. «Andi, de Berlim-Leste, Gregor, de Berlim Ocidental», assim se apresentam, «há três anos que andamos a festejar juntos a Reunificação. E de preferência em Freiburg», diz Andi, o de Berlim-Leste. «É que os daqui de Baden têm muitos euros a tilintar no bolso.» – «E às vezes até um ou outro te atira francos», acrescenta Gregor, o de Berlim Ocidental. «Aqui não são tão forretas como lá na nossa capital no cu do mundo .»

Deixo as minhas garrafinhas de bolso e os maços de tabaco no saco e convido-os para comer no pátio do restaurante *Hausbrauerei Feierling*. Quando nos despedimos duas horas depois, diz o Andi: «Gostávamos mais de ter comido no restaurante panorâmico do hotel *Mercure*, porque de lá veem-se bem as vistas. Mas lá não nos deixavam entrar de certeza, não na tua companhia!»

A minha escolha de Bruxelas para as visitas em casa seguintes tem outras razões, mais concretas – e uma história prévia que vale a pena ser contada, que prova mais uma vez como a memória humana é imprecisa e manipulável a gosto. A história é esta:

Já tinha estado, há muitos anos, a convite do Goethe-Institut local, em Bruxelas, e gostei daquela cidade animada, composta de bairros muito diferentes entre si. Na altura, andei só a pé, sem mapa, sempre atrás da minha intuição, até ficar exausta e com sede. Um dia, quando já começava a escurecer e a minha língua a colar-se ao palato, encontrava-me numa zona não propriamente empolgante; tinha acabado de passar pelo muro de um edifício, uma prisão talvez ou um manicómio antigo, uma instituição psiquiátrica forense possivelmente, porque o muro era alto e tinha cacos de vidro espetados. Dou um jeito ao meu pescoço à procura de um táxi que me leve deve volta ao meu hotel, quando – saída do nada como uma fada Morgana – me surge de repente, do lado direito da rua, uma lanterna iluminada de um amarelo-ovo, e mesmo ao lado da lanterna uma tabuleta oval, de ferro forjado, de uma taberna com uma espécie de trombeta dos correios desenhada, por baixo tinha o nome do estabelecimento em palavras flamengas, que eu decorei na tradução alemã: *Das goldene Papierblümchen, A Florzinha Dourada de Papel.* Ou se calhar era *Das Blümchen aus Goldpapier, A Florzinha de Papel Dourado.* Claro que entrei e, apesar do meu cansaço ou por causa dele, fiz uns olhos ainda maiores. Isto, pensei eu, deve ser um sonho, um sonho tão maravilhoso como só uma sede irresistível consegue evocar. Esta taberna, não, espelunca, era a mais sedutora que uma pessoa com fantasia consegue imaginar! Na minha memória, ela consistia de dois espaços, um maior e outro mais pequeno. Do teto pendia um lustre feito de chifres de veado e naqueles compartimentos acastanhados cheios de patine de provavelmente centenas de anos de fumo de tabaco havia toda a espécie de fotografias e imagens amarelecidas, eram mais pinturas na verdade, com motivos surrealistas de várias formas. Mas não seria aquilo tudo completamente surreal, ou até mesmo irreal? De facto era pelo menos surreal, como pude perceber através de todas aquelas frases à minha volta, que decifrei a custo, porque muitas estavam rabiscadas em neerlandês no papel de parede, outras, que eu não conseguia ler, em francês. Sentei-me naquele final de tarde de outono, há cerca de doze anos, completamente sozinha, numa das mesas de madeira polidas do uso, antiquíssimas e pedi uma cerveja atrás da outra da carta de bebidas, uma vez foi uma cerveja de cereja, outra, uma cerveja de framboesa, depois uma cerveja preta, forte. Pelo meio, levantei-me, andei por ali a estudar as imagens, as gravuras, os *graffiti*, e traduzi para mim, tanto quanto me era possível, algumas das inscrições que enchiam por completo, numa quantidade a perder de vista, todas as paredes, até que, perto da porta da casa de banho, em baixo, à direita, descobri uma única em língua alemã: «*Wo das Gras wächst, stirbt die Kuh*», «Onde cresce a erva morre a vaca», dizia ali. Esta frase, anotei-a numa base da cerveja, deu-me tanto que pensar que eu, apesar de já ter dois ou três litros de sumo de cevada no papo, pedi com a cerveja seguinte, mais uma com sabor de framboesa, ainda uma genebra de frutos, dupla. – «Onde cresce a erva morre a vaca». Quanto mais pensava naquilo, mais a frase me baralhava. Procurei, não obstante encontrar-me provavelmente no lugar mais surreal de todos os mundos, encontrar um sentido qualquer para aquilo. Teria alguém que odiasse animais envenenado a erva para matar a pobre e inocente da vaca? Ou seria talvez primavera e a erva era ainda demasiado fresca para a vaca, que já há muito não estava num prado viçoso e verde? Será que ela, na sua gula, arranjou uma cólica de tanto comer e por isso tem de morrer? – Pode ser, pode ser que não; os pormenores acerca de como a vaca se fina não são revelados por aquele dito. Matutei para cá e para lá, testei várias possibilidades, bebi mais uma cerveja e mais uma genebra dupla e não dei pelo tempo a passar. Só quando olhei para o meu relógio de pulso é que me dei conta de que o último avião, que me havia de levar de volta a Berlim já lá tinha aterrado, sem mim...

A dada altura, *A Florzinha de Papel Dourado* fechou; paguei a minha orgulhosa conta e fui a cambalear animada para a rua, onde dei de imediato com um táxi. O facto de ter escondido isto ao Goethe-Institut de Bruxelas, de ter pagado uma noite a mais do meu bolso e de ter tido que reservar um novo voo não me fez sentir nem um bocadinho arrependida.

E agora estou outra vez em Bruxelas, outra vez a convite do Goethe-Insitut local, mas desta vez por causa das minhas recordações tão vivas daquele lugar, com que eu, como haveria de confirmar, não tinha sonhado. Não, ele existe mesmo e continua a ser tão fascinantemente especial. Mas, em bom rigor, chama-se de uma forma um pouco diferente daquela que eu tinha memorizado na minha tradução: em neerlandês *Het Goudblommeke in Papier* e em francês *La Fleur en Papier Doré*.

Porém, antes de voltar a fazer uma visita à minha encantadora, literalmente maravilhosa florzinha de papel dourado, não, uma visita em casa, tenho um encontro marcado com Hilde, a também maravilhosa irmã da minha tradutora Els

355

Snick, que já traduziu três dos meus livros para neerlandês e que, espero eu, irá fazer o mesmo com o meu novo livro de prosa, *Drehtür, Porta Giratória*.

A Hilde está à minha espera no bairro português, junto à escultura de Fernando Pessoa, que já há muito queria ver porque gosto muito do grande Pessoa. A ele devemos os versos porventura mais verdadeiros, precisamente no seu paradoxo, sobre a essência dos poetas:

> *O poeta é um fingidor*
> *Finge tão completamente*
> *Que chega a fingir que é dor*
> *A dor que deveras sente.*

A Hilde, que tive a oportunidade de conhecer já há algum tempo, quando ainda trabalhava em Bruxelas, vive agora em Antuérpia; portanto, na verdade é a Hilde que faz uma *Visita em Casa* à Katja e a Katja à Hilde. Encontro-me com ela porque trabalha numa área que tem muito a ver com o meu novo romance. *Drehtür* fala de uma enfermeira cuja vida e maior problema é ajudar os outros. A minha protagonista deu a volta à história mundial durante vinte e dois anos e acudiu a pessoas de muitas nacionalidades, em diversas zonas de catástrofe e em países em desenvolvimento.

A Hilde que, além do neerlandês, também fala francês, inglês e espanhol, para além do búlgaro que está a aprender, está há três anos nos *Médicos do Mundo*. Tinha começado a fazer trabalho social, como auxiliar de cozinha de outra organização humanitária, depois formou-se como assistente e deu aulas a analfabetos durante treze anos, na sua língua materna. Depois disso, esteve, com os *Médicos sem Fronteiras*, ao todo cinco vezes em África. «Fazíamos prevenção do HIV e aquisição de contracetivos», diz Hilde, «mas esta organização tem uma estrutura complicada. Os colaboradores mudam demasiado; mal estão entrosados com o trabalho, vão-se embora. Nos *Médicos do Mundo* parecia ser mais fácil de início. No primeiro ano, quando ainda era em regime de voluntariado, gostei do trabalho e fi-lo com grande paixão, mas aqui na Bélgica tratamos de ilegais, que não têm qualquer espécie de acesso a cuidados médicos, mas entretanto também de migrantes que chegam da Europa de Leste, que até têm determinados direitos por serem cidadãos da UE, se ao menos soubessem neerlandês, francês, ou pelo menos inglês e soubessem fazer valer estes direitos. Os nossos utentes, todos eles, só conhecem traumas, na verdade; tinham-nos nos lugares de onde vieram e nos lugares onde foram parar as coisas são diferentes, mas não são melhores, para eles não são. As nossas estruturas têm falta de muita coisa, na realidade são coisas pequenas, mas obrigam-nos a manter sempre o ritmo; às vezes é a luz que não funciona, outras vezes são as casas de banho que estão entupidas. Por isso, mandamos *e-mails* irritados e absurdos a altas horas da noite. E temos de comprar coisas; porque só

um terço do dinheiro de que precisamos é transferido pelo ministério que tutela estes assuntos. Às vezes recolhemos menos donativos, às vezes mais, mas nunca chega, nem de perto nem de longe. Muitas pessoas, demasiadas pessoas que tentamos ajudar não conseguem simplesmente dar o salto para uma vida autónoma. As mulheres têm muitas vezes diabetes, hipertensão, problemas com os dentes – e na maioria das vezes, com os maridos, que muitas vezes são dependentes de heroína ou completamente indiferentes – ou as duas coisas...»
– «E tu?», interrompo-a eu, as palavras saem-lhe da boca em catadupa como de uma fonte que esteve tapada durante muito tempo e que acabou de ser aberta. «Bem», diz ela, «eu toco trompete e isso descontrai-me daquela forma exaustiva a que estou habituada, e tenho dois gatos a viver comigo. Não, não me sinto sobrecarregada nem tão-pouco infeliz. Consegui este ano ajudar um rapaz africano suicidário a superar a crise. Que posso eu querer mais?!»

A nossa conversa altamente concentrada deu-nos fome, por isso levantamo-nos da mesa em frente ao restaurante português, onde de qualquer maneira só vai haver comida quente lá mais para o fim do dia, e damos um passeio por algumas das ruas do bairro africano de Matongé. Lá sentamo-nos no único restaurante que já está aberto àquela hora. A dona, uma romena, que afirma, no entanto, ter o melhor cozinheiro congolês de todo o bairro de Matongé ao seu serviço, traz-nos duas garrafas de uma cerveja clara, leve, e um combinado de

muamba para cada uma: galinha estufada, arroz, *saka saka* –
uma papa feita de mandioca ralada, óleo de palma e pasta de
amendoim –, e, a acompanhar, ainda uma tacinha de banana
frita. «A Els», diz Hilde entre duas garfadas, «deve estar a
chegar». – «E depois», digo eu com a boca cheia, «vou-vos
mostrar a taberna mais bonita de todo o planeta».

São dezanove horas, finalmente! Todos, a Hilde, a Els, eu,
a Susanne, a diretora do Goethe-Institut de Bruxelas, muitas
e muitos dos seus colegas, para além de outros convidados, a
convite de outras pessoas, encontramo-nos em frente ao *Het
Goudblommeke in Papier*. Vejo que a lanterna e a tabuleta da
taberna ainda lá estão, mas – e para-me a respiração – a fachada foi pintada de novo, de um bege claro, e tem um ar muito
mais chique do que tinha na memória. A tabuleta oval de ferro
é acrescida agora de videiras forjadas em filigrana entre as
janelas. Porque o estabelecimento, dizem-me, foi ameaçado
pela concorrência e esteve para fechar em 2006. Mas alguns
cidadãos, que amavam ainda mais este «coração de Bruxelas»
do que eu, juntaram-se e salvaram-no, restaurando-o com
muito cuidado, felizmente só por fora. Lá dentro está tudo,
quase tudo, como antigamente, só abriram mais uma sala
para grupos, que precisam de muito espaço, em cuja parede
traseira está uma fotografia ampliada dos poetas surrealistas-
-anarquistas que, desde 1944, aqui estavam praticamente em
casa, porque não passavam o tempo em mais lado nenhum.

Estão alinhados ao lado e atrás uns dos outros, como para uma *polonaise*, e olham para a câmara brandindo os copos cheios: Geert van Buraene, o poeta, ator, comerciante de arte e, na altura, mecenas da *Goudblommeke*, o pintor e artista gráfico René Magritte, o crítico E.L.T. Mesens, o escritor Louis Paul Boon, o pintor Pierre Alechinsky, o escritor Louis Scutenaire e a mulher, a poeta Irène Hamoir, e alguns outros, que faziam parte da vanguarda da boémia belga do tempo. René Magritte, ao que me dizem, eram um cliente habitual, pagava as contas com quadros, dele próprio e supostamente adquiridas; também há um quadro de Jan Vermeer van Delft entre eles, mas que rapidamente se descobriu ser uma cópia, ou melhor, uma falsificação. Magritte, chamado a justificar-se, ergueu apenas os ombros e explicou, em consonância com a situação, que gostava igualmente de todos os seus filhos. Reconhecia-os a todos como sendo do seu sangue e da sua carne, os legítimos como os ilegítimos. O célebre escritor flamengo Hugo Claus festejou o seu casamento com a modelo Elly Overzier na *Goudblommeke* e o cantor Jacques Brel conheceu aqui a sua mulher. Não há nenhum dos grandes artistas modernistas que não tivesse estado pelo menos uma vez neste estabelecimento; Lyonel Feininger, Paul Klee, Otto Dix e Georges Grosz frequentaram-no. A carreira do ilustrador de *Tintim* teve início nestas mesas antigas, polidas do uso, onde criou as suas figuras de banda desenhada mundialmente conhecidas em bases de cerveja...

Sim, tudo, tudo está bem – e está tudo como o tinha na memória, só a questão da erva e da vaca que morria é que foi diferente, muito diferente: a frase de um surrealista alemão ao lado do acesso às casas de banho nunca existiu. Não há uma única frase alemã aqui, e perto das portas das casas de banho não há nada escrito em papel de parede, nem em flamengo nem em francês. Todas as frases estão noutras paredes, igualmente sem papel de parede, que se calhar já tiveram em tempos uma cor diferente do nobre castanho da nicotina. Em vez disso, há, na primeira sala, em frente ao balcão, uma bandeja redonda feita de madeira pesada e escura, decorada com umas elegantes videiras – ou será a tampa de uma pipa? – Debaixo do ornamento das videiras lê-se, em carateres Antiqua, em neerlandês: «*Waer het gras groeit / Sterft de koe*». Mas continuo a não conseguir decifrar o sentido desta máxima. E como haveria de decifrá-lo? O sentido, ou melhor o não-sentido, do surrealismo é precisamente recusar a vil razão, se é que reclama para si uma ou outra coisa.

Mas que tem isso?! Michel De Rouck, o dono, manda servir-nos cervejas e pratos com pão, queijo, uns deliciosos chouriços de sangue e galantine, aos quais se seguem taças cheias de *pottekeis*, uma especialidade de Bruxelas. Em toda a taberna e nas nossas duas mesas compridas reina uma atmosfera de um aconchego sobrenatural, o ambiente é excelente. Michel de Rouck, um fulano que não se atrapalha com nenhum tipo de informação, muito bem-disposto, descreve as atividades dos *Amigos da Casa* e responde às minhas perguntas sobre Raymond Queneau, o meu escritor francês preferido, que manteve contacto estreito com os surrealistas belgas e que também aqui vinha, obviamente, quando passava algum tempo em Bruxelas, o que acontecia muitas vezes. – Sinto-me feliz como há muito não me sentia, peço uma genebra velha juntamente com a cerveja de cereja e esvazio o meu copinho de um trago, bebendo para que os deuses de todos os tempos e religiões, em que acredito nestas horas, e só nestas horas, portanto para que Zeus e Hera, Diónisos e Hermes, Afrodite e Hebe, Amor, Apolo e Deméter e, claro, também Adonai, Jeová, Alá, Vishnu, Shiva, Krishna, além de todos os Budas e para que todos aqueles que se sintam em lugar competente, lá no céu ou aqui junto a nós, na Terra, possam proteger *Het Goudblommeke van Papier*, a *La Fleur en Papier Doré* – para todo a eternidade, enquanto a eternidade durar!

Tradução do alemão de
HELENA TOPA

[1] Passivhaus (plural: Passivhäuser), literalmente traduzido «casa passiva» é um conceito construtivo que define um padrão energético eficiente e economicamente acessível e sustentável (N.T.).

[2] O Partido Pirata, Piraten-Partei na Alemanha, é um movimento internacional, com partidos em vários países do mundo, tendo origem num partido, criado na Suécia em 2006, que se insurge contra as políticas de criminalização de maneiras de partilhar dados e conhecimento.

Frankfurt
am Main
Marselha

Michela Murgia

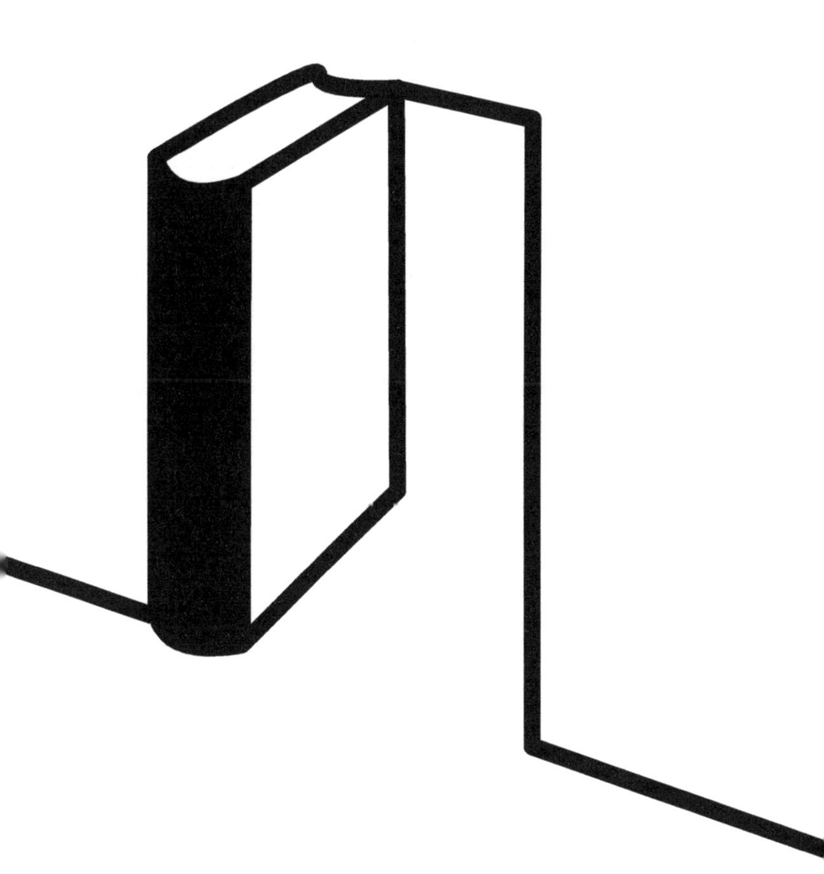

Frankfurt – Marselha só ida

HÁ JÁ PELO MENOS VINTE ANOS que não ia a uma festa em casa de desconhecidos, ainda por cima sem ter a certeza de que me iria fazer entender em qualquer língua. Ao contrário de quando era nova, em vez de me sentir intimidada e sentir inadaptada, esta condição excitava-me como num encontro às cegas depois de meses de solidão. Aceitei o convite do Goethe-Institut para participar no projeto *Visitas em casa* para ir a países de outros, a casas de outros, andar às cegas em ambientes insólitos e entregar-me a sentimentos sociais normalmente reservados a contextos familiares: o intuito, a confiança, o desafio. Agradava-me esta ideia de residências, locais extremamente pessoais que me poupariam à frieza dos espaços institucionais onde normalmente os escritores se encontram. Depois de tantos anos de leituras em público, aborrece-me facilmente a liturgia dos papéis predefinidos, porque pressupõem antes de mais uma mistificação: um microfone na mão que transforma a conversa num comício, as pessoas que estão à nossa frente passam a ser imediatamente um público e o próprio ato de ler publicamente leva-os a pressupor em ti uma autoridade que favorece indubitavelmente a audição, mas que impede a reciprocidade de um intercâmbio. Queria quebrar este código formal e entrar em contacto com as pessoas de quem iria saber o nome, e com quem iria comer e sentar-me no sofá para trocar palavras que podiam também dizer respeito aos meus livros, mas que, sinceramente, esperava que não.

Fui eu que escolhi a cidade – o projeto permite fazê-lo de forma inteligente – mas não coloquei o dedo à sorte em cima do mapa. Frankfurt entrou no meu itinerário de viagem porque, apesar de nos anos anteriores ter ido muitas vezes à Alemanha para apresentar as traduções dos meus livros, esta cidade nunca tinha sido uma meta, mas somente um ponto de passagem onde trocava de comboio. Paradoxalmente era talvez o sítio da Alemanha em que tinha passado mais vezes, mas sem ter nenhuma lembrança em específico: pensei que talvez fosse o momento de a resgatar deste injusto anonimato. Marselha, pelo contrário, foi uma escolha de contradição: sendo uma meta tradicional dos italianos em França, já sabia, pelo que me contavam, que era a cidade menos estereotipada de França que poderia conhecer e era mesmo isto que me atraía. Queria a mais-valia da língua francesa, que entre as europeias é a que falo melhor, mas queria também visitar um *limen,* um lugar onde o Mediterrâneo todo decidiu marcar um encontro ao longo dos séculos, nem sempre com boas intenções, dando forma a uma verdadeira terra de fronteira. Sendo assim, escolhi dois lugares que para mim significavam de certo modo anti-metas: o não-lugar Frankfurt e o multi-lugar Marselha, que na minha imaginação eram a antípoda um do outro. O Goethe-Institut era o portal mágico que me permitiria colmatar a distância entre estes dois mundos, entrando pela porta de quatro residências, nas quais, contra todas as previsões, cada experiência de relação foi única e tão-pouco semelhante às outras.

Como é óbvio, Frankfurt estava bem longe de ser um não-lugar, mas uma cidade moderna que se ergueu da destruição da guerra intitulando-se ao princípio como a capital dos intercâmbios bancários, depois orientando cada vez mais recursos para a construção de uma identidade cultural contemporânea, com dezenas de museus e uma bela requalificação urbanística. Durante um passeio que dei sozinha, assisti a uma discussão apaixonante sobre um tema que em Itália nunca seria possível tratar: quais os critérios arquitetónicos a adotar para a construção de um edifício moderno em torno da catedral, ou seja, no coração do centro histórico medieval. Em Itália, o princípio de conservação é de tal forma incontestável que quem quer que pensasse em pô-lo em discussão passaria por um destruidor do caráter autêntico do património cultural dessa terra. Os centros históricos são restaurados desde sempre restabelecendo o seu aspeto medieval ou renascentista e até mesmo quando um terramoto os devasta, tornando imprescindível a sua reconsideração, só a ideia de mudar o aspeto com algo mais atual é de tal forma dolorosa que não raramente os habitantes preferem ir todos embora e reconstruir noutro lugar tudo desde o zero. A Alemanha parte, evidentemente, de uma necessidade diferente, se é verdade que a devastação da guerra abateu muita da beleza urbana precedente, é também verdade que involuntariamente fez tábua rasa onde os habitantes da cidade decidiram *ex novo* que história do futuro escrever e com que tijolos: re-erguer vestígios passados ou considerar aquele terrível vazio como uma hipótese para dar uma nova cara contemporânea sem o rastro do passado? A solução encontrada por Frankfurt impressionou-me pela sua delicada natureza compromissória: ao lado da catedral surge um edifício de um material de construção avermelhado parecido aos tijolos antigos, que respeita a forma em flecha das estruturas tradicionais, mas que é visivelmente um prédio moderno, com toda a tecnologia à disposição e uma discreta *allure* burguesa. Se o considerarmos como uma metáfora, este exercício de pragmatismo urbanístico entre passado e futuro dava-me uma ideia do espírito da cidade que eu tinha escolhido.

Quando entrei em casa de Gisela Bonz ainda não sabia o que esperar, e menos ainda o que era esperado de mim. O projeto *Visitas em casa* tem a particularidade de não ter um formato: o seu formato são as pessoas em si. Assim, o sorriso e o cumprimento em italiano que me foram logo dirigidos, forãm o tácito sinal de partida para criar exatamente a atmosfera que esperava: ao redor de um buffet simples conversámos sem formalismos sobre muitas coisas, alternando da língua italiana, falada por alguns dos convidados e pela dona da casa – para a alemã, que me era traduzida amavelmente por alguns deles. As conversas começaram a pairar espontaneamente em torno de temas da atualidade social: estávamos próximos do referendum anglo-saxónico que iria decidir a favor do Brexit e o que catalisou logo a atenção de todos foi a política, até porque os convidados presentes, por poucos que fossem, eram quase todos de nacionalidades diferentes e representavam a seu modo uma síntese tangível da impraticabilidade da ideia de colocar novamente fronteiras no interior da Europa. A idade tornava o pensamento ainda mais complexo, já que alguns deles eram da geração dos meus pais e tinham visto surgir a união europeia através de momentos dolorosos e a partir das cinzas da Segunda Guerra Mundial. A perspetiva da saída da Grã-Bretanha da União abria tantos cenários que demos por nós a questionarmo-nos acerca de como tinha sido possível chegar, numa só geração, a reconsiderar um retrocesso desta envergadura. Dos anos 70, com as ideologias defendidas até mesmo com armas, passando pelos hedonistas e frívolos anos 80, que em Itália acarretaram uma mudança social e antropológica de que só vinte anos depois teríamos compreendido o verdadeiro alcance, tinha de ter acontecido alguma coisa que desgastara a ideia da comunidade europeia ao ponto de em todos os estados da União haver pessoas dispostas a reconsiderá-la. Aquela pequena sala cheia de pessoas que nunca se tinham visto antes foi durante duas horas um excecional cenáculo político que me fez sentir falta de lugares onde este caráter extraordinário ocasional pudesse ser vivido como uma normalidade usual. A internet consegue fazer muitas coisas pela minha geração e pelas que virão, mas não consegue proporcionar o que aconteceu naquela casa, onde as razões de uma Europa unida foram por uma noite palpáveis, ponderadas e ao alcance de qualquer pessoa.

A segunda e última noite frankfurtiana poderia facilmente ter-se revelado uma cópia gasta da primeira, mas foi completamente diferente. A dona da casa, Claudia Turolla, era uma italiana que se mudara para Frankfurt por razões de trabalho e tal como ela uma boa parte dos convidados, quase todos *expat* ligados à universidade na área de humanidades, excepto algum alemão. Não foi preciso perguntar aos expatriados o motivo da mudança: Itália em relação aos outros países europeus investe valores muito baixos na alta formação, sobretudo em especializações literárias, e não é caso raro que os licenciados nesta área se transfiram para outros departamentos de italianística da União. Só em 2015 o número de jovens italianos que emigraram em busca de uma perspetiva melhor superou pela primeira vez o dos migrantes económicos estrangeiros provenientes de países mais pobres. A Alemanha, devido à clarividência dos seus investimentos culturais e ao fascínio por uma língua que ainda conserva o último vestígio europeu dos casos do latim, é uma meta natural para quem se ocupa de linguística. Num pequeno jardim com uma horta e uma mesa preparada, demos por nós a pensar na esperança que move as pessoas a deixar o seu próprio país em busca de outras coisas a que pertencer. Provavelmente foi uma noite parecida às muitas outras que se fazem entre os expatriados que se reunem em torno do mesmo percurso de estudo ou de trabalho. Mas depois tentei propôr um pequeno jogo de partilha de canções. Venho de uma cultura que tem em grande consideração os cantares comuns: na Sardenha, no fim das refeições de convívio, cantam-se muitas vezes músicas tradicionais. Pedi aos presentes que trocássemos esta dádiva cantando cada um algo da sua própria tradição, mas enquanto todos os italianos tinham mais ou menos uma balada regional para oferecer aos presentes, os jovens alemães que ali estavam não conheciam nenhum canto tradicional. Questionámo-nos de como era possível e a resposta foi precisa: a propaganda nazi durante os anos do poder de Hitler apropriou-se da retórica das raízes e das tradições populares ao ponto de alterar o seu valor semântico. Os cantares de todos, as músicas tradicionais passaram a ser cantares nazis, hinos da supremacia alemã, e por este motivo depois da guerra nunca mais foram ensinados às crianças. O alcance do dano que a guerra provocou foi pesada em mortos, em destruição física de cidades e territórios, em dor e pobreza. Mas foram precisos setenta anos para que num jardim de Frankfurt uma dúzia de pessoas que estudaram a guerra nos livros se apercebessem de que o número de danos ainda não tinha acabado. Deixei Frankfurt grata e cheia de pensamentos e vi e revi muitas vezes as fotos que tirámos durante os dois jantares de junho, tão diferentes, tão famíliares e cada um a seu modo.

Em Marselha, a visita parecia ser mais problemática do que na Alemanha, mas o que a impedia era algo objetivo: o calendário de futebol jogava contra mim. Mesmo nas datas em que planeara a minha visita jogava-se na cidade a semifinal do mundial de futebol, um França-Alemanha contra o qual a minha parca capacidade de conversar em francês nunca poderia levar a melhor. O ambiente na cidade estava ao rubro: em toda a parte via danças, capoeiras desengonçadas nas ruas para dar força aos adeptos locais, recém-nascidos nos carrinhos com a cara pintada com as cores da bandeira francesa, bares e cafés invadidos por adeptos de ambas as equipas e uma cidade completamente militarizada pelo receio de atentados. Estava à espera de um convite para ficar no hotel ou, pior ainda, uma viagem até uma porta que nunca se abriria, com os donos da casa tão embebidos pela transmissão do jogo na tv para que se lembrassem de que estavam à espera de visitas. Mas as portas

das residências que me esperavam abriram-se ambas e, mais
além do limiar do projeto *Visitas em casa,* confirmou-se como
um imprevisível desencadeador de encontros e surpresas. A
primeira casa em que estive era a de Enrica, uma sarda ex-
patriada por motivos de trabalho e que dividia o apartamento com Samantha, uma amiga inglesa. Também neste caso a
proveniência dos convidados que lá estavam para me conhe-
cerem era muito heterogénea e isto fez-me questionar a quota
de integração de que é capaz o resto da Europa em relação ao
meu país: em Itália a prática de encontros entre tantas pessoas
de diferentes nacionalidades só se verifica num âmbito uni-
versitário Erasmus, mas não na vida comum. Acho que isto
depende do facto de a Itália não ser um destino de chegada
para os expatriados, no máximo de partida, mas há ainda outro
dado: a sociedade alemã e a francesa, mesmo que por motivos diferentes, permitem mais facilmente uma miscigenação
social entre as etnias, as nacionalidades e as línguas. Especialmente em Marselha parece que o Mediterrâneo todo marcou
encontro ao longo da linha do porto e passear nos arredores
significa estar disponível para encontrar todas as cores de pele
possíveis, todos os fatos tradicionais que se possa imaginar no
norte de África e idiomas de todos os lados. Enrica é da mesma
ilha que eu, a Sardenha, e vive aqui dando aulas de italiano,
e também fazendo outras coisas. «Já não lhe chamo trabalho
precário» – explicou-me enquanto barrava as tostas com hummus – «chamo-lhe trabalho por módulos, o único que garan-

tem à nossa geração. Aqui mete muito menos medo do que na nossa terra.» No jantar em sua casa e de Samantha havia sobretudo mulheres do sul de Itália e da França, que falavam todas italiano, e tinham lido não só os meus romances, mas também alguns artigos sobre as temáticas feministas de que normalmente falo, ao morar num país que ainda tem uma necessidade extrema de feminismo. Gradualmente as perguntas sobre o tema fizeram com que se tornasse no tema principal de conversa da noite, enquanto nas visitas na Alemanha quase não tinha sido tocado. Não houve nem uma conferência nem uma conversa oracular: ninguém estava à espera de respostas especiais da minha parte. Pelo contrário, como acontece normalmente quando as mulheres se confrontam, emergem as experiências de todas revelando-se inacreditavelmente comuns, particularmente no que diz respeito à relação com as mães, às expectativas masculinas, à misoginia social e à dificuldade em encontrar verdadeiras políticas de conciliação entre a vida e o trabalho. As figuras femininas dos meus livros foram o ponto de partida para chegar a discussões de grande envergadura com alcance muito mais amplo, mas estou certa de que nenhuma dessas discussões se realizaria, se ao falar dos meus livros tivéssemos começado com uma tradicional apresentação literária. O nível de exposição pessoal que um encontro numa residência privada consente, no caso de pessoas que se encontravam pela primeira vez, fez com que aquela noite se tornasse num verdadeiro intercâmbio cultural e foi uma ocasião para encarar temas de que em jantares com amigos não se falam, por pudor ou educação. Os temas da questão feminina pairavam na minha cabeça nos dias seguintes, quando passeava pelas ruas de Marselha, ora pelos boulevards ora pela casbá, vi muitas mulheres de origem magrebina expondo símbolos da cultura islâmica como o véu ou com comportamentos diferentes dos das mulheres europeias ocidentais. A cultura patriarcal, ainda muito presente no nosso continente, apesar das leis e da evolução dos costumes, irá procurar aliar-se aos patriarcados mais arcaicos de origem africana? Seremos nós mulheres capazes de darmos as mãos apesar das diferenças culturais e encontrar conjuntamente um caminho comum para tornar a nossa sociedade num lugar para todas nós, ou seja para todos? Naquela noite em casa da Enrica não obtive resposta, mas foi belíssimo ter encontrado um sítio onde estas perguntas pudessem nascer e continuar a ecoar.

Bem diferente por sinal foi a última visita à residência que fiz no dia seguinte. Éramos pouquíssimos, dois homens e três mulheres, provavelmente as únicas pessoas em Marselha que não estavam a ver a semifinal. Diante de um leve aperitivo numa sala cheia de cadeiras desiguais, apercebi-me de que aquele estranho jantar tinha a média de idades mais baixa de toda a minha viagem, sendo eu de longe a pessoa mais avançada na idade entre todos os convidados. Durante os primeiros obséquios foi-me feita a pergunta que depois foi o mote da discussão seguinte: um jovem estudante perguntou-me o que mais me tinha impressionado à primeira vista da cidade de Marselha. A resposta era quase óbvia: o número impressionante de crianças, nada normal para uma pessoa habituada à baixíssima concentração infantil de Itália. O nosso país já há muito que tem um filho per capita – a Sardenha menos de um – paralelamente a uma França onde a média ultrapassa os dois filhos por mulher; por este motivo, a idade média italiana oscila em torno dos 44 anos, um limiar alcançado e que, há apenas cinquenta anos, seria definido como meia-idade, mas que hoje em dia tem a pretensão de ainda pertencer à faixa etária jovem de quem tem (quase) toda a vida por diante. E que por uma assustadora coincidência é também a minha idade. As raparigas presentes, todas menos uma, disseram-me que não tinham nenhuma intenção de respeitar o hábito francês de fazer muitos filhos. A posição maioritária era, pelo contrário, a de não ter nenhum e a determinação com que me foi dito levou-me a perceber o porquê. Não tive filhos por escolha própria e os motivos são diversos, mas sei que esta decisão é sempre pessoal mesmo quando os fatores que a produzem parecem comuns. Normalmente em Itália usa-se o sistema de Segurança Social para justificar a baixa natalidade, juntamente com a complicada condição feminina num país onde as mulheres ainda são consideradas as principais responsáveis em cuidar da família. Provavelmente também nós acabaríamos por dizer os motivos pelos quais não os tínhamos ou não os queríamos fazer, mas felizmente um dos jovens homens presentes decidiu inverter o nosso ponto de vista e colocou--nos todas e todos perante uma questão totalmente diferente: «Perguntam-nos sempre porque não queremos ter filhos, mas eu pergunto-me e pergunto-vos: porque temos de ter? Por que motivo ter filhos é um bem tão nobre, que não os fazer requeira uma justificação?» Embora já me dedique a este tema há anos, nunca me tinha sido colocada a questão nestes termos, e muito menos por um homem, e isto depende de certeza do facto que em Itália o instinto maternal é considerado como a norma natural e a sua ausência uma anomalia associal e patológica. As mulheres que não conseguem ter filhos ou que protelam a escolha por razões económicas são aceites, mas não há qualquer tipo de compreensão para as que afirmam que não têm nada que as impeça reproduzir para além da sua própria vontade. As respostas à pergunta foram talvez o que mais me surpreendeu em toda a minha viagem pela Europa com o Goethe-Institut. O homem que tinha colocado a questão tinha sido também o primeiro a responder, afirmando que o único motivo que lhe vinha à cabeça para ter filhos, apesar de não os querer ter, era que ter alguém com uma diferença de idade tão grande em relação a ti próprio e que depende de ti te obriga a pensar num futuro mais longo do que o que terias acesso só com a tua vida, e portanto aumenta a tua responsabilidade em relação ao futuro.

Os filhos, nesta perspetiva, são um gesto de generosidade

378

para o mundo e atenuam o próprio egoísmo, a tentação de ser a única orientação das coisas. As raparigas não concordavam com esta visão. Algumas delas disseram que não existe ato mais egoísta que o de ter filhos, uma reprodução de nós mesmos numa tentativa simbólica de ir para além da morte. Fazem-se filhos para não morrer sem cuidados, para se ter companhia ou porque se tem tanto amor para dar que um animal de estimação não é suficiente, mas qualquer que seja o motivo, para as raparigas que estavam naquele jantar pôr filhos no mundo era fundamentalmente um ato egoísta e narcisista. Dei por mim, como a pessoa mais velha do grupo, a colocar a questão social como tema, apesar de a considerar por si só uma das menos convincentes até para mim mesma. As sociedades velhas geram políticas a pensar em velhos, construindo mundos onde pôr filhos no mundo se torna cada vez mais problemático até para quem os deseja. Os velhos votam em que lhes oferece segurança e saúde, não escolas e parques infantis onde como idoso já não se vai. Recusar-se a ter filhos significa construir sociedades senis e começar um verdadeiro processo de extinção da espécie.

Perante esta visão riram todos, apelando ao meu sentido de valorização e considerei ridícula a hipótese de extinção num planeta onde o ser humano é a espécie dominante e ronda os 7 mil milhões de pessoas. Mais definitiva do que eu, uma das raparigas presentes disse-me claramente que mesmo que chegássemos a extinguir-nos, isto não deveria ser um problema lógico. «Houve muitas espécies que se extinguiram nos milhões de anos da história do planeta. O que nos faz pensar que a nossa não possa ter o mesmo destino? O mundo vale mais do que todas as vidas que o habitam e a nossa é mesmo uma das mais destruidoras.» Com esta declaração cultural cínica e apuradíssima, a de que um indivíduo consegue teorizar sobre a autoextinção voluntária da sua própria espécie como sendo uma coisa boa, sobrepôs-se de repente um grito em uníssono da vizinhança por um golo marcado por uma das equipas em campo e o encanto do discurso quebrou. Despedimo-nos amigavelmente, mas talvez arrependidos por termos aprofundado um tema que, entre pessoas educadas, o bom gosto exigiria que nem fosse tocado. A caminho de casa apercebi-me de que aquela discussão tinha sido o sentido não só de todo o jantar, mas até mesmo da viagem que é o cerne do projeto *Visitas em casa*. Criar encontros, intercâmbios e pensamentos com a desculpa de receber em casa uma visita mais problemática do que outras – no final, o escritor é sobretudo um desassossegado problemático – parecia que não tinha um objetivo em si, visto que nem estava previsto de um modo explícito que se falasse de literatura. E em só quatro serões por duas nações consegui confrontar-me com pessoas completamente diferentes umas das outras e de mim sobre alguns temas que marcam largamente a nossa atualidade. As consequências de encontros semelhantes são incalculáveis e talvez nem queira mesmo calculá-las, mas na realidade sem a pesquisa dessas

consequências não há literatura, nem valor social, nem qualidade de futuro. Regressei a casa perturbada, grata e fecunda,
com a sensação de me ter esquecido ao longo da viagem de
algo que mais tarde ou mais cedo será necessário ir buscar.

Tradução do italiano de
RITA GONÇALVES RAMOS

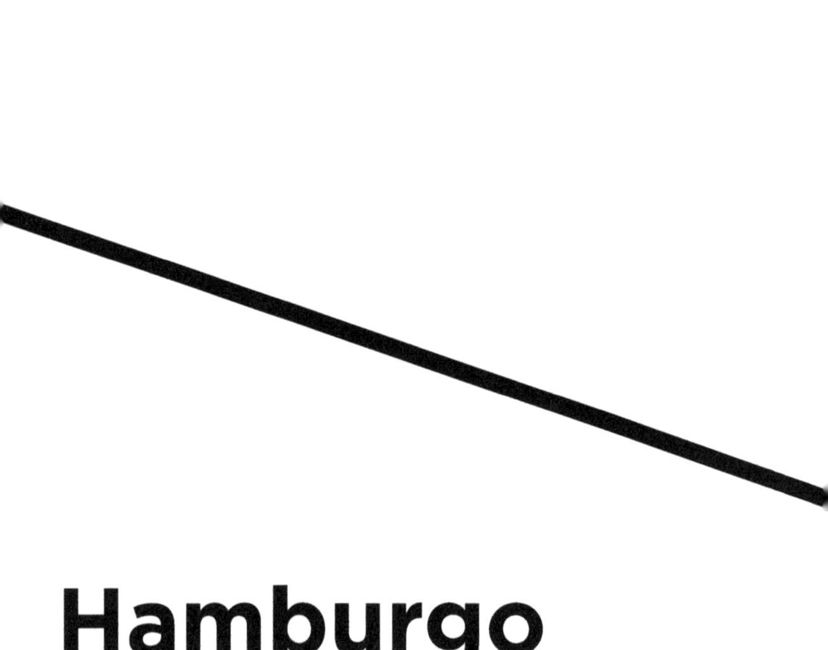

Hamburgo
Nancy

Jordi Puntí

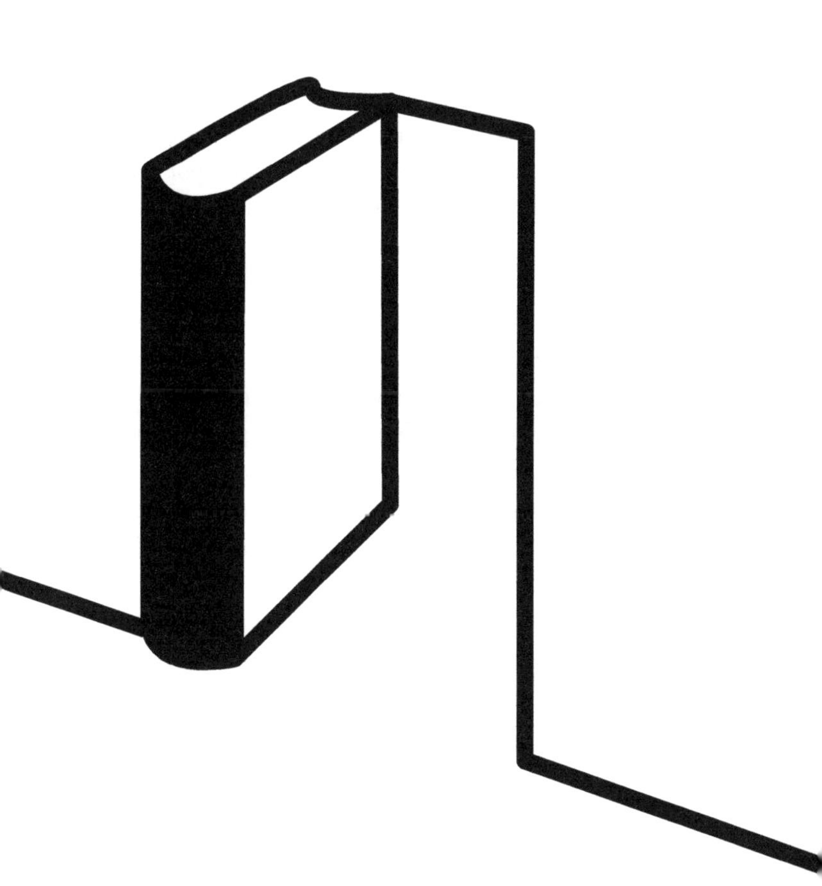

A paciência

ESTAVA NUM CAFÉ, na estação de comboios do Luxemburgo, e tinha acabado de comer uma sandes e de beber uma coca-cola. Pedi a conta e quis pagar com o cartão de crédito. O empregado trouxe a máquina, passou o cartão e pediu-me para introduzir o código, enquanto ele olhava, por segundos, para um ponto incerto, à sua frente. Todos os vendedores e empregados de mesa fazem o mesmo: olham para o vazio para manter a discrição e dar um pouco de privacidade ao cliente. Alguns disfarçam pouco e viram a cara, como que incomodados ou repentinamente tímidos, mas também há quem se entregue a um devaneio pessoal, feche os olhos três segundos, observando um horizonte imaginário e não volte à realidade até a máquina emitir algum tipo de sinal sonoro. Talvez pudéssemos dar um nome a esse ponto incerto e breve que é como um ponto de fuga mental, talvez pudéssemos designá-lo Cochinchina, ou cascos de rolha... Bem, de qualquer maneira, marquei o número secreto, enquanto o empregado de mesa do Luxemburgo se perdia no seu ponto de fuga, em direção ao sul, vá-se lá saber, em direção a Marselha ou mais abaixo e, de repente, no ecrã da máquina, apareceu uma frase: «*Veuillez patienter*». Como é que a traduziríamos?, pensei. A maneira mais lógica seria «Espere um momento» ou algo parecido, mas, na realidade, o que me chamava a atenção era o verbo *patienter*. Em castelhano, não existe, creio. Apenas o contrário, *impacientar*. Mas se os ecrãs das máquinas dizem «um momento, não se impaciente», soa a repreensão, como se à partida já estivéssemos inquietos ou zangados porque a operação não avança e nos faz perder tempo. Parece-me que para os franceses «*veuillez patienter*» é mais suave, como uma frase feita em que uma pessoa não leva alguma coisa a peito, talvez nem sequer a leia. Ah, espero uns segundos, está bem, não falta mais nada.

Cismava nisto tudo, enquanto esperava o comboio na plataforma. Ia para Nancy disposto a participar num jogo literário por encomenda. Era a proposta mais estranha que alguém me tinha feito como escritor, ou seria a segunda mais estranha. Consistia em ir jantar a casa de uns desconhecidos, na companhia de mais convidados, e depois escrever um texto a partir da experiência ou das conversas que surgissem ao serão. Não eram desconhecidos escolhidos à sorte, como se se batesse à porta de alguém a convidar para jantar. As pessoas que me tinham feito a proposta já tinham tido o cuidado de selecioná-los. Eram anfitriões que gostavam de falar, de ouvir e discutir, que tinham interesse na literatura e que, por sua vez, podiam falar sobre Nancy ou sobre o que lhes apetecesse.

Além do mistério de ir meter-me em casa de uns desconhecidos e conviver com eles por umas horas, sabendo que provavelmente não nos voltaríamos a encontrar, a não ser que acontecesse algo inesperado e que alterasse as nossas vidas – mas tal não deve acontecer –, o que me intrigava mais era de que forma se filtraria tudo aquilo numa narração. Na minha opinião, há dois tipos de narradores: os caçadores e os pescadores. Os caçadores vão à procura da matéria literária, aventuram-se em territórios desconhecidos e aguçam os sentidos para encontrar uma história, uma personagem, um fio condutor do qual se possa retirar algo ou uma revelação que lhes abra o caminho da palavra, quase como os cavaleiros medievais que vestiam a armadura, montavam o seu cavalo e iam à aventura. Depois, existem os narradores pescadores, que se sentam à beira de um rio, preparam a cana e lançam o anzol. Enquanto estão parados, ganham paciência e esperam que os peixes mordam o isco. Se a história não vai ao seu encontro, contemplam a vida e ocupam o tempo de espera com a imaginação e com o pensamento, e no fim pode ser que o que pescaram seja pouco menos que uma desculpa para poder narrar tudo o que entretanto lhes foi passando pela cabeça.

Eu não saberia dizer que tipo de narrador é que sou. Às vezes, saio de casa para caçar como um lenhador e às vezes, talvez mais frequentemente, fico quieto e tento pescar. Pensava em tudo isto no comboio, e, na realidade, reparei que nesse momento fazia as duas coisas ao mesmo tempo: ia para algum sítio, à procura de uma história, e ao mesmo tempo, ficava quieto, observando a paisagem. De qualquer modo, o que se via pela janela era bastante monótono. Planícies verdes da Europa central, campos acabados de ceifar, rios com grandes caudais, florestas e campanários à distância que, sob o sol da tarde, se enchiam de cores. De vez em quando, o comboio parava numa povoação intermédia – Thionville, Hagondange – e, passada já uma hora de viagem, entrámos em Metz. Deixámos atrás um polígono industrial e lentamente metemo-nos no centro urbano e, se neste momento o conto, é porque de repente reparei numa grande extensão de tendas de campismo e barracas feitas de farrapos e cartões. Uma cidade em miniatura improvisada dentro de outra cidade. Via-se movimento, sobretudo mulheres que se sentavam em grupos ou trabalhavam. Parecia que se tinham instalado no parque de estacionamento posterior de um centro comercial, ao lado da zona de cargas e descargas.

– Os refugiados de Blida – disse-me um vizinho de compartimento. Deve ter-me visto abstraído, olhando pela janela, e era como se respondesse aos meus pensamentos. Há uns meses a polícia desmantelou este campo, mas pouco a pouco têm voltado.

– São sírios? – perguntei.

– Não, que eu saiba a maioria é albanesa e kosovar. Vem dos países balcânicos. Querem documentos, claro, e esperam semanas e semanas até que o governo os possa alojar nalgum lugar. Esperam que tudo se resolva antes que chegue o frio, no outono.

Quando lhe queria perguntar pela Câmara Municipal, e pela reação popular, entrámos na estação de Metz. Eu tinha de mudar de comboio e perdi de vista o meu informador. Dez minutos depois, instalei-me num novo compartimento. A carruagem ia bastante cheia e, quando já começava a andar, entraram duas raparigas que se sentaram perto de mim. Tinham cerca de vinte anos e estavam vestidas com roupa da moda, com calças de ganga apertadas e blusas de marca. Uma delas, a que estava sentada à minha frente, tirou um *kit* de maquilhagem da mala. Tinha os olhos lacrimejantes e inchados de ter chorado.

– Fechaste a porta à chave? – perguntou de repente à sua amiga. Apesar de lhe ter falado em francês, notei que tinha um forte sotaque inglês. Provavelmente, era norte-americana.

– Não. – respondeu-lhe a outra. Eras tu que tinhas as chaves, não eras?

As duas riram-se. Partilhavam um sumo de laranja e iam passando a garrafa uma à outra. A rapariga que estava em frente mexeu nos bolsos e confirmou que sim, que era ela que as tinha. Então, continuaram a falar. Nem uma nem outra estavam convencidas de ter fechado a porta à chave. Com a pressa e a emoção de partir, segundo eu entendi, era provável que se tivessem esquecido.

– Deixei a mala e as carteiras à entrada – disse a mais preocupada, enquanto retocava a sombra dos olhos. Se alguém reparar que está aberta, só tem de dar três passos, pegar nas coisas e levar tudo. É muito simples.

– Não é assim tão fácil, mulher. Por fora, a porta parece fechada – tentou tranquilizá-la e mudou de assunto. – E depois, como reagiu ele? Conta-me outra vez.

– Não aconteceu nada. Disse-me que no verão irá ver-me a Cleveland, mas eu já sei que não irá. São coisas que se dizem, mas que depois não se concretizam. Apesar disso, quando viu que comecei a chorar... – calou-se um momento. Acho que temos de voltar. É demasiado arriscado.

Ao meu lado, a sua amiga soltou um arquejo de irritação.

– E a Nancy? Quando é que iremos?

– Temos tempo. Voltamos a casa, fechamos bem a porta e apanhamos o próximo comboio. Só vamos perder uma hora.

– Eu acho que a fechei bem. Vamos fazer uma viagem em vão. Vamos ficar furiosas, quando chegarmos e encontrarmos a porta fechada! Faltam poucas horas em França e perdes o tempo desta maneira...

Continuaram a discutir por mais dez minutos, os que faltavam para chegar à próxima estação, e saíram. Não me disseram adeus nem nada, como se eu não existisse. Não ficou claro o que iam fazer a Nancy, se era importante ou não. Por um instante, pareceu-me que tinha a ver com outro namorado, e com dinheiro, e tenho de confessar que estive quase a intervir na conversa e perguntar. Se o tivesse feito, tinha-me tornado ali mesmo num grande escritor caçador, e parece-me que resisti, porque não era o momento certo. Não tinha nem chegado a Nancy e não queria parecer um predador, alguém que está desesperado por conseguir uma boa história quanto antes. Quando o comboio voltou a andar, fixei-me nas duas raparigas que caminhavam pela plataforma. A norte-americana levava a garrafa de sumo de laranja na mão. Viu-me à janela, o nosso olhar cruzou-se por um segundo e então ficou quieta, como se recordasse algo, e fez uma cara de surpresa que congelou com o movimento do comboio. Perdi-a de vista. No assento em frente, esquecido, estava o estojo de maquilhagem.

Enquanto escrevo estas palavras, tenho o estojo à minha frente. Ficou comigo. Um troféu inútil. É comprido e estreito e contém tudo o que seria esperado encontrar. Sombra de olhos e pós para a cara e até um pequeno espelho. Tiro o batom, de um vermelho *ketchup* e abro-o. Agora poderia contar que pinto os lábios e que gosto, gosto de me ver assim, e, de repente, no espelho reflete-se a minha boca e faço beicinho e penso que não sou eu, que tenho outra biografia, até a da rapariga norte-americana impaciente e triste. No momento em que o comboio chegou a Nancy, descobri que dentro do estojo estava um cartão com um número de telefone, liguei e era um clube de *striptease*, ou uma fotografia da rapariga com um rapaz, ou até um anel de noivado que mais parece de bijuteria... De seguida, abrem-se muitas possibilidades, e seriam ainda mais se à história se acrescentassem os refugiados de Metz que vi do comboio. Ao fim e ao cabo, viviam na mesma cidade que a rapariga, estavam de passagem como ela, tinham metido toda a sua vida na bagagem... Mas então penso que tenho de levar isto com calma.

Chegado ao hotel de Nancy, subi para o quarto e desfiz a mala. A circunstância e esse ritual, os gestos que todos fazemos ao entrar num quarto de hotel, fizeram-me sentir como alguém acostumado a essa vida nómada, como um viajante. Agora percebia que talvez era isto o que me pediam, que fosse um viajante de histórias, só que eu ia comprar e não vender. Para combater este incómodo, guardei num armário a pouca roupa que levava e deixei em cima da secretária meia dúzia de livros e uma pasta. Tinha de fazer um esforço para dar personalidade a esse espaço, tinha de habitá-lo. Fui para a casa de banho e depois deitei-me na cama para comprovar a qualidade do colchão e, sobretudo, se as almofadas eram fofas. Faço sempre isso.

Ali deitado, enquanto os olhos se fechavam, o homem recordou um excerto do *Livro do Desassossego*, de Fernando Pessoa, quando disse: «Só quem não busca é feliz; porque só quem não busca, encontra». Tratava-se, pois, de não procurar nada e, quando acordou daquela sesta tardia, saiu do hotel com este espírito. Eram seis da tarde e em Nancy o sol já se estava a pôr.

Nessa noite, ainda não estava comprometido com nenhum jantar, estava livre, e com a mesma simplicidade com que um narrador muda da primeira para a terceira pessoa, ele caminhou pela cidade. Entre a documentação que lhe tinham dado os organizadores, havia um mapa de Nancy. Deu-lhe uma vista de olhos e decidiu que iria em direção a oeste, para a cidade velha, e, depois guardou-o no bolso do casaco.

Há uns dias atrás, em Barcelona, uma amiga francesa tinha-lhe falado da beleza discreta de Nancy, das fachadas modernistas que apareciam de repente, em recantos inesperados. Recomendou-lhe que não perdesse a nobreza indiscutível da praça Stanislas, com as portas douradas e as calçadas centenárias e as esplanadas acessíveis, cheias de visitantes. Mas ele evitou-a conscientemente. Quando via que ao fim da rua se adivinhava uma praça larga e o barulho das pessoas, mudava de direção. Como ainda não lhe tinham dado a morada, aos poucos considerava a hipótese de que uma dessas casas podia ser o seu destino do dia seguinte, quando fosse jantar com os desconhecidos. Podia bater a uma porta aleatoriamente e fingir que se tinha enganado no dia. Então, os desconhecidos ainda mais desconhecidos, isto é, sem perspetivas de conhecê-lo, dir-lhe-iam que se tinha enganado não no dia, mas sim de lugar, porque eles não esperavam ninguém, e talvez o deixassem passar ou mais provavelmente dir-lhe-iam adeus num gesto indiferente, porque vá-se lá saber o que teria interrompido.

Estes cenários imaginados atraíam-no e ao mesmo tempo mortificavam-no. Não podia evitá-los e, por sua vez, rebaixavam-no como se fizesse batota. O exercício de não procurar nada levava a uma imobilidade total, mas para isso teria sido melhor ficar no quarto de hotel e ver as notícias na televisão. Ao fim de meia hora de andar sem rumo, chegou a uma praça, com um repuxo e uma estátua equestre no meio. Era uma praça tímida, talvez porque ficava à sombra imponente de uma igreja neogótica, e tinha o estranho nome de Saint--Epvre. Aqui também havia três ou quatro esplanadas, mas estavam desordenadas e os clientes pareciam ser habituais, vizinhos do bairro. Sentou-se à frente de uma *brasserie* e pediu uma jarra de vinho e uma *quiche lorraine* com salada. Do seu lugar, via uma pastelaria, com a azáfama de sexta-feira ao fim do dia, uma agência de viagens fechada e uma vendedora de flores que já desmontava a sua banca. Ao lado dele, um senhor bebia uma cerveja e lia *L'Est Républicain*. De vez em quando, levantava a cabeça e cumprimentava algum peão. Fazia-o com uma elegância que parecia ensaiada, como se pelo canto do olho estivesse mais atento às pessoas do que ao jornal. Da sua mesa, ele seguia essa comédia com admiração. Tudo tinha um ar quotidiano. Os carros, os peões e as pombas comportavam-

-se com uma calma harmoniosa, como se estivessem num cenário de cinema, e quase esperava que um realizador, fora de plano, dissesse: "Ação!". Tomou um trago de vinho e saboreou-o com vontade, como se atuasse, e também pudesse expulsar aquela ideia falsa da sua cabeça.

Com toda a naturalidade, durante a sua estadia em Nancy, voltou todos os dias à Praça Saint–Epvre. Até se sentou duas vezes na mesma cadeira. Apesar de ir a diferentes horas, procurava uma rotina repetida. Queria que os empregados de mesa o reconhecessem, e contou como uma vitória íntima o facto que no último dia, quando se aproximava pelo passeio, o homem que lia *L'Est Républicain* levantou os olhos do jornal e cumprimentou-o acenando com a cabeça.

No dia seguinte, levantou-se com outra predisposição. Quando se passa a noite numa cidade nova, quando se acorda nela, é como se fosse mais nossa. Já que tinha todo o dia livre – pois o encontro para jantar com os desconhecidos não era antes das sete da tarde –, decidiu que continuava a passear por Nancy sem o mapa. Cruzaria a ponte sobre a via do comboio, aproximar-se-ia do passeio junto ao rio, entraria na catedral. Relacionar-se-ia com a cidade vagueando sem rumo, cosendo-a a retalho, como se um detetive lhe seguisse os passos e lhe desse a entender que não procurava nada. Evitava mentalmente a palavra *azar*.

Enquanto tomava o pequeno-almoço na sala de jantar do hotel, ouviu uma conversa numa mesa vizinha: duas raparigas falavam de literatura, dos romances que tinham lido e de uma escritora que não suportavam. De repente, ouviu-se um estrondo. Noutra mesa, um senhor tinha caído no chão quando estava a sentar-se. De facto, tinha-se partido a cadeira, de um desenho demasiado frágil para o seu peso. Ajudou-o a levantar-se e apanhou do chão dois livros de bolso, da coleção Folio, e um monte de folhas amarrotadas. Olhando de lado, espreitou o conteúdo: eram apontamentos para uma palestra sobre a obra de Marie Darrieussecq. Mais tarde, na rua, permanecia esta sensação de conspiração literária. Dois rapazes, parados num semáforo, discutiam sobre o valor da poesia simbolista hoje em dia. Ao lado da *brasserie* L'Excelsior, pareceu-lhe reconhecer o escritor James Ellroy atravessando a rua cabisbaixo, como se fugisse de alguém (reconheceu-o porque vestia uma camisa estampada hawaiana). Quando passou em frente à livraria L'Autre Rive, comprovou que lá dentro não cabia mais ninguém. Ao fundo, uma rapariga lia em voz alta. As casualidades repetiram-se durante toda a manhã. Refugiou-se num café e pareceu-lhe que o empregado falava em versos alexandrinos, como um Victor Hugo na Lorena atual. Era o mundo virado do avesso, uma conspiração destinada a afastá-lo do seu passeio sem rumo, e viu-se obrigado a recordar que não estava desesperado e que não procurava nada.

Caminhando rotineiramente, constrangido por este excesso de sinais literários, chegou sem querer à Praça Stanislas, e então entendeu tudo. Num extremo da esplanada senhorial, uns panfletos informavam que nesse fim de semana se celebrava em Nancy um festival literário importante. «Mais de duzentos escritores convidados», dizia uma bandeirola. À entrada de vários edifícios, as pessoas faziam fila para ir ouvir os seus autores preferidos, comprar livros e pedir-lhes um autógrafo.

Perante aquele panorama, a primeira reação de Felipe Quero – já é hora de lhe darmos um nome – foi dar meia-volta e desaparecer. Ali fariam com que se sentisse um viajante comercial! Além disso, esse ambiente não lhe podia oferecer nenhum tipo de inspiração: não suportava as narrações protagonizadas por escritores. Como leitor, pareciam-lhe distantes da realidade, circunstanciais e autocomplacentes; como autor, quando tentava escrever sobre as zaragatas e bisbilhotices das pessoas do seu círculo, sentia-se falso e despido.

Essa descoberta abriu uma fenda na sua autoestima, porque como era possível os organizadores nem sequer lhe terem falado do festival literário? Uma alfinetada no orgulho pô-lo em alerta. O seu nome não constava dos duzentos escritores convidados e, de repente, teve um pressentimento: e se o jantar fosse uma desculpa para o enganarem? Talvez o convite ocultasse uma intenção de convertê-lo na matéria literária, uma piada de mau gosto. Teria de estar atento.

Ferido e desgostoso matutava nisto tudo enquanto caminhava, mas, a cada passo, cada vez era mais evidente uma ligeireza física que não era habitual. Não levava pasta, nenhum estorvo, e quando meteu as mãos nos bolsos, alegremente, compreendeu que naquela "feira das vaidades" nada o denunciaria como narrador. Podia circular perfeitamente ignorado. Entrou numa das barracas, cheia de gente, e passeou pelas bancas de livros. Por trás dos expositores, os escritores esperavam que se aproximasse deles algum leitor para pedir um autógrafo. Muitos estavam com cara de aborrecidos, enchiam-se de paciência e disfarçavam o tédio folheando algum livro da editora (uma hora mais tarde nem do título se iam lembrar).

Felipe Quero estudava-os despretensiosamente, como alguém que está do outro lado do espelho, e esta atitude de agente duplo deu-lhe mais confiança. Saiu pelo outro lado da feira, junto do parque da Pépinière, e meteu-se por uma rua que, segundo os seus cálculos, devia levá-lo à sua querida Praça de Saint–Epvre. Provavelmente, desviou-se em algum ponto, porque se deparou diante de uma porta medieval que antigamente servia de entrada para a cidade, a Porta da Craffe. Atravessou-a para admirar o seu caráter majestoso e ameaçador e, no outro lado, deteve o olhar num casal curioso. Um homem e uma mulher com mais de sessenta anos, talvez reformados. A mulher olhava para o edifício e ele tirava uma fotografia. Felipe Quero percebeu que era uma combinação estranha: não parecia que o homem estivesse interessado nas duas torres e na grande estrutura de defesa, mas sim na sua mulher a olhar para o conjunto. Como se a Porta de Craffe só tivesse algum valor quando ela o observava, porque ela o observava. Felipe afastou-se da cena e desceu pela rua principal, com lojas de ambos os lados que ofereciam todo o tipo de propagandas turísticas. Passado pouco tempo, voltaram a encontrar-se. Agora a mulher admirava o palácio dos duques de Lorena, a fachada de pedra branca, as varandas de estilo gótico; e o homem imortalizava-a no ato de contemplação do monumento. Desta segunda vez, notou que ela estava perfeitamente consciente da fotografia, e escolhia uma pose específica. Unia-os uma vontade de se desafiarem, uma atitude rebuscada e até perversa e, pela primeira vez, desde que tinha chegado a Nancy, Felipe teve a sensação de que valeria a pena aproveitar essa deixa. Parou para os observar discretamente. Hesitou em segui-los. Mas, de repente, o casal entrou numa pastelaria, o que para ele foi um sinal para os deixar.

Uns metros mais à frente, percebeu que já estava na Praça de Saint–Epvre e sentou-se na esplanada do costume para descansar. Enquanto bebia uma Perrier, percebeu que lhe tinha faltado paciência, um pouco de calma na hora de explorar o mistério desses dois transeuntes, e então, estes voltaram a aparecer no seu campo de visão. Viu como ela parava diante da estátua equestre do duque de Lorena, Renato II, e enquanto a observava com um interesse excessivo, ele tirava meia dúzia de fotografias. A brincadeira durou um bom bocado, o suficiente para Felipe ter tempo de pegar no telemóvel e tirar-lhes uma fotografia sem que eles reparassem.

Às seis e meia da tarde, tal como combinara com os organizadores, um táxi foi buscá-lo ao hotel para o acompanhar ao jantar. Enquanto andavam pelas ruas e rotundas de Nancy, em direção a um bairro menos central, Felipe Quero viu a fotografia que tinha feito à hora de almoço. O ângulo ligeiramente torto dava-lhe um aspeto furtivo, como num jogo de espiões, e por sua vez realçava a estranheza dos gestos do casal, mas, contudo, , as caras estavam parcialmente ocultas. Tentou ampliar a imagem no ecrã, mas foi inútil. A mulher tinha virado o pescoço e o homem tinha ficado tapado com o braço com que aguentava a máquina fotográfica. Com essas duas fisionomias turvas, pensou naquele momento, o casal tinha tudo para se tornar numa ficção. Não foi muito difícil deduzir que, com toda a probabilidade, no jantar haveria um casal que encaixasse nesse perfil.

Eis aqui a missão que pôs em prática mal os seus anfitriões o receberam e ele lhes agradeceu o convite. No total, naquela noite, seriam dez pessoas, conforme asindicações que teve. Afinal os anfitriões era um casal de marroquinos, simpáticos, atentos e de uma cordialidade de nos fazer sentir em casa. Ele, Karim, era cozinheiro e tinha um restaurante; para essa noite tinha-lhes preparado um jantar com produtos do seu país. Chaymae era a sua companheira, professora de filosofia

na universidade. De olhos vivazes e um sorriso aberto, contou-
-lhe que tinha lido o seu último romance e que tinha gostado
muito, algo que lhe encheu o ego para todo o serão. Levaram-
-no até ao jardim, onde iam tomar uns aperitivos, e foi sendo
apresentado aos outros convidados. Entre eles, havia uma
bibliotecária, um músico tunisino que tocava *oud* – um tipo
de alaúde na cultura árabe –, um advogado e um sociólogo que
pareciam muito discretos e muito próximos, e um casal que
Felipe imaginou naquele momento que podia representar os
seus dois desconhecidos: de meia idade, um pouco altivos, ela
dedicava-se a fazer retratos realistas mas com um estilo cru
– havia um de Chaymae pendurado no salão – e ele era um
crítico de arte, especializado em falsificações.

Enquanto tentava meter conversa com os dois artistas, para
avaliar se coincidiam com o fotógrafo e a modelo da manhã,
contou mentalmente os convidados. Eram nove. Nesse
momento, alguém tocou à campainha e Chaymae foi abrir a
porta. O décimo convidado era outro escritor, um catalão que
se chamava Jordi Puntí, e Felipe Quero olhou-o com alguma
apreensão. Tinha ouvido falar do seu nome, mas nunca
tinha lido a sua obra, e, nesse primeiro contacto, pareceu-lhe
demasiado agradecido para com os anfitriões, quase adulador.
Ele tinha-se mostrado mais sóbrio, até um pouco distante, e,
comparativamente, agora sentia-se mal. Sentiu como Chaymae
também explicava a Puntí que tinha lido o seu último romance
traduzido, e a coincidência enfureceu-o interiormente. Era

imaginação sua ou Chaymae fazia esse comentário com mais entusiasmo? Rapidamente todas as dúvidas se dissiparam: talvez fosse um palhaço, uma personagem secundária ao serviço desse outro narrador... Aproximou-se de Puntí, cumprimentou-o sem muita subtileza e perguntou-lhe pela sua presença. Então tudo ficou esclarecido: há meses atrás, o escritor catalão tinha-se encontrado com o crítico de arte em Hamburgo, num encontro cultural, e tornaram-se amigos. Agora, aproveitando o fim de semana em que participava no festival literário de Nancy, tinha-o convidado para o jantar.

— Já me disseram que é o convidado de honra e que faz parte de um projeto literário – disse-lhe Puntí. Dou-lhe os meus parabéns. Eu seria incapaz.

— Porquê?

— Isto de escrever por encomenda sempre me pareceu muito difícil. Sentir-me-ia aflito. Eu sou dos que tendem para a dispersão. Já sabe sobre o que vai escrever?

— Tenho algumas ideias... – disse-lhe Felipe, prolongando a incerteza naquelas reticências.

A conversa relaxou-o. Nos primeiros minutos, apercebeu--se de que os outros convidados o viam como um narrador de histórias ao domicílio, alguém encarregado de iluminar-lhes o serão. Como estavam em França, sem querer, imaginava-se num tipo de salão literário do século XIX, com sobrecasaca e cachimbo e opiniões muito convincentes ou muito enigmáticas, mas dizia-se que ele estava ali sobretudo para ouvir. Se algo saía daquele encontro, se conseguisse pescar ou caçar alguma peça, o tempo o diria. Vendo bem, até o casal das fotografias se tornava numa história, numa história secundária que talvez – estava por decidir – não tivesse mais continuação.

Uma vez sentados à mesa, esta atitude recetiva tornou-se mais palpável. O jantar estava delicioso e o vinho tinto quebrava o gelo. Karim tinha preparado uma sopa de peixe e depois um *tahine* de frango com ameixas e tâmaras. Os sabores tão intensos e ao mesmo tempo refinados levaram-nos a falar da ligação mediterrânica, da vida prazerosa que os habitantes do centro de Europa só experimentavam quando iam de férias para o sul. O músico tunisino falou das melodias folclóricas e populares que viajavam por todo o Mediterrâneo como um nexo de união cultural, e Karim realçou essa ideia, fazendo referência ao *nubah* andaluz.

– É a música da paciência – disse, e Felipe levantou os olhos do prato.

Karim e o músico explicaram que os *nubah* provêm do norte de África, do Magreb, e que recebem a influência da cultura andaluza e do flamenco. Segundo a tradição, há 24 composições originais, o *nubat*, uma para cada hora do dia, e duram exatamente 60 minutos. De forma que um ciclo inteiro são 24 horas. Tocam-se com vários instrumentos de percussão e de corda, como o *oud*, e são acompanhadas de um coro de vozes. Hoje em dia é quase impossível ouvir uma inteira, mas ainda se fazem sessões de nove ou dez horas, que o público acompanha sem perder o interesse, entregando-se aos vaivéns da própria experiência.

– É uma música que cresce dentro de nós enquanto a ouvimos – disse o músico tunisino –, que avança com constância e com normas de aceleração que mudam consoante a região. Depois posso tocar-vos uma amostra...

Todos concordaram e, com o chá verde e as sobremesas – beringela doce, biscoitos de pistácio – a conversa distribuiu-se por pequenos grupos. De uma ponta da mesa, Felipe escutava com interesse, saltava de um comentário da bibliotecária sobre Hanna Arendt para outro do advogado sobre os tomates que se encontram nos mercados franceses, escutava como o crítico de arte de Hamburgo narrava as gestas de um dos falsificadores mais importantes da Alemanha, Wolfgang Beltracchi, e, entretanto, o advogado perguntava a Puntí sobre a situação política na Catalunha, momento em que o músico tunisino se intrometia recordando que o hino de Espanha era uma cópia descarada de um *nubah* andaluz do século XII. Havia nesta balbúrdia de histórias e conversas uma riqueza prodigiosa, que cativava Felipe como as imagens de uma família de salmões lutando para subir o rio, surgindo da água contra a corrente, saltando de repente. Quem lhe dera ter mil ouvidos.

Passado pouco tempo, Chaymae propôs-lhes que se sentassem nos sofás. O músico entendeu que era um sinal combinado e preparou-se para tocar e cantar, acompanhado ocasionalmente pela voz dela. De início, cantou canções árabes antigas, dotadas de uma melodia que os envolvia pela repetição e os transportava para outro tempo. Musicalizava formas clássicas como o *zéjel* e a *jarcha*, mas a pouco e pouco foi-se atrevendo com poemas modernos de Victor Hugo, de Apollinaire, de García Lorca, e no fim também com composições próprias. Felipe reparou que vivia a música com uma grande paixão, o rosto transfigurava-se, e às vezes perdia a paciência. Tinha tanta vontade de ensinar-lhes diferentes tipos de música, de ensaiar composições novas, que tudo lhe parecia penosamente longo. Assim, quando já levavam cerca de uma hora a ouvi-lo, o músico anunciou uma canção inspirada num poeta andaluz. Tocou os primeiros acordes, recitou os primeiros versos e de repente, levado pela pressa, parou e disse sem pensar:

– Etc...

Foi um momento extraordinário, um improviso inesperado, e todos começaram a rir. Depois, fez-se um silêncio que não pretendia ser acusador, mas era, e o sociólogo, que até então se tinha mantido muito calado, preencheu o vazio fazendo um elogio àquela música.

– A mim parece-me que é muito inspiradora – disse. A combinação de notas contém um jogo interno que nos convida a ser mais reflexivos. Não queria parecer místico, mas há nela uma potência com um enorme poder de evocação, inclusivamente quando não sabes o que queres evocar. (O músico não pôde evitar acompanhar as suas palavras com quatro ou cinco compassos.) Alguns já sabem que nos tempos livres me dedico à hipnose, sou hipnotizador terapêutico, e há pouco, quando ouvia, sentia que essas melodias me arrastavam para o mundo do inconsciente...

A revelação teve um grande efeito entre os convidados. Felipe duvidava se era uma piada burlesca, mas percebeu que todos levavam aquilo a sério. Começaram a fazer perguntas sobre a hipnose, às quais o sociólogo respondia com interesse profissional. Deixou claro que não era um negócio, nem um espetáculo destinado a ridicularizar as pessoas, mas sim um exercício de autocontrolo psicológico diferido que podia ser muito útil. Então, Karim fez-lhe a pergunta que todos tinham na ponta da língua:

– E esta noite? Podia fazer uma demonstração?

– Não creio que funcione – respondeu o sociólogo –, há demasiada gente. É melhor quando se faz em privado, tu e eu sozinhos, mas bom, se quiser, podemos experimentar. Só para que vejam como é sem aprofundar muito.

Karim ofereceu-se como voluntário. Chaymae apagou as luzes e só ficaram acesas umas velas que estavam em cima de uma mesa de centro. A luz refletia-se nos copos de vinho, a atmosfera tornou-se mais íntima, e Karim deitou-se num sofá. Ao seu lado, o hipnotizador tirou um pêndulo do bolso e, olhando-o fixamente, mas sem tensão, pronunciou umas palavras para que relaxasse. À sua volta, a uma certa distância, os outros acompanhavam as suas respirações...

Mas não funcionou. Ao fim de um minuto, Karim levantou-se e pediu-lhe que o deixassem. Não podia concentrar-se, tinha bebido demasiado. Sentiu um murmúrio de deceção e o hipnotizador disse-lhe que era normal.

Então Jordi Puntí aproveitou o momento e disse-lhe que, se não houvesse inconveniente, ele também queria tentar. O sociólogo concordou e disse-lhe para acomodar o seu corpanzil no sofá.

Desta vez a ladainha do hipnotizador era mais fluida e, em seguida, Puntí soltou-se. Concentrado no pêndulo, pareceu-lhe que descia por uma escada que o levava a um terreno pantanoso, de nevoeiro baixo e lama macia, e enquanto os olhos fechavam, fixou os olhos na distância, num ponto de fuga que podia ser a Cochinchina ou cascos de rolha. Era um lugar que o atraía e lhe dava medo, mas à medida que se definiam os seus contornos, uma voz exterior dizia-lhe que agora já não podia parar. Quando ali chegou, não sabia se tinham passado três minutos, três dias ou três anos.

Tradução do catalão de
SANDRA M. MOURA DA CRUZ

Hamburgo
Palermo

Sasha Marianna Salzmann

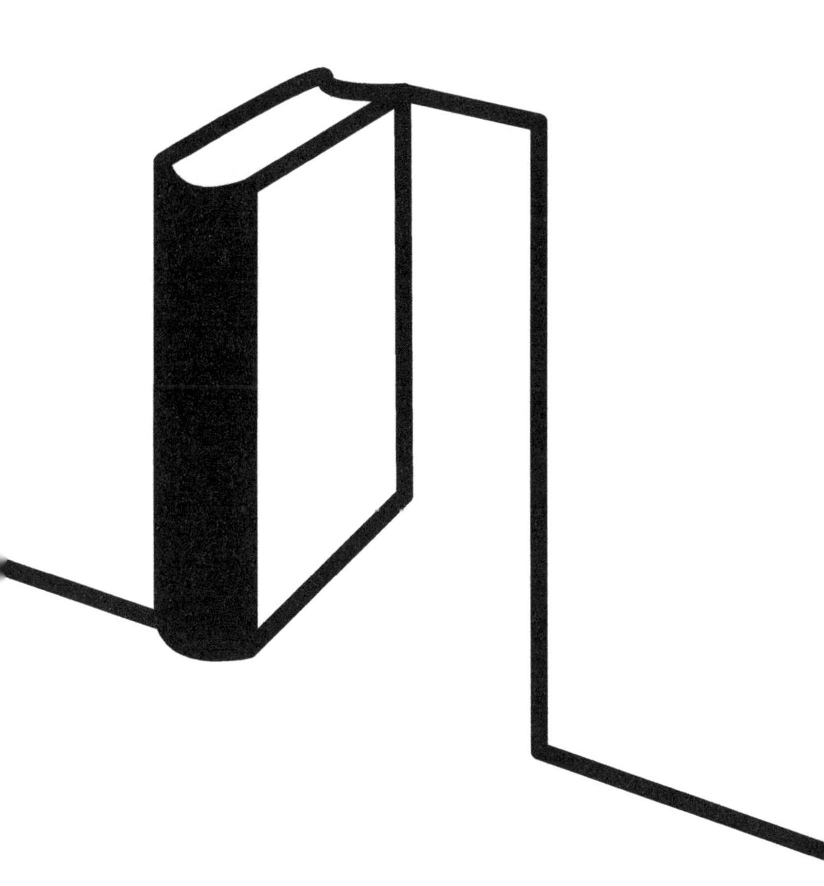

É na boca
do lobo que te
quero pôr

dedicado a Palermo

TRABALHADORES EM GRUPOS DE TRÊS transportam, debaixo do sol, um escadote do tamanho da rua toda e montam-no para tirar as decorações. Os grandes candeeiros de papelão não fazem barulho. Sob a varanda do apartamento em que a simpática *signora*, vá-se lá saber porquê, me deixou entrar quase de graça, começa uma das pontas do escadote, a outra ponta estende-se até à Igreja de Todos os Santos, da Mãe de todas as Mães. Diante da igreja, está um padre com uma veste de juta castanha a fumar um cigarro atrás do outro, segue as mulheres com o olhar e cospe. O rosto dele é de massa fresca, que derrete. Passa um presunto à sua frente, às costas de um rapaz, tão magro que cabe à vontade dentro do porco. Também cuspo. Tabaco no lábio inferior.

A multidão de gente agita-se em volta do cadáver de um peixe-espada aberto ao meio, defronte da igreja, já está quase vendido, ainda antes do meio-dia. Quando se come aqui peixe do mar, come-se os afogados. Peixe-espada, atum – todos eles comeram os cadáveres daqueles que poderiam ter sido ela, diz Angela.

– Aqui somos canibais.

A praça está cheia, a Piazza Kalsa: barrigas gordas despontam sob as camisolas interiores de homens sentados, com as pernas abertas, em cadeiras de plástico. Olham para o chão, fumam. Seguram a cabeça, fecham os ouvidos. Murmuram. Uma mãe corre atrás do filho, que atravessa a rua disparado sem prestar atenção, e quase o mata de pancada, de felicidade por ainda estar vivo. Ouço gritos, não os entendo.

Ouço sangue nos meus ouvidos, ouço a tua voz a falar. Vejo o movimento dos teus lábios. Dizes tantas frases e não dizes nada. Estãocoladasumasàsoutrassemintervalo nunca conseguiste dizer aquilo que querias dizer, só procuravas o que te escapava. Repetias, recuperavas, compensavas, tropeçavas em palavras que soavam todas iguais, caías por causa de coisas simples, tentavas explicar-me qualquer coisa. E tens razão, eu não queria compreender. Puseste-me fora de casa, uma vez atrás da outra, fazia frio, o cheiro a xixi de gato nas paredes de casa, bati com a cabeça nelas, queria entrar por elas adentro, tantas vezes até desaparecer, até sumir, depois querias-me, querias saber imediatamente onde eu estava, dizias que eu era tua, que era tua que eu devia ser, que te desse contas sobre uma vida que não compreendes. Fui para longe e conseguiste, apesar de tudo, assim que me fui embora, arranjar uma catástrofe qualquer e eu liguei, voltei a correr. Desta vez não. Vou embora para sempre.

Por sobre a Piazza Kalsa, no céu luminoso, vejo o teu rosto amarelado, os tornozelos demasiado pequenos, o cabelo com entradas à esquerda e à direita, junto da risca, e penso que se pudesse era na boca do lobo que te punha, na boca do lobo, onde encontrasses calor e humidade, abraçada pelos caninos, fechada, protegida da luz do dia, repousando na saliva como um embrião, antes de ser cuspido para um mundo que o vai formatar. Onde ficasses quente na caverna húmida, onde se mantivesse o calor num país gelado, enquanto aqui faço faísca sol, virada para o mar, com a ponta do cigarro por cima do capô aberto do carro, por cima do motor vibrante do Mercedes debaixo da minha varanda. Era capaz de partir a estrela e mandar-ta, mas para quê, deves estar certamente na boca de uma cidade, muito longe. De certeza que ao frio, no qual nos meteste às duas e do qual tiro barcos que levo para ilhas com música de *karaoke* aos berros no local. Continuam, ainda continuam a cantar, há dias seguidos.

Vejo o mar enquadrado por guindastes e algures no passeio largo terminaram as dores de parto de Santa Rosalia. Tudo cuspido, tudo o que tinha, um barco morto arrastado pela cidade com cores prateadas, a multidão espessa como alcatrão, eu esmagada entre os ombros, com crianças a treparem-me pela cabeça acima. Das janelas saem confettis, eu faço parte da nuvem de mosquitos que ficou presa na praça

Quattro Canti. Todos mantidos bem apertados, parados, os candeeiros das ruas a voar, a multidão era um só «Ah!» e eu pensei, se acontece agora alguma coisa, se esta gente toda fica com medo e se põe a fugir, ficamos todos em papa.

O circo dançava no céu, um guindaste elevava sobre a praça seis equilibristas, que davam voltas sobre as nossas cabeças, faziam saltos no ar; todos olhavam para cima e eu, eu fazia filmes deles, de entre eles, dos que, sabia eu, iam ficar.

O barco de prata de Santa Rosalia passou apressado e eu escapei por uma ruela lateral, saltei por cima de pedras que faziam tropeçar e procurei degraus que conduzissem até à água, aqui nesta cidade há uma cruz pregada e todos os caminhos levam ao mar.

Procurei manter-me de pé, manter-me direita, às vezes tropeço em superfícies sem obstáculos, os meus joelhos emaranham-se, herdei isso de ti ou tu de mim. Pisei poças, tenho cerveja nas sandálias, motorizadas a serrar-me dentro dos ouvidos, há barricadas a proteger. Muitas pessoas a beijar-se e a comprar amêndoas torradas em cartuchos de papel. Crianças grandes a dormir sobre o asfalto. Quando quis fotografar uma, um capacete de moto bateu-me na têmpora esquerda, uma pessoa qualquer gritou o meu nome, não tinha a certeza, ao virar o pescoço com força fiz uma entorse, a multidão deslocava-me, empurrava-me para o passeio largo. Quando lá cheguei não havia lugar para pensar, em três filas, quatro, filas infinitas, havia ciclistas, vendedores de frutos secos, pessoas pequenas aos ombros de pessoas grandes, agachei-me no passeio e esperei pelo grande BUM.

Respiravam, ofegantes, à minha volta, adolescentes faziam barulhos de macaco. No escuro, chifres vermelhos a brilhar em cabelos negros. Podia-se comprar ali disfarces por quatro e meio. Tirei uma fotografia dos cones vermelhos, olhei para o ecrã, a mulher desfocada, os chifres apareciam só como faixas, depois começou, a cidade deu-se à luz, o céu ficou leitoso, a música sobre o mar: Wagner, Michael Jackson e Beethoven. Tocaram hinos. Padrões florais de fogo-de-artifício davam voltas por cima da minha cabeça, o caleidoscópio fazia pontaria para mim, as luzes picavam-me as faces, partiam a noite, olhei os rostos à minha volta, bocas abertas, cheias de algodão doce cor-de-rosa e fumo de cigarro, *«Ciao Palermo!»*, sussurravam alguns, eu também queria dizer qualquer coisa, a ti. Queria gritar, pensei, se gritar agora, ninguém vai dar por ela. Antes de poder abrir a boca, vi aqueles chifres vermelhos espetados diante de mim, a mulher que estava debaixo dos cabelos negros perguntou porque é que eu estava a filmá-la. Mostrei-lhe a foto, mostrei – está desfocada, não se preocupe, o seu rosto não está na fotografia, ela disse:

– Mesmo assim.

Comprei-lhe algodão doce, mergulhou o queixo lá dentro e perguntou o que eu estava a fazer ali

eu disse, para estar longe, e ela:

— Tu também.

Não esperámos pelo fim daquele hino, não esperámos que a multidão levasse o barco morto de Rosalia até nós, seguimos lado a lado fazendo quadrados, ela agarrou-se ao meu cotovelo até eu encontrar a chave, subimos até ao meu apartamento, ela puxou a roupa para tirá-la e eu puxei-a para mim.

Deito a ponta do cigarro fora, ela cai no capô e inflama-se no Mercedes aberto. O motor vibra. Tenho a língua azeda, sinto o palato a arranhar, fixo o olhar lá em baixo, quatro andares, e pergunto-me quanto tempo demorará até que alguma coisa vá pelos ares, expluda, como é que funciona esta cadeia de inevitabilidades, espero pelo BUM, vejo crianças a correr pela ruela estreita adentro, se eu for a correr até lá abaixo, não vou ser suficientemente rápida, se eu gritar agora, ninguém vai perceber.

Vejo pequenos corpos a largar faíscas, riem, riem, correm, será que as mães deles sentirão a sua falta? Não acontece nada, o motor treme e fica mudo, o meu cigarro apaga-se dentro dele. As crianças desapareceram. Para qualquer lado, de certeza. O calor zune nas minhas faces, fecho os olhos com força. Chega-me o cheiro a ostras. Entro.

O sol ainda me arde nas pálpebras, o quarto está escuro, baço, pressinto mais o caminho do que o conheço. Pressiono a língua contra o palato, há qualquer coisa a gorgolejar dentro de mim, entro na escuridão desta casa em que estou há pouco tempo, com rostos conhecidos na estante dos livros, mas não o meu, com fotografias nas cómodas, que poderiam ser tuas, mas não são, estou diante da fotografia da *signora* com os meus caracóis e os teus olhos, ela não tem nada a ver comigo e não quer saber de nada. Por isso estou aqui.

Atrás da fotografia dela, um espelho. Por que razão procuro por ti em mim, por que sonho de noite, quando sonho, que me estás a arrancar as pestanas, uma atrás da outra, pétalas de malmequer «Bem me quer, bem me quer, bem me quer». Não levanto os olhos para me ver ao espelho, eu sei o que ele me diz.

Lá de cima, da cama do piso acrescentado, sob a inclinação, onde temos de encolher a cabeça e entrar quase a rastejar, ouço a coberta da cama a cair no soalho, ouço pernas nuas nos lençóis, subo as escadas, olho as linhas do corpo em cima da cama, que é minha desde há uns dias. O corpo espraia os membros ao encontro do calor do Verão, uma faixa de sol entra pela janela e pousa sobre as unhas pintadas da mulher, que me disse ontem chamar-se Angela. Enterra a face robusta no travesseiro e estende-me o braço. Deito-me ao lado dela, não lhe toco, ela enterra os joelhos na minha bacia, os cabelos dela crescem-me à volta do pescoço como algas gordas, não consigo respirar nem mexer-me, pouso o braço num sítio qualquer em que ela está, sinto-a a murmurar na minha clavícula. Coisas que não tenho de entender.

Penso em ti, no teu cheiro, no teu rosto, se te perguntarás onde estou, o que faço e no que aconteceria se nos visses aqui assim. Eu aqui nestas mãos de anjo. São toscas, friccionam-me, respiro por breves instantes em *staccato* e pouco depois já não respiro.

Para o pequeno-almoço, tenho maçãs com cobertura de açúcar no frigorífico, não são muitas, mas Angela quer uma. Vou de gatas até à cozinha, descubro a faca, corto a maçã, a polpa estala. Ela morde uma fatia grossa, tem cristais de açúcar vermelhos na cara e ri:

— Aqui na ilha podes receber por mim 50 euros.

Pensei que quem deveria pagar agora era eu, ela diz que nos pagam quando deixamos uma pessoa como ela, sem papéis, dormir em nossa casa.

Eu:

— Onde posso ir levantar o meu dinheiro?

Ela: ri. E diz:

— Infelizmente não há hipótese.

Não vai aos serviços oficiais, não se quer registar, mas mesmo assim podia pagar-me, porque vai a festas e lá há coisas melhores do que dinheiro. Há teatro, as pessoas aproximam-se e afastam-se umas das outras, riem com as bocas escancaradas, batons de todas as cores, com os sacos lacrimais exageradamente maquilhados e azuis, os colares de pérolas são autênticos, quando as pessoas se cumprimentam cheiramos o melhor perfume da cidade.

Hoje é a acompanhante de um dos convidados. Ele não se relaciona muito com mulheres, mas tem de se mostrar e aluga corpos que caibam em bons vestidos para que não lhe estejam sempre a perguntar quando é que chega a hora do casamento.

– Aparece por lá.

Vai haver *arancini* como não se encontram em mais lado nenhum da ilha e de certeza também peixe canibal. Tudo isso.

Pergunto eu:

– E vou como quê?

– Como nada.

– Que lindo.

– Como amiga.

– Amiga de aluguer?

– Não, só assim.

Não lhe vou pôr o negócio em causa.

– E que é que vou lá fazer?

– É para divertir.

– É para ganhar dinheiro.

– Para mim é, mas podemos enfiar os dedos uma na outra na casa de banho, tu deitas-me em cima do lavatório de mármore e eu grito nas tuas mãos.

Não se pode recusar um convite destes. Gravo o número dela e pergunto-lhe em que nome o devo guardar, ela diz:

– Malina.

Eu digo que, na minha língua, Malina quer dizer framboesa e acrescento:

– A framboesa não é propriamente uma fruta.

Ela pergunta onde fica – a minha língua, eu digo:

– Muito longe.

– Queres voltar para lá?

– Ah não, porque é que haveria de querer, lá não há ninguém.

– E esse Ninguém, tens muitas saudades dele?

– Não sou pessoa para sentir saudades com facilidade.

– E com dificuldade?

– Com dificuldade sinto, de qualquer maneira. Vamos até ao mar, apetecem-me pistácios e apetece-me ver os montes de lixo, as pessoas fazem sempre tanto lixo.

Malina-Angela, este anjo com chifres de fogo, está nua diante da varanda e reluz. Vejo-a em tons sépia em contraluz.

Vamos até lá abaixo, caímos lá abaixo, aquelas escadas todas, o calor apodera-se do meu tato não sei com que profundidade devo colocar o pé, falha-me o chão por instantes, ouço-te dizer: «Não te esqueças do protector solar!» Ouço-te dizer: «Tens uma queimadura, eu bem te avisei.» Penso em ti a dizer: «Manda fotos.» E tiro algumas no caso de ser preciso, só nesse caso. Para mim.

Algures no passeio perco Angela, perco Malina, algures no passeio dou comigo sentada, os pés dentro das sandálias, em que continuo a ter a cerveja do dia de ontem. Sandálias em cima de copos de plásticos esmagados. Tiro fotografias delas, foco a lente com nitidez no mar, depois na barraca em que vendem espigas de milho, parece que foi incendiada. Diante dela cães a dormir. Aproximo-me, olho para o céu, reflito a minha imagem no toldo do carrinho dos frutos secos e atrás de mim a cidade exausta. Giro a rodinha, não sei se hei-de focar. Peço sumo de laranja e trazem-me Fanta em vez disso. Vou buscar um pacote de nozes.

Passo por uma coreografia de mulheres que remam para trás em terra, com os seus braços compridos, passo por um homem que tem um altifalante a debitar música mais alto do que alguma vez ele conseguiria dançar. Tem os braços no ar e cheios de cortes, mostra-mos, aproxima-os do meu nariz, dança. Quer que lhe tire fotografias. Aponta para o meu esterno, à frente do qual a câmara vazia está pendurada como um cinto de munições. Trinco as nozes, dou cabo dos dentes com a casca, dou cabo da cabeça por tua causa, a tua imagem, os teus antebraços cortados na nossa banheira, por quanto tempo ainda tiveste de procurar o apartamento, ninguém nos queria aceitar, eu sentada ao teu lado a desenhar um fecho *éclair* nas tuas veias.

Sacudo-te, vou para a parte mais central da cidade, que me recebe, que me enterra debaixo dos seus braços. Os nomes das ruas três vezes, umas debaixo das outras: em árabe, em hebraico e em latim diz «Mesquita por aqui», continuo a andar. O homem que segue mesmo atrás de mim, depois ao meu lado, não diz nada, olho de soslaio para ele. O tronco dele rebenta de espinhas de peixe salientes, não tem dentes e sorri, olha, caminha ao meu lado, «queres alguma coisa», quero-lhe perguntar, mas falta-me a língua. Árabe, hebraico e latim. Só sei dizer Malina. Os braços divididos dele balanceiam entre nós.

Vejo-te à minha frente nas ruas. Gostaria muito de ir a correr atrás de ti e quando finalmente caísses, cair contigo, cair ao teu lado, para te olhar nos olhos lá em baixo, onde ambas, já sem chão seguro, dançamos em volta uma da outra, como se tivéssemos pés comuns, como se tivéssemos um chão. Continuo a andar.

O homem das espinhas aproxima-se cada vez mais, não trago dinheiro comigo, mas sem língua até isso é indiferente. Viro para outra rua, as ruas estão cheias de fumo, de gordura, de comida, é dia de mercado. Há pessoas a fazer tranças umas às outras, as trocas fazem-se rapidamente sem se ver e paga-se com os olhos. Aqui não vou tirar fotografias. Aproximo o nariz das pontas de cebola a fritar, vejo pessoas a atirar caracóis aos baldes para dentro dos sacos. Sinto qualquer coisa a correr-me pelos pés nas sandálias, por cima dos tendões que incomodam por ter a pele queimada, lagartixas. Olho para elas lá em baixo. Quando está um calor assim, a sujidade entranha-se muito mais depressa nas coisas. Sinto tonturas.

Raissa apanha-me a tomar um café de pé, sabe a água de lavar chávenas, sinto-me em casa. Água de lavar em tudo.

Vejo os teus antebraços a sarar, as tuas mãos que lavam, mergulhadas profundamente na espuma, estou atrás de ti, estou sentada no rebordo. Emborco mais um.

Raissa ri, não se vê, mas eu sei que ela está a rir.

Raissa, a empregada do Café Di Roma, que tem cascas de coco a servir de cinzeiros, pergunta-me por que venho tão raramente. Pergunto quantas vezes é raramente, ela pergunta-me que cara estou eu a fazer, não estou a fazer cara nenhuma, ela nasceu-me assim, Raissa, sabes bem, além disso preciso de um fato.

– Um quê?

– Fato, para vestir, preciso para uma ocasião –

– Mas que ocasião?

Ela fica a olhar e diz que talvez o filho tenha alguma coisa.

O filho dela, ao ferro, está a arranjar as camisas para as empregadas de limpeza.

– Olá, Pasha.

– Ei, Katüsh.

Ele fica a ver-me a entrar para dentro das calças dele, um fato bege, serve-me como uma luva, o tecido escorrega sobre mim, só os ossos da bacia ficam um pouco salientes, mas serve-me, ele serve-me, também recebo uma camisa, mas não de presente.

Raissa bate nas ombreiras do filho, olha-o apaixonada, depois olha para mim. Eu sei que ela quer que ele seja alguém, que lhe aconteça algo de bom, é um erro ver-me nesse filme. Tu também tentaste várias vezes idealizar a pessoa certa para mim, uma coisa que sirva, que possa encher molduras de fotografias, alguém ao meu lado – correu sempre mal.

Acendo um cigarro. Raissa diz que há perigo de explosão por causa das caldeiras a gás, espelho-me nos seus olhos cansados, muito verdes, a parte branca do olho um pouco amarelada, ela não é tão velha como a pele dela é, no lugar de onde vimos ninguém é velho, só cansado do trabalho com o ferro de passar em países que não compreendemos e em que o café sabe a detergente e as filhas parecem filhos e não mandamos nada de jeito para casa, porque – também não é assim tanto dinheiro, mal dá para nós.

Passo a Raissa o meu cigarro, prometo devolver o fato amanhã e saio.

Atravesso o mercado, onde me põem latas abertas com cristais de sal de limão debaixo do nariz e por isso sinto a boca ácida. Um pai com uma menina às cavalitas gira os braços como uma hélice, os dois riem. Também giro um pouco, quase que embato neles, consigo desviar-me, vou até ao jardim botânico. Fico diante das árvores que deixam pender as suas raízes ao vento. Têm raízes, disparam-lhes dos ramos. A terra não dá muito e por isso sugam o ar. Estou diante dos seus nós, elas tentam agarrar o meu nariz, deito-me debaixo delas, espero. Duas possibilidades: elas enterram-me, crescem em cima de mim, encerram-me num casulo de ramos ou então a noite chega.

A noite chega.

Tenho as costas húmidas, não quero tirar nada às árvores. Levanto-me. Vaga-lumes gordos, cor de laranja, trepam pelas ruas acima e aninham-se no topo das lanternas. Rodo pelas ruas como uma moeda atirada ao chão, tombo algures no passeio, procuro cigarros. Um fluido cinzento escorre-me para os pulmões. Foco a rua com nitidez. Malina-Angela mandou--me as coordenadas e eu não quero entrar naquela casa, parece inofensiva, mas imagino como será lá dentro; no entanto, não tenho planos, nem para hoje nem para amanhã. Antes de te enviar as minhas coordenadas, toco às campainhas todas, alguém abre, alguém dá um beijo, riem. Por uma boca só, pintada de dourado e generosa. Parece haver de tudo, menos oxigénio, ar condicionado desligado.

Vejo-te nas bocas escancaradas dos outros, vejo a tua bocarra a rir, vejo-te a tentar agradar a todos, a pores-te toda bonita em casa antes, horas seguidas, a lamber as palmas das mãos, a arranjar o cabelo, a retocar o batom com todo o cuidado, a tremelicar no canto mais frágil, no canto superior direito não está completo, a cobrir as falhas, a pintares-te, perfumares-te, a chamar-me para eu vestir qualquer coisa, uma saia, puxavas--me pela mão no empedrado e eu não conseguia acompanhar. Via-te, depois, quando a porta se abria para um mundo que não queria ter nada a ver connosco, a sorrires para os homens, a medir as mulheres de cima a baixo com um olhar muito maquilhado, com pálpebras pesadas, cansadas, tão cansadas, nada de apertos de mão porque tinhas vergonha das tuas mãos ásperas. Dedos de borracha de amassar a roupa de pessoas estranhas. E via-te a ignorares-me, a fazeres de conta que não era eu e tive de deitar ao chão o jarrão pesado com desenhos vermelhos na porcelana para tu olhares para lá, eu sentada por cima dos cacos.

– Que falta de maneiras!

Nunca aprendi.

Nunca, nada, nunca foi suficiente, como é que ela está, porque é que está a gritar, será que se magoou, cortou, o que é aquele vermelho, é tinta? Depois a chorar que nem uma desalmada na rua, sem dinheiro para o táxi, a noite estragada, a tua vida também, porque é que eu te fiz, pois, porque é que fizeste, um acidente e lamento.

Hoje estou calma.

Ninguém pergunta com quem estou, o fato serve-me, não tenho de cobrir falhas. Tiro a minha máquina fotográfica, assim ninguém vê a cara que me cresceu, e disparo. Sou empurrada pelas salas como uma coisa conhecida, são pesadas as portas de batente com vidros verdes que dão lá para trás, passando por imagens de santos, por cruzes do tamanho de pessoas, por pessoas nuas pintadas que pedem esmola e por pisa-papéis dourados e canapés forrados a seda. Seguro apenas a lente à minha frente, ela protege.

Deparo com AngelaMalina, a fruta safadinha ou nem tanto, de pé ao lado de um homem, com as mãos pousadas no regaço, que gesto tão casto, por quem reza ela, pelo homem, para que ele consiga manter as aparências ao lado dela, não é fácil estar ao lado dela, ela enche o salão e ele já está cheio.

Antes de a alcançar, há um fulano que me intercepta. Ombros largos, o andar também, diz que gosta do *look*, do ser diferente, que era uma coisa especial, de que marca é o fato?

Baixo a cabeça para dar com o olhar dele, os olhos dele percorrem o meu cabelo, quase fica preso.

– De onde é?

– De longe.

– Qual é a sua língua?

Misturamos.

Fala do quadro ao nosso lado, é comerciante de arte, diz que é caro, autêntico, mais autêntico e mais caro do que tudo o que vi, que era possível comprar uma casa no centro da cidade com o dinheiro, se eu tinha um apartamento ali, onde, para que revista tirava fotografias, quais eram os meus planos?

– Estou aqui por causa da pequena que é mais alta do que nós os dois, sim, aquela ali ao fundo com o vestido brilhante, vou foder com ela no lavatório de mármore da casa de banho dos convidados, de maneira a que todos ouçam e depois vou até ao mercado dar de comer às pombas.

Ele aproxima-se cada vez mais, fala baixo, quer subir até mim, o nariz largo dele nos meus lóbulos, apesar disso quase não o ouço, todos zumbem à nossa volta, os mosquitos, barulhentos, irrequietos, mas muito prudentes. O colarinho dele tem marcas de maquilhagem, ele maquilha-se, olho fixamente os seus lábios estreitos perto do meu rosto, linhas direitas, sem qualquer quebra.

– Varanda?

– Sim, claro. Vamos até lá.

Passamos por Angelamalina, pergunto-me que nome terá ela esta noite, passo-lhe a mão pelo rabo ao passar, um estremeção fá-la erguer a nuca, não me conhece, continua a olhar, tensa, para o rosto do homem a quem pertence hoje, mas tem pele de galinha na parte de trás do pescoço, isso posso eu ver, os cabelos espessos apanhados num carrapito ainda a fazem mais alta, traz um vestido que deixa completamente à vista uma longa cicatriz na cova do joelho esquerdo. Ela não se vira, nós continuamos.

Na varanda não está fresco, mas tem vistas. Antes de eu poder perguntar que idade tem o homem, pergunta ele:

– Quando nasceste?

Eu digo «amanhã» e ele ri.

Pensa que eu não devo saber nenhuma língua como deve ser.

Um riso que se pode ligar como uma mensagem de atendedor de chamadas. Posso dizer o que quiser na mensagem. Digo ainda umas brincadeiras. Acabam-se-nos os cigarros. E ele também, acaba-se-me, a conversa arrefece, eu quero regressar e digo: tenho de voltar a tirar fotografias, afinal estou aqui em trabalho. Trabalho, ele ri-se da palavra. Ninguém a utiliza. Eu:

– Porque não?

Ele:

– Não sei. Já não há trabalho.

– O que há então?

– Só nós.

– E nós somos?

– Não a mesma coisa.

Olho a fenda direita que a boca dele faz, sorri, mas não vejo.

Os desesperados e os indefesos, um encontro aqui. Tenho de sair, volto a pôr a máquina à frente da cara como uma máscara de proteção em combate, e vou-me guiando pela sala.

As pessoas murmuram em volta dos petiscos de atum.

Alguém diz:

– Está a chover! Raio de governo de gatunos!

Alguém diz:

– Tudo o que não sei aprendi na escola.

Alguém diz:

– Que horror aquela explosão, ouviu falar?

– Quando?

– Agora mesmo. Hoje em dia sabe-se logo.

Esta explosão em X, que horror, muitos mortos.

Esta explosão em X, que tragédia, não se pode ir a lado nenhum.

Vamos emigrar.

Fundar um partido.

Ser melhores. Votar melhor. Comer melhor, dormir mais, fazer filhos, vamos agora todos depressa fazer filhos contra a injustiça do mundo, vamos espalhar amor –

Calma, alto aí, que ataque?

Alguém diz o nome.

Alguém diz o nome da cidade em que estás.

Alguém diz que na cidade em que estás, em que eu penso que continuas a estar, não sei onde, mas algures, exatamente nessa cidade houve um BUM e morreram muitos e passa-me uma coisa pela cabeça não consigo focar tenho de voltar a mas diz lá qualquer coisa alguma coisa digam lá qualquer coisa o que aconteceu BUM

Aconteceu BUM.

Não se sabe quem, mas foi aquela.

Não se sabe quantos, mas morreram.

Flores caleidoscópicas voam na minha direção.

Um fogo-de-artifício inteiro feito dos teus rostos pica-me nas faces. A tua boca parte-se no céu e vejo tudo negro.

Vejo Malegila a vir na minha direção, através da multidão, as covas dos joelhos dela, a cicatriz virada para fora, vejo aquele quadro numa parede com o rosto do comerciante de arte, tenta alcançar-me a partir do quadro, defendo-me, bato com os braços à minha volta, «Não me toquem!», descubro um jarrão, ouço qualquer coisa a partir-se, sinto a minha garganta seca, está muito calor, eu enfiada nas minhas camadas de roupa, colete por cima da camisa, os sapatos tornam-se apertados, a minha cabeça também, o espaço dobra-se, saio disparada para a casa de banho, ligo o teu número,

atende!

Ninguém atende. Tu não atendes.

Não há sinal de chamada, a rede está sobrecarregada.

O chão é branco e verde, o lavatório é de mármore cor-de-rosa. Inclino a cabeça como uma raiz saída do ramo, que sou eu, até ao chão, a tijoleira refresca, estendo-me, tenho a sensação de estar a deslizar. O lustre por cima de mim balança para cá e para lá. É de cristal e faz barulho e é pesado, da minha boca aberta sai um escadote comprido, entra pelo escuro, do outro lado acena-me Raissa, não, és tu que acenas. Respiro, ofegante, tenho cabelos na boca, cuspo. Estou com a língua de fora quando a porta se abre, mosquitos humanos zumbem, o que estou a fazer no chão, preciso de vomitar, ainda estou viva?

– O que se passa?, pergunta Angelamalina.

– Quem é?, pergunta outra pessoa.

– O jarrão era muito caro!, ouço o comerciante de arte a dizer.

Olho para cima, aqui nesta cidade põem pessoas como eu nas bocas dos lobos para me desejarem sorte. Onde encontro calor e humidade, abraçada pelos caninos, fechada, protegida da luz do dia, os mosquitos fazem «Ah!» quando eu desapareço, me dissolvo, uma raiz no nada. Cresço para dentro.

Tradução do alemão de
HELENA TOPA

Frankfurt
am Main
Luxemburgo

Gonçalo M. Tavares

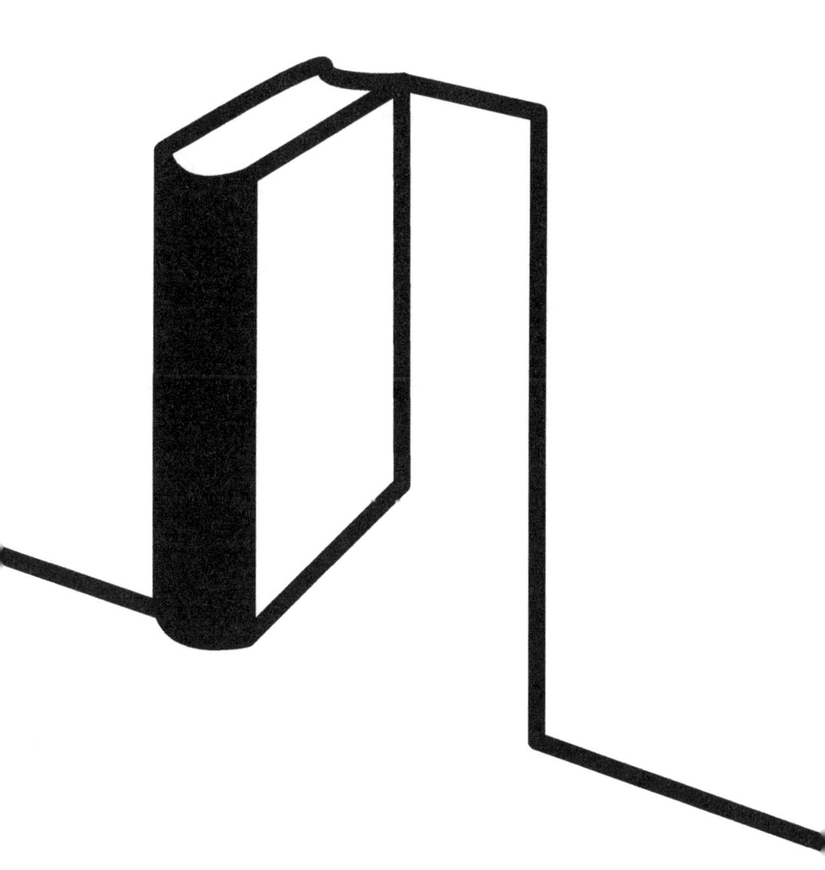

Quatro banquetes (Europa)

Banquete nº 1

SENTO-ME; ao meu lado, o hospitaleiro europeu. Como animal doméstico, mesmo com a sua expiração encostada ao meu braço desprotegidíssimo e civilizado, um tigre; não dos maiores, mas tigre, tigre das patas ao focinho; elemento que sempre conhecera como muito selvagem nos filmes, mas que, ali, garante-me de forma neutra o dono da casa, aquele, em particular, é mamífero individualmente pacifista.

– Só em grupo são perigosos – diz-me o dono da casa ... – um pouco como os humanos – acrescenta, e ri-se, depois, às gargalhadas.

Pois sim, trata-se, a partir dali, de tentar descontrair, ou seja: o peso do rabo mais cabeça mais pernas e tronco deve pousar sobre a cadeira como se fruto de uma aterragem tranquilíssima de um elemento aéreo suportado por um balão larguíssimo

434

e pachorrento, ou seja, descontrair, a nível muscular, é isso mesmo: deixar que todo o peso, cada um dos gramas, se entregue totalmente ao solo, mesmo que este seja um solo temporário e um pouco mais alto do que o nível do mar – uma cadeira. E ter medo, por outro lado, embora não suspenda a sempre companheira lei da gravidade, internamente, a nível bem íntimo e orgânico, pelo menos não deixa o corpo inteiro em repouso abandonado; ter medo é resistir, subir o que na queda ainda se permite, se bem que apenas de forma interna – manter erectos e atentos mais músculos do que os que se deixam cair no adormecimento. E, portanto, entre descontrair e controlar o pânico havia, naqueles instantes iniciais, ainda uma distância de maratona sensorial; sendo certo que o dono da casa fazia tudo para diminuir esse espaço, essa diferença. Em suma, eu estava tenso e com medo.

– Se não se sente à vontade com tigres, posso fechá-lo no quarto – disse-me ele, de forma atenciosa. E acrescentou –... no quarto das crianças.

E no momento em que o meu hospedeiro diz
No quarto das crianças
julgo adivinhar-lhe ali, no cantinho de uns lábios bem sóbrios e frankfurtianos, um músculo, um único, sarcástico ou talvez sádico, quem sabe? Como ler, interpretar, fazer uma exegese profunda de um músculo mínimo na ampla e bem agitada

cidade de Frankfurt? O que pode um músculo? – poder-se-ia perguntar. O que diz um músculo?

Bem, mas sim: o dono da casa parecia basicamente colocar-me diante de uma decisão de imperador romano: quem ficará em perigo de vida? Quem salvo?

Porque era quase como se ele tivesse dito: se não se sente tranquilo com o meu dócil e quase agrícola tigre, senhor animal pacato e da terra, se não se sente descontraído fecho-o no quarto onde as crianças brincam; com o risco, que existe, já se sabe, sempre que juntamos tigres e crianças, de surgir uma incompreensível e injustificada discussão que termine mal para a infância e para a harmonia do mundo.

Sou ou não suficientemente distante da compaixão em relação a quem não conheço para colocar em risco as brincadeiras do dia de amanhã de belas crianças de Frankfurt? A minha resposta é *yes, sí.*

Agradeço, pois, e respondo simplesmente
Sim, pode ser
palavras cobertas por um véu, que basicamente parecem substituir um grito sincero que evito despejar em sala tão

simpática de Frankfurt; o verdadeiro grito que, claro, dada a minha sobriedade não desvelo.

– Sim, quero comer sossegado e não quero ser comido!!! Por favor, ponha o tigre no quarto das crianças!! No meio da brincadeira das crianças! Quero relaxar!!

É evidente que em Frankfurt os tigres não são muito bem vistos; há um certo preconceito, digamos. No entanto, precisamente em Frankfurt como em grande parte das cidades europeias, o fato e a gravata, as boas maneiras, a detalhada educação, a tolerância, o modo como a frase *somos todos iguais* passou já há muito de ser aplicada aos homens para passar aos animais e às plantas
(os minerais ainda aguardam que o olhar civilizado os alcance) os animais são todos iguais, temos de compreendê-los, as plantas –todas merecem água e sol, não sejamos injustos; enfim, a cidade estava debaixo desse novo oxigénio que em tempos mais lá para a frente se classificará certamente como o oxigénio da segunda década do século XXI,
aquilo, então, a que atabalhoadamente, em cafés populares, se dá o nome de
politicamente correcto.
– No fundo, um tigre é um animal como os outros. Qual a

diferença entre um tigre e o cão?
Sim, concordamos todos. Qual a diferença?

E, de facto, sim e sim: ali estamos, convidados para quem a
delicadeza está acima dos Direitos do Homem, a tentar enviar
toda a nossa atenção para um invulgar doce que mistura
frutas, ananás, pêssego, um fruto vermelho – fruto comunista,
como alguém murmurou entre sorrisos historicamente bem
conscientes de datas relevantes,
se é vermelho é um bolo de 1917 – 1917, que tragédia, que
bolo tão antigo!
e ainda chocolate derretido e umas pitadas de um creme
gelatinoso, ali estamos, pois, tentando esquecer milénios
de anos em que a sensação de gula sempre fora atropelada
pela pesadíssima sensação primária de medo; ali estamos,
então, tentando chamar todos os vestígios de gula (que
delícia, chocolate e creme!) para cima da mesa de forma a
esquecermos o bafo do tigre a menos de dois metros de nós
(porque, de facto, de um modo bem democrático, com voto de
braço no ar, a comunidade educadíssima do banquete havia
decidido que não, não se excluiria uma espécie animal em
detrimento de outra. E se por ali se passeava um mini-cão que
os donos designavam, como *sintaxe*, porquê não sei,
ali vai a sintaxe!, é tão pequenina!
se por ali se passeava um cão, sem restrições algumas, também
o tigre tinha direito a não ser arrumado juntamente com as

crianças no quarto; tinha direito, digamos, à convivência orgânica entre seres vivos adultos.)
– E como se chama o tigre? – alguém pergunta.
– Memória – responde o dono da casa.
Memória!

E sim, sem uma razão evidente, aquele nome assustava ainda mais do que os dentes claramente feitos para trincar convidados inadvertidos e distraidamente desarmados, dentes aptos para destroçar num golpe uma qualquer matéria que resista e que chame por socorro,
Memória!, que nome tão estranho, murmura um outro convidado, um pouco a medo, para não ferir susceptibilidades.
– Memória, vem cá! – chamava a dona da casa, mas ela não vinha.

– Sim, memória – explicou o dono de casa, como se desenhasse na mesa a óbvia constituição mecânica e interior de uma máquina de café ou de tirar fotocópias.
– O tigre é um animal – começou o dono da casa –...há uma série de estudos que o comprovam, que tem uma enormíssima memória; uma capacidade invulgar para não esquecer as necessidades do seu povo, se assim me posso exprimir – e riu-se.
– Como? – perguntei assustado.

O facto de o tigre ainda não ter comido não era, como se poderia pensar à primeira, um acto provocatório do dono da casa em relação a convidados pouco viajados à selva e mal habituados à convivência com felinos esgrouviados e imprevisíveis; era, simplesmente, explicou com alguma solenidade o nosso hospedeiro, era simplesmente um hábito firme, um hábito que, segundo os tratadores de felinos, era essencial para mostrar quem é o dono e quem é o animal doméstico: o dono tem de comer primeiro, é uma regra base da domesticação.

De qualquer maneira, não fui apenas eu a insistir que, sendo já quase onze da noite, talvez fosse um excelente momento para dar comida ao nosso irmão-tigre, deixem-me usar esta expressão, expressão que balançava entre o vocabulário de São Francisco e o de um programa humanista da manhã da televisão em que todos, em série, de cinco em cinco minutos, sofremos com um sujeito doentíssimo ou alvo de um acidente natural fulminante que nos é apresentado pela sedutora tela irmão-tigre, sim, mas o facto é que muitos dos outros convidados haviam já há muito suspendido as conversas sobre Homero para, repetidamente, chamarem à atenção (como quem, sem querer incomodar, diz que ali, no canto da casa, está a começar um incêndio) à senhora dona de casa e ao seu marido, para esse acontecimento na negativa, que nos parecia afinal essencial, que era o facto de o tigre ainda não ter comido nada, nadíssima; o que, realmente, parecia cada vez mais uma injustiça, uma assimetria pouco gentil e educada.

Não se tratava de estarmos preocupados connosco, que preocupação pode ter um cidadão que já comeu e está numa cidade tranquila? Não, o que nos preocupava eram os outros, o Outro, o grande Outro que a filosofia, as leis e a gentileza sempre assinalaram e respeitaram. O Outro, neste caso, com maiúscula, era um terrível e bem constituído felino. E sim, ainda não havia comido nada, e já era tarde.

Que sei eu de tigres, e da forma mais científica de os integrar socialmente? Nada, a verdade é essa, nada sei.

O certo é que o tigre se comportou impecavelmente até ao fim da recepção. Viu-nos com olhos de jejum tranquilo, quase santo, a enchermos – com gestos pequenos mas consecutivos e resistentes – a pança e nada, nenhum gesto, nenhum nervosismo aparente; paciente, esperou pela sua carne específica que chegou bem avançada já ia a noite, e que, mal caiu sobre o prato, foi deglutida alarvemente, peço perdão pelo uso do termo, desaparecendo visualmente num microssegundo para espanto e incredulidade dos convidados do banquete que naquele momento admiravam o apetite do felino como quem admira uma obra de arte, uma pintura a que acabou de se tirar o véu que a cobrira toda a noite e que surge com cores nunca antes vistas, pela primeira vez à nossa frente.

– Somos todos europeus! – disse alguém, subitamente, levantando o copo de espumante
– Todos!! – gritámos, erguendo os copos – todos, todos!!

Banquete nº 2

IMPOSSÍVEL NÃO REPARAR. Até a sombra parecia sussurrar, no meio daquela coisa uniforme e negra que se arrasta pelo chão, que ali avançava um homem doente. Uma sombra firme, erecta, costas bem direitas, ou seja, tudo normal embora rastejante, no entanto era como se toda a sombra fosse banhada de uma cor amarela; uma cor não humana nem saudável; uma cor de mortal que é já bem mais cadáver do que homem que se levanta de manhã com energia.
– Sim, tem peste. Mas é um excelente homem.
Os convidados, claro, acenaram de longe ao homem; e ele ficou, no centro da sala, no exacto centro de uma clareira.
A peste passa unicamente pelo contacto físico. Se tocas, levas a doença contigo. Não é morte certa, mas a tua semana e os teus domingos mudarão certamente. Afecta de imediato os pulmões; respirar começa a não parecer um acto natural, humano e instintivo, mas sim algo que requer uma decisão antecedida de um pedido quase formal: gostaria de respirar,

se vossas excelências, pulmões, me permitem.

A peste é, de facto, desagradável. E aquele homem tinha peste. Havia sido convidado para o banquete e como tal havia um respeito inerente a este conviva pela importância e distinção que representava estar ali. Aquela não era uma festa popular, era um banquete solene, e o dono da casa não era um sujeito qualquer que fosse apenas milionário ou poderosíssimo politicamente. Tinha os dois atributos, as duas qualidades naturais, se assim se podem designar o poder e o dinheiro – mas além do mais era cultíssimo.

De qualquer maneira, a noite estava já lançada e em franco movimento.

O convidado que tinha peste – debaixo de uma vigilância disfarçada, sorridente, mas implacável – foi buscar uma cadeira para se sentar, e todos, simbolicamente, ao mesmo tempo que sorriam a uma distância segura, marcavam com um X descomunal mas, de facto, mental e concretamente inexistente, aquela cadeira – a cadeira que havia que evitar até ao fim do simpático banquete.

Mas, claro, a peste não era o essencial. O essencial, disse alguém, está em algumas linhas de Goethe.

Uma frase que, diga-se, não foi da concordância geral.

Subitamente, no entanto, as conversas múltiplas dos convidados que dois a dois ou a três, quatro a quatro no máximo se haviam juntado, foram suspensas.

É que naquele momento entrava finalmente na sala o nosso hospedeiro ilustre (quem nos recebera fora a esposa que tinha alguma tosse, mas era bela).

Mal o grande homem entrou na sala, o meu amigo que há muito habitava a lindíssima e higiénica cidade de Luxemburgo, murmurou-me ao ouvido:
– Também tem peste.

E acrescentou, sempre num tom íntimo, em que palavras percorriam apenas alguns centímetros nesse espaço vazio entre boca e ouvido:
– Veja as bolhas que já rebentam na testa, duas, três, vê? Tem peste.

Heinrich, assim se chamava o homem, exclamou um sedutor: Bem-vindos!
e com uma alegria contagiante estendeu a sua mão a cada um dos convidados que corresponderam com vigorosos apertos de mão e mesmo alguns abraços familiares. Apertei-lhe a mão com alegria e convicção, agradecendo, com um curvar ligeiro de corpo inteiro, o simpático convite.

– Que bela casa – disse eu.
Ele agradeceu a minha gentileza.

Falámos toda a noite sobre a Europa, a cultura europeia, as leis europeias, a tolerância europeia, a história europeia, os homens europeus e a sua energia, as mulheres europeias e a sua energia.
A simpatia de Heinrich, o nosso hospedeiro, contagiava; a sua eloquência contaminava a conversa por inteiro; a forma como nos tocava carinhosamente na mão quando queria a nossa extrema atenção para uma conclusão invulgar, uma espécie de aforismo verbal que sintetizava as discussões de um pequeno grupo de convivas ou mesmo de toda a mesa, infectava-nos a todos, todos aqueles que eram tocados pela sua mão generosa, tocados com uma intimidade que raramente se vê numa cidade tão fria como o Luxemburgo. Contagiados, infectados, contaminados, despedimo-nos já eufóricos devido ao vinho que circulara abundantemente durante a noite em redor do nosso sistema interno, seduzindo-nos primeiro fora do corpo, em bandejas, e que agora aprisionávamos já, não para sempre mas por um tempo, nas nossas circulações orgânicas. Despedimo-nos, pois, todos os convivas uns dos outros, com largos abraços já familiares, a que não escapou o pobre daquele convidado que ficara, no início, excluído.

– Somos todos europeus! – alguém diz, naquele momento como que a celebrar aquele banquete honesto, sincero, sem reservas, em que a peste fora finalmente aceite entre nós, como uma das nossas.

– Nunca nos podemos esquecer de que a peste é europeia, sempre foi. Aqui surgiu, aqui teve a sua primeira aparição.

E sim, nós, os europeus, sempre fomos assim: a história e a memória importam.

Banquete nº 3

CONTA-SE que a escritora Clarice Lispector convidou certa vez vários amigos, escritores, cantores, etc. para jantar. E que, chegados lá, a casa de Clarice, e mal se haviam sentado, ela propôs, subitamente:
– Vamos falar sobre a morte?
E falaram. Falaram a noite inteira sobre esse tema. No final da noite despediram-se de Clarice e sim, só na rua, lá fora, debaixo do belo céu negro e quente do Brasil, constataram, olhando uns para os outros e sentindo um leve chamamento do estômago, que não haviam jantado.

Pois, então, foi algo de semelhante que aconteceu.
Convidados para um jantar mas não havia comida.
– Vamos falar sobre a Europa?
Foi a proposta, antes de tudo o mais. Não havia aperitivos.

A certo momento a Europa estava analisada de alto a baixo, como uma rede, como uma tabela de linhas e colunas: não havia pedra, animal, planta ou sujeito europeu com mais de seis semanas que não tivesse merecido a nossa generosa atenção e dissertação.

Subitamente, uma da manhã e todos se calaram. Olhámos uns para os outros, nós, os convidados.

Estávamos com fome.

Um olhar cúmplice entre dois dos convidados que se concentraram na expressão ainda maravilhada da dona de casa, que ainda sugeria falarmos da tolerância europcia na Idade Média, foi o prenúncio de uma acção rápida.

Atacaram num golpe a dona da casa e amarraram-na com uma corda que outros convivas conseguiram encontrar, sabe-se lá onde.

Depois, subitamente, alguém gritou:
– A comida está toda no cofre!
E estava.

Porque cá fora, nada. Na cozinha, na mesa da cozinha, uma toalha lindíssima, verde e branca, mas nenhum alimento; nem migalhas: o frigorífico era um armário frio e vazio. Como olhar para um paralelepípedo de gelo em pleno pólo norte. Na despensa estavam livros (História Europeia, O que é um Europeu?); nos quartos seria, então, contra toda a exigência higiénica daquela cidade encontrar sequer o mais pequeno dos biscoitos.

– A comida está no cofre! – alguém, então, gritou de novo – e agora o grito era semelhante ao de 1789:
– À Bastilha! À Bastilha!!
Avançámos, então, para a Mini-Bastilha com todo o ímpeto e as ferramentas revolucionárias que tínhamos. Um dos convidados parecia ter já uma história rica em arrombamentos de cofres, ou pelo menos assim parecia. Foi ele que entre brocas, alicates, fundiu uma parte do mecanismo da fechadura e, por fim, com o auxílio de uma pequena bomba artesanal – que, pelos vistos, um outro dos convidados sempre trazia debaixo do sobretudo elegante – conseguiu arrombar o cofre.

O cofre, que parecia uma fortaleza inexpugnável, estava, de facto, cheio de comida, de cima a baixo, de baixo a cima, comida da mais variada. O que se seguiu foi um banquete histórico, dir-se-ia. Comemos como há muito oito europeus convidados para um jantar fora de casa não se atreviam.

Banquete nº 4

ERA O ÚNICO POBRE no banquete e isso era muito evidente pois todos estavam em redor desse sujeito, tentando ajudá--lo como se os próximos minutos fossem os decisivos para aquela existência ou como se na verdade aquele sujeito não fosse um pobre mas um homem que havia acabado de ser resgatado do alto mar depois de naufrágio em tempestade maligna, e tivéssemos nós, os outros convidados de banquete, sido chamados com urgência para fazer respiração boca a boca a um homem que tivesse estado demasiado tempo debaixo do mar. Na verdade, era isso mesmo, parecia que os convidados eram nadadores-salvadores em puro espaço sólido por todos os lados, quer no centro quer em redor, e aquele senhor pobre que fora imprevistamente convidado para o banquete (somos todos europeus!, murmurara o dono da casa)
estivesse nos últimos mililitros (penso que será esta a unidade de medida) de oxigénio que ainda o ligava à vida.

Na verdade, o pobre dera já o primeiro soco a um dos socorristas mais aguerridos porque ali, nos momentos que antecedem o banquete, em que os convivas, ainda em pé, conversavam, ele estava já em vias de sufocação última, dada a multidão de europeus disponíveis para ajudar em seu redor. A pancadaria começou assim por puro instinto de sobrevivência do pobre, que de repente, sem surpresa, exigiu respirar, pedir espaço, uns centímetros pelo menos entre as trinta mãos que querem confraternizar com ele e o seu pescoço; enfim, o que parecia tudo muita boa vontade, trinta braços de boa vontade e um único pobre, em pouco tempo transformou-se em indelicadeza que saltou a pés juntos para impropérios entre os dois lados e pancadaria.

O homem pobre acabou espancado porque evidentemente, ali, naquele contexto, o desequilíbrio era notório.

Havia algum sangue no chão; no entanto, alguém disse, depois de se aproximar e confirmar:
– Ainda respira
e por isso deveria ser ainda considerado e tratado como convidado.

Embora no chão, caído, imóvel, o pobre, então, mantinha-se respirando de uma forma humana e viva; e se todos os convivas se sentaram e avançaram para a refeição que os esperava, não deixaram, diga-se, de ter o cuidado de manter uma cadeira vazia, para o caso de o homem recuperar.

Na mesa, estava então eu, e outros catorze homens e mulheres extraordinariamente interessados na cultura europeia, uma cadeira vazia e, a cerca de quatro metros da cabeceira da mesa, mais ou menos nas costas do dono da casa, um corpo caído que nunca, em nenhum momento da nossa animada discussão sobre a impossibilidade de tradução da poesia, foi esquecido.
Não era, aliás, por ainda não lhe sabermos o nome que deixávamos de lhe atribuir importância.

Génova
Schwäbisch Hall

Annelies Verbeke

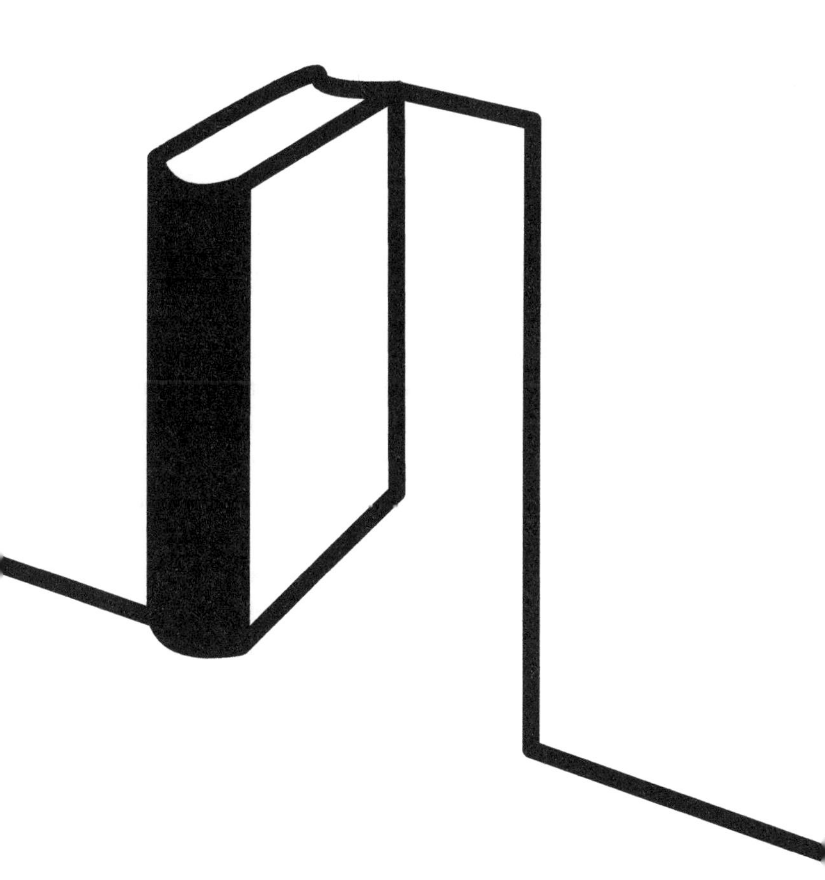

Todas essas pessoas, todos esses séculos

ELA QUER IR A GÉNOVA porque conhece lá pessoas e porque visitou a cidade antes, demasiado fugazmente. E quer ir a Schwäbisch Hall porque nunca ouviu falar daquele lugar e porque acha piada ao nome da cidade.

Génova. Infelizmente, os amigos italianos são ainda mais móveis que ela: um trabalha durante a semana em Praga e o outro, que vive a maior parte do tempo em Berlim, faz agora uma breve visita a Itália mas encontra-se em Roma. Ambos acham uma grande pena. O colega neerlandês que vive em Génova, e com quem se dava bastante bem – pensava ela –, não responde ao anúncio da sua vinda. O pequeno coração da autora suporta os desencontros sem problemas. Olhando pela janela do táxi ela dirige-se nos seus pensamentos à cidade: "São só eu e você, minha senhora."

Lembra-se das colinas, das cores das casas, do porto, sabe que daqui a pouco se vai perder num novelo de ruelas que repelem a luz que o vento traz de por cima do mar. Mobilizando a sua meia dúzia de palavras de inglês, o taxista bem-disposto esforça-se por meter conversa com ela. Pede, no mínimo, dez euros a mais pela viagem, ela percebe três dias mais tarde quando um colega calado e carrancudo, condutor agressivo mas mais honesto, a leva de volta ao aeroporto.

O hotel situa-se na Via di San Sebastiano, em pleno centro histórico, perto da Piazza De Ferrari. A autora enceta uma primeira caminhada cautelosa. Tem consciência de que não é a pessoa mais orientada do planeta, o que, em viagem, de modo geral não a impede de se perder de imediato e com entusiasmo. Génova, porém, pensa saber, foi projetada para se perder o caminho e já que duas horas mais tarde a virão buscar para a primeira *Hausbesuch* (visita em casa), considera sensato ter cautela nos primeiros passos no terreno acidentado.

Duas ruas mais adiante, depara-se com a Mangini, uma *pasticceria* muito bela e atraente. Com facilidade a autora mergulha no seu estado de espírito de idosa respeitável – este ano fez quarenta anos, mas desde há mais tempo faz esporadicamente de idosa – e aninha-se entre os septuagenários na esplanada. Só na Itália gosta de gelados, e esta bola de pistácio – percebe-o logo à primeira dentada, a primeira explosão de sabor – é insuperável. Afinal, a *Ding an sich* (Coisa em Si) é cognoscível.

Passa um jovem pedinte descalço. Vira a cabeça para ela como se fosse um pássaro. Ela coloca o troco na sua mão, e depois o rapaz grita também como um pássaro, de uma espécie tropical.

A primeira *Hausbesuch*, na casa da tradutora Anna Patrucco Becchi, terá lugar na Via Vallechiara. Para chegar aí, a autora e os seus acompanhantes têm de passar do Goethe-Institut pela Via Garibaldi, onde dezenas de cabecinhas entre as decorações de fachadas lhe sussurram que não pode partir de Génova antes de ter visitado os famosos Palazzi dei Rolli.

Anna vive na zona da cidade dos intelectuais proeminentes e dos políticos, contam à autora. A casa da tradutora parece um museu, o que diz ela, implica muita limpeza de pó. O terraço enorme, com uma vista ainda mais esplêndida sobre a cidade, parece destinado à organização de casamentos estivais. Mas a autora vem para ler e falar de *Vissen redden* (Salvar Peixes), o seu romance de 2009, para um clube de leitura germanófilo composto por uma dezena de mulheres e um homem. O romance já tem uns anitos, mas adapta-se bem à ocasião, já que cada capítulo se situa numa outra cidade portuária europeia, apesar de Génova não ser uma delas.

Uma segunda vez a autora se dá conta de que a *Ding an sich* é cognoscível. Embora preferisse manter-se longe de conceitos do género "caráter nacional" – e embora um dos amigos genoveses tenha em tempos imitado para ela os tipos diferentes de italianos por províncias – a duzentos metros do hotel trava conhecimento com "o Italiano". É parecido com Roberto Benigni e para na passadeira de peões. O homem não só enverga um fato índigo feito à medida (Versace, sem dúvida) no corpo delicado e segura uma Vespa entre as pernas, traz também o telemóvel (índigo a condizer) enfiado entre orelha e capacete, mantendo as mãos livres para acompanhar com gestos a conversa barulhenta. *"Ciao! Ciao!"* ouve-o a autora rir para o aparelho atrás de si quando chega ao outro lado. E depois as muitas pessoas que ela parece já conhecer há anos, pelo menos como figurante.

De manhã, ela decide que perder-se é agora permitido. Primeiro, opta pela Via XX Settembre, onde quase não atenta às lojas, mas sim aos mosaicos debaixo dos saltos discretos. A repentina atenção aos pavimentos continuará nos dias seguintes e a autora voltará para casa com umas quarenta fotografias de pavimentos. Cavalos-marinhos, estrelas, conchas. (Costuma tirar poucas fotografias, mas uma vez começando desata de modo geral a colecionar obsessivamente.) Os transeuntes genoveses que não olham para o ecrã dos telemóveis e reparam no que ela faz sorriam compreensivos: pois, os seus pavimentos são belos, têm plena consciência disso. De vez em quando, os pavimentos são interrompidos por um pedinte com uma cartolina a dizer *Ho Fame.*

Chegada à Piazza della Vittoria, a autora dá meia-volta e pouco tempo depois vagueia pelas ruelas pequenas. Quem gosta de surpresas deve vir a Génova. A seguir a cada passagem escura e estreita pode estender-se um praça colorida refletindo a luz do sol ao pé de uma igreja secular. Imagine uma das pequenas peixarias neste labirinto ter a sua preferência, como irá voltar a encontrá-la, por amor de Deus?

Atrás das montras estreitas reluzem as lojinhas mais estranhas e amorosas – guarda-chuvas, guloseimas, canetas de tinta permanente – aparece até um rocódromo. Mas a loja que faz a autora derreter-se toda – sem dúvida o apogeu da sua viagem – é uma barbearia. *Barbiere*. Ocre, turquesa, *bordeaux*. "Posso-lhe tirar uma fotografia?" pergunta a autora. O homem acena afirmativamente continuando a cortar, aparentemente a pergunta é-lhe feita com frequência. Ela quer perguntar ainda "Posso cobrir de pequenos beijinhos as suas janelas, chãos, tetos, lustres, espelhos, bacias, torneirinhas, tesouras, pincéis e também o próprio senhor?", mas onde ficaria sem autocontrolo? Desde há muito tempo, a autora é visitada por visões em que é cabeleireira. As circunstâncias que a envolvem quando tem as visões são tão favoráveis que só podem ser irreais, isso sabe ela muito bem. No ano passado – cansada do mundo literário e cansada em geral – foi, não obstante, visitada mais do que nunca por visões semelhantes. E agora esta barbearia. A cognoscível *Ding an sich*. Naquela noite lerá que a Antica Barberia Giacalone é património mundial. Como ela gostaria de trabalhar aí!

Reconhece a fachada da catedral de San Lorenzo, que parece estar sempre em movimento graças a colunas delgadas que serpenteiam como cobras e outras ilusões óticas. No Palazzo

Ducale há uma exposição de Mucha. A autora tem a sensação de ser perseguida nas suas viagens pela Europa por exposições de Mucha. Olhando para o cartaz na entrada repara, pela primeira vez, que as mulheres de Mucha têm todas um pavimento genovês pendurado atrás da cabeça.

Na esplanada de Douce fala-se neerlandês em várias mesas. A autora come peixe num restaurante perto da Porta Soprana porque aí só ouve falar italiano, o que em retrospetiva parece ser o caso na maioria dos restaurantes. É estranho: ainda não viu muitos turistas na cidade, mas os rebanhos que andam atrás de um guarda-chuva levantado falam todos o neerlandês. Será o efeito dos livros de Ilja Leonard Pfeijffer? Fala sobre isso com as pessoas que encontra na primeira e segunda *Hausbesuch*. Alguns ouviram falar do seu colega e em Maddalena encontra nessa noite até alguém que vive na rua dele mas nunca ousou dirigir-lhe a palavra. A autora encoraja a mulher a fazê-lo e fala quase mais sobre os livros de Ilja do que sobre os dela. Afinal é muito estranho que não tenham sido publicados em Itália e que os genoveses não tenham conhecimento destas odes caprichosas à sua cidade, ao passo que Ilja fez, sim, uma digressão pelos Estados Unidos com a tradução inglesa de *La Superba*. Ai, Europa!

A autora é levada numa visita guiada pelo bairro de Maddalena, onde existem problemas com prostituição e drogas, e onde migrantes procuram abrigo. Ouve falar uólofe e espanhol, admira um belo teatro pequeno quinhentista que está a ser usado de novo. Os seus anfitriões e anfitriãs fazem parte de um grupo que entretanto conta cento e vinte membros e que se esforça por aproximar mais as várias comunidades. Uma maneira de fazê-lo é a biblioteca gratuita onde se encontra com eles. Sente-se imediatamente em casa. O marido da autora é de origem senegalesa. Misturar comunidades é a sua realidade quotidiana, e por mais natural que o seja para eles, para a sociedade que os envolve muitas vezes parece não ser assim. É bom, depois de atravessar várias fronteiras nacionais, encontrar pessoas que partilham o mesmo espírito. E alfaiates senegaleses.

Os seus interlocutores não se fecham em copas: "A população original de Maddalena vê os migrantes como o inimigo, mas o verdadeiro inimigo é a máfia." A autora surpreende-se um pouco com o uso frontal do termo. É arrastada para uma pintura mural em honra do jornalista Peppino Impastato, assassinado pela máfia.

Entra em conversa com um casal especial. Ela é uma norueguesa que em 1982 se apaixonou por Génova e ficou. Ele é um jornalista reformado que durante muito tempo escreveu sobre corridas de cavalos e hipismo para o jornal desportivo popular com as páginas cor-de-rosa. Já que tem a figura de um jóquei, a autora tenta verificar circunspectamente se por acaso foi um. O pesar tolda-lhe o rosto: infelizmente, só descobriu aquela paixão quando já era tarde.

Toda a comida é tipicamente genovesa, e a autora mostra-se muito transigente quando se trata de provar alimentos. Empanturra-se com duas fatias de várias tortas salgadas, vai pesada para o hotel e na cama vê ainda um pouco de televisão. Totalmente contrário ao seu estado bem-humorado, tanto na Rai I como na Rai II uma pessoa debulha-se em lágrimas.

No dia seguinte, a autora atira-se aos museus, deslocando-se de metro. A linha é tão curta que parece ter uma intenção cómica.

Ouviu dizer muito bem do museu Galata – o museu do mar – e não foi exagero. Focaliza Génova como o local onde migrantes italianos viviam os últimos momentos na terra pátria antes de embarcarem num dos navios que os levavam para *La Mérica*.

A exposição destaca o papel do mar como rota de transporte de escravos em séculos passados e como sepultura de muitos migrantes nos dias de hoje. Lê-se algures que os monstros marítimos inventados em Hollywood podem ser atribuídos à má consciência dos americanos: seriam os espíritos dos escravos afogados que aparecem.

Mais uma vez a autora dá-se conta de que veio aqui parar com o livro certo. Também no seu romance *Vissen redden*, onde um ex-escritor se empenha na luta contra a pesca predatória, traumas nadam no fundo do mar. E na esteira deste livro ela escreveu ensaios sobre sereias e míticos seres aquáticos que aqui aparecem amiúde sob o denominador *Mare Monstrum*.

Ela visita o Palazzo Reale, onde está patente uma exposição de Canova, mas onde tira sobretudo fotografias aos pavimentos. Pastores, cavalos, galinhas, sóis, feitos de pedrinhas brancas, pretas e vermelhas.

Nos Palazzos da Via Garibaldi continua a sua fotorreportagem um pouco por aqui e ali. Atrás de uma porta ensaia uma cantora de ópera. Pelas paredes vários retratos de Maria Madalena. Mesmo assim são, no Palazzo Rosso e no Palazzo Bianco, sobretudo os flamengos que atraem a sua atenção. A maioria de Antuérpia, do século quinze ao século dezanove. Rogier Van der Weyden, Joos Van Cleve, Frans Pourbus, Jan Wildens, Jan Roos, Abraham Teniers, Jan Provoost, Gerard David, Jan Matsys, Joachim Beuckelaer, Pieter Paul Rubens, estão todos aqui. Vieram a convite, deixaram-se ficar anos, e séculos depois da sua morte continuam a ser trazidos na palma das mãos. Migrantes de êxito.

De volta ao exterior, a Via Garibaldi banha-se nos sons quentes de Astor Piazzolla, provenientes de entre as mãos de um acordeonista idoso. A autora deposita um euro no seu boné, recebe um *grazie* amável e está contente por usar óculos de sol. Pois, de repente toca-a em cheio a noção de que os pais de Piazzolla devem ter sido italianos emigrados para a Argentina. Esmaga-a a inevitabilidade da migração, a vitalidade e a tragédia de deixar tudo para trás e começar de novo, todas essas pessoas, todos esses séculos, a bordo de navios, de passagem, em terra nova. Como a sua arte supera aqueles lugares, e por vezes, como agora, regressa à pátria décadas mais tarde, sem o criador.

Esta noite fala sobre isso com um homem que trabalha para o conselho municipal de Sori. Em criança, ele próprio viveu algum tempo no Chile, onde continua a viver parte da sua família. É notável como mesmo a terceira geração regressa ocasionalmente a Sori. Ainda nesta semana, por exemplo, houve uma missa para uma das falecidas tias-avós do Chile na igreja de Sori. O vínculo perdura. Para a primeira geração era até tão forte que se pressupunha que os migrantes de Sori no Chile casassem com outros migrantes de Sori. Algo assim obviamente não se consegue manter.

Sori fica a uns vinte quilómetros de Génova. O fazedor de teatro Sergio Maifredi leva a autora e algumas pessoas do Goethe-Institut até lá. Maifredi é um artista nómada, não se prende a um lugar mas participa em produções teatrais por toda a Itália assim como na Alemanha e Polónia. Trabalha com civis – como ainda há pouco tempo com os habitantes de Sori – e as suas peças de teatro são frequentemente espetáculos de massas.

Pelo caminho veem um jovem numa motorizada colidir em modo *slapstick* colina abaixo com um carro. Sentado na rua, ergue dois polegares no ar. "Típico da juventude destes subúrbios de Génova", comenta Sérgio: "Rica e estúpida."

Em Sori são os convidados de um dos empresários mais conhecidos de Itália e da sua mulher. Aí encontram também o jornalista Massimo Minella, e várias personalidades da aldeia sobre a qual têm vista da varanda: o presidente da câmara, o farmacêutico, o arquivista... A autora tem a sensação de ter entrado numa peça de teatro. Ou no jogo Detetive. Acha que, neste serão, durante um corte de eletricidade vai haver um assassinato na vivenda e que ela vai ser a vítima ou o principal suspeito. Mais uma razão para se mostrar de novo muito transigente perante as especialidades locais. São inacreditáveis: mariscos frescos, *pansoti* com um recheio de sete ervas silvestres, colhidas nas colinas em redor. *Trofie* com pesto. (Os dois convidados ao lado da autora sussurram chocados após a pergunta escandalosa sobre queijo de um outro convidado. "Obviamente esta pasta não leva queijo!") Os pratinhos são-lhe entregues pessoalmente pelo empresário famoso. Os copos de vinho também. O tinto é tão bom que fica comovida.

Fala-se dos muitos problemas que Génova enfrenta. Uma falta de progresso, eis ao que se resumem as queixas. A autora contou que foi visitar o museu Galata. Então deve ter visto o projeto urbanístico que um arquiteto de renome fez para a cidade? *"How it could be"*, diz a autora, e embora tivesse uma intenção neutral, o resumo provoca grande hilaridade e colhe muita adesão.

Neste serão não há vítimas. A autora recheada da potencial última ceia titubeia para o carro que a traz de volta à Via di San Sebastiano.

Daí ela apanha de manhã um táxi para o aeroporto. Com a admiração da visitante ávida unilateralmente de autenticidade, ela suspira que Génova também não deveria entregar-se demasiado ao progresso; ela acha a cidade boa como é.

*

Quando refere o nome Schwäbisch Hall em Génova, o intérprete é o único que conhece o local. "É onde está o dinheiro", diz ele.

Na verdade, é notável a grande quantidade de bancos em Hall, e nem todas as cidades podem gabar-se de uma Sparkassenplatz – Praça das Caixas Económicas. O jornalista com quem a autora tem um encontro marcado para o segundo dia explicar-lhe-á que os alemães do sul têm fama de serem poupadores convencidos, pelo que os bancos aqui florescem e gozam uma reputação da maior confiança.

No entanto, o primeiro encontro dela com a vila – fora do que encontrou sobre ela no Google – dá-se no comboio. Gante dista seis comboios de Schwäbisch Hall, sete horas e meia de viagem. A autora escreve e lê. A partir de Mannheim olha frequentemente pela janela. Os alemães são abençoados com tanto verde. Florestas robustas, searas em filas ordenadas, vinhas nos flancos das colinas, pitorescos conglomerados de nuvens, de vez em quando casas brancas com telhados vermelhos num vale. Estações de que nunca tinha ouvido falar: Bad Rappenau, Bad Wimpfen, Öhringen, e, a seguir a Waldenburg: Schwäbisch Hall. Um local idílico com casas em enxaimel e muitas árvores ao longo do rio Kocher. Se estivesse com uma disposição sardónica, a autora associaria o local também com o parque de diversões holandês Efteling, mas hoje à noite está com um humor muito afável.

Logo na primeira caminhada para a casa da prestável, organizacionalmente dotada e simplesmente simpatiquíssima Vanessa Goethe (como está registada na memória do telemóvel da autora), a autora suspeita que os habitantes da vila se caracterizam pelas suas pernas musculadas. O terreno aqui é bem acidentado. E reina um silêncio profundo.

A autora é alimentada e fala com alguém sobre teatro. Não sabe como a conversa agradável de repente levou este rumo, mas a uma dada altura a mulher fala dos recém-chegados e de que vieram numa quantidade mesmo muito grande e que a integração não pode resolver tudo. Não se trata de ódio, percebe a autora, é pânico. Soa a frase "pessoas fundamentalmente diferentes", mas antes de a autora poder reagir, a conversa é interrompida. Talvez seja melhor assim, ela está cansada.

A pontualidade alemã tem dois lados. Se um museu abrir às onze, não abre às onze menos cinco, nem a cinquenta segundos para as onze. Isto vale, pelo menos, para o senhor na receção da Johanniterkirche – a igreja da Ordem de S. João de Jerusalém. A autora e ele entram num concurso de olhares fixos antes de ele fazer ceder a porta de vidro que os separa. No interior, ela apanha em flagrante um travesso anjinho gorducho que quer tirar à colherada um pedaço da perna de alguém, muitos dragões vencidos e uma loira que ergue uma mão ardente.

Ela trava conhecimento com Hans-Werner Schmidt, o diretor deste ramo florescente do Goethe-Institut. De bom grado o acredita quando afirma que o seu trabalho envolve agora uma comunidade mais internacional do que quando trabalhava para o Instituto na Turquia ou Polónia. Os estudantes para quem ela à tarde dá a sua primeira palestra, e que volta a encontrar à noite, desta vez juntamente com algumas pessoas de Schwäbisch Hall, são oriundos do Brasil, África do Sul, Gana, Senegal, Camarões, Síria, Rússia e os Estados Unidos.

Frequentemente, os leitores querem saber de onde lhe vem o seu sentido do absurdo. Ela responde que a seu ver grande parte da vida é mesmo assim. Este serão passa-o com professores de alemão provenientes de todos os cantos do mundo que estão a cozinhar em conjunto. Se referisse algo assim num conto, seria provavelmente considerado rebuscado, e tipicamente Verbeke.

Até o jornalista da SWR2, que a acompanha desde o meiodia, está ocupado com um melão e dedica-se depois às cenouras. Ambos estão impressionados com o camaronês Idrisse, que fluentemente e sem sotaque muda de alemão para francês e para inglês. Fala também quatro línguas africanas na perfeição. O alemão é a sua língua favorita. Foi conquistado para a língua germânica por um docente entusiasmante nos Camarões. Está na sua primeira viagem fora da África que, acha ele e acham todos, mereceu. E o que não merece, acha, é uma vida sem oportunidades debaixo da semi-ditadura de um presidente que não quer ceder e um neocolonialismo que se mostra adverso a ele, Idrisse, e a muitos como ele, sempre que isso convém ao Ocidente, e nomeadamente à França. O grupo de ouvintes dispersa-se. Resta apenas a autora para lhe dizer que tem razão. Mas muito mais também ela não sabe responder.

O serão torna-se especial, evoluindo o jantar em conjunto para uma entrevista em grupo, orientada por uma professora russa de alemão que vive na Colômbia, mas com a participação de todos. Pelo mundo fora, professores de alemão têm agora fotografias em que, ao lado da autora, sorriem para a câmara. Posteriormente, a autora acha pena não ter ela própria reunido uma "série internacional de fotografias de professores de alemão". Teria sido uma coleção mais extraordinária do que os pavimentos genoveses. Bolas.

O hotel Scholl, onde a autora está hospedada, situa-se perto da igreja de S. Miguel, o ponto fulcral dos anuais *Freilichts-*

piele. Seguindo a tradição, no festival são representadas peças de teatro e de teatro musical na escadaria íngreme de degraus curtos frente à igreja. Segundo o Dr. Schmidt, nas atuações ainda não houve registo de mortos.

Durante a sua estada decorrem em pleno os ensaios para a versão alemã de *Jesus Christ Superstar* de Andrew Lloyd Webber. Na terça-feira, um gigantesco coração quebrado jaz nas escadas, na quarta-feira uma cruz (cristã) partida. No *Theaterzeitung*, o jornal do teatro, que ela encontra no quarto do hotel, a autora lê que Jesus vem de Wuppertal e que o outro ator principal é "um Judas muito experiente".

O teatro vive em Schwäbisch Hall. A vila tem até o seu próprio Globe Theater compacto.

Os museus são impressionantes e gratuitos. É sempre bom – ou pelo menos um alívio – quando os ricos mostram ter também bom gosto. Em Hall, foi o senhor Würth quem fez com que se juntasse uma bela coleção de mestres antigos na Johanniterkirche e que na Kunsthalle (Galeria de Arte) Würth esteja patente a bonita exposição "Picasso e a Alemanha". Aqui nota-se igualmente o fio condutor que a autora pensa ter descoberto: pessoas, culturas, ideias que viajam, migram e se influenciam. Esculturas da tribo Edo do Benim que serviram de inspiração a Picasso e aos pintores de *Die Brücke*. A autora está contente por estes pintores a lembrarem que os Grandes Artistas ousam contemplar outros continentes com um olhar sem preconceitos, assim como outras épocas, nomeadamente os clássicos e o quinhentista Lucas Cranach. O Minotauro, máscaras africanas, as cores quentes de rostos femininos, acrobatas, paisagens ensolaradas, violinistas ciganos, tendas de circo, a arte que, dançando cada vez mais freneticamente, celebra a boa vida universal e de repente muda para preto e branco, em hordas a marchar, cadáveres putrefactos de soldados em terra de ninguém e crianças escanzeladas pela mão de mães de bocas escancaradas entre escombros, estilhaços de vidro, cavalos mortos. O tríptico *A Guerra* de Otto Dix ao lado de uma coruja engaiolada de Picasso. Até também a Primeira Grande Guerra passar e Picasso, até ao próximo horror, voltar a pintar pombos da paz.

No Kunsthalle Würth decorre ao mesmo tempo uma exposição muito diferente, à volta da obra de Wilhelm Busch, com cujos desenhos de *Max und Moritz* cresceu uma geração de alemães. Aparentemente, Busch estudou também na Academia de Antuérpia, um dos seus quadros mostra um jovem desta cidade. Uma sala dedica-se ao *Struwwelpeter* de Heinrich Hoffmann, uma personagem ainda mais antiga da literatura infantil. Num dos contos expostos, três rapazinhos arreliam uma criança negra. Como castigo ficam eles próprios pretos.

À tarde, a autora lê em alemão para vários grupos de estudantes. Estão reunidos numa sala do antigo hospital onde também está sediado o Goethe-Institut. No teto, Martinho Lutero está rodeado por anjos barrocos. Nem a igreja reformada conseguiu escapar à mistura.

A anfitriã da *Hausbesuch* desta noite é uma ex-professora de educação física muito vivaça. Tem papel de parede com palmeiras.

A idade média é muito mais elevada do que na noite anterior e não é fácil todos aceitarem que alguém, uma escritora, por exemplo, entenda e leia alemão mas não fale a língua. Quando Vanessa Goethe começa a traduzir, os ânimos acalmam.

Depois da sessão, algumas pessoas juntam-se à volta dela. Com um homem está de acordo sobre tudo: agora que o Brexit é um facto consumado, Trump podia mesmo vir a ser presidente, o que seria catastrófico para o mundo. Depois, ele quer saber o que pensa do *"Wir schaffen das"*[1] de Merkel. A autora, ciente da divisão que a frase provocou neste país, sente como a seu redor se aguçam os ouvidos. Responde que a acha uma afirmação corajosa, que mostra positividade e sentido de responsabilidade. Diz que pensa que a migração em larga escala a que assistimos nos dias de hoje traz também dificuldades, mas diz também ser de opinião que temos as capacidades de levá-las a bom termo. Diz ainda que se o dinheiro que até agora foi gasto na Europa em vedações inúteis e controles fronteiriços intensificados tivesse ido para centros de acolhimento em condições, registo e operações de salvação no mar, a situação agora teria melhorado. Afirma que não se trata de caridade mas de assumir uma responsabilidade humana.

Alguns dos ouvintes anuem, a maioria mantém o silêncio.

Também em Schwäbisch Hall um acordeonista: um recém-chegado que toca cada dia a mesma lenta melodia numa das pontes sobre o rio.

Julgando pela quantidade de vestidos de noiva nas montras, Hall é uma vila onde muitos vêm casar. As montras mostram igualmente *Dirndl* (corpete, blusa, saia e avental) e *Lederhosen* (calças de cabedal). A autora sabe resistir sem esforço a estas tentações. Mas gostaria, sim, de aprender alemão, finalmente.

Ela visita o Hällisch-Fränkisches Museum. Grande parte do espólio do museu trata da antiga prisão de Hall, cujos edifícios estão agora ocupados pela Academia de Música. Encontram-se expostas armas feitas à mão e um aparelho de tatuagem caseiro, escondido num livro. Há também um armário com o exterior repleto de inscrições de presos. Motivada para aprender alemão, a autora memoriza a frase: *"Master ED aus Bi-Bi verflucht seine Verräter, aber der Tag wird kommen und das Blut wird fließen."*[2] Além disso, o museu mostra muita informação sobre o grande incêndio urbano em Hall, de 1728, sobre a salicultura, o pintor Leonard Kern, o herói Hanswurst do teatro de marionetas, anteriores peças encenadas na escadaria, uma cadeira de tortura com uma placa a dizer *"Bitte nicht betreten"* (Não sentar, f.f.) e o que resta da sinagoga setecentista de Steinbach, incendiada na Noite de Cristal.

À procura do local mais próprio para o último almoço, a autora passa corajosamente pela esplanada lotada de um restaurante italiano. Virada para a integração, decide que na Alemanha deve comer alemão, sentando-se por baixo de um guarda-sol de Haller Löwenbräu. Ao abrir a ementa que lhe foi entregue verifica tratar-se de um restaurante grego disfarçado. Entre as estadas em Génova e Schwäbisch Hall, a autora esteve – um hábito anual – numa ilha grega. Lá os *kalamari* estavam melhores, mas paciência.

E chega a altura de partir. Na estação intercalar de Heilbronn observa um cartaz do governo federal onde uma enfermeira síria sorridente ajuda um alemão idoso a sentarse numa cadeira de rodas. O texto reza: *"Die Pflege braucht helfende Hände. Ich helfe gerne mit. Integration, die Allen hilft. Deutschland kann das."*[3] Ela não vê uma campanha assim aparecer tão cedo nas ruas da Bélgica.

É uma tomada de posição explícita que se dirige talvez demasiado unilateralmente à utilidade das pessoas, mas que contudo denota autoconfiança e boa vontade. Seja como for, a temática da migração que corre como o fio condutor pelo seu relato de viagem, a autora não o inventou, existia mesmo.

[1] "Nós somos capazes"

[2] "Mestre ED de Bi-Bi amaldiçoa quem o traiu; mas o dia virá e o sangue correrá."

[3] "A assistência social precisa de mãos que ajudem. De bom grado participo. A integração que ajuda a todos. A Alemanha consegue-a."

Tradução do neerlandês de
ARIE POS

**Barcelona
Heidelberg
Mannheim**

David Wagner

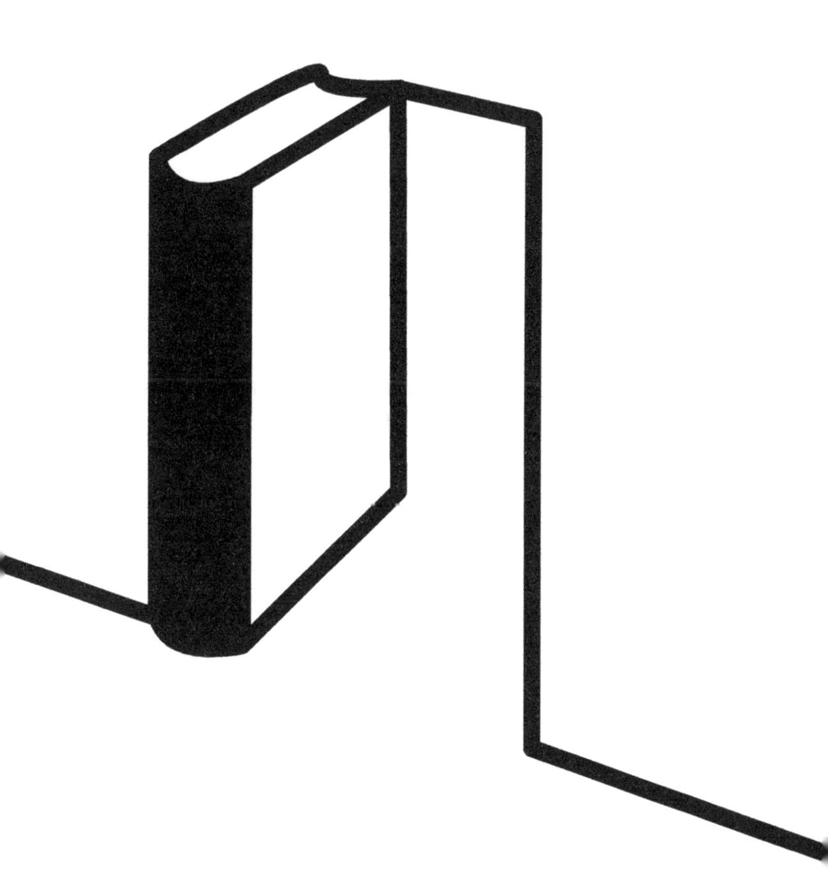

Visita em Casa

NÃO, CLARO QUE NÃO TENHO NADA contra ir a pé, pelo contrário, disse eu a Albert, que me vai buscar ao hotel. Albert é catalão, trinta e poucos anos, tem o cabelo escuro, olhos castanhos, traz um casaco vestido e uma barba de cinco dias. Trabalha dois dias por semana para o Goethe-Institut de Barcelona, estamos a ver-nos pela primeira vez.

É um final de tarde quente de Maio, passamos pelo Arc de Triomf neomourisco, por Sant Pere e pelo Barri Gòtic até à Rambla Sant Josep. Sim, os nossos anfitriões, Montse e Dietrich, moram mesmo na Rambla, a rua mais famosa de Barcelona. Nunca nos tínhamos visto antes, – apesar disso, convidam-nos, através do Goethe-Institut, para casa deles. Prepararam comida para nós. Será que são simpáticos? Quem convida pessoas completamente desconhecidas de outro país para sua própria casa não pode ser má pessoa, ou pode? Montse, tanto quanto sei, já dirigiu um pequeno teatro aqui na cidade, o marido, Dietrich, vive em Barcelona desde 1979 e já foi bailarino, hoje está ligado à produção de óperas. Têm um filho, vive em Berlim.

Somos recebidos por ambos lá em cima, à porta do apartamento, no quarto andar – e sei de imediato que somos convidados das pessoas mais simpáticas que há. Montse está radiosa, Dietrich põe a conversa em andamento. E apesar de fazermos tanto esforço para não chegarmos demasiado pontualmente, Albert e eu acabamos afinal por ser os primeiros convidados. Somos encaminhados pela sala até à varanda gigante, que se estende até ao limite da Rambla. Espanto. Que coisa fantástica! Ainda havia um piso por cima, diz Dietrich, que é originário de Ludwigshafen, mas que durante o serão só muito mais tarde me diz algumas frases em alemão. Sobe connosco pelas escadas até ao terraço comum, antigamente a roupa era lavada e secada ali. Aquela meia dúzia de metros a mais em altitude abre-nos uma vista sobre os telhados de toda a cidade – e como ela está ali, densamente construída, entalada entre as colinas, o Montjuic e o mar. Dictrich, em cujos movimentos elegantes quero reconhecer o bailarino do passado, fala de uma plantação não propriamente pequena de cânhamo que um vizinho fez no telhado ao lado e que cujo aroma bastante adocicado chegava ao quarto deles. Agora era ali o reino das gaivotas e dos ares condicionados. Há caixotes brancos, grandes, um pouco por todo o lado.

Quando voltamos lá abaixo, à varanda, Montse apresenta-me Manuela Aznar, uma senhora de alguma idade, muito simpática, que foi em tempos sua professora de Francês. E depois, muito mais tarde, foi também curiosamente a professora de Marta, uma produtora de cinema de 24 anos, que entretanto também chegou. Montse explica aos que vão chegando que hoje vamos falar *castellano* (a língua que, em alemão, é chamada espanhol) e não *català*. – Se eu não estivesse lá, obviamente que o serão decorreria em catalão. Quase que se torna um pouco embaraçoso para mim. Se eu ao menos tivesse aprendido catalão...

Provo as azeitonas pretas e as anchovas que estão à disposição numa mesinha. Enchem-se copos. As azeitonas são boas para bons sonhos, diz a antiga professora de Francês. E que a anchova era a prima da sardinha. Fico a saber que em Espanha as azeitonas pretas também se chamam *olivas muertas*, portanto azeitonas mortas. E que as azeitonas em Espanha eram em tempos servidas à sobremesa, é por isso, diz Montse, que no *Dom Quixote* se diz de alguém que chega tarde para comer que «vem só para as azeitonas». Bem, então devemos ter chegado um pouco atrasados, digo eu e meto mais uma azeitona morta à boca. Têm um sabor maravilhoso. Só agora me apercebo da quantidade de plantas que há naquela varanda, a crescer e perfumar, é uma pequena floresta de vasos e trepadeiras. E será que estou a ver mesmo um colibri a voar para uma flor? Um colibri? Sobre os telhados de Barcelona? Ou estaria a sonhar já, do vinho ou das azeitonas? Não, diz Dietrich, estava certo, era um colibri.

Vão chegando aos poucos mais convidados, a varanda enche-se. Victoria Bermejo, escritora e realizadora de cinema, entra, depois Toni Rumbau, um marionetista e investigador do teatro de marionetas, também ele dirigiu já um teatro. E todos falam castelhano por consideração a mim. O vinho é fresco e bom, e eu digo como é bom estar ali outra vez ao fim de 17 anos. Já não ia há muito tempo, há tempo de mais, a Barcelona. Em 1995, 1998 e em 1999 passei um ou dois meses nesta cidade e de certeza que passei muitas vezes por esta casa – sem me aperceber de que aqui em cima, escondido pelo parapeito – havia um terraço no último andar do tamanho de um *court* de ténis. E do tamanho de um *court* de ténis é só um bocadinho exagerado.

Toni e eu estamos agora junto a este parapeito e olhamos lá para baixo, para a Rambla, o corredor sempre animado, o *grand boulevard* de Barcelona. O muro do parapeito, que em tempos estava ali, foi construído só no início do século XIX. Toni, nascido em 1949, é um amigo dos meus anfitriões e mora só umas casas adiante, no apartamento em que já vive desde criança. No dia seguinte iria oferecer-me o seu livro sobre o teatro de marionetas europeu, *Rutas de Polichinela* é o título; para escrevê-lo, visitou marionetistas e arquivos por toda a Europa.

Seria capaz de ficar sempre aqui, a olhar lá para baixo, lá em baixo passa o mundo. Montse diz, quando lhe pergunto há quanto tempo vive ali, que em toda a sua vida só viveu em duas casas, ambas em Barcelona: em casa dos pais e nesta. Não, calma, interrompe ela, pelo meio também viveu em Berlim, durante quatro anos, no princípio dos anos noventa, numa casa sempre fria, na Ackerstraße. Os Invernos eram demasiado longos, diz ela, e Berlim era diferente do que é hoje. Dietrich estudava na altura Gestão Cultural na Escola Superior de Música Hanns Eisler e trabalhava na Komische Oper.

Barcelona também mudou, contudo: em 1987, quando aqui estive pela primeira vez, ainda havia um muro a cercar o porto, a cidade tinha um aspeto mais sombrio. Ou será que, na altura, me pareceu assim, eu que era um filho das novas construções da Alemanha Ocidental? Os Jogos Olímpicos de 1992 trouxeram a primeira grande mudança, e o *boom* dos primeiros anos do século XXI mais mudanças ainda. E agora? A crise continua?

Quando nos sentamos à mesa do jantar, o relógio está a dar dez horas – como passaram duas horas? Com quem falei sobre o quê? Consigo fixar tudo? Será que já estou um bocadinho bêbado? E como se chama o vinho branco que sabe tão bem; será que no texto que tenho de escrever sobre esta noite não tem de estar também o nome do vinho que estou a beber? Infelizmente esqueço-me de olhar para o rótulo.

– O que é que vais escrever sobre nós?, pergunta Victoria, a escritora e realizadora. E eu respondo: Vou-me embebedar e esquecer tudo o que acontecer, tudo o que tiver sido dito e feito aqui e amanhã ou depois de amanhã, ou daqui a cinco semanas, vou inventar um serão completamente diferente.

– Vou dançar nua em cima da mesa nesse texto? Vai lá estar que uma mulher de 50 anos arrancou a roupa do corpo?

– Sim, foi mais ou menos assim que imaginei, digo eu. Uma orgia catalã por sobre a Rambla de Sant Josep, a grande comezaina ao ar livre...

Somos doze agora, duas atrizes, chegou ainda uma pintora e uma especialista em joalharia antiga. À nossa frente há sopa de beterraba, fico sentado entre a Montse e a actriz Lluïsa Castell, à minha frente vejo a pintora Francesca Llopis. Apercebo--me de que quase todas as pessoas sentadas à mesa nasceram e cresceram em Barcelona. Toni mora a 100 metros, Victoria perto do meu hotel. Só Mònica López, a segunda actriz, é que vem das Canárias. Diz ter nascido na Gran Canaria, mas fala catalão sem sotaque nenhum, diz Toni, é um admirador. E que era uma grande, grande atriz. Sim, sou, diz ela, *porque soy alta*. E ri. Toni está satisfeito por estar sentado entre ela e Lluïsa Castell.

A nossa mesa ao ar livre é quase quadrada, de cada lado estão sentadas três pessoas, o que leva a que haja uma conversa entre todos. Ninguém tem de pensar que está sentado na ponta errada, mais aborrecida da mesa.

Victoria quer soltar-me um pouco da minha reserva e diz: *Guapo*, então, pergunta-nos lá qualquer coisa! Que queres saber? Lembro-me de gostar, já sentia a falta, que em espanhol as pessoas se tratam facilmente por *guapo* ou *guapa*, por *lindo* ou *linda*.

– A Victoria sabe mais sobre Barcelona do que todos nós, diz Montse, e que tinha escrito livros sobre a cidade, um deles com o título promissor *Me acabo de separar* (em alemão: *Ich habe mich gerade scheiden lassen*). Era conhecida sobretudo por ter realizado um documentário sobre os intelectuais marginalizados durante a crise – que agora quero ver, obviamente.

Victoria é de facto uma fanática de Barcelona, percebo-o também nos *posts* que pôs no *Facebook* nas semanas que se seguiram àquela noite, é sempre a cidade, todos os dias partilha fotografias de coisas que lhe saltam à vista nas ruas: lixo, pormenores do piso, objetos perdidos. Gosto do olhar dela sobre a paisagem urbana, já gosto da Victoria, aqui, na varanda. Há pouco tempo, diz, andou a guiar o cozinheiro de Barack Obama pela cidade e levou-o a uma data de restaurantes, ele queria conhecer a cozinha catalã, três dias seguidos, três ou mais restaurantes por dia. Também é uma ocupação simpática.

– Ainda estás cheia?, pergunto-lhe eu e ela ri. Depois queixa-se de que eu falo muito pouco sobre mim. E ordena-me, sim senhor, era mesmo uma ordem, que leia finalmente Mercè Rodoreda, a maior escritora catalã.

Passam a saladeira, a ronda começou algures à minha esquerda; quando chega à minha anfitriã, ela passa-ma, eu assumo erradamente que Montse já se serviu da salada, entretanto está tão escuro que não consigo ver logo o prato dela; só há um restinho na saladeira, e eu sirvo-me dele – só depois dou conta do meu erro. E envergonho-me por isso. Só mais vinho me pode ajudar. Mònica, a grande atriz, que tem uma altura de quase 1,80m, fica contente por ver uma planta na salada que só cresce nas ilhas Canárias. Pu-la na salada para ti, diz Montse. E depois aparece a Lua, o grande candeeiro do céu. E passam nuvens. Mas não fica totalmente escuro, porque a Rambla está iluminada.

Entretanto, percebo que Marta, a produtora de cinema de 24 anos, é a namorada do filho de Montse e Dietrich, que vive e trabalha como ator em Berlim – um dos muitos milhares de jovens espanhóis que lá vivem. Marta conversa com a pintora Francesca Llopis, que está sentada à direita dela, e com Inés, que faz joias e é dona de uma loja, uma mulher misteriosa com cabelos quase brancos; Dietrich diz que ela é a proprietária da última loja na luxuosa avenida Passeig de Gràcia que ainda não está nas mãos de um grande grupo económico. Vende joias antigas lá.

Por volta da meia-noite e meia – ainda estamos sentados lá fora a comer *mar i muntanya* (o prato nacional catalão, com ingredientes das montanhas e do mar, com carne e peixe) e à sobremesa um *brazo de gitano* (que é, traduzido à letra, um *braço de cigano*), designação já não muito politicamente correta de uma torta – começa a chover. Mas está-se tão bem, todos juntos aqui, que ninguém se quer levantar, porque isso significaria dispersar o grupo. Lembro-me do meu guarda-chuva que está na minha pasta debaixo da mesa, abro-o e seguro-o alternadamente por cima da anfitriã e Lluïsa Castell, que participou em muitos filmes e séries espanholas. E eu penso, ah, parece que a minha vida me trouxe aqui de propósito, a esta varanda em Barcelona. É exatamente assim que deve ser.

Montse tem uma voz fascinante, uma voz suave-áspera--rouca, por vezes grave, outras vezes aguda. Uma voz teatral? Esqueço-me de lhe perguntar se alguma vez cantou. Numa língua estrangeira, precisamente uma língua que não é assim tão familiar, que não se ouve nem se fala todos os dias, apercebo-me naturalmente das vozes de forma muito mais nítida porque tenho de ouvir com muito mais atenção para compreender. Há doze pessoas a falar ao mesmo tempo umas com as outras, umas ao lado das outras e, por vezes, quando de repente percebo muito menos do que ainda há pouco, dou-me conta de que estão a falar outra vez em catalão. Somos treze afinal, chegou ainda Elena, também com 24 anos, também atriz, uma amiga de Marta.

Como começa a chover mais intensamente, acabamos por ir para a cozinha. As duas raparigas de 24 anos falam-me do filme delas, que estão a escrever, a realizar e a produzir neste momento; Marta é produtora, Elena realizadora e atriz principal em simultâneo. Também rodaram em Berlim – e agora, que estão a falar disso, passam a falar em alemão, falam muito bem, ambas viveram um ano na Alemanha, Elena em Berlim, Marta em Colónia, mas ia todos os fins-de-semana a Berlim.

As vozes delas soam agora muito mais suaves do que ainda há pouco, quando ainda falávamos em castelhano. Se calhar o alemão não é uma língua assim tão dura. E não me assegurou alguém ainda há pouco que para ele o alemão era uma das línguas que mais bem soavam do mundo? Na altura, tive vontade de rir. Mas agora que as duas catalãs estão a falar em alemão comigo sou quase obrigado a concordar.

O filme delas, continuam, é uma história sobre Berlim, mas também sobre o problema de ter de regressar a casa dos pais depois de um ano de Erasmus, de grande liberdade no estrangeiro. Elena e Marta estão de volta, aqui a Barcelona, a casa dos pais. Os dela, diz Marta, ficavam sempre intrigados com os estranhos horários de trabalho dela, não compreendiam muito bem o que ela tinha de fazer enquanto produtora de um filme. Elena diz que tem sorte porque em breve vai poder mudar para um pequeno apartamento da avó, daqui a poucos meses. Diz isto já com o capacete da motorizada na mão, está já de saída. – Quando eu tinha 24 anos, já não vivia com os meus pais há mais de cinco anos, e pouco os via. E passei nessa altura o meu primeiro mês em Barcelona. Ah, já foi há tanto tempo? Há 21 anos?

A maioria dos outros convidados já se despediu, que pena, Albert também, com quem não pude falar mais. Mas Montse pôs música e começa a dançar, Mònica López dança também, Marta dança e por fim também eu danço. E o que disse Manuela, a Manolita, sobre as azeitonas mortas? Que eram boas para sonhar...

2

Acordo cedo e escrevo umas notas, escrevo à mão num caderninho preto (um dos que J. me comprou em Paris), escrevo à mão, com caneta de tinta permanente, mas porquê, depois vou ter de passar tudo para o computador e já sei que o vou adiar indefinidamente, mas as páginas vão-se enchendo tão bem, é tão bonito ver duas páginas cheias de linhas azuis saídas do punho – até poderia ser este o sentido da escrita, encher papel de linhas azuis. Mas depois muitas vezes nem consigo ler o que escrevi.

3

Tocamos à porta de uma casa simples, sozinha, presumivelmente construída no início dos anos trinta na encosta de Heidelberg-Rohrbach, o senhor e a senhora M. abrem a porta, ela de vestido preto de verão e com um colar de pérolas de madeira à volta do pescoço, ele de polo salmão, que combina bem com a barba grisalha aparada e os cabelos curtos, quase brancos. Não somos levados para dentro de casa, damos a volta por uma escada exterior, lá para baixo, para o jardim, onde juntaram várias mesas para formar uma mesa grande sobre o relvado que tem um aspeto irrealmente verde. Há toalhas coloridas a cobrir as mesas, são do sul de França, ouço depois, toalhas que pelos vistos são fáceis de lavar.

Somos os primeiros convidados, Christiane, Ingo e eu. Nós os três conhecemo-nos há uma hora e meia, conseguimos chegar de Mannheim a Rohrbach por vias aventurosas. Christiane, a voluntária alta e loira do Goethe-Institut, foi-me buscar ao hotel, fomos de elétrico até à estação central (fomos sem pagar, sem intenção, íamos a conversar tão bem), e dali partimos com Ingo, o diretor do Goethe-Institut de Mann-heim, com quem nos encontrámos ali, até Heidelberg, e vol-tamos a não prestar atenção, pomo-nos na conversa, saímos na estação de metro errada e vamos a pé uns bons três quartos de hora, é uma boa caminhada, passando por zonas e bairros residenciais de Heidelberg. E agora estamos aqui, no jardim.

Elogio o relvado perfeito. Sim, é novo, diz a senhora M., doutorada em Direito, tradutora e impulsionadora da asso-ciação de amizade franco-alemã de Heidelberg. Até há pou-co tempo houvera ali um pinheiro com muitos anos, muito alto, que acabou por ter de ser cortado. Os filhos – um deles, Daniel, também jurista, acabo de o conhecer – tinham sido completamente contra, mas as raízes já tinham tomado conta de tudo, já não crescia mais nada.

Agora há um canteiro alto no local, apoiado por um murinho, com flores abertas, groselheiras e alguns arbustos decorativos.

Será que vai chover em breve? Tem chovido tanto nas úl-timas semanas. O tempo em Heidelberg é quente, sim, mas raramente é tão húmido como em Mannheim.

O senhor M. já está junto ao grelhador, que é um monstro. Com a sua tampa de um preto brilhante, parece um capacete gigante do Darth Vader. Ou, como também tem rodas, pare-ce-se com um carro pequeno. «Spirit» lê-se no botão do lado direito; montado no centro na tampa há um termómetro com ponteiro. «Weber», como revela uma placa, é o nome do fabricante, trata-se, como explica o senhor M., de uma marca americana, embora o nome não o deixe adivinhar. Era um grelhador a gás, por isso não fazia fumo, o que era uma vantagem. Em compensação faltava o aroma do fumo, mas era mais saudável assim. E muito menos complicado. Na verdade, diz o senhor M. – apercebo-me de que ele é muito elegante e que traz umas calças de ganga e sandálias sem meias – não era grande homem de churrascos ou mestre da grelha, aquele aparelho tinha sido um presente.

São servidas bebidas, tiradas de um frigorífico muito prático de jardim, uma caixa de madeira isolada por dentro e não tratada do lado de fora, com quatro pernas, cuja tampa pode ser levantada e se segura através de dois êmbolos movidos a gás. Há dois blocos grandes de gelo no caixote. Há vinho branco a refrescar lá dentro, vinho branco do viticultor Winter.[1] A carne, a matéria-prima do churrasco, é proveniente do talho Sommer,[2] aqui de Rohrbach. Por isso, hoje comemos e bebemos pelas estações do ano fora, diz um dos convidados que chegou, vieram mais alguns entretanto. Quase todos, como era de esperar, são mais ou menos da idade dos anfitriões, que eu calculo que ande pelos cinquenta e muitos anos – e neste cálculo se calhar já tirei um ou dois anos de cortesia. Que idade terá o filho, que trabalha, já na qualidade de jurista diplomado, numa sociedade de advogados em Colónia, mas só dois dias por semana? 27? 28? Tem ainda um irmão gémeo, também ele advogado em Colónia – no entanto, ao contrário dele, é casado. Casado com uma colombiana que conheceu numa viagem à América do Sul, no Equador, no ano passado – e este ano já se festejou o casamento em Heidelberg. Por essa razão, ouço agora, tiveram de fazer algumas obras na casa, por exemplo há uma cozinha nova agora – é uma conexão que me ultrapassa, mas não importa. Será que o referido pinheiro também teve de desaparecer por causa do casamento? Ou será que é sempre assim, quando os filhos saem de casa, os pais ocupam-se muito mais com obras de renovação? Não foi também assim com os meus pais?

Os convidados que chegam são amigos e vizinhos do casal M., uma coorte simpática, são todos mais novos que os meus pais – e, apesar de tudo, estão muito longe de mim e da minha vida. Agora, à mesa comprida, os que são muito mais novos estão sentados à minha volta, à minha frente, de viés, está Ingo, talvez quatro ou cinco anos mais novo que eu, ao meu lado esquerdo o filho da casa, à minha direita Christiane. Que idade terá Christiane? 24? 25? E por que razão não lhe pergunto simplesmente? O dueto de Jermaine Jackson e Pia Zadora *When The Rain Begins To Fall* só o conhece da estação que passa *oldies*, confessou-me. E se fizer as contas, a diferença de idade entre ela e eu é provavelmente maior do que entre mim e os convidados mais velhos.

Um deles, que traz uma camisa de mangas curtas magenta (com o botão de cima aberto), tem uns óculos com uma armação fina, escura, e uma barba branca, sorri para nós. Mora em Heidelberg, mas trabalha em Mannheim, diz ele, gosta da cidade, também podia muito bem viver lá ou em Ludwigshafen. E falo de novo, pela segunda vez hoje, do grande livro que se passa em Ludwigshafen, *Karlheinz*, de Billy Hutters, há pouco, no metro, a Christiane, o Ingo e eu tínhamos estado a falar sobre ele e tínhamo-nos esquecido de mudar de linha por causa disso.

O homem que trabalha em Mannheim sorri de forma tão prolongada que me pergunto se aquilo poderá ter alguma causa fisionómica. Será que tem a ver com o incisivo inferior revestido a ouro, que de vez em quando brilha? Revela-nos então que o seu lugar preferido aqui nas redondezas fica na ilha de Friesenheim; antigamente, quando ainda havia um embarcadouro, os barcos ainda atracavam lá. A salada de salsicha do restaurante que fica por trás das antigas fábricas era tão boa — mas depois lembra-se de que já não vai lá há dois anos.

– E o que faz em Mannheim?, pergunto por fim, porque tenho de ser um bocadinho curioso, afinal tenho de descobrir qualquer coisa sobre as pessoas com as quais me sento à mesa. Disse-me que era juiz. Tal como Ulli, o nosso anfitrião, que continua junto ao grelhador.

Ingo, o homem do Goethe-Institut, que, antes de vir para Mannheim, esteve primeiro colocado em Tóquio e depois em

Seul, está aqui a reencontrar um casal que conhece da Coreia. O senhor de cabelos brancos e óculos com lentes pequenas e redondas foi em tempos CFO (Chief Financial Officer) da BASF na Coreia do Sul. E agora estão aqui sentados, ele e a mulher, num jardim em Heidelberg-Rohrbach. Mais tarde irá contar-me coisas sobre o *elwetritsch*, um animal mítico da Floresta de Oden, também conhecido como o yeti da Floresta de Oden, e também fala de saunas e churrascos na Coreia. Pergunto-lhe por fim também onde estamos concretamente. Na região de Kurpfalz? Em Baden? Numa encosta da Pequena Floresta de Oden? Na Bergstraße?

Uma senhora alegre e divertida, com olhos brilhantes, revela-me que é portuguesa. E que ha 33 anos - ....diz mesmo 33? – anos em Heidelberg. Por causa do amor. Só tinha vindo por um ano para estudar, na realidade, mas depois perdeu o coração, como na famosa canção «Perdi o meu coração em Heidelberg»... Pensei logo nela. E no Barril de Heidelberg, que só conheço do *lied* de Schumann sobre um poema de Heine. E no conto *Du fährst zu oft nach Heidelberg*,[3] de Heinrich Böll, que, se bem me recordo, tínhamos de ler e interpretar nas aulas de Alemão, no décimo ano.

Que internacional esta churrascada! Não há só uma portuguesa. Há pelo menos duas francesas, três até, já tinha falado da nora colombiana. Há mais um casal que também tem uma nora colombiana. E a filha do casal da casa, que viveu em tempos na Coreia, é casada com um neozelandês.

Há muitas saladas em cima da mesa. Parece mesmo que cada um dos convidados trouxe uma – só nós não. Para além das saladas, obrigatórias na Alemanha, de batata e de massa, em diferentes variantes, há salada verde, salada de feijão, salada com queijo de cabra, salada de tomate, salada de pepino e salada Waldorf. A mesa é tão comprida que cada secção tem o seu sortido local. Pelo meio há molhos de churrasco, *ketchup* de tomate (da Heinz), pratos com azeitonas verdes, um moinho de pimenta marca WMF (de aço na parte de cima, de vidro na parte de baixo), copos de vinho facetados, que se esvaziam rapidamente (o filho Daniel volta a servir), e mostarda vertida em taças boas, de vidro fino, decoradas com folhas de hortelã. Uma destas taças com mostarda escorrega-me da mão e parte-se um bocado de vidro do rebordo. Lá voltei a estragar uma coisa – mas afinal os cacos dão… enquanto estávamos ali sentados a comer – será que alguém tinha pedido chuva? – começa a pingar, mas ainda faz calor, um calor húmido. Chove, não muito, mas o suficiente para eu, como em Barcelona, voltar a ir buscar o guarda-chuva à minha pasta, abro-o e continuo a comer – o salmão preparado no grelhador monstruoso, que harmoniza na perfeição, em termos de cor, com o polo do anfitrião, sabe tão bem. E assim fazem quase todos os outros convidados, torna-se uma *performance* com guarda-chuvas ao longo da mesa comprida – guarda-chuvas compridos, pictoricamente coloridos, abertos num jardim florido de verão – que é profusamente fotografada.

A chuva pára pouco depois, os guarda-chuvas são fechados. Em cima do balcão da cave, que serve de salão de festas e onde se pode entrar pelo jardim, ficando ao mesmo nível, foi entretanto montado o bufete de sobremesas. Lá esperam um bolo de sementes de papoila, uma musse de natas ácidas com fios de raspa de limão e lima, uma delícia de framboesa, natas e qualquer coisa, colocada numa forma, e uma tarte Tatin. Provo de tudo e fico completamente arrebatado. Não serão as melhores sobremesas que já comi na vida?

Continuo a beber o vinho branco do viticultor Winter, daqui da região, as garrafas continuam bem frescas no frigorífico de jardim. E agora fuma-se, à parte, numa mesa de pé. Ingo fuma cigarros de mentol, Christiane esqueceu-se do tabaco, de modo que hoje tem de experimentar também os cigarros de mentol, a mulher do juiz, que também poderia viver em Mannheim (ela não se pronunciou sobre este assunto), ofere-ce-me uma cigarrilha Davidoff. No jardim é permitido, diz ela, mas lembra que o dono da casa é um não-fumador militante.

De regresso da casa de banho – fica lá em cima – ainda fico um bocado pasmado com a cave-salão de festas, já há muito que não entrava numa. O bar é feito à mão, de aglomerado revestido de vermelho com rebordos simples, as paredes por trás estão pintadas de um amarelo quente, mexicano. Há uma exposição de latas de cerveja da América Central e do Sul, vejo as marcas Angkor, Tiger, Sol, Ottakringer e muitas mais. Há mais bebidas alcoólicas, rum, tequila e dois *frappés* de champanhe à disposição, há uma decoração a dizer *Happy Birthday* sobre o bar – e eu tento imaginar como foram aqui as festas ao longo dos anos. Uma fotografia na parede, em grande formato, mostra o casal M. há cerca de um quarto de século, um belo par, ele já na altura tinha barba. Têm um ar feliz.

Tarde, muito tarde, vamos de táxi para Mannheim, creio que ainda serviram licor de framboesa. Será que o provei também?

4

Christiane chega no dia seguinte pouco depois das seis e meia ao hotel, estou sentado no piso de baixo, no *lobby*. Hoje está vestida com um *top* preto e umas calças de ganga e traz de novo um ramo de flores gigante nas mãos, com um aspeto exótico, desta vez são flores de gengibre, ontem, diz-me, eram de curcuma. Hoje de manhã tinha-se sentido um pouco ressacada ao acordar, a culpa devia ser da cerveja, já tarde, no Collini-Center. Pois, é que depois daquele vinho todo no jardim de Heidelberg, ainda tínhamos pedido uma cerveja na receção do hotel em Mannheim, a Christiane, o Ingo e eu, e tínhamos ido de garrafa de cerveja na mão, pela noite de verão de Mannheim, até ao Collini-Center, a pérola arquitetónica do brutalismo alemão. A Christiane mostrou-nos a entrada para as termas de Kurpfalz, pelos vistos fechadas há muito tempo – os preços estão anunciados em marcos alemães. Da galeria do *foyer* (iluminada por árvores bizarras com candeeiros redondos) saímos por um passadiço para peões que, suspenso por cabos de aço, paira sobre os relvados do Neckar e sobre o próprio rio. Na outra margem, iluminam-se as casas dos três caixotes em altura da *Neue Heimat*.[4] E nós, um pouco bêbados, estávamos de acordo: nos anos setenta, construiu-se o mais belo dos futuros.

Agora, ao final da tarde, passeamos ao longo da margem do Neckar, passando por dois guindastes históricos. Carrinhos de bebé vêm ao nosso encontro, empurrados por mulheres com a cabeça coberta por lenços. Neste local, situava-se em tempos o maior estaleiro no interior da Alemanha, do qual restou apenas um portão de entrada histórico. Deixamos a margem do rio e viramos em direção ao bairro de Jungbusch, passamos pelo «Barber-Shop» (na realidade é só um cabeleireiro) – onde tinha visto de manhã dois tipos brooklynizados, com barbas compridas, muito bem tratadas –, atravessamos a Ringstraße e estamos quase no nosso destino. A *Strümpfe*[5] (é este o nome da galeria onde somos os convidados hoje) fica na Jungbuschstraße, logo à entrada, do lado esquerdo. Algumas pessoas com ar simpático estão de cerveja na mão diante da loja, estão a beber de garrafas com um brilho verde, cujos gargalos têm uma curva que funciona como uma pega. A cerveja, dali a pouco bebo também uma, chama-se «Slow Beer». E é boa. Eric Carstensen, artista, fotógrafo, artista de vídeo e curador da *Strümpfe*, passou-ma para a mão. Deparo com uma grande imagem de uma mosca na *t-shirt* dele. Mais tarde contar-me-á que teve uma vez uma fase mosca.

A galeria chama-se *Strümpfe* porque em cima, sobre a porta da entrada dos anos cinquenta, se pode ver a bonita inscrição, com letras antigas, da palavra «Strümpfe», os tracinhos sobre o *ü* minúsculo parecem-se com pequenas faíscas, estou fascinado. A fachada é revestida, à volta das montras, com azulejos pequenos e quadrados, sobretudo pretos, alguns, poucos, vermelhos, azuis-claros e de um verde pálido, compondo um padrão que se repete. A loja é uma preciosidade arquitetónica que, curiosamente, junta dois passados – os anos cinquenta começam na parte de baixo de uma fachada ricamente ornamentada de arenito vermelho, da Época dos Fundadores.[6]

A montra que fica à direita da entrada está coberta, excetuando um espaço do tamanho de uma folha A4, a abertura, o buraco por onde se pode espreitar, dá para olhar para algumas fatias de pepino sobre terra solta. Quando inspeciono mais de perto esta combinação, vejo insetos a rastejar, primeiro tomo aqueles animaizinhos de tamanhos diferentes por formigas e baratas – mas não, são grilos, grilos quase adultos ao pé de grilos bebés. É uma instalação que pelos vistos suscita grande interesse, dizem-me, as crianças ficam paradas a ver e batem no vidro, e ainda ontem tinha vindo um senhor à galeria perguntar se não podia comprar alguns dos grilos maiores, o camaleão dele, que era o seu animal de estimação, gostava tanto de os comer...

Nos anos cinquenta, dizem-me, uma loja de meias no bairro de Jungbusch podia contar com clientela. Meias (de *nylon*) eram o presente com que, na altura, se impressionava bem as senhoras. Os barqueiros e os trabalhadores do estaleiro frequentavam os muitos locais de divertimento, o *Onkel Otto Bar*, que ficava do outro lado da rua, quase em frente, era naquele tempo um desses locais de animação. Alguém pronuncia a palavra da moda, «gentrificação», (sim também em Mannheim), o bairro de Jungbusch estava a mudar, pelos vistos. Já não havia marinheiros, em compensação há agora a Academia Pop no canal de ligação e edifícios industriais convertidos em *lofts*.

A pouco e pouco, vou conhecendo os outros convidados, amigos de Eric. Um deles, Andreas, apresenta-se como «autor de adornos». Pergunto o que é, enquanto penso se poderia ser um autor que serve de adorno aos outros – não é uma situação invejável –, ou se é alguém que escreve apenas como ornamento. Nem uma coisa nem outra, explica Andreas, diz ser um joalheiro. Esta designação profissional tinha a ver apenas com o lado artesanal, por essa razão é que os que são criadores gostam de se apelidar «autores de adornos».

Eric morara em tempos no *atelier* dele, quando voltou de Paris para Mannheim, há cerca de dez anos. Tinha ganho o prémio Mannheimer Kunstpreis e obtido uma bolsa – e ficou depois, afinal era dali perto.

O próprio Eric fala-me depois desse tempo em Paris. Para ele tinha sido fácil lá estar, falava francês com fluência, a mãe era bretã – e de imediato vejo nele o bretão, com a sua barbicha pequena no queixo e a argola de pirata a ajudar. Lembro-me logo de dois filmes de Eric Rohmer em que ele poderia ter entrado.

Falo durante mais tempo com Giovanna, uma rapariga de Mannheim com cabelos escuros, que conta como os seus pais italianos se conheceram num hotel termal de Bad Dürkheim. Não eram hóspedes, mas sim «trabalhadores convidados» (como se chamavam na época os trabalhadores estrangeiros), o pai era empregado de mesa, a mãe empregada de quarto. O pai era da Sicília, a mãe era de perto de Nápoles. Ela própria, Giovanna, não tinha até hoje, mas porquê, isso é absurdo, digo eu, um passaporte alemão, mas sim um italiano. Porque era uma estrangeira, diz ela – ao que eu respondo: os italianos não são estrangeiros, os italianos são cidadãos da UE, são europeus. Não me lembro sequer que os primeiros «trabalhadores convidados» eram italianos. A melhor amiga da minha filha é italiana, está muitas vezes na nossa sala, nunca na vida me passaria pela cabeça chamar-lhe «estrangeira».

Giovanna trabalhou em tempos para uma editora de livros infanto-juvenis, em Estugarda – mas depois tornou-se demasiado dispendioso andar sempre para lá e para cá. Hoje trabalha para a Hyundai, o fabricante de automóveis coreano, em Offenbach, no departamento de formação de recursos humanos. Agora anda de um lado para o outro na outra direção e trabalha quase na Coreia. E a Coreia e a Alemanha também eram uma experiência daquelas.

Estamos ainda no passeio, de cerveja na mão, está calor. Amanhã é o 14 de Julho. Eric diz: pois, tenho de ligar à minha mãe a dar-lhe os parabéns pelo feriado nacional francês. Todos os verões, as férias inteiras, seis semanas seguidas, eram passadas em casa dos avós bretões, portanto quase todos os 14 de Julho. O avô era o seu mais-que-tudo, e reciprocamente também; no entanto, também lá havia tensões familiares. A avó dele, por exemplo, já não dizia uma única palavra à irmã dela por uma questão de rivalidade entre irmãs, e também tinham proibido os maridos respetivos de falarem um com o outro. Ele nunca soube o que se tinha passado e por que razão o silêncio era tão persistente. O avô tinha-o levado para eventos desportivos duvidosos, por exemplo ao boxe, que o tinha impressionado muito em criança, porque naqueles combates que serviam de diversão também havia lutadores vestidos de alemães maus, que traziam adereços com suásticas. Estas atividades eram, contudo, só um pretexto para que os cunhados e amigos se pudessem encontrar e falar às escondidas.

Estamos agora sentados dentro da loja, na galeria, que também se apelida de «Art Supper Club», vou saber porquê daqui a pouco. Das paredes pretas espreitam cartazes históricos e *flyers* de concertos da banda californiana de *punk* Black Flag para toalhas de mesa e doze pratos com rebordo dourado – hábitos burgueses ironicamente em frente a cartazes *punk*, gosto disso. Três mesas foram colocadas a fazer canto numa mesa em forma de L. Já há manteiga e pão fresco em cima da mesa.

Eric está sentado à minha direita, à esquerda Lea, tem vinte e muitos anos, traz uma blusa com padrão preto e às cores a fazer conjunto com umas calças pretas e umas botas claras de couro natural, os seus olhos azuis e grandes brilham. Lea diz que nasceu em Berlim – mas depois cresceu em Kaiserslautern e no Palatinado. O pai dela, em tempos violoncelista no quarteto de cordas de Kreuzberg, procurou depois, já com mulher e dois filhos pequenos, um emprego fixo, que encontrou na altura na orquestra sinfónica da rádio Südwestfunk. Ela cresceu ali perto, portanto – e fala, como posso comprovar, como se fala por ali. Os avós – entretanto mergulhámos em histórias de família –, eram de Heidelberg, o avô, diz Lea, era um cigano do grupo sinti, um dos que tinham quebrado com o seu clã e a sua família de origem e que, depois do casamento com a avó dela, tinha desistido completamente do seu modo de vida cigano (ele dizia de si próprio que era um cigano). Ela tinha estudado em Berlim e Frankfurt, História e Germanística, depois Dramaturgia. Agora vivia há quatro anos em Mannheim, portanto mais ou menos onde tinha crescido. Já tinha sido dramaturgista no Teatro Nacional, agora trabalhava para a região metropolitana do Neckar, desenvolvendo projetos culturais que dizem respeito a três estados federais.

Comemos agora uma salada de feijão fria servida em pratos, com almôndegas por cima – que nesta região provavelmente têm um nome diferente. São uma delícia. Somos umas doze pessoas – só dois são vegetarianos. Porque é que estou espantado por Lea comer carne, ela já me tinha falado de pão, salsichas e vinho no linguajar dela e já me tinha entusiasmado com o mercado de enchidos de Dürkheim, a maior festa do vinho do mundo. Já ontem, no churrasco, me tinha apercebido que começo a partir do princípio de que as mulheres mais jovens não comem carne.

Será que Berlim que me está a desligar um bocadinho da realidade mais ampla?

Lá fora, enquanto fumamos – a Christiane hoje trouxe os cigarros dela, só o Ingo é que fuma cigarros de mentol – um livreiro fala de uma série de sessões de leitura organizada aqui na galeria *Strümpfe*, chamam «Leituras Impuras» a estas sessões, já houve seis. Numa delas, leu do livro de Nicholson Baker *Haus der Löcher* (Casa dos Buracos), aquele livro maravilhosamente porco – e reconheço de imediato que é um dos meus autores preferidos. Noutra sessão, debateram-se as partes mais indecentes da Bíblia, e o *Decameron* de Boccaccio também já tinha sido recitado neste âmbito.

Uma vez, conta a acompanhante do livreiro – que tem vários *piercings* no nariz e no lábio superior, e o cabelo loiro oxigenado, do qual a cor azul já quase desapareceu (seria a velha e boa tinta da marca Directions?) –, tinham organizado uma Leitura Impura no Luisenpark de Mannheim. Havia lá as *gondolettas*, barcos conduzidos por cordas com coberturas de um amarelo brilhante, que nos meses de verão fazem a viagem à volta do lago de Kutzer. Era um lugar de engate famoso em Mannhcim, andava-sc de gondoletta para namorar. No entanto, o público dos barcos ficou baralhado e incomodado, não queriam ouvir ali leituras de livros porcos, só queriam andar de barco.

Ou namorar só.

Quando nos chamam para dentro outra vez, há cuscuz e bifinhos de borrego em todos os lugares. A carne tinha sido marinada em hortelã e manjericão, tem um sabor fantástico. No cuscuz, que foi literalmente largado para o prato de um recipiente, sinto o sabor de arandos, alperces e de legumes cortados em cubinhos. O trabalho maior é cortar, diz Kirstin, a amiga, que ajudou Eric a preparar a comida.

Pergunto ao Eric se ele alguma vez quis ser cozinheiro. Sim, gostaria de ter sido, diz ele. Só tinha um problema, era muito mau a fazer contas. E um cozinheiro que não sabe fazer contas nunca seria feliz na vida. Também já tinha querido ser cabeleireiro, os cabelos e tudo o que se pode fazer com eles também lhe interessavam.

Mas a arte tinha sido ainda mais estimulante para ele.

A Kirstin mostra-me as salas de trás da galeria. Eric, diz ela, tinha vivido ali durante uns anos, as inaugurações de exposições eram na sala de estar dele, na altura, e os convidados tinham de passar pelo quarto dele para ir à casa de banho. Eric já tinha feito mais de oitenta exposições na *Strümpfe* desde 2009. A Kirstin conhece uma história acerca de quase todas as imagens e objetos da galeria, como o pavilhão auditivo em tamanho natural que está na parede.

Na parte de trás há uma mesa de matraquilhos, uma mesa antiquada, bem conservada, fabricada no ano de 1986. O Eric diz que há um campeão alemão de matraquilhos que treina ali de vez em quando – e explica-nos depois, à Lea, ao Ingo, à Christiane e a mim, as regras, porque há regras no jogo dos matraquilhos: quem marcar primeiro cinco golos ganha. Golos marcados da linha média não contam. E depois de um primeiro lançamento, tem de se passar a bola, não se pode atirar logo à baliza – são tudo medidas para evitar golos marcados por acaso. O Eric joga naturalmente demasiado bem para nós, afinal é a mesa dele, por isso a Lea e o Ingo jogam contra mim e a Christiane. Ou é ao contrário? Já não sei, estou um bocadinho bêbado.

Mais tarde, estamos outra vez sentados à mesa, o Eric conta a história da sua edição de autómatos artísticos, arte em caixinhas, desde há muito tempo que a tem, ainda vivia em Düsseldorf. As obras de arte estavam em caixas de cigarros, havia coisas que não valiam nada, mas também coisas de grande valor. Um colecionador quis comprar a série toda por 50.000 euros (talvez fossem marcos na altura) – mas já não havia a série completa, só os exemplares artísticos. Quando, durante a produção, lhe começaram a faltar as caixas de cigarros neutras, teve de fazer caixas novas, de caixas de cartão branco, que recebeu de uma fábrica de cigarros, ainda por dobrar. Mandou fazê-las numa prisão, estar ao lado dos que tinham ido «dentro» (como diz o Eric) foi uma experiência interessante. Tinha levado todos os dias café e cigarros, maços inteiros, não eram vazios.

Quase no final do serão, depois da sobremesa – o que é que foi, já me esqueci, não escrevi na altura, mas estava muito boa, – o Eric, que é um artista total, ainda nos brinda com um rum português, que tem um aroma a laranja, couro, baunilha, caramelo e chocolate. E lá está outra vez a sensação do grande presente de estarmos juntos. E compreendo de repente: este serão é uma obra de arte social, é uma escultura única, fugaz, uma instalação com pessoas que nunca mais irão reencontrar-se nesta constelação.

Este serão é, como todos, único.

---

[1] Inverno (N.T.)

[2] Verão (N.T.)

[3] Em tradução literal «Vais vezes de mais a Heidelberg», título de um conto e, simultaneamente, de uma coletânea de contos de Heinrich Böll (1917-1985) (N.T.).

[4] «Neue Heimat» (Nova Pátria) é o nome de uma grande empresa de construção civil, fundada ainda no tempo do nacional-socialismo, nos anos 1930, em Hamburgo. Mais tarde, ficou conhecida como impulsionadora de um estilo de construção intensiva de prédios em altura, concebidos para albergar uma população em crescimento, um pouco por toda a Alemanha (RFA e RDA), nos anos 1960 e 1970 (N.T.).

[5] «Strümpfe» significa literalmente meias (de calçar)

[6] Em alemão «Gründerzeit», designa, de uma forma geral, o período do final do século XIX, após a Unificação da Alemanha, em 1871.

DAVID WAGNER

Tradução do alemão de
HELENA TOPA

VISITA A CASA

Jordi Puntí

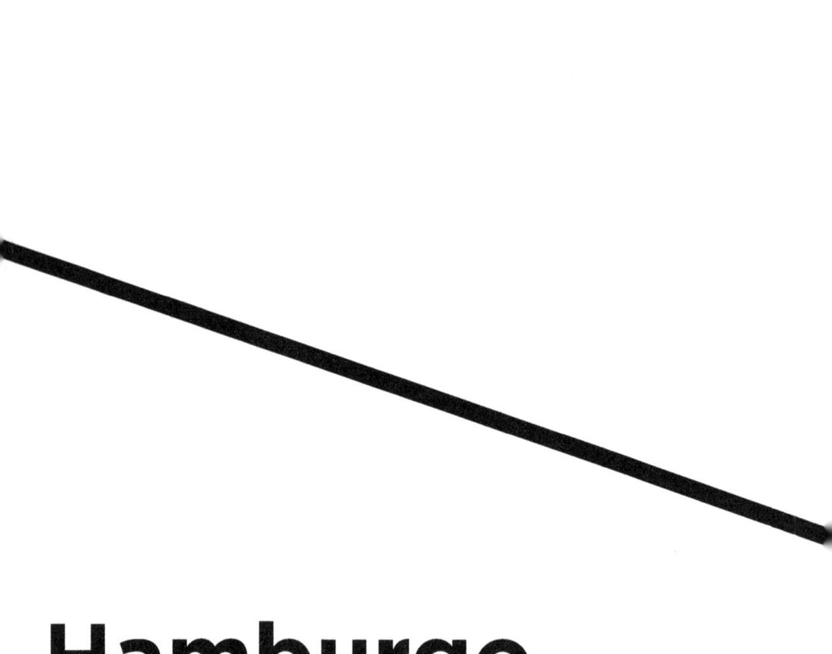

Hamburgo
Nancy

Jordi Puntí

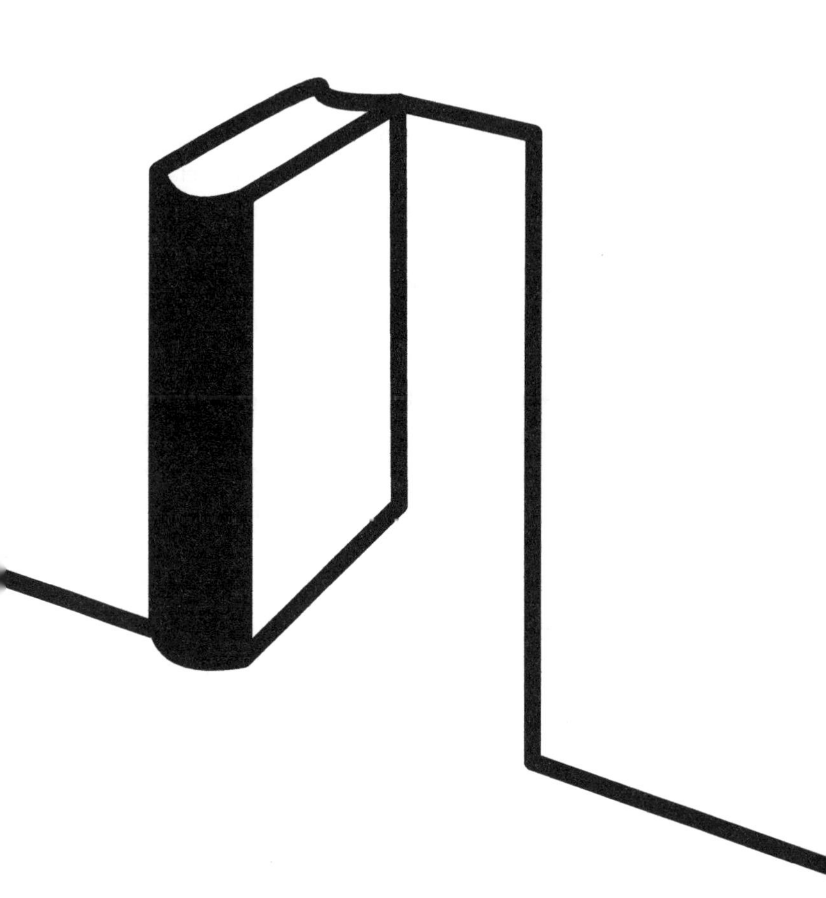

La paciència

EM TROBAVA EN UN CAFÈ, a l'estació de tren de Luxemburg, i m'acabava de prendre un entrepà i una coca-cola. Vaig demanar el compte i vaig voler pagar amb targeta de crèdit. El cambrer va portar la màquina, va passar-hi la targeta i em va demanar que hi posés el número secret, mentre ell mirava durant uns segons cap a un punt inconcret al seu davant. Tots els venedors i cambrers ho fan, això: miren cap al no-res per mantenir la discreció i donar una mica de privacitat al client. N'hi ha que dissimulen poc i giren la cara, com fastiguejats, o per un atac de timidesa, però també n'hi ha que es lliuren a un somieig personal, tanquen els ulls tres segons, observen un horitzó imaginari, i no tornen a la realitat fins que la màquina emet algun tipus de senyal sonor. Potser n'hauríem de dir d'alguna manera, d'aquest punt inconcret i breu que és com un punt de fuga mental, potser n'hauríem de dir Timbuctu, o les quimbambes... Bé, en tot cas, vaig teclejar el número secret, mentre el cambrer de Luxemburg es perdia en el seu punt de fuga que mirava cap al sud, en direcció a Marsella o més avall, vés a saber, i de sobte a la pantalleta de la màquina hi va aparèixer una frase: «*Veuillez patienter*». ¿Com ho traduiríem això?, vaig pensar. La manera més lògica seria «Esperi's un moment» o alguna cosa per l'estil, però en realitat el que em cridava l'atenció és el verb *patienter*. En català no existeix, diria, només el contrari *impacientar* i el derivat *despacientar*, però si les pantalles de les màquines diguessin «un moment, no s'impacienti», ens ho prendríem com un retret, com si d'entrada ja estiguéssim inquiets o emprenyats perquè la cosa no avança i ens fa perdre el temps. Em consta que pels francesos el «*veuillez patienter*» és més suau, com una frase feta que no et prens a la valenta, potser ni tan sols la llegeixes. Ah, m'espero uns segons, d'acord, només faltaria.

Tot això em voltava pel cap mentre esperava el tren a l'andana. Anava cap a Nancy per prestar-me a un joc literari en forma d'encàrrec. Era la proposta més estranya que m'han fet mai com a escriptor, o potser la segona més estranya. Es tractava d'anar a sopar a casa d'uns desconeguts, en companyia de més convidats, i després escriure un text a partir de l'experiència o de les converses que sortissin durant la vetllada. No eren desconeguts triats a l'atzar, com si hagués de trucar a una porta qualsevol i digués que hi anava a sopar, sinó que les persones que m'havien fet la proposta ja s'havien cuidat de seleccionarlos. Eren hostes que sabien parlar i escoltar i discutir, que tenien un interès en la literatura i al seu torn em podien explicar coses de Nancy o del que els vingués de gust.

Més enllà del misteri de ficar-se a casa de desconeguts i compartir unes hores amb ells, sabent que probablement no els tornaràs a veure mai més, si no és que s'esdevé algun fet inesperat i que alteri les nostres vides —però això no sol passar—, el que m'intrigava més era de quina manera es filtraria tot allò en una narració. Al meu entendre hi ha dos tipus de narradors: els caçadors i els pescadors. Els caçadors surten a buscar la matèria literària, s'endinsen en territoris desconeguts i agusen els sentits per trobar una història, un personatge, un fil per estirar o una revelació que els obrirà el camí de la paraula, gairebé com els cavallers medievals que es calçaven l'armadura, s'enfilaven al cavall i sortien a l'aventura. Després hi ha els narradors pescadors, que s'asseuen al marge d'un riu, preparen la canya i tiren l'ham. Mentre s'estan quiets, prenen paciència i esperen que el peix piqui. Si la història no els passa pel davant, contemplen la vida i omplen el temps d'espera amb la imaginació i el pensament, i al final pot ser que la peça que han pescat sigui gairebé una excusa per poder narrar tot el que els voltava pel cap.

Jo no sabria dir quina mena de narrador sóc. A vegades surto a caçar com un destraler i a vegades, potser més sovint, em quedo quiet i provo de pescar. Pensava tot això a dalt del tren, i en realitat vaig adonar-me que en aquell moment feia totes dues coses alhora: anava cap a algun lloc, a la recerca d'una història, i alhora m'estava quiet, observant el paisatge. El que es veia des de la finestra, en tot cas, era força monòton. Planures verdes de l'Europa central, camps acabats de segar, rius cabalosos, boscos i campanars en la distància que, amb el sol de la tarda, se saturaven de color. De tant en tant el tren s'aturava en una població mitjana —Thionville, Hagondange— i, quan feia gairebé una hora que corríem, vam entrar a Metz. Vam deixar enrere un polígon industrial i lentament vam ficar-nos al nucli urbà i, si ho explico, és perquè de sobte vaig fixar-me en una estesa de tendes de campanya i barraques fetes de roba i cartró. Una ciutat en miniatura improvisada dins l'altra ciutat. S'hi veia moviment, sobretot dones que seien en redols o feinejaven. Semblava que s'havien instal·lat en el pàrquing posterior d'un centre comercial, a tocar de la zona de càrrega i descàrrega.

—Els refugiats de Blida —va dir-me un veí de compartiment. Em devia veure abstret, mirant per la finestra, i era com si respongués als meus pensaments—. Fa uns mesos la policia ja va desmantellar aquest camp, però de mica en mica hi han tornat.

—¿Són sirians? —vaig fer.

—No, que jo sàpiga la majoria són albanesos i kosovars. Vénen dels països balcànics. Volen papers, esclar, i s'esperen. Setmanes i setmanes fins que el govern els pugui allotjar en algun lloc. Compten que tot se solucioni abans que arribi el fred, a la tardor.

Quan li volia preguntar per l'ajuntament, i per la reacció popular, vam entrar a l'estació de Metz. Jo havia de canviar de tren i vaig perdre de vista el meu informador. Deu minuts després vaig instal·lar-me en un nou compartiment. El vagó anava força ple i, quan ja començava a moure's, van entrar dues noies i van asseure's amb mi. Tenien uns vint anys i anaven vestides a la moda, amb texans estrets i bruses de marca. Una, la que seia al meu davant, va treure un kit de maquillatge de la bossa. Tenia la mirada vidriosa i els ulls inflats d'haver plorat.

—Has tancat la porta amb clau? —va preguntar de sobte a la seva amiga. Tot i que ho va dir en francès, li vaig notar un fort accent anglès. Probablement era nord-americana.

—No. —li va respondre l'altra—. ¿Eres tu qui tenia les claus, no?

Totes dues van riure. Compartien un suc de taronja i es van passar l'ampolla. La noia del meu davant es va palpar les butxaques i va comprovar que sí, que les tenia ella. Llavors van continuar la conversa. Ni l'una ni l'altra estaven convençudes d'haver tancat la porta amb clau. Amb la pressa i l'emoció de marxar, vaig entendre, era probable que se n'haguessin oblidat.

—He deixat la maleta i les bosses a l'entrada —va fer la més preocupada, mentre es retocava l'ombra dels ulls—. Si algú s'adona que està obert, només ha de fer tres passes, agafar-ho tot i emportar-s'ho. És molt senzill.

—No és tan fàcil, dona. Des de fora la porta sembla tancada —va provar de tranquil·litzar-la, i va canviar de tema:— I així què, ¿com ha reaccionat ell? Torna-m'ho a explicar.

—No res. M'ha dit que a l'estiu em vindrà a veure a Cleveland, però jo ja sé que no ho farà. Aquestes coses es diuen i després no passa. Quan ha vist que em posava a plorar, però... —va callar un moment—. Jo crec que hem de tornar. És massa arriscat.

Al meu costat, la seva amiga va deixar un esbufec d'enuig.

—I a Nancy, ¿què? ¿Quan hi anirem?

—Tenim temps. Tornem a casa, tanquem bé la porta i agafem el proper tren. Tot plegat només perdrem una hora.

—Jo crec que l'has tancada bé, la porta. Hi anirem per no res. Ens farà una ràbia, quan arribem i trobem que ja estava tancada! Poques hores que et queden a França i les malgastes així...

Van seguir discutint deu minuts més, l'estona que vam trigar a arribar a la propera estació, i després van baixar. No em van dir adéu ni res, com si jo no hi fos. Tampoc no em va quedar clar què hi anaven a fer a Nancy, si era important o no. Per moments em va semblar que tenia a veure amb un altre nòvio, i uns diners, i he de dir que vaig estar a punt d'intervenir en la conversa i preguntar-ho. Si ho hagués fet, m'hauria convertit en un escriptor caçador, allà mateix, i em sembla que vaig resistir-m'hi perquè encara no era l'hora. No havia ni arribat a Nancy i no volia semblar un depredador, algú que va desesperat per arreplegar una bona història com més aviat millor. Quan el tren va tornar a engegar, em vaig fixar en les dues noies que caminaven a l'andana. Una, la nord-america-na, duia l'ampolla de suc de taronja a la mà. Va veure'm a la finestra, els nostres ulls es van trobar uns segons i aleshores es va quedar quieta, com si recordés alguna cosa, i va fer una ganyota de sorpresa que el moviment del tren va congelar. La vaig perdre de vista. Al seient del meu davant, oblidat, hi havia l'estoig de maquillatge.

Mentre escric aquestes paraules, tinc al davant l'estoig. Me'l vaig quedar. Un trofeu inútil. És allargat i estret i conté tot el que hi esperaries trobar. Ombra d'ulls i pólvores per a la cara i fins i tot un mirallet. Agafo el pintallavis, d'un vermell quètxup, i l'obro. Ara podria explicar que em pinto els llavis i m'agrada, i m'agrado, i de sobte al mirallet s'hi reflecteix la meva boca i faig morros i penso que no sóc jo, que sóc una altra biografia, fins i tot la de la noia nord-americana impa-cient i trista. O que, un cop el tren va arribar a Nancy, vaig descobrir que a dins de l'estoig hi havia una targeta amb un telèfon i vaig trucar-hi i era un club d'estriptís, o una foto de la noia amb un noi, o fins i tot un anell de compromís que més aviat sembla de bijuteria... De seguida se m'obren moltes possibilitats, i encara en serien més si a la història hi afegís els refugiats de Metz que vaig veure des del tren. Al capdavall vivien a la mateixa ciutat que la noia, estaven de pas com ella, havien encabit tota la vida en un equipatge... Però llavors em dic que m'ho he de prendre amb calma.

Un cop a l'hotel de Nancy, vaig pujar a l'habitació i vaig desfer la maleta. L'entorn i la cerimònia, els gestos que tots fem quan entren en una habitació d'hotel, em van fer sentir com algú que està avesat a aquesta vida nòmada, com un viatjant. Ara m'adonava que potser era això el que em demanaven, que fos un viatjant d'històries, només que jo hi anava a comprar i no a vendre. Per combatre aquesta incomoditat, vaig guardar en un armari la poca roba que portava i vaig deixar damunt l'escriptori un parell de llibres i una carpeta. Calia fer un esforç per donar personalitat a aquella cambra, calia habitar-la. Vaig anar al lavabo i després em vaig estirar al llit per comprovar la qualitat del matalàs i, sobretot, la flonjor dels coixins. Ho faig sempre.

Ajagut allà, mentre se li tancaven els ulls, l'home va recordar un passatge del *Llibre del desassossec*, de Fernando Pessoa, quan diu: «Només qui no busca és feliç; perquè només qui no busca, troba». Es tractava, doncs, de no buscar res i, quan es va despertar d'aquella migdiada tardana, va sortir al carrer amb aquest esperit. Eren les sis de la tarda i a Nancy el sol ja declinava.

Aquell vespre encara no estava compromès en cap sopar, anava per lliure, i amb la mateixa senzillesa amb què un narrador canvia de la primera a la tercera persona, ell va caminar per la ciutat. Entre la documentació que li havien donat els organitzadors, hi havia un mapa de Nancy. Se'l va mirar un moment i va decidir que aniria en direcció oest, cap a la ciutat vella, després se'l va guardar a la butxaca de la jaqueta.

Dies enrere, a Barcelona, una amiga francesa li havia parlat de la bellesa discreta de Nancy, de les façanes modernistes que apareixien de sobte, en racons inesperats. Va recomanar-li que no es perdés la noblesa contundent de la plaça Stanislas, amb les portes daurades i les llambordes centenàries i les terrasses tan avinents, plenes de visitants. Ell, però, va evitar-la conscientment. Quan veia que al final del carrer s'hi intuïa una plaça ampla, la remor de la gent, premia una altra direcció. Com que no li havien donat l'adreça, a estones jugava amb la idea que una d'aquelles cases podia ser el seu destí de l'endemà, quan anés a sopar amb els desconeguts. Podria trucar una porta a l'atzar i fer veure que s'havia equivocat de dia. Llavors els desconeguts encara més desconeguts, és a dir, sense perspectiva de conèixer-lo, li dirien que s'havia equivocat no pas de dia, sinó de lloc, perquè ells no esperaven ningú, i potser el farien passar o més probablement li dirien adéu amb un gest desganat, perquè vés a saber què havia interromput.

Aquests escenaris imaginats l'atreien i el mortificaven a parts iguals. No podia evitar-los i alhora l'embrutaven com si fes trampa. L'exercici de no buscar res el portava a la immobilitat total, però per això hauria valgut més quedar-se a l'habitació de l'hotel i mirar les notícies a la televisió. Al cap de mitja hora de caminar sense rumb va arribar a una plaça, amb un sortidor i una estàtua eqüestre al mig. Era una plaça tímida, potser perquè quedava a l'ombra imponent d'una església neogòtica, i duia el nom estrany de Saint-Epvre. Aquí també hi havia tres o quatre terrasses, però es veien desordenades i els clients feien cara de ser habituals, veïns del barri. Es va asseure davant d'una *brasserie* i va demanar un pitxell de vi i una *quiche lorraine* amb amanida. Des del seu lloc veia una pastisseria, amb el tràfec del divendres a última hora, una agència de viatges tancada i una venedora de flors que ja recollia la parada. Al seu costat, un senyor bevia una cervesa i llegia *L'Est Républicain.* De tant en tant alçava el cap i saludava algun vianant. Ho feia amb una elegància que semblava assajada, com si de cua d'ull estigués més pendent de la gent que del diari. Des de la seva taula, ell seguia aquesta comèdia amb admiració. Tot tenia un aire quotidià. El cotxes, els vianants i els coloms es captenien amb una calma harmoniosa, com si estiguessin en un decorat de cine, i gairebé esperava que un director, fora de quadre, cridés: «Acció!». Va fer un glop de vi i va paladejar-lo a consciència, com si actuant, ell també, pogués foragitar aquella idea espúria del seu cervell.

D'una manera ben natural, durant la seva estada a Nancy va tornar cada dia a la plaça Saint-Epvre. Fins i tot es va asseure dos cops a la mateixa cadira. Tot i que hi anava en diferents hores, buscava una rutina repetida. Volia que els cambrers el reconeguessin, i la seva victòria íntima fou que l'últim dia, quan s'hi acostava per la vorera, l'home que llegia *L'Est Républicain* va alçar la vista del diari i el va saludar amb un cop de cap.

L'endemà es va llevar amb una altra predisposició. Quan passes la nit en una ciutat nova, quan t'hi despertes, és com si ja fos més teva. Com que tenia tot el dia lliure —la cita per sopar amb els desconeguts no era fins a les set de la tarda—, va decidir que seguiria passejant per Nancy sense el mapa. Creuaria el pont sobre la via del tren, s'acostaria al passeig del riu, entraria a la catedral. Es relacionaria amb la ciutat a partir del vagareig fútil, cosint-la a retalls, com si un detectiu li seguís els passos i calgués fer-li entendre que no buscava res. Defugia mentalment la paraula *atzar*.

Mentre esmorzava al menjador de l'hotel, va sentir una conversa en una taula veïna: dues noies parlaven de literatura, de les novel·les que havien llegit darrerament i d'una escriptora que no suportaven. Tot d'una es va sentir un estrèpit. En una altra taula, un senyor va caure a terra en el moment d'asseure's. De fet, se li havia trencat la cadira, d'un disseny massa fràgil per al seu pes. Ell va ajudar-lo a aixecar-se i va recollir-li de terra dos llibres de butxaca, de la col·lecció Folio, i un feix de fulls rebregats. De cua d'ull va espiar-ne el contingut: eren apunts per a una xerrada sobre l'obra de Marie Darrieussecq. Més tard, al carrer, va continuar aquesta sensació de complot literari. Dos nois, aturats en un semàfor, discutien sobre el valor de la poesia simbolista avui dia. A tocar de la *brasserie* L'Excelsior, li va semblar reconèixer l'escriptor James Ellroy que creuava el carrer capcot, com si fugís d'algú (el va reconèixer perquè duia una camisa estampada hawaiana). Quan va passar per davant de la llibreria L'Autre Rive, va comprovar que a dins no hi cabia ni una ànima. Al fons del local, una noia llegia en veu alta. Les casualitats es van repetir durant tot el matí. Es va refugiar en un cafè i va trobar que el cambrer parlava en versos alexandrins, com un Victor Hugo a la Lorena actual. Era el món al revés, una confabulació destinada a descavalcar-lo del seu vagareig, i va obligar-se a recordar que ell no estava desesperat i que no buscava res.

Caminant d'esma, aclaparat per aquest excés de senyals literaris, va arribar sense voler a la plaça Stanislas, i llavors ho va entendre tot. En un extrem de l'esplanada senyorial, uns plafons informaven que aquell cap de setmana se celebrava a Nancy un festival literari important. «Més de dos-cents escriptors convidats», dcia una bandcrola. A l'cntrada dc diversos edificis la gent feia cua per anar a sentir els seus autors preferits, comprar llibres i demanar-los una signatura.

Davant d'aquell panorama, la primera reacció d'en Felipe Quero —ja és hora que li donem un nom— va ser girar cua i desaparèixer. Allà sí que el farien sentir com un viatjant comercial! A més a més, aquell entorn no li podia donar cap mena d'inspiració: no suportava les narracions protagonitzades per escriptors. Com a lector, li semblaven allunyades de la realitat, anecdòtiques i autocomplaents; com a autor, si provava d'escriure sobre les picabaralles i xafarderies entre la gent del seu gremi, se sentia en fals i despullat.

La descoberta va obrir una escletxa en la seva autoestima, perquè a veure, ¿com podia ser que els organitzadors ni tan sols li haguessin mencionat el festival literari? Una fiblada a l'orgull el va posar en guàrdia. El seu nom no sortia entre els dos-cents escriptors convidats i tot d'una va tenir un pressentiment: ¿i si el sopar era una excusa per fer befa d'ell? Potser la invitació amagava una engany per convertir-lo en matèria literària, una broma de mal gust. Ja calia que estigués alerta.

Ferit i apesarat, rumiava tot això quan ja se n'anava, però alhora amb cada passa se li feia més evident una lleugeresa física que no era habitual. No portava maletí, cap nosa, i mentre es ficava les mans a les butxaques, alegrement, va comprendre que en aquella fira de les vanitats res no el delataria com a narrador. Podia circular-hi perfectament ignorat. Va entrar en una de les carpes, doncs, plena de gent, i va passejar-se per les parades de llibres. Al darrere dels taulells, els escriptors esperaven que se'ls acostés algun lector per demanar una signatura. Molts feien cara d'avorrits, prenien paciència i dissimulaven la desgana tot fullejant algun llibre de l'editorial (una hora més tard no en recordarien ni el títol).

En Felipe Quero els escrutava sense manies, com algú que es troba a l'altre cantó del mirall, i aquesta actitud d'agent doble li va donar més confiança. Va sortir per un altre extrem de la fira, a tocar del parc de la Pépinière, i va ficar-se per un carrer que, segons els seus càlculs, l'havia de portar a la seva estimada plaça de Saint-Epvre. En algun punt es va desviar, tanmateix, perquè va fer cap al davant d'una porta medieval que antigament donava entrada a la ciutat, la Porta de la Craffe. La va creuar per admirar-ne el caràcter majestuós i amenaçador i, quan va ser a l'altre cantó, es va fixar en una parella curiosa. Un home i una dona d'uns seixanta anys llargs, potser jubilats. La dona es mirava l'edifici i ell li feia una foto. En Felipe Quero es va adonar que aquella combinació era estranya: no semblava pas que a l'home l'interessessin les dues torres i la gran estructura de defensa, sinó la seva dona mirant el conjunt. Com si la porta de Craffe només tingués algun valor quan ella l'observava, justament perquè ella l'observava. En Felipe es va allunyar de l'escena i va baixar pel carrer principal, amb botigues a banda i banda que oferien tot de reclams turístics. Al cap d'una estona, però, van tornar a coincidir. Ara la dona admirava el palau dels ducs de Lorena, la façana de pedra blanca, els balcons de faiçó gòtica, i l'home la immortalitzava en l'acte de contemplar el monument. Aquest segon cop es va adonar que ella n'era perfectament conscient, de la fotografia, i adoptava una posa concreta. Els enllaçava una voluntat de jugar, una actitud potser rebuscada i fins i tot perversa, i per primer cop d'ençà que havia arribat a Nancy en Felipe va tenir la impressió que valia la pena estirar aquell fil. Va aturar-se a contemplar-los discretament. Va dubtar si seguir-los o no, però llavors la parella va ficar-se en una pastisseria i ell s'ho va prendre com un senyal per deixar-los en pau.

Uns metres més enllà va adonar-se que ja hi havia la plaça de Saint-Epvre i es va asseure a la terrassa habitual per descansar. Mentre bevia una Perrier, es deia que hauria d'haver tingut més paciència, més calma a l'hora d'explorar el misteri d'aquells dos passavolants, i aleshores van tornar a aparèixer dins el seu camp de visió. Va veure com ella s'aturava davant de l'estàtua eqüestre del duc de Lorena, Renat II, i mentre se'l mirava amb un interès excessiu ell li feia un parell de fotos. La broma va durar una bona estona, prou perquè en Felipe tingués temps d'agafar el telèfon mòbil i fer-los una foto sense que ells se n'adonessin.

A quarts de set de la tarda, tal com havia quedat amb els organitzadors, un taxi el va anar a buscar a l'hotel per acompanyar-lo al sopar. Mentre transitaven pels carrers i rotondes de Nancy, en direcció a un barri menys cèntric, en Felipe Quero va mirar-se la foto del mòbil que havia fet aquell migdia. L'angle una mica torçat li conferia un aspecte furtiu, de joc d'espies, i alhora ressaltava l'estranyesa dels gestos de la parella, però en canvi les cares quedaven mig amagades. Tot i que va mirar d'ampliar la imatge a la pantalla, no en va treure res. La dona girava el coll i l'home es tapava amb el braç que aguantava la càmera. Amb aquelles dues fesomies borroses, es va dir aleshores, la parella ho tenia tot per convertir-se en una ficció. No li va costar gaire deduir que, probablement, al sopar hi hauria una parella que s'adaptés a aquell perfil.

Vet aquí la seva missió, doncs, que va posar en pràctica tan bon punt el van rebre els amfitrions i ell va agrair-los la invitació. En total, li van dir, aquella nit serien deu persones. Va resultar que els hostes eren una parella de marroquins, simpàtics, atents i d'una calidesa que et feia sentir com a casa. Ell, en Karim, era cuiner i tenia un restaurant; aquella nit els havia preparat un sopar amb ingredients del seu país. La Chaymae era la seva companya, professora de filosofia a la universitat. Amb ulls vius i un somriure franc, de seguida li va explicar que havia llegit la seva última novel·la i li havia agradat molt, cosa que el va estarrufar per a tota la vetllada. El van fer sortir al jardí, on prendrien l'aperitiu, i li van anar presentant els seus amics convidats. Hi havia una bibliotecària, un músic tunisià que tocava l'ud —una mena de llaüt a la cultura àrab—, un advocat i un sociòleg que semblaven molt discrets i ben avinguts, i una parella que en Felipe va imaginar-se a l'instant que podien representar els seus dos desconeguts: de mitjana edat, una mica altius, ella es dedicava a fer retrats realistes però amb un estil brut —n'hi havia un de la Chaymae penjat al saló— i ell era un crític d'art especialitzat en falsificacions.

Mentre donava conversa als dos artistes, per calibrar si encaixaven amb el fotògraf i la model del matí, va comptar mentalment els convidats. N'hi sortien nou. Aleshores va sonar el timbre i la Chaymae va anar a obrir la porta. El desè convidat era un altre escriptor, un català que es deia Jordi Puntí, i en Felipe Quero el va mirar amb un punt d'aprensió. El coneixia de nom, però no l'havia llegit mai, i en aquells primers instants li va semblar massa agraït amb els amfitrions, gairebé untuós. Ell s'havia mostrat més sobri, fins i tot una mica distant, i per comparació ara li sabia greu. Va sentir com la Chaymae també explicava a en Puntí que havia llegit la seva última novel·la traduïda, i aquella coincidència el va enfurismar internament. ¿Eren imaginacions seves o la Chaymae ho comentava amb més entusiasme? De cop li van reflotar tots els dubtes: potser sí que ell era un ninot de fira, un personatge secundari al servei d'aquell altre narrador... Va acostar-se a en Puntí, va saludar-lo i sense gaire subtilesa li va preguntar per la seva presència. Llavors tot es va aclarir: mesos enrere, l'escriptor català havia coincidit amb el crític d'art a Hamburg, en una trobada cultural, i s'havien fet amics. Ara, aprofitant que aquell cap de setmana participava al festival literari de Nancy, l'havia portat al sopar.

—Ja m'han explicat que ets el convidat d'honor i que forma part d'un projecte literari —li va dir encara en Puntí—. Et felicito. Jo seria incapaç.

—¿Per què?

—Ho trobo molt difícil, això d'escriure per encàrrec. M'atabalaria. Tendeixo a la dispersió. ¿Ja saps de què escriuràs?

—Tinc algunes idees... —li va dir en Felipe, prolongant la incertesa en aquells punts suspensius.

La conversa el va relaxar. Durant els primers minuts s'havia adonat que els altres convidats el veien com un contador d'històries a domicili, algú que els havia d'il·luminar la vetllada. Com que estaven a França, sense voler s'afigurava en una mena de saló literari del segle XIX, amb levita i pipa i opinions molt contundents o molt sibil·lines, però llavors es deia que ell hi anava sobretot a escoltar. Si alguna cosa en sortia, d'aquella trobada, si aconseguiria pescar o a caçar alguna peça, ja ho diria el temps. Ben mirat, fins i tot la parella de les fotos es convertia en una anècdota, una història secundària que potser —estava per decidir— no aniria més enllà.

Un cop entaulats, aquesta actitud receptiva es va fer més palpable. El sopar era deliciós i el vi negre desfermava les convencions. En Karim havia preparat una sopa de peix i després un tahine de pollastre amb prunes i dàtils. Els gustos tan intensos i alhora refinats van portar-los a parlar de la connexió mediterrània, de la vida hedonista que els habitants del centre d'Europa només tastaven quan anaven de vacances cap al sud. El músic tunisià va referir-se les tonades folklòriques i populars que viatjaven per tot el Mediterrani, com un nexe d'unió cultural, i aleshores en Karim va reblar-ho fent referència a la nubah andalusí.

—És la música de la paciència —va fer, i en Felipe va alçar la vista del plat.

Entre en Karim i el músic van explicar que les nubah provenen del nord de l'Àfrica, al Magrib, i que reben la influència de la cultura andalusa i del flamenc. Segons la tradició, hi ha 24 composicions originals, o *nubat*, una per a cada hora del dia, i duren exactament això, 60 minuts. De manera que un cicle sencer són les 24 hores. Es toca amb diversos instruments de percussió i de corda, com l'ud, i s'acompanya amb un cor de veus. Avui dia és gairebé impossible sentir-ne una de sencera, però sí que es fan sessions de nou o deu hores, que el públic segueix sense perdre l'interès, però abandonant-se als vaivens de la mateixa experiència.

—És una música que creix dins teu mentre l'escoltes —va dir el músic tunisià—, que avança amb constància i amb unes normes d'acceleració que canvien segons cada regió. Després us en puc tocar alguna mostra...

Tots van assentir i, amb el te verd i les postres —albergínia dolça, pastes de pistatxo—, la conversa es va trencar en grupets. Des d'una extrem de la taula, en Felipe anava parant l'orella, saltava d'un comentari de la bibliotecària sobre Hanna Arendt a un altre de l'advocat sobre els tomàquets que es troben als mercats francesos, escoltava el crític d'art d'Hamburg explicant les gestes d'un dels falsificadors més importants d'Alemanya, Wolfgang Beltracchi, i mentrestant l'advocat interrogava en Puntí sobre la situació política a Catalunya, moment en què el músic tunisià hi ficava cullerada recordant que l'himne d'Espanya era una còpia descarada d'una nubah andalusí del segle XII. Hi havia en aquest tràfec d'històries i converses una abundància prodigiosa, que captivava en Felipe com les imatges d'una família de salmons lluitant per remuntar el riu, sorgint de l'aigua a contracorrent, saltant per sorpresa. Hauria volgut tenir vuit orelles.

Al cap d'una estona la Chaymae els va proposar que seguessin als sofàs. El músic va entendre que era el senyal acordat i es va preparar per tocar i cantar, acompanyat ocasionalment per la veu d'ella. Al principi es va decidir per cançons àrabs antigues, tonades d'una melodia que els embolcallava amb la repetició i alhora els transportava a un altre temps. Musicava formes clàssiques com els *zéjeles* i les *jarchas*, però de mica en mica es va anar atrevint amb poemes moderns de Victor Hugo, d'Apollinaire, de García Lorca, i al final fins i tot amb composicions pròpies. En Felipe es fixava que aquell home vivia la música amb una gran passió, se li transfigurava el rostre, i a vegades perdia la paciència. Tenia tantes ganes d'ensenyar-los diferents tipus de música, d'assajar composicions noves, que tot se li feia llarg. Així, quan ja duien prop d'una hora escoltant-lo, el músic va anunciar una cançó inspirada en un poeta andalusí. Va tocar els primers acords, va recitar els primers versos i de sobte, portat per la pressa, va aturar-se i va dir en sec:

—Etcètera.

Va ser un moment extraordinari, una sortida de guió inesperada, i tots es van posar a riure. A continuació es va fer un silenci que no volia ser acusador, però ho era, i llavors el sociòleg, que fins aleshores s'havia mantingut molt callat, va omplir-lo fent un elogi d'aquella música.

—Trobo que és molt inspiradora —va dir—. La combinació de notes conté un joc intern que et fa ser més reflexiu. No voldria semblar místic, però hi ha una potència evocadora molt forta, fins i tot quan no saps què vols evocar. —El músic no va poder evitar d'acompanyar les seves paraules amb quatre o cinc compassos.— Alguns ja sabeu que a estones lliures jo em dedico a la hipnosi, sóc hipnotitzador terapèutic, i fa una estona, quan l'escoltava, sentia que aquelles tonades m'arrossegaven cap al món de l'inconscient...

La revelació va fer un gran efecte entre els convidats. En Felipe dubtava si era una broma foteta, però va adonar-se que tots s'ho prenien molt seriosament. Li van començar a fer preguntes sobre la hipnosi, que el sociòleg responia amb interès professional. Va deixar-los clar que no era un negoci, ni un espectacle destinat a ridiculitzar la gent, sinó un exercici d'autocontrol psicològic diferit que podia ser molt útil. Llavors en Karim li va fer la pregunta que tots tenien a la punta de la llengua:

—I aquesta nit, ¿ens podries fer una demostració?

—No crec que funcioni —va respondre el sociòleg—, massa gent. Va més bé quan es fa en privat, tu i jo sols, però vaja, si voleu ho podem provar. Només perquè veieu com va, sense que puguem aprofundir gaire.

En Karim es va oferir com a voluntari. La Chaymae va apagar els llums i només van quedar enceses unes espelmes que hi havia damunt una taula de centre. La llum rebotia en les copes de vi, l'atmosfera es va tornar més íntima, i en Karim es va estirar en un sofà. Al seu costat, l'hipnotitzador va treure's un pèndol de la butxaca i, mirant-lo fixament, però sense tensió, va pronunciar unes paraules perquè s'anés relaxant. Al seu voltant, a una certa distància, els altres compassaven les respiracions...

Però no va funcionar. Al cap d'un minut en Karim es va alçar i va dir que ho deixessin estar. No podia concentrar-se, havia begut massa. Es va sentir un murmuri de decepció i l'hipnotitzador li va dir que era normal.

Llavors en Jordi Puntí va aprofitar l'impàs i li va dir que, si no hi tenia inconvenient, ell també ho volia provar. El sociòleg va assentir i va indicar-li que acomodés la seva còrpora al sofà.

Aquest cop la lletania de l'hipnotitzador sortia més diàfana i en Puntí es va deixar anar. Concentrat en el pèndol, li va semblar que baixava per una escala que el portava cap a un terreny pantanós, de boires baixes i fang tou, i mentre se li tancaven els ulls va fixar la vista a la llunyania, en un punt de fuga que podia ser Timbuctu, o les quimbambes. Era un lloc que el temptava i alhora li feia por, però a mesura que se li definien els contorns, una veu exterior li deia que ara ja no es podia aturar. Quan hi va arribar, no sabia si havien passat tres minuts, tres dies o tres anys.

Impressum
Aviso legal
Mentions légales
Colophon
Colofon
Aviso legal

GOETHE-INSTITUT (Hg.), Hausbesuch (Visita en casa / Visite à domicile / Ospiti a casa / Huisbezoek / Visita em Casa), Gedruckte Bibliotheksausgabe in drei Teilbänden (inhaltlich entsprechend der E-Book-Originalausgabe in deutscher, französischer, italienischer, niederländischer, portugiesischer und spanischer Sprache), Band 3, Berlin: Frohmann Verlag 2017, frohmann.orbanism.com

© Frohmann Verlag, Christiane Frohmann, Goethe-Institut, Alina Bronsky, Marie Darrieussecq, Guy Helminger, Katja Lange-Müller, Michela Murgia, Jordi Puntí, Sasha Marianna Salzmann, Gonçalo M. Tavares, Annelies Verbeke, David Wagner

GESTALTUNG: Rose Apple, www.roseapple.net

SATZ: Wolfgang Schneider, berlinwolf.de

ÜBERSETZUNG: Jennifer Anstädt, Heike Baryga, Nathalie Bauer, Julika Brandestini, Ruth Brosens, Stefania Maria Ciminelli, Luisa Cortese, Telma Costa, Esther Cruz Santaella, Sara Cuypers, Maria Carla Dallavalle, Pauline De Groote, Julie De Schrijver, Mirjam de Veth, Jonas Denys, Pierre Deshusses, Claudia di Palermo, Michael Ebmeyer, Lupe García, Marianne Gareis, Nicolás Gelormini, Rita Gonçalves Ramos, Goverdien Hauth-Grubben, Frank Heibert,

Adan Kovacsics, Frédérique Laurent, Ilse Lazaroms, Rafael Lechner,
Justien Lemey, Elien Leys, Isabelle Liber, Fabio Lucaferri,
Irene Oliva Luque, Sandra M. Moura da Cruz, Roberto Mulinacci,
Monique Nagielkopf, Dominique Nédellec, Arie Pos, Edmond Raillard,
Laura Roukaerts, Antonio Sáez Delgado, Margot Schotte, Lil Sclavo,
Manon Smits, Els Snick, Helena Topa, Irene van de Mheen,
Lara Van Thuyne, Bieke Vannerem, Romy Vermeeren,
Kelly-Joyce Vermeesch, Stefano Zangrando

REDAKTION: Nicolas Ehler, Marischa Weiser

LEKTORAT: Nicolas Ehler, Daniela Maier, Marischa Weiser,
Christiane Frohmann

FOTO: Alec Cani, Yann Diener, Bettina Fürst-Fastré,
Guy Helminger, A. Janetzko, Stefanie Kremser, Caroline Lessire,
Pauliana V. Pimentel, Esra Rotthoff, Alex Salinas

ISBN PDF: 978-3-947047-291
ISBN EPUB: 978-3-947047-27-7
ISBN MOBI: 978-3-947047-28-4
ISBN PRINTAUSGABE BD.1: 978-3-944195-10-0
ISBN PRINTAUSGABE BD.2: 978-3-944195-11-7
ISBN PRINTAUSGABE BD.3: 978-3-944195-52-0

Die Deutsche Nationalbibliothek verzeichnet diese Publikation
in der Deutschen Nationalbibliografie; detaillierte bibliografische
Daten sind im Internet über http://dnb.d-nb.de abrufbar.